Lisa Unger
Die folgsame Tochter

AF214753

Weitere Titel der Autorin:
Die treue Freundin

Über die Autorin:

Lisa Unger ist eine amerikanische Bestsellerautorin, deren Romane in ihrem Heimatland vielfach begeistert besprochen wurden. Auch international kann die Autorin mit ihren Thrillern große Erfolge verzeichnen, ihre Bücher erscheinen in 26 Sprachen, werden millionenfach gelesen und wurden bereits mit zahlreichen Preisen ausgezeichnet. Lisa Unger lebt mit ihrer Familie an der Westküste Floridas.

LISA UNGER

DIE
FOLGSAME
TOCHTER

thriller

Aus dem Amerikanischen
von Anke Angela Grube

lübbe

Dieser Titel ist auch als E-Book erschienen

Die Bastei Lübbe AG verfolgt eine nachhaltige Buchproduktion.
Wir verwenden Papiere aus nachhaltiger Forstwirtschaft und
verzichten darauf, Bücher einzeln in Folie zu verpacken. Wir stellen
unsere Bücher in Deutschland und Europa (EU) her und arbeiten mit
den Druckereien kontinuierlich an einer positiven Ökobilanz.

Vollständige Taschenbuchausgabe

Deutsche Erstausgabe

Für die Originalausgabe:
Copyright © 2020 by Lisa Unger
Titel der amerikanischen Originalausgabe: »Confessions on the 7:45«
Originalverlag: Park Row Books, New York
Dieses Werk wurde vermittelt durch die Literarische Agentur
Thomas Schlück GmbH, 30161 Hannover.

Für die deutschsprachige Ausgabe:
Copyright © 2021 by Bastei Lübbe AG, Köln
Textredaktion: Anne Fröhlich, Bremen
Einband-/Umschlagmotiv: © Magdalena Wasiczek / Trevillion Images
Umschlaggestaltung: Manuela Städele-Monverde
Satz: Dörlemann Satz, Lemförde
Gesetzt aus der Quadraat und Quadraat Sans
Druck und Verarbeitung: GGP Media GmbH, Pößneck
Printed in Germany
ISBN 978-3-404-18543-6

2 4 5 3 1

Sie finden uns im Internet unter luebbe.de
Bitte beachten Sie auch: lesejury.de

Für Jeffrey.
Denn auch nach zwanzig gemeinsamen Jahren
kommst du für mich an erster Stelle, immer.

Jemand, der ein Geheimnis bewahren will,
muss es auch vor sich selbst bewahren.

nach George Orwell, 1984

TEIL 1

All unsere
kleinen Geheimnisse

Prolog

Sie beobachtete. Das war ihre Gabe. Im Dunkel zu verschwinden, einzutauchen in die Schatten dahinter und dazwischen. Nur dort sah man die Dinge so, wie sie waren, nur dort enthüllten Menschen ihre wahre Natur. Heutzutage breiteten alle ihr ganzes Leben in der Öffentlichkeit aus, präsentierten zurechtgestutzte und gefilterte Versionen ihrer selbst. Nur wenn sie allein waren, unbeobachtet, ließen sie die Masken fallen.

Sie beobachtete ihn nun schon eine ganze Weile. Die Maske, die er trug, war bereits ins Rutschen gekommen.

Auch er stand im Schatten, eine kräftige Gestalt in der dunklen Straße. Sie hatte ihn verfolgt, als er durch die Straßen gefahren war wie ein Raubtier auf Beutezug, um dann seinen Wagen unter den Bäumen abzustellen. Er hatte eingeparkt und war im Auto sitzen geblieben, während der Abend voranschritt und in den Häusern die Lichter ausgingen, eins nach dem anderen. Endlich war er ausgestiegen, hatte leise die Autotür geschlossen und war über die Straße gehuscht. Jetzt wartete er. Was hatte er vor?

Sie folgte ihm jetzt seit ein paar Wochen und hatte gesehen, wie er seinen Kindern im Park auf der Schaukel Anschwung gab, mitten am Tag einen Strip-Club besuchte, in einer Sportkneipe ein Spiel anschaute und sich dabei mit seinen Kumpels sinnlos besoff. Sie hatte beobachtet, wie er einer jungen Mutter mit Kleinkind und einem Baby im Kinderwagen half, ihre Einkäufe vom Auto ins Haus zu tragen.

Einmal hatte er in einer Bar eine Frau abgeschleppt. In seinem Auto auf dem Parkplatz hatten sie es wie die Tiere getrieben. Danach war er in einen Supermarkt gegangen und hatte für die Familie eingekauft, Eiscreme und Goldfischchen in den Einkaufswagen gehäuft, Sachen, die seine Kinder gern mochten.

Was hatte er jetzt vor?

Der Beobachter schaut nur, er greift nie ein. Trotzdem verspürte sie heute ein unheilvolles Kribbeln. Die Nacht war kühl, und sie wartete, geduldig und still.

Das Klackern von hohen Absätzen, ein rasches Stakkato auf der verlassenen Straße. Ein leiser Schauer durchlief sie. War denn sonst niemand hier unterwegs? Schaute aus dem Fenster? Nein. Sie war die Einzige. Schien es nicht manchmal so, als würden die Leute nichts mehr wahrnehmen? Sie schauten nicht hin. Sie blickten mit gesenkten Köpfen auf die mobilen Endgeräte in ihren Händen. Oder in sich hinein, verfolgten gebannt den Film aus Vergangenheit und Zukunft, Wünschen und Ängsten, der unablässig in ihren Köpfen ablief.

Die Gestalt der jungen Frau war schlank, ihre Haltung aufrecht und selbstbewusst. Sicheren Schrittes marschierte sie die Straße entlang, Hände in den Taschen, die Umhängetasche über der Schulter. Als er aus dem Schatten trat und ihr den Weg versperrte, blieb die junge Frau unvermittelt stehen und wich ein wenig zurück. Es schien, als wollte er nach ihrer Hand greifen, aber sie verschränkte die Arme.

Es folgte ein Wortwechsel, den sie nicht verstehen konnte. Die Stimmen klangen zunächst scharf, dann sanfter. Aus der Entfernung hörte es sich an wie Vogelstimmen. Was hatte er vor? Ein Angstschauder lief ihr über den Rücken.

Er machte Anstalten, die junge Frau zu umarmen, und sie zuckte zurück. Aber er tat es trotzdem. Im Dunkel der Nacht war er nur ein drohend aufragender Schemen, hinter dem die kleine Gestalt der Frau fast gänzlich verschwand. Wie in einer Art Tanz bewegten sie sich zur Tür, anfangs ruckartig, unbeholfen. Dann schien sie nachzugeben, sich an ihn zu schmiegen. Sie schloss auf, und die beiden verschwanden im Haus. Dann war wieder alles still.

Sie stand wie erstarrt, unsicher, was sie da gesehen hatte. Später, als ihr klar wurde, was er getan hatte und wer er unter seiner Maske wirklich war, hasste sie sich dafür, dass sie wie angewurzelt stehen geblieben war, im Schatten versteckt, und dass sie nur beobachtet hatte. Aber dann sagte sie sich, dass sie es ja nicht gewusst hatte. Sie hatte nicht gewusst, dass unter der Maske ein wahres Monster steckte.

1

Selena

Selena liebte die Zwischenzeiten. Die kostbaren Augenblicke zwischen den verschiedenen Rollen, die sie im Leben spielte.

Sie verpasste den Zug um siebzehn Uhr vierzig, weil das Meeting bei dem Klienten länger dauerte, und schon bevor sie vom Konferenztisch aufstand, war klar, dass sie auf keinen Fall rechtzeitig zum Abendessen mit ihrem Mann Graham und den kleinen Rabauken Stephen und Oliver zu Hause sein würde. Die wilden Stunden danach würden ohne sie ablaufen müssen – duschen, Schlafanzug anziehen, Raufereien – kurze, aber heftige Scharmützel zwischen den Brüdern –, vielleicht fernsehen, wenn die beiden es schafften, ein paar Minuten still zu sitzen, dann ins Bett und vorlesen. Es kam nicht häufig vor, dass Selena länger arbeitete; sie legte Wert darauf, immer pünktlich zu Hause zu sein. So chaotisch die Abende mit der Familie auch oft sein mochten, sie waren der beste Teil ihres Tages.

Doch als sie an jenem Tag den Zug nicht mehr erwischte – es war schon so spät, dass sie nicht mal versuchte, noch zum

Bahnhof zu hetzen –, öffnete sich ein Zeitfenster, das vorher nicht da gewesen war. Etwas mehr als zwei Stunden zwischen dem Zug um siebzehn Uhr vierzig, den sie normalerweise nahm, und dem um neunzehn Uhr fünfundvierzig, den sie nun zu nehmen beabsichtigte, nachdem sie im Büro noch ein paar Sachen erledigt hätte.

Selena spürte, wie sie sich in dieser Lücke ausdehnte, in dieser Zwischenzeit, die weder zu ihrem Berufsleben noch zu ihrem Mutterleben gehörte. Sie *war* einfach. Sie konnte nachdenken. Und um die Wahrheit zu sagen, gab es so einiges, worüber sie nachdenken musste. Diese Dinge waren wie ein weißes Rauschen in ihrem Hinterkopf.

Sie stieg aus dem Taxi, das sie vor ihrem Bürogebäude absetzte, und trat in die winterliche Kälte hinaus. Der Großstadtlärm überflutete sie, und sie wurde von dem Strom hektischer Menschen erfasst, die nach einem langen Tag nach Hause eilten. Dann trat sie in die stille Eingangshalle mit dem Marmorboden und den glänzenden Wänden. Sie nickte dem Pförtner zu, der sie kannte, zog ihre Zugangskarte durch und trat durch das Drehkreuz. Im Fahrstuhl nach oben war sie allein.

Ihr Herz begann zu hämmern, ihr Mund wurde trocken. Die Tasche war zu schwer, zerrte an ihren angespannten Schultermuskeln. Sie hatte den Zug nicht absichtlich verpasst. Sie hatte wirklich den Klienten nicht abwürgen wollen, als der kein Ende fand.

Aber.

Die Büroräume waren leer. Die Literaturagentur hatte nur wenige Angestellte, und die meisten hatten Familie. Viele der Eltern gingen frühzeitig, um die Kinder von der Schule abzuholen, und arbeiteten am Nachmittag im Homeoffice. Beth,

Selenas Chefin und zugleich ihre langjährige beste Freundin, hatte alles so eingerichtet, dass ihre Angestellten gute Arbeit leisten und sich zugleich um die Familie kümmern konnten – man stelle sich nur vor. Der humane Arbeitsplatz, eine Seltenheit.

Sie machte kein Licht in ihrem Büro, sondern genoss den Blick durch die Fensterfront auf die funkelnden Lichter von Downtown. Als sie ihre Tasche fallen ließ, spürte sie, wie ihr warm wurde. Sie schlüpfte aus der Jacke, setzte sich vor den Laptop und holte tief Luft, bevor sie den Deckel aufklappte.

Mittlerweile war es Viertel nach sechs. Die Jungs würden schon gegessen haben. Wie sie ihr Kindermädchen Geneva kannte und die Tüchtigkeit, mit der sie alles managte, hatten Oliver und Stephen auch bereits geduscht und waren im Schlafanzug. Wahrscheinlich saßen sie schon vor dem Fernseher.

Selena lehnte sich in ihrem ergonomischen Bürostuhl zurück und genoss die angenehme Position.

Sie hatte die Kamera nicht direkt versteckt. Geneva wusste, wo im Haus sich Kameras befanden – eine oben, eine unten. Selena hatte einfach die Kamera aus dem Kinderzimmer umgestellt, ohne Graham oder Geneva darüber zu informieren.

Sie zögerte kurz. Ihr Schreibtisch war voll mit gerahmten Fotos von den Jungs und Graham, Kinderzeichnungen und einer Keramikeule, die Oliver im Kunstunterricht gemacht hatte. Sie griff nach dem glasierten, unförmigen Ding. Unten hatte er seinen Namen eingeritzt, und sie fuhr mit dem Finger das wacklige O und das rückwärts geneigte e nach. Irgendwo brummte ein Staubsauger.

Ihr Hochzeitsfoto. Sie mit strahlendem Lächeln und Graham umwerfend elegant in seinem klassischen Smoking.

Er hatte ihr ins Ohr geflüstert, während der Fotograf drauf-losknipste – kleine Anzüglichkeiten, witzige Bemerkungen. Und dann hatte er gesagt: *Das ist der schönste Tag meines Lebens.* Sein Atem kitzelte in ihrem Ohr, er hatte die Arme um sie ge-legt. Ihr ganzer Körper prickelte vor Freude, vor Begehren. Das war jetzt fast zehn Jahre her. Gott, ein flüchtiger Augenblick, ein Wimpernschlag, ein einziger Atemzug.

Sie stellte das Foto wieder hin. Dann klickte sie die App an, die es ihr ermöglichte, auf ihrem Laptop die Aufnahmen der Kamera zu sehen, die sie im Spielzimmer der Jungs installiert hatte.

Es dauerte einen Moment, bis das Bild lud.

Als es so weit war, war sie nicht überrascht.

Graham, ihr Mann, trieb es mit Geneva, ihrem Kindermäd-chen. Auf dem Spielteppich, den sie so liebevoll zusammen bei IKEA ausgesucht hatten.

Der Ton war abgestellt, also blieb ihr das Grunzen und Stöhnen erspart.

Wann hatte sie Verdacht geschöpft? Ungefähr vor zwei Wochen. Sie hatte zufällig einen Blick zwischen Graham und Geneva aufgefangen. Eine Kleinigkeit, eine Millisekunde lang, ein Mikroausdruck in ihren Gesichtern.

Nein, hatte sie gedacht. *Das kann nicht sein.*

Aber sie hatte die Kamera aus dem Kinderzimmer im Spiel-zimmer installiert.

Es war jetzt das zweite Mal, dass sie die beiden beobach-tete. Eine sonderbare Ruhe überkam sie, eine Art distanzierter Teilnahmslosigkeit.

So sexy ist sie nun auch wieder nicht, dachte sie und mus-terte die junge Frau mit den schimmernden weizenblonden

Haaren und den geröteten Wangen. Selena beugte sich vor, um besser sehen zu können. Attraktiv war Geneva zweifellos. Aber nicht *so* viel mehr als sie selbst.

Gut, sie war ein bisschen jünger, aber nur ein paar Jahre. Vielleicht hatte sie eine Weichheit, die Selena fehlte, eine gewisse Frische. Aber sie war nichts Besonderes, vom Äußeren her nur leicht überdurchschnittlich. Das war durchaus ein Kriterium, das Selena berücksichtigt hatte, als sie Geneva einstellte. Geneva war eine attraktive, kluge, sympathische Kinderbetreuungs-Fachkraft mit einer langen Liste begeisterter Referenzen. Kein heißer Feger. Keine errötende Mittzwanzigerin mit glänzenden Lippen und Tattoos an unpassenden Stellen, die sie später bereuen würde. Die meisten Frauen, Selena eingeschlossen, würden sich davor hüten, sich einen knackigen Vamp ins Haus zu holen. Das war einfach nicht ratsam.

Außerdem *kannte* Selena sie. Hatte sie unbedingt als Nanny haben wollen. Sie hatten sich auf dem Spielplatz kennengelernt, während des ersten Jahrs, in dem Selena bei den Jungs zu Hause geblieben war. Das Leben als berufstätige Mutter, das Jonglieren zwischen Kindern und Büro, war so anstrengend gewesen. Das Pendeln, immer die Hetze, um die Kinder rechtzeitig vom Kindergarten abzuholen. Also waren sie und Graham übereingekommen, dass sie eine Weile zu Hause bleiben würde – auf unbestimmte Zeit. Sie konnten es sich leisten, Graham verdiente gut. Es würde keinen Range Rover und keine Reisen nach Tahoe während der Frühjahrsferien mehr geben. Aber sie würden gut zurechtkommen.

Selena fand es wunderbar, wie Geneva mit den Tucker-Jungs, Ryan und Chad, umging. Sie war liebevoll, aber bestimmt, verantwortungsvoll, aber nicht übertrieben streng.

Die Kinder hörten auf sie. *Aufgepasst*, pflegte sie munter zu sagen, und alle Augen richteten sich auf sie. Sie war nicht wie die anderen Kindermädchen, die Selena im Park beobachtete – Angehörige der Generation Y, die auf ihre Smartphones starrten, während ihre Schützlinge Amok liefen oder sich ebenfalls mit ihren digitalen Endgeräten beschäftigten. Geneva spielte Fangen mit den Jungs, schubste sie auf der Schaukel an, spielte Verstecken.

Und *so* furchtbar sexy war sie nun wirklich nicht.

Sie hatte ein reizendes Gesicht, eine Stupsnase und volle Lippen, dunkle Rehaugen, dichte Wimpern. Angenehm üppige Rundungen, vielleicht ein klein wenig zu üppig. Breites Becken, eine Rubens-Figur, wie ihr Vater zu sagen pflegte. Der Typ, der für körperliche Arbeit gebaut ist, auf positive Weise. Selena selbst war groß und schlank, ein genetischer Segen, für den sie dankbar war, weil sie weiß Gott keine Zeit hatte, an ihrer Figur zu arbeiten.

Jetzt stellte sie den Ton an und hörte dem Stöhnen zu. Klang es nicht ein wenig … künstlich?

Selena hatte sich damals fast jeden Tag mit Geneva unterhalten. Ihre Kinder, Oliver und Stephen, liebten sie. *Ist Geneva auch da?*, hatte Oliver, der Ältere, häufig gefragt, wenn sie in den Park gingen. *Wahrscheinlich*, hatte Selena dann immer geantwortet und sich gewünscht, dass sie jemanden wie Geneva hätte, und sei es nur in Teilzeit. Eine Nanny, in deren Obhut sie die Kinder guten Gewissens lassen konnte. Doch sie war gern zu Hause. Ihr Job in der Öffentlichkeitsarbeit fehlte ihr nicht. Sie hatte nie den Drang verspürt, *etwas zu erreichen*, den so viele ihrer Freundinnen zu haben schienen. So war sie einfach nicht gestrickt. Sie war gern berufstätig, das schon – sie mochte die

Unabhängigkeit, den Umgang mit den Kollegen, die Befriedigung, ihre Sache gut zu machen. Das Gehalt. Aber sie hatte sich nie über den Beruf definiert.

Graham: »Oh, ja. Das ist so gut.«

Sie drosselte die Lautstärke. Griff nach einem gerahmten Foto ihrer Söhne, hielt es so, dass es ihr die Sicht auf den Bildschirm versperrte, und blickte in ihre freudestrahlenden rosigen Gesichter.

Die Mutterschaft gab ihrem Leben einen Sinn, wie der Beruf es nie getan hatte. Sie war für ihre Kinder da, kochte für sie, hielt das Haus sauber, kümmerte sich um ihre Termine, ging mit ihnen zum Arzt und zum Friseur. Sie holte sie von der Schule ab, besuchte Elternabende und Halloween-Feiern in der Schule. Es war nicht sexy. Es war nicht immer einfach. In dieser Kultur gab es nicht viel Anerkennung für die Mutterrolle, nicht wirklich. Doch sie fand eine Befriedigung darin, die sie sonst nirgends gefunden hatte.

Dann hatte Graham ganz unerwartet seine Stelle verloren – na ja, passierte so etwas überhaupt jemals erwartet? Es war nicht seine Schuld. Die Buchbranche schrumpfte, und sein hohes Gehalt war schwer zu rechtfertigen in einem Verlag mit rückläufigen Umsätzen, der Ratgeber und Lebenshilfe-Bücher herausbrachte. In genau derselben Woche, es war wirklich eine glückliche Fügung, hatte Selenas beste Freundin Beth ihr eine gute Position angeboten, als sie bei einem Cocktail zusammensaßen: die Leitung der Abteilung Verträge und Lizenzen in ihrer Literaturagentur. Sie würde mehr verdienen als Graham, dazu kamen noch Boni. Natürlich brauchten sie jetzt ein Kindermädchen, denn Graham war nicht direkt für Fürsorgearbeit geschaffen. *Und die Jobsuche ist ein Fulltime-Job, Babe.*

Selena suchte fieberhaft nach einer Lösung für dieses Problem, daher kam es ihr vor wie ein Wink des Schicksals, als sie direkt am nächsten Tag von Geneva erfuhr, dass sie ihren Job verlieren würde. Mrs. Tucker wolle ein paar Jahre zu Hause bleiben, erzählte sie.

Wenn etwas so reibungslos lief, bedeutete das, dass man im *Flow* war, oder nicht? Hieß es nicht heutzutage so? Da die Kinderbetreuung gesichert war, fiel es Selena leichter, wieder arbeiten zu gehen. Es war vielleicht nicht unbedingt das, was sie wollte. Aber man tat, was man tun musste, oder nicht? Graham würde schon etwas Neues finden. Es war ja nicht für immer – obwohl der Verdienst schon eine schöne Sache war.

So, wie die Kamera positioniert war, hatte Selena einen guten Blick auf Geneva, die offenbar gern oben war. Bildete sie es sich nur ein, oder war sie nicht wirklich mit dem Herzen dabei? Auch wenn sie, nach ihrem Gesichtsausdruck und den Lippenbewegungen zu urteilen, zweifellos die passenden Laute von sich gab.

Die Aufnahmen der zweiten Kamera unten zeigten die Jungs vor dem Fernseher, sie guckten *Trolljäger*. Beide waren satt, bettfertig und warteten auf ihre Mutter.

Geneva war mustergültig in dieser Beziehung, auch wenn das in einem solchen Moment vielleicht eine seltsame Beobachtung war. Aber Selena hatte immer zu schätzen gewusst, dass Geneva nicht zu den Kindermädchen gehörte, die versuchten, die Mutter zu ersetzen. Sobald Selena abends das Haus betrat, ging sie. Manchmal war sie schon weg, wenn Selena wieder herunterkam, nachdem sie sich umgezogen hatte. Das Haus war immer picobello, und die Jungs waren normalerweise einigermaßen ruhig – so ruhig, wie man es von einem Fünfjährigen und einem Siebenjährigen erwarten konnte. Jedenfalls tobten sie nicht wild herum, so wie sie es taten, wenn Graham zuständig war. Es kam selten vor, aber wenn Graham mal einen Tag auf die Kinder aufpasste, waren sie abends schmutzig und aufgedreht. Da es bei ihm keine festen Abläufe gab, fehlte ihnen die Ordnung und eine Möglichkeit, zur Ruhe zu kommen. Graham verhielt sich, als wäre er selbst ein Kind, übernahm eher die Rolle eines älteren Bruders mit schlechtem Einfluss als die eines Vaters.

So wie gerade eben. Als er die Nanny im Spielzimmer nagelte, während seine kleinen Söhne unten fernsahen.

Warum empfand sie keine größere Wut?

Es war wie ein Sirren im Hinterkopf, seit sie die beiden vor drei Tagen zum ersten Mal beobachtet hatte. Ein kaum hörbares Dröhnen, das sie von sich wegschob und verdrängte, tief in sich vergrub. Warum weinte sie nicht vor Wut und Eifersucht, weil sie betrogen wurde? Warum war sie nicht nach dem ersten Mal nach Hause gerast, hatte getobt, Graham rausgeworfen und Geneva gefeuert? So ein Verhalten wäre doch normal.

Aber Selena war sich nur einer Art Taubheit bewusst, die sich nach dem ersten Mal verfestigt hatte, einer stumpfen Herzlosigkeit. Aber nein. Darunter brodelte es.

Jetzt warf Geneva den Kopf voller Lust zurück. Graham bekam diesen hilflosen Gesichtsausdruck, den er immer hatte, kurz bevor er zum Höhepunkt kam, hob bei geschlossenen Lidern ein wenig die Augenbrauen, verzückt wie ein Geiger, der beim Spielen in seiner Musik aufgeht. Selena merkte, dass sie die Armlehnen so fest umklammert hielt, dass es wehtat.

Vage war sie sich eines anderen Gefühls bewusst, eines Gefühls, das sie schon längere Zeit unterdrückte. Lange vor diesem Tag, irgendwann nach der Geburt ihres zweiten Kindes, hatte Selena angefangen, eine Abneigung gegen ihren Mann zu entwickeln. Sie war nicht anhaltend, aber schockierend intensiv. Es nervte sie, wenn er sie ständig mitten im Satz unterbrach, wenn er in der Küche herumstand und jede Kleinigkeit beaufsichtigte, wenn er so tat, als würde er sich an der Hausarbeit beteiligen, obwohl das nicht stimmte. Überhaupt nicht. Sicher erging es allen nicht mehr ganz frischen Paaren so. Und dann verlor er seine Stelle und war nicht einmal sonderlich bekümmert darüber.

Ach, na ja, ich wollte mich sowieso verändern. Und du hast ja gesagt, dass du gern wieder berufstätig wärst.

Hatte sie das gesagt? Sie glaubte nicht. Denn die Arbeit hatte ihr nicht sonderlich gefehlt.

Irgendwann danach, wenn sie ihn nach Feierabend zwei Tage hintereinander in derselben Jogginghose antraf oder im Browser-Verlauf des Rechners nicht den geringsten Hinweis darauf fand, dass er nach einer neuen Stelle gesucht hatte, hatte sie angefangen, ihn ein klein wenig zu hassen. Dann etwas mehr. Der elegante und charmante Mann im Smoking, der sie zum Lachen gebracht und vor Lust hatte erzittern lassen, erschien ihr wie jemand aus einem Traum, an den sie sich kaum noch erinnern konnte.

Sie beugte sich vor, um die Lautstärke wieder hochzudrehen, und als sie ihn unter Geneva stöhnen hörte, wuchs ihr Hass ins Unermessliche. Zum ersten Mal in ihrem Leben begriff sie, wie Menschen einander töten konnten – Ehepartner, die sich einmal leidenschaftlich, hingebungsvoll geliebt hatten, die vor dem Altar Tränen des Glücks vergossen und eine wunderbare Hochzeitsreise gemacht hatten, die wunderbare

Kinder bekommen und sich ein schönes Leben aufgebaut hatten.

Dieses Ding, das da in ihr lauerte, begann zu toben und wollte hinaus. Sie konnte es hören. Aber sie konnte es nicht richtig fühlen.

In den letzten Tagen hatte sie sich gegenüber Graham distanziert verhalten, hatte seine Annäherungsversuche zurückgewiesen. Falls ihm das aufgefallen war, hatte er es nicht angesprochen. Die Wahrheit war: Er betrog sie nicht zum ersten Mal. Aber sie hatte gedacht, sie hätten das überwunden. Sie waren zur Paarberatung gegangen, es hatte tränenreiche Versprechungen gegeben. Sie hatte ihm vergeben und sich erlaubt, ihm wieder zu vertrauen. Offenbar war das töricht von ihr gewesen.

»Graham.«

Die Stimme erschreckte Selena, holte sie unvermittelt ins Hier und Jetzt zurück.

Geneva war von Graham heruntergestiegen und hatte bereits ihren Rock wieder gerichtet. Wie auch beim letzten Mal hatten sie sich danach hastig angezogen, mit abgewandten Blicken und ernsten Gesichtern. Zumindest besaßen sie den Anstand, danach nicht noch liegen zu bleiben und sich genüsslich auf dem Boden zu aalen.

»Das muss aufhören«, fuhr Geneva fort. Selena hörte Scham heraus, Reue. Gut. Gut für dich, Geneva!

Graham hatte seine Hosen wieder hochgezogen, saß auf dem Sofa und hatte das Gesicht in den Händen vergraben.

»Ich weiß«, sagte er mit erstickter Stimme.

»Du hast eine nette Familie. Ein schönes Leben. Und das hier ist ... beschissen.« Genevas Gesicht war gerötet.

Oh, Geneva, dachte Selena verrückterweise, bitte kündige nicht.

»Ich glaube, ich sollte besser kündigen«, sagte Geneva.

Erschrocken blickte Graham auf. »Oh Gott, nein«, rief er. »Tu das nicht.«

Selena lachte laut auf. Nein, das war keine Liebe. Er fürchtete nicht, die schöne junge Geneva zu verlieren. Er hatte panische Angst, die Verantwortung für Stephen und Oliver würde an ihm hängen bleiben, solange er »auf Stellensuche« war.

»Selena verlässt sich auf dich«, erklärte er. »Sie schätzt dich wirklich sehr.«

Geneva stieß ein kleines Lachen aus, und Selena ertappte sich dabei, dass sie ebenfalls lächelte. Wie konnte sie die Frau immer noch mögen, nachdem sie gerade zugesehen hatte, wie sie es mit ihrem Mann trieb? Offenbar hatte sie sich selbst nicht mehr in der Gewalt. Aber das passierte, wenn man eine berufstätige Mutter war; man verlor den Verstand.

»Ich bezweifle sehr, dass sie das hier schätzen würde«, sagte Geneva.

»Nein.« Graham, blass vor Scham, rieb sich über das Gesicht. Als er aufblickte, sah Selena mit einem seltsamen Aufwallen von Erleichterung für einen Moment ihn, ihren Mann, ihren besten Freund, den Vater ihrer Kinder. Er war noch da. Er war keine Fiktion, die sie erschaffen hatte.

»Hör zu«, sagte Geneva. Sie schlang die Arme um sich und machte Anstalten, zur Tür zu gehen. »Es ist nicht gut, dass du so oft hier bist. Du musst eine neue Stelle finden.«

»Ja.« Sein Haar war zerzaust, und er sah aus, als hätte er sich seit Tagen nicht rasiert.

Was sah Geneva nur in ihm? Er und Selena hatten zumindest eine gemeinsame Geschichte. Ihre Romanze war wunderbar gewesen, sie hatten abenteuerliche Reisen zusammen unternommen und hatten ein schönes gemeinsames Zuhause. Vor dieser Sache waren seine Seitensprünge bedeutungslos gewesen. Jedenfalls hatte sie sich eingeredet, dass es nicht direkt Affären waren. Bis vor Kurzem war er ein guter Ehemann gewesen, er hatte gut für die Familie gesorgt. Er war ihr bester Freund, der Mensch, dem sie immer zuerst alles erzählen wollte. Er war witzig. Charmant. Intelligent. Selbst jetzt, in dieser hässlichen Situation, wünschte sie, sie könnte mit ihm über ihren grässlichen Mann reden, der die Nanny vögelte. Er würde sicher wissen, was zu tun war.

»Es ist nicht gut, wenn Männer zu Hause sind«, fuhr Geneva fort. »Ich habe das in den letzten Jahren häufig erlebt. Es ist einfach ... normalerweise keine gute Sache.«

»Ja«, sagte er wieder, und jetzt klang es noch deprimierter. Die arme Geneva. Sie hatte sicher nicht geahnt, dass sie auch Grahams Kindermädchen würde spielen müssen.

Selena klappte ihren Laptop zu, heftiger, als sie beabsichtigt hatte, schob ihn in seine Hülle und steckte ihn in ihre Tasche. Sie zog ihre dunkle Wolljacke über. In ihrem Magen rumorte es.

Sie *war* zornig, fühlte sich verletzt und verraten – das wusste sie. Doch diese Gefühle waren unterschwellig, wie heiße Lava, und brodelten irgendwo tief in ihr, bauten langsam Druck auf. So war sie immer gewesen – außen ganz ruhig, während es in der Tiefe rumorte. Sie kämpfte alles nieder, schob es weg – bis es nicht mehr ging. Und dann war der Gefühlsausbruch gewaltig.

Als sie auf die Straße trat, hatte sich wieder dieser Schatten über sie gesenkt, diese graue Taubheit. Die Innenstadt war brechend voll. Sie schob sich durch die belebten Straßen zur U-Bahn, dann durch den vollen Bahnhof zum Bahnsteig, wo sie gerade noch ihren Zug erwischte.

Sie ging suchend durch die Waggons, während der Zug sich zischend zur Abfahrt bereit machte.

Da. Ein freier Platz neben einer jungen Frau, die ihr für einen kurzen Moment irgendwie bekannt vorkam. Sie hatte glatte schwarze Haare, mokkabraune Augen, und um die roten Lippen spielte ein leichtes Lächeln. Schick, stylish – selbst aus der Entfernung fand Selena sie sofort sympathisch. Als die junge Frau Selena auf sich zusteuern sah, nahm sie ihre Tasche von einem freien Sitz, um ihr Platz zu machen. Und Selena ließ sich mit einem vermutlich verräterischen Seufzer auf den Platz neben ihr sinken. Sie umklammerte ihr Promi-Magazin *People* und wollte nur eins: sich in den nächsten vierzig Minuten in diesen Hochglanzseiten verlieren, sich von ihren Problemen ablenken lassen.

»Harter Tag?«, fragte die Unbekannte. Ihre Miene – ein leichtes Lächeln auf den vollen Lippen, ein Glitzern in den dunklen Augen – besagte, dass sie das alles kannte. Es selbst erlebt hatte. Jeden Insider-Witz verstand.

Selena stieß ein kleines Lachen aus. »Sie haben ja keine Ahnung.«

2

Anne

Es war von Anfang an ein Fehler gewesen, und Anne wusste das. Man schläft nicht mit seinem Chef. Das gehörte wirklich zu den Dingen, die Mütter ihren Töchtern beibringen sollten. Kau das Essen immer gründlich. Schau nach rechts und links, bevor du die Straße überquerst. Vögle nicht mit deinem direkten Vorgesetzten, egal, wie sexy, reich oder charmant er sein mag. Nicht, dass Annes Mutter ihr je irgendwas Nützliches beigebracht hätte.

Wie dem auch sei, hier war sie. Schon wieder. Wurde von hinten genommen, über die Couch gebeugt, im Eckbüro ihres Chefs mit dem Blick über die ganze City. Die Welt war ein Feld aus Lichtern, die weit unter ihnen ausgebreitet waren. Sie versuchte, es zu genießen. Aber wie so oft hatte sie das Gefühl, über sich zu schweben. Alle richtigen Geräusche machte sie trotzdem. Sie wusste, wie man es vortäuscht.

»O mein Gott, Anne. Du bist so sexy.«

Er presste sich tief sie hinein, stöhnend.

Als er sie zum ersten Mal angebaggert hatte, hatte sie angenommen, dass er Spaß machte – oder nicht klar dachte. Sie waren zusammen nach DC geflogen, um einen wichtigen Kunden, der in Erwägung zog, sich eine andere Investmentfirma zu suchen, zum Essen auszuführen. Im Taxi, auf der Rückfahrt ins Hotel, hatte Hugh die Hand auf ihren Oberschenkel gelegt – während er mit seiner Frau telefonierte. Er sah sie dabei nicht einmal an, also fragte sie sich kurz, ob er nur geistesabwesend war. So war er manchmal, ein bisschen blöd. Übertrieben herzlich, allzu vertraulich. Vergesslich.

Seine Hand wanderte ihren Oberschenkel hinauf. Anne saß sehr still da. Wie ein Beutetier. Hugh beendete das Telefongespräch, und sie dachte, dass er gleich hastig die Hand zurückziehen würde.

Oh! Tut mir so leid, Anne. Sie erwartete, ihn das sagen zu hören, entsetzt über das eigene distanzlose Verhalten.

Aber nein. Seine Hand wanderte noch höher.

»Habe ich die Signale falsch gedeutet?«, fragte er leise.

Stopp. Die meisten Leute würden jetzt denken: Die arme Anne! Aus Angst um ihren Job schläft sie mit ihrem Chef, der sie sexuell belästigt.

Was Anne dachte, war: Wie kann ich das zu meinem Vorteil nutzen? Sie hatte wirklich nur versucht, ihre Arbeit gut zu machen. Aber wie es schien, hatte Paps recht gehabt, wie so oft. Wenn du nicht nach jemandem ein Netz auswirfst, wirft es jemand nach dir aus.

Hatte sie unbewusst Signale ausgesandt? Möglich. Ja. Vielleicht hatte Paps auch in diesem Punkt recht. Man kann nicht aus seiner Haut, selbst wenn man es versucht.

Sie befummelten sich im Taxi wie Teenager nach einem Schulball, benahmen sich aber gesittet, als sie im Ritz durch die Lobby gingen. An der Tür ihres Hotelzimmers presste er sich gegen sie. Sie war froh, dass sie verführerische Dessous trug und sich die Beine rasiert hatte.

In dieser Nacht hatte sie Hugh – grau meliertes Haar, durchtrainiert, flacher Bauch – den Ritt seines Lebens verschafft. Und viele Nächte danach ebenfalls. Er mochte es, wenn sie oben war. Er war ein rücksichtsvoller Liebhaber, fragte ständig: *Gefällt dir das? Alles in Ordnung?* Machte intime Geständnisse: *Kate und ich – wir sind schon sehr lange verheiratet. Wir haben beide ... Gelüste.* Als ob sie sich für seine Ehe interessieren würde.

Anne glaubte nicht wirklich an Dinge, die andere Leute so hoch zu bewerten schienen. Treue – echt? Sollte man etwa sein ganzes Leben lang nur einen einzigen Menschen begehren? Die Ehe. Gab es sonst noch etwas, das mit so großer Wahrscheinlichkeit falschlief, enttäuschte, scheiterte? Ach was! Die Menschen waren Tiere. Brünstige, wilde Tiere. Männer wie Frauen. Die Gesellschaft wurde durch absolut willkürliche Gesetze und Moralvorstellungen zusammengehalten, die sich ständig wandelten, egal, wie sehr die Leute sich daran klammerten. Dabei schafften sie es gerade mal so eben, sich unter Kontrolle zu halten.

Anne erwartete nicht, dass Hugh sich in sie verliebte, sie ermutigte ihn auch nicht dazu. Tatsächlich sprach sie sehr wenig. Sie hörte zu, gab die richtigen Antworten, Bestätigungen. Falls ihm auffiel, dass sie ihm praktisch nichts von sich erzählt hatte, sprach er es nicht an. Aber verlieben tat er sich. Und die Sache wurde kompliziert.

Hugh war fertig, schlang den Arm um ihre Taille und weinte ein wenig. Das Gewicht seines Körpers erdrückte sie. Er wurde oft emotional, nachdem sie sich geliebt hatten. Meistens hatte sie nichts gegen ihn. Aber dieses Geflenne war furchtbar abturnend. Sie drückte sich gegen ihn, und er ließ zu, dass sie sich aufrichtete. Sie zog ihren Rock herunter, und er nahm sie in die Arme.

Sie hielt ihn eine Weile fest, wischte ihm die Tränen ab, küsste sie weg. Weil sie wusste, dass es das war, was er wollte. Es war ihre spezielle Gabe zu wissen, was Menschen wollten, was sie im tiefsten Herzen begehrten, und es ihnen zu geben. Für eine Weile. Deshalb hatte Hugh sich auch in sie verliebt, so wie jeder sich aus diesem Grund verliebte. Er liebte es zu bekommen, was er sich wünschte, auch wenn er vielleicht selbst nicht wusste, was genau das war.

Als er sie endlich losließ, starrte sie auf ihr geisterhaftes Spiegelbild in der dunklen Fensterscheibe und wischte sich den verschmierten Lippenstift ab.

»Ich werde sie verlassen«, sagte Hugh und warf sich auf eins der Sofas. Er war groß und elegant, stets perfekt angezogen. Seine Anzüge waren maßgeschneidert, nur die besten Stoffe kamen zum Einsatz. Jetzt war seine Seidenkrawatte lose, das Baumwollhemd zerknittert, nur die Hose seines schwarzen Wollanzugs wirkte immer noch wie frisch gebügelt. Mit seinem durchtrainierten Körper konnte er alles tragen, sogar sein weißer Tennisdress saß perfekt.

Sie lächelte und setzte sich neben ihn. Er gab ihr einen Kuss, salzig und liebevoll.

»Es wird Zeit. Ich kann das nicht mehr«, sagte er.

Es war nicht das erste Mal, dass er davon anfing. Das letzte Mal, als sie versucht hatte, ihn davon abzubringen und gehen wollte, hatte er sie an den Handgelenken gepackt, zu fest. In seinen Augen hatte ein Ausdruck von Verzweiflung gelegen. Sie wollte nicht, dass er heute Abend klammerte. Emotional wurde.

»Gut«, sagte sie und fuhr mit den Fingern durch sein Haar. »Ja.«

Denn das war es, was er hören wollte, er brauchte diese Bestätigung. Wenn man Leuten nicht das gab, was sie wollten, wurden sie böse. Oder zogen sich zurück. Und dann wurde das Spiel schwieriger oder war ganz verloren.

»Wir gehen fort«, sagte er und zeichnete mit dem Finger die Linie ihres Kiefers nach. Denn natürlich würden sie beide ihre Jobs verlieren. Die Investmentfirma gehörte seiner Frau Kate, die sie auch leitete. Sie hatte sie von ihrem legendären Vater geerbt, ihre Brüder saßen im Vorstand, und die hatten Hugh nie gemocht (das war eine seiner Lieblingstiraden beim Bettgeflüster: dass Kates Brüder ihn nicht respektierten). »Wir machen eine lange Auslandsreise und überlegen dann, wie es weitergehen soll. Ein Neuanfang für uns beide. Würde dir das gefallen?«

»Natürlich«, sagte sie. »Das wäre wunderbar.«

Anne mochte ihren Job. Als sie sich hier beworben hatte, hatte sie aufrichtig vorgehabt, für die Firma zu arbeiten. Sie war ein Zahlenmensch, und Investment war eine Art Verbindung von Logik und Magie. Die Kundenberatung hatte durchaus Ähnlichkeit mit Trickbetrug – man überredete Leute, sich von ihrem Geld zu trennen, indem man ihnen versprach, es zu vermehren. Zudem respektierte und mochte sie ihre Chefin: Kate, die Frau ihres Liebhabers. Eine starke, intelligente Frau.

Vielleicht hätte sie sich das alles überlegen sollen, bevor sie Hughs Avancen nachgab. Er war hier nicht der Entscheider;

sie hatte sich verrechnet oder überhaupt keine Berechnungen angestellt. Manchmal unterliefen ihr solche Fehler, und sie ließ zu, dass sie sich in ihrem eigenen Netz verstrickte. Paps hielt es für eine Art Selbstsabotage. *Manchmal denke ich, dass du nicht mit dem Herzen dabei bist, Süße.* Vielleicht stimmte das.

»Oje«, sagte Hugh, zog sich von ihr zurück und blickte auf die Uhr. »Ich bin spät dran. Ich muss mich umziehen, gleich treffe ich mich mit Kate bei diesem Fundraising-Event.«

Anne stand auf, holte seinen Smoking aus dem Schrank und legte ihn auf dem Sofa aus. Noch so ein wunderbares Kleidungsstück, schwerer, seidiger Stoff. Sie strich liebevoll mit dem Finger über das Revers. Er stand auf, und sie half ihm beim Anziehen, hängte seine Tageskleidung in den Schrank. Sie band ihm seine Krawatte. Im Herzen war er ein kleiner Junge. Er wollte, dass man sich um ihn kümmerte, ihn umsorgte. Vielleicht war das etwas, das jeder gern wollte.

»Du siehst großartig aus«, sagte sie und küsste ihn. »Viel Spaß heute Abend.«

Er schaute sie lange an, und wieder füllten sich seine Augen mit Tränen.

»Bald«, versprach er. »Bald hat diese Scharade ein Ende.«

Sie legte ihm sanft die Hand an die Wange, lächelte so süß sie nur konnte und machte Anstalten, den Raum zu verlassen.

»Anne.« Er griff nach ihrer Hand. »Ich liebe dich.«

Sie sagte ihm nie, dass sie ihn liebte. Sie sagte so etwas wie *ich dich auch* oder schickte ihm das herzäugige Emoji als Antwort auf eine Nachricht. Manchmal warf sie ihm auch nur eine Kusshand zu. Es schien ihm nicht aufzufallen, oder er war zu stolz, sie zu fragen, warum sie es nie aussprach oder ob sie ihn liebte. Hauptsächlich lag es ihrer Ansicht nach allerdings daran, dass Hugh nur das sah und hörte, was er sehen und hören wollte.

Sie entzog ihm behutsam ihre Finger und warf ihm eine Kusshand zu. »Gute Nacht, Hugh.«

Sein Handy klingelte und er sah sie an, während er ranging.

»Bin auf dem Weg, Schatz«, sagte er dann mit abgewandtem Blick und entfernte sich von ihr. »Ich hatte noch ein Kundengespräch.«

Als sie ging, folgte ihr seine Stimme auf dem Weg durch den Flur.

In ihrem Büro sammelte sie ihre Sachen zusammen und hatte ein seltsam flaues Gefühl im Magen. Ihr Glück hier war aufgebraucht. Sie hätte nicht sagen können, warum sie das dachte. Es war nur so eine Ahnung, dass die Lage unhaltbar war. Es würde nicht so leicht sein, Kate zu verlassen, wie Hugh annahm, und im Grunde wollte er das vielleicht auch gar nicht. Und sobald es zur Krise kam, war sie ihren Job los. Natürlich würde es kein Totalverlust sein. Dafür würde sie schon sorgen.

Ein Gefühl von Einsamkeit überkam sie, von Leere. Sie wünschte, sie könnte Paps anrufen, damit er ihr gut zureden konnte. Stattdessen piepste ihr Handy. Die Nachricht, die sie lesen musste, ärgerte sie.

Es ist falsch, stand da. *Ich will das nicht mehr.*

Halt durch, schrieb sie zurück. *Es ist zu spät, jetzt noch einen Rückzieher zu machen.*

Komisch, wie es manchmal so lief. Im kritischen Moment musste sie den Rat erteilen, den sie selbst gebraucht hätte. Die Schülerin wurde zur Lehrerin. Paps wird sicher erfreut sein, dachte sie.

Anne warf einen Blick auf das Display. Die kleinen Punkte

pulsierten und verschwanden dann. Das Mädchen, jünger als sie, unerfahrener, würde tun, was ihr gesagt wurde. Das hatte sie noch immer getan. Bisher.

Wieder etwas munterer geworden, blickte sie auf die Uhr. Wenn sie sich beeilte, würde sie es gerade noch schaffen.

3

Selena

Als Selena sich auf ihrem Sitz einrichtete, blieb der Zug unvermittelt stehen und stieß ein resigniertes Ächzen aus. Das Licht ging aus, dann wieder an. Sie wartete.

Bitte nicht, dachte sie.

Wenn der Zug jetzt den Bahnhof verließ, konnte sie es noch nach Hause schaffen, bevor die Jungs eingeschlafen waren. Sie warf einen Blick auf ihre Sitznachbarin, die aus dem Fenster starrte. Man sah nur ihr glänzendes schwarzes Haar, das wie ein Vorhang über ihr elegantes Profil fiel. Wieder hatte sie das Gefühl, sie irgendwo schon mal gesehen zu haben.

Sie schrieb Graham, dem untreuen Arsch, eine Nachricht:

Zug hat Verspätung!

So was Blödes, schrieb er zurück. Die Nanny ist gegangen. Ich bring die Jungs ins Bett. Sie warten auf dich. Ich liebe dich!

Klasse, wie er es vermied, Geneva beim Namen zu nennen. Hatte sie nicht mal irgendwas darüber gelesen? Auf Distanz gehen. Wie um zu betonen: Ich hatte nie irgendeine sexuelle Beziehung zu dieser Frau.

Seine Worte klangen reumütig, oder nicht? Es lag am Ausrufezeichen, das er selten verwendete. Alle Lektoren hassten das Ausrufezeichen, es war eine Mogelpackung. Der Dialog sollte für sich sprechen. Doch bei Kurznachrichten vermittelte es Wärme, Begeisterung, Lebhaftigkeit – irgendwas. Wenn er zu diesem Mittel griff, musste er sich vorkommen wie ein Ungeheuer. Er *war* ein Ungeheuer.

Ich liebe dich auch, schrieb sie widerstrebend zurück. Ohne Ausrufezeichen.

Aber doch, sie liebte ihn. Schon immer, in all den Jahren, die sie jetzt zusammen waren. Er brachte sie zum Lachen. Niemand verstand sich besser auf eine Schultermassage als er. Er war stark; er regelte alles, hackte Holz, übernahm die Gartenarbeit. In vielerlei Hinsicht war er ein guter Ehemann gewesen. Und sie liebte ihn. Seltsam. Denn sie hasste ihn mit gleicher Inbrunst. Dieses Grollen in ihr. Die Lava aus Traurigkeit, Wut und Liebe, die in ihr brodelte. Dörfer würden niederbrennen, wenn der Vulkan endlich ausbrach.

Sie schaute aus dem Fenster.

Schwärze.

Alles, was sie sehen konnte, war das schwache Spiegelbild ihrer Sitznachbarin in der Scheibe. Mittlerweile waren nur noch wenige Leute im Waggon. Viele waren aufgestanden und gegangen, vermutlich, um eine andere Reisemöglichkeit zu finden. Selena hätte sich woanders hinsetzen können, damit sie beide mehr Platz hatten. Aber wäre das nicht unhöflich gewesen?

Dieses Gesicht.

Was war es nur?

Die Frau hatte hohe, ausgeprägte Wangenknochen, ihre dunklen Augen waren ein Abgrund. Um den sinnlichen Mund spielte ein reizendes, schiefes Lächeln. Selena wollte gerade ein höfliches Gespräch anfangen, als ihre Sitznachbarin zu sprechen begann. Sie flüsterte etwas, das Selena erst nicht richtig verstand. Später würde sie im Rückblick auf diese erste Begegnung versuchen, Gründe für das zu finden, was dann geschah.

Vielleicht war es nur einer dieser seltsamen Fälle von sofortiger tiefer Sympathie, die so überraschend kommen wie das Verlieben. Oder lag es an der Zugverspätung, der schwachen Beleuchtung im Abteil, dem Gefühl von Ohnmacht, weil man nichts tun konnte außer zu warten?

Manchmal passierte so etwas, dass Frauen sich auf Anhieb verstanden. Selena hatte das schon einige Male erlebt. Man sieht einander an – und weiß Bescheid. Über die Reise vom Mädchen- zum Frausein, über die Hoffnungen und Träume, die alle teilen und die das Leben selten erfüllt. Und selbst wenn es das tut, ist es nie ganz so, wie man erwartet hat. Es gibt keinen Glaspantoffel, keinen Märchenprinzen. Diese Prinzessinnen-Hochfrisur tut nach einer Weile weh, das Haar ist zu straff, die Haarnadeln zu spitz. Die Enttäuschungen, die das Leben unweigerlich bereithält, die nüchterne Wirklichkeit. Und ja, auch das Gute – wahre Liebe, echte Freundschaft, die Geburt von Kindern. Man sieht sich in die Augen und weiß um den Weg der anderen, ihre Reise, die Höhen und Tiefen, die Ironie des Schicksals.

Ihre Sitznachbarin sagte wieder etwas.

»Haben Sie je etwas getan, das Sie zutiefst bereut haben?«

Es war kaum mehr als ein Flüstern. Vielleicht redete sie ja nur mit sich selbst – Selena tat das ständig. Sie führte ganze Unterhaltungen unter der Dusche.

Mit wem redest du? Das hatte Oliver, ihr Ältester, der Neugierige, neulich wissen wollen.

Mit mir selbst, hatte sie geantwortet.

Das ist schräg.

Zumindest konnte sie auf diese Weise sicher sein, dass jemand zuhörte, Anteil nahm. Oft erteilte sie sich selbst unter der Dusche ganz ausgezeichnete Ratschläge, als gäbe es da eine kleine Therapeutin in ihrem Kopf, die alle Antworten parat hatte.

»Ja«, entgegnete Selena. »Natürlich.«

Oh, da gab es viele Dinge, bis zurück in die Kindheit. Sie bereute, dass sie in der fünften Klasse Marty Jasper nicht zu ihrer Geburtstagsfeier eingeladen hatte. Marty war ein seltsames Mädchen, nicht immer nett, das von allen gemieden wurde. Sie waren nicht befreundet, aber Selena hätte sie trotzdem einladen sollen, aus Freundlichkeit. Sie bereute, dass sie ihre Jungfräulichkeit wegen einer Wette verloren und daraufhin ihre beste Freundin eingebüßt hatte. Auf dem College hatte es ein paar One-Night-Stands gegeben, die riskant gewesen waren, fast gefährlich.

Das mit ihrem Ex-Freund Will tat ihr leid, sehr. Alle hatten gedacht, dass sie ihn einmal heiraten würde. Und sie hätte sich mehr bemühen sollen, als es mit dem Stillen nicht geklappt hatte, denn deshalb waren ihre Kinder jetzt so heikle Esser. Vielleicht aber auch nicht. Wer wusste das schon? Es gab noch andere Dinge, die sie bedauerte. Sie könnte ein Buch mit all dem füllen, was sie bereute.

»Ich schlafe mit meinem Chef«, sagte die Frau.

»Oh«, sagte Selena, überrascht, aber irgendwie auch nicht. »Die Geschichte.«

Erst im letzten Jahr hatte ihre Freundin Leona mit ihrem Chef geschlafen – beide waren verheiratet. Ein ziemliches Chaos.

»Wenn ich mich von ihm trenne«, fuhr ihre Sitznachbarin fort, »könnte es hässlich werden, glaube ich. Er will meinetwegen seine Frau verlassen.«

»Oh«, sagte Selena und beugte sich erwartungsvoll vor, froh über die Ablenkung von ihrem eigenen Drama. Ein bisschen Sensationslust war auch dabei.

»Seiner Frau gehört die Firma. In der wir beide arbeiten.«

»Hmm«, machte Selena und nickte. Sie wusste nicht, was sie sonst sagen sollte. So etwas kam vor, oder nicht? Dass man sich einfach etwas von der Seele reden musste. Es ist zu viel, unmöglich, es für sich zu behalten, aber aus hundert Gründen kann man es nicht den Menschen erzählen, die einem nahestehen. Deshalb schütteten die Leute ja beim Barmann oder beim Friseur ihr Herz aus.

Manchmal war jemand, den man nicht kannte, die sicherste Option.

Die Frau wandte den Kopf und schaute Selena im trüben Licht des liegen gebliebenen Waggons an. Sie schlug die Hand vor den Mund und riss die Augen auf.

»Es tut mir leid!«, sagte sie. »Warum habe ich Ihnen das bloß erzählt?«

»Offenbar«, sagte Selena, die sich mütterlich und abgeklärt vorkam, »mussten Sie einfach mal mit jemandem reden.«

Selena kannte das Gefühl. Sie hatte keiner Menschenseele

das von Graham erzählt. Weder ihrer Mutter noch ihrer Schwester, auch Beth nicht. Es lag ihr wie ein Stein im Magen, schnürte ihr die Kehle zusammen. Was für eine Erleichterung es wäre, darüber reden zu können. Aber wie konnte sie es jemandem erzählen? *Graham und Selena.* Liebe auf den ersten Blick, ein Traumpaar, glücklich bis an ihr Lebensende. Alle beneideten sie. Und jetzt waren sie genau wie alle anderen: bedauernswert unvollkommen, die Ehe vielleicht endgültig am Ende.

Der Zug stand, und Selena spürte Verzweiflung auf sich lasten. Draußen herrschte Dunkelheit, und die Stille im Zug vertiefte sich.

»Ich bin Martha«, sagte ihre Sitznachbarin und streckte ihr die Hand entgegen.

»Selena.« Marthas Hand war kühl und zart, aber sie hatte einen festen Handschlag.

Martha wühlte in ihrer Tasche und holte zwei Kleinflaschen Wodka hervor. Eine reichte sie Selena, die sie mit einem Lächeln entgegennahm. Sie fühlte sich an Beth erinnert, ihre beste Freundin und Chefin, die Mini-Fläschchen von allem Möglichen hortete: Alkoholika, Shampoo, Feuchtigkeitscreme, Desinfektionsmittel, Mundwasser. Sie bediente sich in Hotels und verstaute die Beute im Koffer und in ihrer Handtasche. Wenn man irgendwas brauchte – Nadel und Faden, einen Kamm, Mundwasser, Bodylotion –, war die Chance groß, dass Beth es irgendwo in der Riesentasche hatte, die sie ständig mit sich herumschleppte.

Martha drehte den kleinen Schraubverschluss ab. Nach kurzem Zögern folgte Selena ihrem Beispiel.

»Um einen Scheißtag ein wenig zu versüßen«, sagte Martha. Sie stießen mit den Fläschchen an, und Selena hielt nach dem Zugbegleiter Ausschau. Man durfte im Zug nicht trinken, oder? Sie verspürte das leichte Prickeln, das sie immer empfand, wenn sie eine Regel brach. Den Reiz des Verbotenen.

»Prost«, sagte sie.

Sie ließ den warmen Wodka ihre Kehle hinabrinnen, Wärme stieg ihr in die Wangen. Noch einen Schluck, und sie spürte eine willkommene Leichtigkeit. Der Zug blieb still und dunkel. Einige der anderen Passagiere sprachen leise in ihre Handys. Der Mann ihnen gegenüber schlief, den Kopf auf seine zusammengefaltete Jacke gelegt.

Selena spürte das Handy in ihrer Tasche vibrieren und fischte es heraus. Ein Video-Anruf.

»Da muss ich rangehen«, sagte sie. Martha nickte und streckte die Hand aus, und Selena reichte ihr das Wodka-Fläschchen zum Festhalten.

Sie nahm den Anruf an und sah ihre Söhne, die darum rangelten, aufs Bild zu kommen. Sie stellte den Ton leiser, stand auf und trat in den Gang zwischen den Zugtoiletten.

»Mama«, sagte Oliver. »Wo bist du?«

»Ich sitze im Zug fest, mein Großer«, antwortete sie mit gesenkter Stimme. »Tut mir leid. Habt ihr schon eine Geschichte vorgelesen bekommen?«

»Papa hat uns *Der Junge, der zu viel Spielzeug hatte* vorgelesen«, sagte er.

»Schon wieder«, warf Stephen ein.

Graham war nicht der bevorzugte Elternteil für die Vorlesezeit. Er las nicht mit der erforderlichen Begeisterung, und er las immer nur ein Buch, von ihm ausgesucht, ohne Diskussion. Selena dagegen verbrachte eine Stunde im Kinderzimmer und ließ jeden der Jungs ein Buch aussuchen. Nach dem Vorlesen blieb sie oft noch eine Weile auf dem Fußboden liegen, bis die Kinder eingeschlafen waren. Manchmal schlief sie selbst ein, und Graham musste sie holen.

»Ich schaue noch zu euch rein und gebe euch beiden einen Gutenachtkuss, sobald ich zu Hause bin«, versprach sie. »Ich hoffe, es dauert jetzt nicht mehr lange.«

Wieder hielt sie Ausschau nach dem Zugbegleiter oder sonst jemandem, den sie fragen könnte. Aber es war niemand da. Warum zum Teufel diese Verspätung?

Stephen, blond, zwei fehlende Vorderzähne, begann von einem Klassenkameraden zu erzählen, der sich selbst den Pony geschnitten hatte und dann nach Hause gehen musste, weil er so heftig weinte. Oliver hatte sein Snack nicht geschmeckt, und morgen wollte er gern Rosinen mitnehmen. Schließlich griff Graham ein.

»Okay, Jungs«, sagte er. »Zeit, ins Bett zu gehen.«

Er nahm das Telefon, die Jungs protestierten und riefen dann einstimmig: »Hab dich lieb, Mama!«

»Hab euch auch lieb, Jungs!«, sagte sie. »Ich bin bald zu Hause.«

»Und was ist mit mir?«, fragte Graham. Jetzt war sein Gesicht auf dem Display zu sehen. Dunkle Augen, Bartstoppeln, schiefe Nase (gebrochen bei einem Football-Spiel, nie richtig zusammengewachsen), zerzaustes Haar. Dieses Lächeln, spitzbübisch, verwegen. »Liebst du mich auch?«

»Tue ich«, sagte sie, um einen leichten Ton bemüht. »Das weißt du.«

Sie versuchte, das Bild auszublenden, wie Geneva auf ihm saß, aber es kam ungebeten. Eigentlich lief es wie in einer hässlichen Dauerschleife pausenlos in ihrem Kopf ab, wie ein

Fernseher im Hintergrund, ein Song, den sie durch die Wand hindurch hörte. Es drückte ihr das Herz zusammen. Er musste es ihr angesehen haben.

Graham runzelte die Stirn. »Was ist los?«, fragte er.

»Ich sollte Schluss machen«, sagte sie.

»Okay«, entgegnete er, rieb sich die Augen und sah sie dann wieder an. »Halt mich auf dem Laufenden.«

Er war ahnungslos, wusste nicht, was sie mitangesehen hatte. Und mehr noch, nichts an seinem Verhalten deutete darauf hin, dass irgendetwas nicht stimmte. Er war genau wie immer: Tonfall, Mimik, Körpersprache. Wenn sie es nicht selbst gesehen hätte ... Was hieß das? Dass die Sache ihm nichts bedeutete? Hatte er sie bereits vergessen? Oder aber er war ein gewiefter Lügner und Betrüger und fähig, jedes Gefühl von Schuld oder Reue zu verdrängen. Für einen Moment erschien ihr der Mann auf dem Display wie ein Fremder.

»Graham.«

»Ja?«

»Wenn noch nasse Wäsche in der Maschine ist, legst du sie bitte in den Trockner?«

Er verdrehte die Augen, als hätte sie ihm eine Herkulesaufgabe auferlegt. »Ja, gut.«

Sie beendete den Anruf ohne ein weiteres Wort. Sein Gesicht auf dem Display erstarrte und verschwand dann im Nichts.

Sie kehrte zu ihrem Platz zurück und ließ sich schwer auf den Sitz fallen. Martha gab ihr die Mini-Flasche zurück. Sie nahm einen großen Schluck.

»Klingt so, als hätten Sie eine nette Familie«, sagte Martha und hob die Hand. »Ich wollte nicht lauschen.«

»Ja, ich kann mich glücklich schätzen«, erwiderte Selena.

Denn es wurde von einem erwartet, dass man das sagte, nicht wahr? *Wir können von Glück sagen. Ich bin ja so dankbar.*

Und es stimmte, meistens fand sie das tatsächlich. Bis sie die Nanny-Kamera umgestellt hatte.

Nach dem Vorfall in Vegas hatte ihre Mutter sie gewarnt – behutsam, sanft, wie es ihre Art war: *Das wird nicht das letzte Mal bleiben, Schatz. Ein Mann, der einmal fremdgegangen ist, wird es wieder tun.*

Aber Selena hatte nicht auf sie gehört. Graham war nicht wie ihr Vater, nicht im Mindesten, versicherte sie sich. Ihr Vater hatte eine Affäre nach der anderen gehabt, und ihre Mutter Cora war bei ihm geblieben, hatte es wegen der Kinder ertragen, wie sie sagte. Wegen Selena und ihrer Schwester Marisol.

Aber das waren ihre *Eltern*. Das war überhaupt nicht mit ihr und Graham zu vergleichen. Der erste Vorfall, das war keine Affäre gewesen, nicht direkt. Sie hatten eine Therapie gemacht. Es war einfach nicht dasselbe. Jedenfalls hatte sie sich das eingeredet.

»Also, was werden Sie tun?«, fragte Selena, erpicht auf eine Ablenkung von ihrem eigenen Leben. »Wegen Ihres Chefs.«

Martha zuckte die Achseln und drehte sich ein wenig zur Seite, damit sie einander besser ansehen konnten, anstatt auf die Rückseite des Vordersitzes zu starren. Ihre Augen – dichte, lange Wimpern, leicht geschminkt, fast mandelförmig – waren brennend, hypnotisch.

»Wünschen Sie sich nicht auch manchmal, Ihre Probleme würden einfach verschwinden?«, meinte sie mit einem Seufzer.

»Ja, wäre das nicht schön?« Selena stellte fest, dass ihr Wodkafläschchen fast leer war. Das war ja schnell gegangen.

Sie fühlte sich lockerer, ihre Schultern waren weniger verspannt.

»Wenn er beispielsweise einfach das Interesse an mir verlieren würde, wissen Sie? Wenn er jemand anderen kennenlernen würde.«

Irgendetwas an diesen Worten erwischte Selena auf dem falschen Fuß, und sie spürte, wie die ganze unterdrückte Traurigkeit in ihr hochstieg. Und dann flossen die Tränen, unaufhaltsam. Die Nanny, ausgerechnet die Nanny! Was für ein Klischee!

»Oh nein«, sagte Martha und wirkte erschüttert. »Was habe ich gesagt?«

»Tut mir leid«, brachte Selena heraus, fischte ein Papiertaschentuch aus ihrer Tasche und wischte sich die Augen ab.

»Erzählen Sie mir, was los ist«, sagte Martha. »Da wir gerade dabei sind, uns unsere Geheimnisse anzuvertrauen.«

Und Selena erzählte es ihr, ohne vorher darüber nachzudenken. Sie erzählte dieser wildfremden Frau im Zug, dass sie ihren Mann in Verdacht hatte, mit dem Kindermädchen zu schlafen. Während sie länger arbeitete, um die Familie zu ernähren. Sie ließ den Umstand aus, dass sie es mit eigenen Augen gesehen hatte, auf Video. Denn war es nicht zu eigenartig, dass sie dabei zugesehen hatte? Zwei Mal. Und immer noch nichts unternommen hatte.

»Tut mir leid«, sagte sie wieder, als sie fertig war. »Warum habe ich Ihnen das bloß erzählt?«

»Offensichtlich«, sagte Martha mit demselben freundlichen Lächeln wie zuvor Selena, »mussten Sie mal mit irgendjemandem darüber reden.«

Sie holte ein weiteres Fläschchen Grey Goose hervor. Blutrot lackierte Fingernägel, perfekt maniküriert, feingliedrige weiße Hände, keine Ringe. Als Selena den kleinen Schraubverschluss abdrehte und einen Schluck nahm, merkte sie, dass ihre Sitznachbarin auf ihren Diamantring starrte, ihren Verlobungsring. (Frauen taten das oft. Es war ein Riesenklunker.) Es war befreiend gewesen, es endlich rauszulassen. Als hätte sie die Last für eine Weile abgelegt.

»Aber Sie wissen es nicht mit Sicherheit?«, fragte Martha.

Selena schüttelte den Kopf.

»Haben Sie irgendeinen Grund, an ihm zu zweifeln?«

»Nein«, sagte Selena. »Es ist nur so ein Gefühl.«

»Ich hoffe, Sie irren sich.« Martha hob ihre Kleinflasche, und sie stießen erneut an. »Und wenn nicht, dann hoffe ich, dass er bekommt, was er verdient.«

Den letzten Satz sprach sie mit einem spitzbübischen Lächeln aus, aber Selena spürte, wie ihr innerlich ein wenig kalt wurde. Was hatte Graham denn verdient? Was hatte irgendjemand verdient?

»Männer«, sagte Martha, als Selena nicht antwortete. »Sie haben so viele Fehler, nicht wahr? Sie haben die ganze Welt zugrunde gerichtet.«

Ihr Ton war düster geworden, ihr Blick distanziert. »Sie richten nur Schaden an.«

Selena überkam der bizarre Impuls, die Männer zu verteidigen, selbst Graham. Schließlich hatte sie zwei Söhne. Aber die Verteidigungsrede erstarb ihr auf den Lippen. Denn es stimmte, oder? Im gewissen Sinne waren Männer für einen Gutteil der Übel der Welt verantwortlich – für Kriege, Klimawandel, Genozide, Pädophilie, Vergewaltigungen, Morde, die meisten Verbrechen. Sie liefen seit Jahrtausenden Amok.

»Wünschten Sie sich nicht auch manchmal, Ihre Probleme würden von selbst verschwinden?«, fragte Martha erneut. »Ohne Ihr Zutun?«

Aber Probleme lösten sich nicht von allein. Und plötzlich wurde Selena bewusst, dass Martha »die andere« war. Sie schlief mit dem Mann einer anderen Frau, der Frau, der die Firma gehörte, bei der Martha arbeitete, und die vermutlich ihrem Mann und ihrer Angestellten ebenso vertraute, wie Selena es getan hatte. Eine Frau, die ihren Lebensunterhalt verdiente und ihre Familie ernährte, während ihr Mann es mit dem erstbesten hübschen Mädchen trieb, das ihm begegnete.

»Wie könnte denn eine Lösung für Ihr Problem aussehen?«, fragte sie und tupfte sich die Augen ab.

»Heute kam mir der Gedanke, dass es toll wäre, wenn er einfach ... sterben würde«, antwortete Martha mit einem frechen Lächeln. »Durch einen Autounfall, einen Herzinfarkt, einen Raubüberfall auf der Straße. Dann könnte ich meine Stelle behalten, und niemand würde je etwas erfahren.« Sie lachte auf, ein süßes, mädchenhaftes Lachen, und nahm noch einen zierlichen Schluck Wodka. Natürlich machte sie nur Witze. Oder? Selena rückte ein wenig von ihr ab und presste ihre Handtasche fester gegen ihren Bauch.

»Und ich würde nie wieder so dumm sein«, fuhr ihre Sitznachbarin fort. »Ich hätte nie wieder so große Angst um meinen Job, dass ich nachgebe, wenn mein Chef mich sexuell bedrängt.«

Empfand Geneva es etwa so? Hatte Graham sie angebaggert, und sie hatte nachgegeben, weil sie Angst um ihren Job hatte? So schien es eindeutig nicht zu sein. Aber es war nicht so einfach, oder? Graham befand sich durchaus in einer Machtposition. Und Selena wusste, dass Geneva Probleme hatte, finanziell über die Runden zu kommen. Sie konnte es sich nicht leisten, arbeitslos zu sein, nicht mal für kurze Zeit.

Die Lichter flackerten, es gab einen Ruck und der Zug fuhr an. Hoffnung flammte in Selena auf. Aber dann geschah wieder nichts.

»Die Strecke war blockiert«, ertönte die Stimme des Zugbegleiters durch das Lautsprechersystem. Der Mann neben ihnen erwachte, fuhr hoch, blickte sich verwirrt um und checkte sein Handy. »Die Schienen wurden geräumt und sind jetzt wieder frei. Es wird gleich weitergehen. Wir entschuldigen uns für die Unannehmlichkeiten.«

Der Mann nahm seine Sachen und ging in einen anderen Waggon.

»Und wie ließe sich Ihr Problem lösen?«, fragte Martha mit eindringlichem Blick. Selena fühlte sich wie durchbohrt.

Sie versuchte ein schiefes Lächeln.

Alleinstehende Frauen begriffen es einfach nicht, die komplizierte Vielschichtigkeit der Ehe, des Lebens mit Kindern, mit all den Opfern, die jeden Tag gebracht werden mussten, dem Ringen um Kompromisse.

Es gibt keine Lösung für mein Problem, dachte Selena.

Sollte sie sich scheiden lassen, eine alleinerziehende Mutter werden, sodass Oliver und Stephen jedes zweite Wochenende und die Ferien bei ihrem Vater verbrachten? Oder an der Ehe festhalten? Geneva feuern, obwohl ihre Söhne sie liebten, versuchen, einen Kündigungsgrund zu finden, der ihnen einleuchtete, ohne Selena zu beschämen und Graham in den Augen seiner Kinder herabzusetzen. Dann ihren Job kündigen und vom Ersparten leben, bis er eine neue Stelle fand und wieder arbeiten ging. Ihn zur Rede stellen, Eheberatung, vielleicht einen neuen Weg finden, sich einander anzunähern. Es gab keine Lösung, die nicht ein ganzes Heer neuer Probleme mit sich brachte. Probleme, zu deren Lösung ihr, offen gestanden, schlicht die Energie fehlte.

»Vielleicht verschwindet sie ja einfach«, sagte Martha. »Und Sie können so tun, als wäre nichts gewesen.«

Es war ein Flüstern im Dunkeln, verführerisch wie eine Schlange.

Als Selena ihr in die Augen blickte, war es, als starre sie in den Weltraum, kalt, fern und leer. Ihr war ein wenig übel vom Wodka.

Ja, was wäre, wenn Geneva nicht mehr zur Arbeit käme? Einfach verschwand. Graham würde sich bei der Stellensuche garantiert viel mehr ins Zeug legen, wenn er für die Familienarbeit zuständig war. Ja, vielleicht könnte sie so tun, als wäre nie etwas gewesen. Es wäre so viel einfacher. Einen kurzen Augenblick schien es ihr möglich. Schließlich hatte ihre Mutter das jahrzehntelang getan, damit die Familie intakt blieb.

Aber nein. Das ging nicht. Sie konnte nicht einfach vergessen, was sie gesehen hatte, sie konnte nicht vergessen, was sie über ihren Mann wusste. Sie war nicht wie ihre Mutter. Sie konnte nicht einfach der Kinder wegen die Augen vor seiner Untreue verschließen. Oder doch?

Da erwachte der Zug wieder zum Leben, das Licht ging an, und es ging ruckartig vorwärts. Leicht angeekelt und mit hämmerndem Herzen sammelte Selena ihre Sachen zusammen.

»Ja«, sagte sie und brachte ein kleines Lachen zustande. »Aber so viel Glück werde ich wohl kaum haben.«

»Man kann nie wissen.« Martha wickelte sich eine Strähne

ihres dunklen, seidigen Haars um den Finger. »Es passieren ständig schlimme Dinge.«

Selena wechselte auf den Sitz auf der anderen Gangseite.

»So kann ich mich besser ausbreiten«, erklärte sie, als Martha die Aktion mit einem höflichen Lächeln verfolgte. »Und Sie haben mehr Platz.«

Martha nickte und hob ihre Tasche auf, die sie auf den Boden gestellt hatte.

»Vielen Dank für den Wodka«, sagte Selena, als sie sich eingerichtet hatte. »Und fürs Zuhören.«

»Ich danke Ihnen«, sagte Martha. »Ich fühle mich jetzt viel besser. Ich glaube, ich weiß, was ich tun werde.«

»Manchmal brauchen wir nur jemanden, der zuhört.«

»Und uns einen kleinen Schubs in die richtige Richtung gibt.«

Wie war das denn jetzt gemeint? Selena wollte es eigentlich gar nicht wissen. Irgendwas an dem Gespräch – vielleicht der Tonfall der Frau, der Wodka – bereitete ihr Unbehagen, und sie verspürte den dringlichen Wunsch, die Unterhaltung zu beenden. Warum hatte sie dieser wildfremden Frau von sich erzählt? Etwas so Persönliches?

Sie schlug ihre Hochglanz-Zeitschrift auf und begann sie durchzublättern – unmöglich dünne Körper, makellose Gesichter, Menschen, die ein beneidenswertes Leben führten. Martha schien eingedöst zu sein, wie Selena mit einem Seitenblick feststellte. Als der Zug in den Bahnhof einfuhr, wo sie aussteigen musste, nahm sie ihre Sachen, aber Martha rührte sich nicht. Selena entfernte sich so leise wie möglich, ohne sich zu verabschieden, ohne einen Blick zurück. Sie hoffte, dass sie einander nie wieder über den Weg laufen würden.

4

Geneva

Geneva räumte die Teller in die Spülmaschine und wischte die glänzende Quarzstein-Arbeitsfläche ab. Oben tobten die Jungs herum, während Graham versuchte, sie ins Bett zu bringen und ihnen eine Geschichte vorzulesen. Offenbar sprangen sie von den Betten, denn es tat jedes Mal einen schweren Schlag, der die Gläser in den Küchenschränken klirren ließ. Weder Selena noch sie selbst hätten das geduldet. Die Vorlesezeit war zum Runterkommen gedacht, nicht zum Aufdrehen.

Sie räumte die Reste vom Abendessen weg, bereitete einen Teller für Selena vor, packte ihn in Folie und stellte ihn in den Kühlschrank, obwohl sie vermutlich schon gegessen hatte.

»Es tut mir leid«, flüsterte sie, als sie die Kühlschranktür schloss. Und das stimmte. Sie mochte Selena, respektierte sie. Sie hätte sich nie ausgesucht, sie auf diese Weise zu verletzen und zu betrügen. Auf die schlimmste Weise, in der eine Frau eine andere Frau verletzen kann.

Sie war daran gewöhnt. An das brennende Schamgefühl. Die Vertrautheit war fast tröstlich. Die Hitze begann in ihrer

Mitte und stieg ihr ins Gesicht, um dann abzuebben und sie mit einem Gefühl gähnender Leere zurückzulassen.

Warum? Warum tat sie das nur? Immer wieder. Sie wollte das nicht.

Es gab nur einen einzigen Grund. Und dies war das allerletzte Mal. Sie hatte etwas Geld gespart. Sie hatte jetzt fast genug zusammen, um sich zu befreien.

Geneva setzte sich an den Küchentisch und schrieb eine Liste für Selena.

»Oliver braucht ein neues Hemd für seine Schuluniform, Anweisung vom Schulsekretariat. Stephens Lehrerin« – eine ziemlich verklemmte Person, fand Geneva – »sagte beim Abholen, dass er in letzter Zeit ziemlich viel quasselt, seine Freunde ablenkt und im Unterricht nicht aufpasst.«

Stephen war tatsächlich eine Quasselstrippe – aber reizend und kreativ und süß. Selena würde wissen, was zu tun war, mit Stephen und wegen der Lehrerin. Glücklicherweise war Genevas Aufgabe nur, über die Probleme zu berichten, sie musste sie nicht lösen. Das war das Gute daran, wenn man die Nanny war und nicht die Mutter. Man konnte abends nach Hause gehen.

Der Stift lag schwer in ihrer Hand.

Sie konnte immer noch Graham auf ihren Lippen schmecken.

Als sie ihn kennenlernte, beim Vorstellungsgespräch mit Selena und den Jungs, hatte sie ihn erst für einen Handwerker gehalten, den Selena angestellt hatte, damit er die Dinge erledigte, für die ihr erfolgreicher, dynamischer Gatte nicht die Zeit hatte. Er hatte sich mit den Steinen der niedrigen Mauer abgemüht, die den großen Garten umgab.

Während der wichtigen Erkundungsphase hatte sie ihn auf Fotos in den sozialen Medien gesehen. Einmal hatte sie im Zug einen Blick auf ihn werfen können, als er von der Arbeit nach Hause fuhr. Da hatte er einen gut sitzenden Anzug getragen, teure Schuhe. Er war glatt rasiert gewesen, gepflegt. Als sie ihn dann im Haus sah, hatte sie ihn erst gar nicht erkannt.

»Ach, da ist ja Graham«, sagte Selena, die Geneva gerade die riesige Küche gezeigt hatte. »Sie werden ihn sicher öfters hier sehen. Aber meistens wird er unterwegs sein, bei Vorstellungsgesprächen, denke ich.«

Genevas verwirrten Blick verstand Selena falsch. »Mein Mann«, verdeutlichte sie.

»Oh, natürlich«, sagte Geneva. »Klar.«

Sie hatte ihm kurz zugeschaut, wie er Steine anschleppte und aufstapelte. Er hatte etwas Männliches an sich, obwohl er von der harten Arbeit schwitzte, oder vielleicht gerade deshalb. Jeans, T-Shirt, Arbeitsschuhe. Er hatte zugenommen, seit sie ihn zuletzt gesehen hatte, aber seine Arme waren muskulös, die Schultern breit. Durchaus anziehend, diese kraftvolle Körperlichkeit. Die Bartstoppeln an seinem Kinn waren nicht unattraktiv.

Trotzdem. Wenn Geneva sich Selena so ansah – schlank, dunkel, mit feinen, stolzen Gesichtszügen, makelloser Haut ... Sie musste doch wissen, dass ihr Mann ihr nicht das Wasser reichen konnte. Warum verhielten sich so viele Frauen so? Selena war nicht nur schön, sondern auch intelligent, sympathisch, eine gute Mutter. Der Typ Superfrau, von denen diese Kultur so viele hervorbrachte.

Und Graham, tja, jeder konnte sehen, was er war. Oder vielleicht sah auch nur sie es, weil sie gut darin war, Menschen einzuschätzen. Übernatürlich gut. Er war ein Mann-Baby. Die Welt wurde ihm gereicht wie eine Rassel, die er auf den Boden warf, wenn er nicht bekam, was er wollte. In ihrem Berufsfeld hatte Geneva viele Männer wie ihn kennengelernt. Zu viele.

Es war eindeutig Zeit, über einen Berufswechsel nachzudenken. Sie war nicht gemacht für diese Masche, für die Folgen. Die Kinder waren in Ordnung, der Teil machte ihr Spaß. Die Erwachsenen waren das Problem. Besonders die Männer.

Geneva schrieb ihre Nachricht an Selena zu Ende. Das Poltern oben hatte aufgehört. Sie konnte die Jungs reden und lachen hören, dazwischen Grahams tiefe Stimme. Vielleicht, dachte Geneva, sollte ich morgen einfach nicht wiederkommen. Sie wischte noch ein letztes Mal die Arbeitsfläche ab und stellte den großen Spielzeugroboter mit den großen roten Augen und den witzigen Funktionen zur Seite. Er konnte sprechen, beispielsweise »Achtung, Achtung« sagen. Eins dieser nervigen technischen Spielzeuge, die Kinder liebten und Eltern hassten. Geneva hatte den Roboter konfisziert, als die Jungs sich darum gestritten hatten. Einen Augenblick dachte sie daran, ihn nach oben ins Spielzimmer zu bringen, aber sie wollte nicht wieder dorthin zurückkehren. An den Ort des Verbrechens. Sie ließ den Roboter neben dem Herd stehen.

Sie packte ihre Tasche. Die Essensportion, die sie für sich selbst zubereitet hatte, hatte sie in einen mitgebrachten Behälter gefüllt – die Verpflegung war inbegriffen. Leise verließ sie das Haus und schloss hinter sich ab.

Schon ein paar Tage, nachdem sie bei der Familie Murphy angefangen hatte, hatte Graham begonnen, ihre Nähe zu suchen, wenn die Jungs in der Schule waren. Stephen, der die Vorschule besuchte und dort zur Mittagsbetreuung blieb, hatte um halb eins Schluss, und Oliver, der in der ersten Klasse war, um halb drei. Bevor sie Stephen abholte, machte Geneva Besorgungen, kümmerte sich um den Haushalt und erledigte, was noch so anstand.

Und dann stand Graham plötzlich im Wirtschaftsraum und redete über dieses und jenes – dass er auf dem College Football gespielt habe und vielleicht Profi geworden wäre, wenn nicht eine Knieverletzung das verhindert hätte. Klar doch. Über ein Stellenangebot, das er abgelehnt habe, weil es sich »einfach nicht richtig anfühlte«. Er hatte diese aufgesetzte wichtigtuerische Art, die typisch für einen bestimmten Typ Mann war. Meistens sollte sie ein tief sitzendes Gefühl von Unzulänglichkeit überspielen. Sie hatte versucht, ihm zu vermitteln, dass sie nicht interessiert war. Kein Blickkontakt. Höfliche, einsilbige Antworten. Ein schnelles: *Oh, ich muss dringend noch was erledigen, bevor ich die Jungs abhole.* Ihre Söhne, wie sie nicht hinzufügte. Während Ihre Frau arbeitet, um die Familie zu ernähren. Und während Sie *was genau* machen?

Fast hätte sie gekündigt, bevor es zu spät war. Manchmal, weißt du, läuft es eben nicht so wie erwartet, und dann bricht man besser ab.

Aber Selena war so dankbar, so voll des Lobs. Die Jungs – behütet und geliebt – waren süß, wirklich nette Kinder. Das Haus war schön, beruhigend. Geneva genoss es, hier zu sein, und wenn sie allein war, tat sie gern so, als würde dieses schöne Haus ihr gehören. Manchmal durchwühlte sie Selenas Schubladen – sah sich ihr Make-up an, ihr Parfüm, ihre hübschen Dessous. Sie stahl nie etwas. Sie schaute nur.

Zum ersten Mal war es im Wirtschaftsraum passiert, als er sie gegen den Trockner presste.

Es passierte einfach, so wie immer. Was war das nur?

Sie wusste, dass sie sich sehen lassen konnte, aber eine Schönheit war sie nicht. Vielleicht lag es an der fürsorgenden Rolle. Sie hatte wirklich ein Talent dafür, sich um andere Menschen zu kümmern. Und sie tat das gern, anderen etwas geben, sie trösten. Kindern. Alten Menschen. Tieren. Sie wollte einfach nur freundlich zu anderen sein und ihnen helfen. Vielleicht konnte sie deshalb nie Nein sagen – selbst, wenn sie es gern getan hätte.

Im Kinderzimmer brannte noch Licht, als sie die Straße überquerte und in ihren Toyota stieg. Graham war nicht der schlimmste Vater, dem sie je begegnet war, nicht mal der schlimmste Ehemann. Dieser Pokal könnte an ihren eigenen Vater gehen, einen völlig Fremden, den sie bei einer polizeilichen Gegenüberstellung nicht einmal erkannt hätte.

Nach der Wärme des Hauses in der kalten Abendluft leicht fröstelnd, drückte sie den Startknopf ihres neuen Autos, ihres Trostpreises nach der letzten Katastrophe. Der Motor sprang summend an, das Armaturenbrett leuchtete auf. Es war eine gute Sache, dass die Leute nicht mehr miteinander redeten. In dieser Instagram-Welt wollten alle nur geschönte Versionen ihrer besten Momente veröffentlichen und alles andere verbergen. Die langweiligen, peinlichen Momente, das Unerfreuliche, die Fehlschläge. Wo ließen die Leute das alles nur?

Sie fuhr los, das Wageninnere wurde langsam wärmer, ihr Körper entspannte sich. Keine Musik, sie hatte ihr Smartphone weggepackt. Es war nicht weit bis zu ihrer Wohnung auf der anderen Seite der Eisenbahngleise – fern von den großen Villen und gepflegten Parks, am Supermarkt und am Friedhof vorbei. Sie wohnte in einem niedrigen, ordentlichen

Wohnblock gegenüber von einem künstlichen Teich mit einem Springbrunnen. Es gab Bäume und Bänke, einen Spielplatz, eine Entenfamilie, die jedes Jahr wiederkam. Nicht schick, aber auch keine heruntergekommene Bruchbude wie andere Wohnungen, in denen sie gelebt hatte.

Sie parkte den Wagen auf dem Stellplatz, der für ihre Einheit reserviert war, stieg die Außentreppe in den zweiten Stock hoch und ging den Laubengang entlang. Dabei warf sie nach und nach Schichten ihrer selbst ab – die lächelnde Nanny, die zuvorkommende Angehörige der Generation Y, die Frau, die sich im Wirtschaftsraum flachlegen ließ. All das war sie und war sie doch nicht wirklich.

Ihre Wohnung war nichts Besonderes, eine kleine Zweizimmerwohnung mit großer Küche und Essbereich, einem Wohnzimmer, das sie gemütlich eingerichtet hatte. Es war in Ordnung. Es war ihr eigenes Reich. Wenn sie die Tür hinter sich schloss, war sie allein, konnte erleichtert aufatmen. Sie würde niemals bei ihren Arbeitgebern wohnen wie ein Aupair-Mädchen. Sie brauchte Raum für sich.

Ihr Smartphone piepste und sie schrak zusammen. Nicht schon wieder eine Nachricht.

Bitte. Ich bin verzweifelt. Ich kann nicht aufhören, an dich zu denken.

Sie antwortete ihm nicht. Die Lesebestätigung hatte sie abgeschaltet, sodass er nicht wusste, ob sie die Nachricht erhalten hatte oder nicht. Sie sollte ihn blockieren, das wäre das Klügste.

Warum antwortest du nicht?
Deinetwegen habe ich mein Leben ruiniert.

Das war das übliche Muster. Erst etwas Nettes, ganz zwanglos, das war vorhin gekommen. *Ich denke an dich. Hoffentlich geht es dir gut.* Dann Bitten. Später wurde es aggressiver. Und dann richtig unerfreulich.

Antworte mir, das ist doch wohl das Mindeste.

Im Moment konnte sie nichts tun, sie konnte es nur ignorieren.

Geneva zog bequeme Hauskleidung an und schlang die Haare zu einem Knoten, dann verzehrte sie die mitgebrachte Mahlzeit, ohne sich die Mühe zu machen, sie vorher aufzuwärmen. Sie saß am Küchentisch und starrte geistesabwesend aus dem Fenster in den Park. Auf dem Spielplatz waren zwei ultraschlanke Teenager-Mädchen. Sollten die so spät noch allein draußen sein? Gut, es war erst kurz nach sieben. Aber es war dunkel. Eine der beiden starrte auf ein Handy. Die andere schaukelte träge, den Kopf gegen die Kette gelehnt.

Wieder das Smartphone: *Weißt du was? Schön. Du ignorierst mich? Glaubst du, du kannst alles kaputt machen und dann einfach verschwinden?*

Die beiden Mädchen auf dem Spielplatz erinnerten sie an ein anderes Ich, ein anderes Leben, so lange her, dass es verblasst war und ihr so unwirklich vorkam wie ein Traum oder eine Folge einer schlechten, halb vergessenen Fernsehserie.

Zwei Mädchen. Eine, die alles wollte. Und eine, die nichts wollte außer verschwinden. Ob wohl jemals eine von beiden das bekommen würde, was sie wollte?

Wieder der Signalton: *Irgendwann wirst du dafür büßen.*

Sie griff nach dem Smartphone, um seine Nummer zu blockieren, aber bevor sie das tun konnte, feuerte er noch einen letzten Schuss ab:

Du Nutte.

Das Wort traf sie bis ins Mark. Sie ließ das Handy fallen, als wäre es heiß. Ihr Magen krampfte sich zusammen.

Man erntet, was man sät, hatte ihre Mutter immer gesagt.

Wieder stieg ein Gefühl von Scham in ihr auf. Stimmte das? Garantiert nicht. Denn es gab gute Menschen, denen Schlimmes widerfuhr, während böse Menschen belohnt wurden. Ihre Schwester sagte gern, dass es keine Gerechtigkeit gab außer der, für die man selbst sorgte.

Geneva trat ans Fenster, aber die Mädchen waren fort, der Spielplatz lag dunkel und verlassen da.

Und dann sah sie sein Auto. Schwarze Fenster, ausgeschaltete Scheinwerfer. Es stand nur da.

Hatte er sie beobachtet, als sie nach Hause kam?

Sie sollte die Polizei rufen. Aber wie konnte sie das tun?

War er der Kriminelle, derjenige, den es zu fürchten galt? Oder war sie es?

Sie trat ein Stück zur Seite, damit sie nicht gesehen wurde, und behielt den dunklen Wagen im Auge, bis endlich die Scheinwerfer angingen und er davonfuhr.

5

Pearl

Pearl hörte zu, das war ihre Superkraft. Sie hatte die Gabe, sich selbst unsichtbar zu machen, sodass jeder im Raum vergaß, dass sie da war. Sie war schlank und dunkelhaarig, zog sich schlicht an und trug eine dicke Hornbrille, die ihr Gesicht verdeckte. Sie achtete darauf, immer mit sanfter Stimme zu sprechen und dafür zu sorgen, dass ein kleines Lächeln um ihre Lippen spielte. Sie verschmolz mit ihrer Umgebung, und die meisten Leute hatten nichts gegen ihre Gesellschaft.

In der Schule wurde sie weder schikaniert noch hatte sie richtige Freunde. Sie legte Wert darauf, immer nett zu sein, aber Abstand zu wahren.

»Pearl ist eine gute Schülerin, hochintelligent und immer hilfsbereit. Es ist leicht, sie zu mögen. Doch sie ist sehr ruhig und schüchtern. Vielleicht sollten wir mal ein Gespräch darüber führen. Mein Eindruck ist, dass Pearl sich zu sehr im Hintergrund hält. Wenn sie im Unterricht aufgerufen wird, weiß sie immer die Antwort, aber sie meldet sich selten von sich aus.« So hatte eine behutsame Anfrage der Englischlehrerin auf Pearls herausragendem Zeugnis gelautet, auf das ihre Mutter nur einen raschen Blick warf, weil sie wusste, dass Pearl immer glatte Einsen bekam.

»Schüchtern?«, hatte Stella sinniert und Pearl mit ihren blassblauen Augen angesehen. Pearl kam es vor, als bestünde ihre Mutter aus verschiedenen Schichten, und Pearl konnte einen Blick auf all das erhaschen, was sie gewesen war, bevor sie Pearls Mutter wurde. Das vernachlässigte Kind, die junge Frau, die sich mit Jobs in Strip-Clubs den Besuch des Community College finanzierte, die Trophäenfrau, die für Trophäenfrau Nummer zwei abserviert wurde, alleinerziehende Mutter, Trinkerin, selbstständige Buchhändlerin, die zu kämpfen hatte. Stellas Augen blickten direkt in Pearl hinein, kannten sie durch und durch. Sie war vielleicht nicht die beste Mutter, die es gab, aber niemand kannte Pearl so gut wie sie.

»Schüchtern ist so ungefähr das Letzte, was du bist.«

Das stimmte. Pearl war nicht schüchtern.

Heute war es Charlie, den die fünfzehnjährige Pearl beobachtete. Er war ein faszinierendes Objekt, seit er vor ein paar Wochen in das Leben ihrer Mutter getreten war. Er war nicht wie ihre sonstigen Macker. Er war still, ein Bücherwurm, ein netter, umgänglicher Typ. Und doch. Da war etwas in seinen Augen, ein Flackern, eine schleichende Dunkelheit. Und da war auch sein Lachen – nicht von der netten Art.

Irgendwann war er da gewesen, der neue Angestellte im Buchladen ihrer Mutter, packte Kisten aus, sortierte Bücher ein, rief Kunden an. Pearl war unklar, wie Stella sich einen neuen Mitarbeiter leisten konnte. Der Buchladen stand kurz vor der Pleite. Sie war klug genug, nicht nachzuhaken.

In der Woche darauf fuhr Charlie ihre Mutter abends nach

Hause. Pearl stand am Fenster und sah, wie die beiden noch lange in dem schwarzen Auto sitzen blieben, das irgendwie an einen Hai erinnerte. Der Motor röhrte, die Karosserie glänzte im Licht der Straßenlaterne.

Heute Abend stand Charlie in der Küche und kochte. Er summte vor sich hin, und wundervolle Aromen zogen durch den einladend hellen Raum.

Die anderen – und es hatte viele gegeben – waren nicht wie dieser Mann. Meistens waren es große, laute Kerle. Tattoos, falsches Lächeln, leere Augen. Dumm. In puncto Intelligenz konnten sie ihrer Mutter normalerweise nicht das Wasser reichen. Am Anfang war Stella immer ausgelassen, atemlos, lächelnd, fahrig. Dann, sehr schnell, schlug ihre Stimmung um, sie war genervt oder ärgerlich, enttäuscht oder gelangweilt. Manchmal gab es Streit, Gebrüll – meistens war es ihre Mutter, die herumschrie, während die Männer sich wegduckten oder unvermittelt gingen, um nie wiederzukommen. Manchmal verschwanden sie auch einfach von einem Tag auf den anderen, ohne jede Erklärung.

Pearl hatte gelernt, kaum auf diese Männer zu achten. In ihrer Erinnerung verschmolzen sie miteinander. Sie sah sie mittlerweile als verschiedene Versionen desselben Mannes. Sie waren harmlos, sie belästigten sie nie. Nutzlos allesamt, wie Stella gern sagte. Letztendlich irgendwie nicht gut genug, auf irgendeine Weise unzulänglich. Pearl besaß eine ganze Sammlung von Geschenken – von Tom hatte sie ein Armband mit einem echten Diamantsplitter, von Christian ein iPod, ein Stoffeinhorn von ... wie hieß er noch gleich?

Ihre Mutter war gertenschlank und geschmeidig, gefärbt blond, mit meeresblauen Augen. Sie war Feuer. Sie war Eis.

Berückend, hatte einer sie genannt. Deine Mutter schlägt uns in ihren Zauberbann. Und wir tanzen.

Pearl sah es nicht.

Ihre Mutter schien ihr nur müde zu sein, zermürbt von den Folgen ihrer Fehlentscheidungen. Würde Stella sich auf Magie verstehen, dachte Pearl, hätte sie sich sicher etwas Besseres herbeigezaubert als eine Buchhandlung kurz vor der Pleite, ein heruntergekommenes Ranchhaus mit zwei Schlafzimmern, eine lange Reihe von Beziehungen mit irgendwelchen Verlierern und das undankbare Dasein einer alleinerziehenden berufstätigen Mutter.

Heute Abend hatte Pearl den Tisch gedeckt. Eine Karaffe mit gefiltertem Wasser gefüllt und auf den Tisch gestellt. Dann setzte sie sich auf einen Stuhl und schlug ihren Collegeblock auf.

Charlie bewegte sich so ungezwungen in der Küche, als würde er hier wohnen. Er schien zu wissen, wo alles war, ohne nachfragen zu müssen. Pearl bezweifelte, dass selbst ihre Mutter sich besser in den Küchenschränken auskannte. Sie konnte sich nicht erinnern, wann Stella zum letzten Mal irgendwas anderes aufgetischt hatte als sonntags Rühreier mit Toast. Und das auch nur dann, wenn sie aus irgendeinem Grund gut drauf war.

»Was liest du gerade, Pearl?«, fragte Charlie und riss sie damit aus ihren Gedanken.

Auf dem Herd brutzelte Huhn in irgendeiner Sauce, im Ofen buk frisches Brot. Ein bunter Salat war in einer Schüssel angerichtet, von der Pearl nicht einmal gewusst hatte, dass sie sie besaßen. Ihr Magen knurrte; sie hatte den ganzen Tag noch nichts gegessen.

»Jane Eyre«, sagte sie.

Keiner der anderen Bekannten ihrer Mutter hatte ihr je eine solche Frage gestellt.

»Für die Schule?«

»Nein. In der Schule lesen wir *Hüter der Erinnerung*.«

»Sehr unterschiedliche Bücher«, sagte er und wendete das Huhn in der Pfanne. »Gibt es irgendwelche gemeinsamen Themen?«

Was für eine interessante Frage. Etwas blitzte in Pearl auf, die Freude, die sie nur überkam, wenn sie an Literatur dachte – die Worte von anderen oder die Geschichten, die sie sich selbst ausdachte, wenn sie nachts im Bett lag. Geschichten über sich selbst, was sie einmal werden würde, über ihren Vater, den sie nicht kannte, über Menschen, die sie kennenlernen, und Orte, die sie besuchen würde.

Sie dachte darüber nach und kritzelte dabei in ihrem Collegeblock herum, der aufgeschlagen vor ihr lag. Ein Klassiker und eine zeitgenössische Dystopie für junge Erwachsene. Sie wäre nie auf den Gedanken gekommen, Vergleiche zwischen den beiden Büchern anzustellen. Doch es gab Ähnlichkeiten, wenn man danach suchte. Sie warf einen Blick auf Charlie, dessen Brille genauso klobig war wie ihre. Versteckte er sich ebenfalls hinter diesem Gestell?

»Beide Figuren lernen, etwas von sich selbst zu glauben, das sich als unwahr herausstellt«, sagte sie.

Er hob die Augenbrauen, lächelte und gab mit der Mühle ein wenig Pfeffer in die Pfanne. »Führ das weiter aus.«

Sie spürte eine seltsame freudige Erregung tief in ihrem Bauch. Es war die Freude darüber, gesehen zu werden. Und Wissbegier.

»Jane wächst in der Annahme auf, dass sie wertlos ist, eine Bürde, weniger wert als die übrigen Mitglieder der Familie«, sagte sie. »Und Jonas aus *Hüter der Erinnerung* wächst in einer Gesellschaft auf, die alles Leid und alle Existenzkämpfe abgeschafft hat. Keiner von beiden versteht sich selbst, bis sie sich dann allein durchschlagen müssen.«

Charlie nickte nachdenklich. Sein Gesichtsausdruck war konzentriert, sein Blick eindringlich. Ohne es zu merken, war sie aufgestanden und zu ihm an den Herd getreten.

»Das ist eine tiefgründige Beobachtung«, sagte er. »Es sind beides Coming-of-Age-Romane. Welten trennen sie, sie liegen mehr als ein Jahrhundert auseinander. Und dennoch, die Geschichte eines jungen Menschen, der sich aus den strengen Regeln von Familie und Gesellschaft befreit, um seinen eigenen Weg zu finden, ist zeitlos. Warum ist das so, was glaubst du?«

Er entließ sie aus seinem Blick, holte geschickt das Brot aus dem Ofen, gab das Dressing an den Salat. Es war, als wäre er schon immer hier gewesen.

»Weil wir alle unseren eigenen Weg finden müssen«, sagte Pearl.

»Genau«, bestätigte er. »Die Gesellschaft weiß nicht immer, was für einen richtig ist. Unsere Familien erzählen uns Geschichten über uns, die oft nicht wahr sind. Manchmal müssen wir unserem Herzen folgen.«

Er reichte ihr die Salatschüssel, und sie stellte sie auf den Tisch.

»Ma sollte jetzt jede Minute in die Auffahrt einbiegen«, sagte er.

Ma. Nicht: deine Ma. War nicht irgendetwas Intimes, Besitzergreifendes an dieser Formulierung? Und es stimmte: Das Licht von Autoscheinwerfern glitt über die Wand.

»Stella sagte schon, dass du intelligent bist«, sagte Charlie und reichte ihr das Körbchen mit dem warmen Brot. »Ich frage mich, ob sie weiß, *wie* intelligent. Manchmal können wir nicht erkennen, was direkt vor unserer Nase ist.«

Pearl wusste nicht, was sie sagen sollte, und lief rot an. Sie war es nicht gewohnt, ein solches Gespräch mit jemand anderem als ihrer Englischlehrerin zu führen.

Und dann war ihre Mutter da, laut, stürmisch, und erzählte von der Buchhandlung – so viel los heute!

»Die Idee mit den Rabatt-Gutscheinen, Charlie, einfach klasse. Und ich habe fünfundzwanzig Karten für den Abend mit den offenen Lesungen verkauft. Du bist einfach genial!«

»Es war deine Idee, Stella«, sagte er. »Es war nur ein kleiner Schubs nötig.«

Sie legte ihren Mantel ab, ließ ihre Taschen fallen und umarmte Pearl rasch.

»Und gekocht hast du auch!«, sprudelte sie hervor. »Vielen Dank.« Stella küsste ihn auf die Wange, und Pearl sah, wie er seine Hand auf ihrem unteren Rücken ruhen ließ. Und Pearl verschwand. Wenn Stella anwesend war, erfüllte sie den ganzen Raum mit ihrer Schönheit, ihrem Duft, ihrer Präsenz.

Pearl machte das nichts aus. Sie war gern im Schatten. Dort bekam man das zu sehen, was anderen Leuten entging.

Sie setzten sich an den Tisch, verzehrten die Mahlzeit, die Charlie zubereitet hatte, und redeten über Stellas Vorhaben für ihre kleine Buchhandlung. Es war einer der Abende, an denen sie vor Energie sprühte und große Pläne schmiedete. Sie würde die Newsletter-Liste ausbauen, die Online-Verkäufe steigern, Lesezirkel einladen, sich in der Buchhandlung zu treffen, wenn sie das Buch dort kauften. Sie würde die regionale Buchmesse besuchen, Autorenlesungen veranstalten. Charlie hörte zu, nickte und ermutigte sie dann und wann mit einem begeisterten »Ja!« oder »Das ist klasse, Stella!«.

Stella strahlte über das ganze Gesicht, berührte seine Hand, beugte sich zu ihm hinüber. Meistens ging Pearl nach dem Essen sofort in ihr Zimmer, machte ihre Hausaufgaben und las noch, bis sie einschlief. Charlie und ihre Mutter würden in Stellas Zimmer verschwinden. Sie würde keinen Pieps mehr von ihnen hören. Wahrscheinlich würde er nicht mehr da sein, wenn sie morgen früh aufstand, um zur Schule zu gehen. Doch jetzt, während des Essens, beobachtete sie.

Irgendetwas an Charlie war anders. Alle anderen Männer, die an diesem Tisch gesessen hatten, hatten unter Stellas Bann gestanden, an ihren Lippen gehangen, hingerissen von ihrer ... Schönheit? War es ihre Schönheit? Nein, es war mehr als das, eine Ausstrahlung, eine Art Magnetismus. Aber diesmal war die Energie anders – es war, als wäre Stella die Tänzerin und er der wohlwollende Beobachter.

»Wie war's heute in der Schule, Pearl?«, fragte Charlie.

Stella wirkte überrascht, als hätte sie vergessen, dass Pearl auch noch da war. Auch Pearl war überrascht.

»Im Biologieunterricht habe ich einen Frosch seziert«, sagte sie. »Wir haben sein Herz entfernt.«

Alle blickten auf ihre Teller. »Echt jetzt, Pearl?«, sagte Stella angeekelt.

»Ah«, sagte Charlie. »Hast du irgendwas dabei gelernt, was dich überrascht hat?«

»Also, ich war nicht besonders angetan davon, ins Labor zu

gehen. Aber es war gar nicht so widerlich, wie ich dachte. Es war sogar ziemlich faszinierend. Wie es unter der Haut aussieht. Man denkt schließlich nicht allzu oft über seine inneren Organe nach, oder?«

Charlies Grinsen war breit und wissend, als Stella heftig ihren Stuhl zurückschob. Pearl hatte eine Reaktion provozieren wollen und sie bekommen. Und Charlie sah alles.

»Also, mir ist der Appetit vergangen.« Stella stand auf.

»Setz dich wieder hin«, sagte Charlie.

Pearl erschrak leicht und sah ihre Mutter an. Sein Tonfall war sanft, schmeichelnd. Aber Stella konnte es nicht leiden, nicht im Mittelpunkt eines Gesprächs zu stehen. Und sie mochte es gar nicht, wenn ihr jemand sagte, was sie tun sollte – insbesondere kein Mann. Würde sie toben? Aus der Küche stürmen? Pearl wappnete sich für das, was kommen würde.

»Ich glaube, Pearl versucht nur, uns zu schockieren«, fuhr Charlie fort, immer noch lächelnd. Die zum Zerreißen gespannte Atmosphäre löste sich.

Zu Pearls Überraschung setzte Stella sich wieder hin und rückte mit dem Stuhl an den Tisch heran. Sie warf Pearl einen Blick zu, halb amüsiert, halb verärgert. Pearl schob das Hühnchen auf ihrem Teller herum.

»Entschuldige«, sagte sie.

»Ich habe heute eine tote Maus aus der Mausefalle in der Speisekammer geholt«, sagte Stella. »War genauso ekelhaft, wie ich es mir vorgestellt hatte. Na, ist das schockierend genug?«

Charlie legte die Hand auf ihre. »So etwas musst du doch jetzt nicht mehr tun, Stella«, sagte er. »Ich bin doch da, um dir zu helfen.«

»Danke, Charlie.« Stellas Stimme klang weich und ernsthaft.

Ja, diesmal war es eindeutig anders.

Nach dem Essen ging Stella ins Arbeitszimmer, um die Buchhaltung zu erledigen. Während Pearl sich in der Küche zu schaffen machte, fühlte sie Charlies Blick auf sich ruhen.

»Du bist schon ein seltsames Mädchen, Pearl«, sagte er, als sie den Blick hob. Er tippte sich an die Schläfe. »Clever.«

Pearl hatte sich daran gewöhnt, unsichtbar zu sein. Bis zu diesem Augenblick hatte sie nicht einmal geahnt, wie schön es war, gesehen zu werden.

6

Selena

Ihr eigenes Haus kam ihr fremd vor, als sie in die Auffahrt einbog und bei laufendem Motor im Auto sitzen blieb. Es erschien ihr wie ein schimmerndes Abziehbild, ein schöner Ort, der ihr nicht gehörte. Genauso ein Haus hatte sie sich als Mädchen erträumt: groß, zweistöckig, geräumige Zimmer, hohe Decken, mit Fensterläden und Schindeln, alten Laubbäumen, die Schatten spendeten, einem schönen Garten. Selena tauschte die Stauden jede Saison aus, jätete im Sommer gewissenhaft Unkraut, schmückte Haus und Garten zu Halloween und Weihnachten. *Dein Heim ist das Herz deines Lebens*, sagte ihre Mutter immer. Ihr Herz war gebrochen. Und ihr Heim, ihre Welt, würde vermutlich folgen.

Im Kinderzimmer brannte kein Licht mehr; hinter den zugezogenen Vorhängen konnte sie gerade noch das orangerote Glimmen des Nachtlichts erkennen. Es tat ihr leid, dass sie es versäumt hatte, den Jungs einen Gutenachtkuss zu geben, aber sie war froh, dass sie nicht ihretwegen eine fröhliche Miene aufsetzen musste.

Seit der Begegnung im Zug brodelte es in ihr. Irgendwie hatte es mit dieser wildfremden Frau zu tun, ihrer Stimme, dem, was sie gesagt hatte. Selena konnte es nicht länger ignorieren. Sie konnte nicht länger so tun, als wäre nichts geschehen, keinen einzigen Tag mehr.

Sie machte den Motor aus und ließ den Wagen so in der Einfahrt stehen, dass genug Platz blieb, damit Graham sein Auto hinausfahren konnte. Wenn sie das Garagentor öffnete, riskierte sie, die Kinder aufzuwecken, und das wollte sie nicht.

Sie trat in die hell erleuchtete, warme Diele, ließ ihre Taschen neben der Tür fallen, ging in die Küche und wartete.

Als Graham den Raum betrat, sah sie, dass er geduscht hatte. Natürlich. Er hatte den Geruch seiner Tat abgewaschen. Aber er sah gut aus, roch gut.

»Hallo«, sagte sie. »Wir müssen reden.«

Sie waren sich an einem regnerischen Abend im East Village begegnet. Selena war unterwegs zu der Buchvorstellung eines berühmten Barkeepers in einem winzigen Lokal in der Nähe der Avenue A. Sie war spät dran und eilte unter dem Schutz eines umgeklappten Regenschirms, der nicht sonderlich viel nützte, die Straße hinunter, als ihr ein Absatz abbrach und sie stürzte. Der Inhalt ihrer Tasche verteilte sich auf dem Bürgersteig, ihr Handy flog auf die Straße und landete mit einem unschönen Knacken auf dem Asphalt.

»Mein Gott! Alles in Ordnung mit Ihnen?«

Sie war eher geschockt als sonst irgendetwas, obwohl sie sich das Knie ziemlich schlimm aufgeschlagen hatte. Ein scharfer Typ – dunkelhaarig, angesagte Bomberjacke und enge Jeans – jagte hinter ihrem Handy, dem Lippenstift und dem Portemonnaie her. Er half ihr auf die Füße. Der Regenschirm lag als wirres Knäuel auf dem Boden. Es regnete heftig, und sie wurden beide klatschnass.

»Mir geht's gut«, sagte sie mit einem verlegenen Lachen. »Ich bin so ein Tollpatsch. Ich falle ständig hin.«

Sie war tatsächlich ein wenig ungeschickt und hatte zudem eine Vorliebe für unpraktische Schuhe. Die Bürgersteige waren Stolperfallen, und sie war irgendwie immer spät dran und achtete selten darauf, wo sie hintrat.

»Sie bluten ja.«

»Oje«, sagte sie und blickte an sich herunter. »Du liebe Zeit.«

Blut lief über ihre Wade, vom Knie bis zum Knöchel, und Selena fischte ein Papiertaschentuch aus ihrer Handtasche. Sie standen im Regen, und sie konnte ihn kaum ansehen, so peinlich war ihr das alles. Bevor sie ihn daran hindern konnte, nahm er ihr das Taschentuch ab, kniete sich hin und tupfte an ihrem Bein herum.

Als er zu ihr aufblickte und lächelte – verwegen und wissend –, war sie verliebt.

»Ich bin Graham«, sagte er.

»Selena.«

»Werden wir unseren Kindern von diesem Abend erzählen?«, fragte er, stand auf und warf das Taschentuch in den nächsten Abfalleimer.

Fast hätte sie angefangen zu weinen. Es war ein furchtbarer Tag gewesen. Sie hatte verschlafen, ihren Zug verpasst, im Büro in großem Stil Mist gebaut, ziemlichen Ärger mit ihrem Chef bekommen, der sowieso chronisch wenig begeistert von ihrer Performance zu sein schien. Doch dann erwies er sich als der beste ihres Lebens, dieser Tag.

Der arme Will. Mit ihm hatte sie damals zusammengewohnt. Selena trennte sich von ihm, bevor sie anfing, sich mit Graham zu treffen. Sie war nicht einmal bereit, Graham zu küssen, bevor sie eine eigene Wohnung gefunden hatte und ausgezogen war. Es war eine höflich schmerzhafte Trennung, und sie versuchten beide, sich ihre Freundschaft zu bewahren. *Bist du dir ganz sicher, dass dieser Mann der Richtige für dich ist?* Das hatte Will sie ein paar Monate später gefragt, als sie zusammen einen Kaffee tranken. *Ich war mir in meinem ganzen Leben noch nie so sicher.* Was im Rückblick eine ziemlich unsensible Bemerkung gegenüber einem Ex war.

Die ersten Monate waren berauschend – Dinieren im erlesenen Restaurant *Eleven Madison Park*, Ziplining von Baumwipfel zu Baumwipfel in Costa Rica, ein Überraschungstrip nach Paris. Dann ein glitzernder Diamant, überreicht auf der Eisbahn im Central Park. Eine große (absurd große) Hochzeit im Country Club ihres Vaters, Flitterwochen in Hawaii, ein neues Haus. Traumhaft.

Bist du dir ganz sicher, dass dieser Mann der Richtige für dich ist?

Dann erwischte sie Graham zum ersten Mal beim Fremdgehen – keine richtige Untreue, wie er es sah, sondern nur Sexting mit einer Ex-Freundin. Selena hatte zufällig sein Smartphone gesehen und den nicht jugendfreien Chat entdeckt, samt Bildern von Geschlechtsteilen. Es gab einen Riesenkrach. Sie zog für ein paar Wochen zu Beth in die City – die Kinder waren noch nicht da. Er bat sie um Verzeihung. Sie gingen zur Paarberatung.

Graham hatte Probleme mit dem Selbstwertgefühl und gab

zu, von Pornos abhängig zu sein (die Sexting-Affäre war im Grunde doch nur eine Erweiterung davon, nicht wahr?), hatte Angst vor Nähe. All das kam vom Therapeuten, einem Mann. Sie arbeiteten daran, fanden Wege, besser und bewusster zusammenzuleben. Dann kam Oliver. Es folgte eine glückliche Phase, in der sie beide in ihr Kind verliebt waren, in ihr neues Leben als junge Eltern.

Dann kam das Männerwochenende in Las Vegas. Stripperinnen. Eine Prostituierte. Die Einzelheiten waren vage, selbst jetzt noch. Selena fand es am besten, wenn es so blieb. Sie brauchte keinen Videobeweis; schon die Sexting-Bilder hatten sich in ihr Gedächtnis gebrannt. Graham und sein Freund Brad wurden an dem Wochenende in Vegas festgenommen. Sie musste Oliver bei ihrer Mutter lassen und hinfliegen, die Kaution stellen. Wieder eine Paartherapie. Der Stress der Vaterschaft war es diesmal, laut dem Therapeuten, der sich inzwischen eher anhörte wie ein Verteidiger. Der arme Graham habe mit der neuen Verantwortung zu kämpfen, fühle sich überfordert von Beruf und Familie. Gott, es war ja alles so hart. Mehr Therapie.

»Betrachten Sie ihn als Süchtigen«, sagte ihre neue Therapeutin bei einer von Selenas Einzelsitzungen. Sie hatte weniger Entschuldigungen für Graham parat. »Sein Verhalten ist etwas, über das Sie keine Kontrolle haben und das Sie nicht in Ordnung bringen können. Machen Sie nicht Ihren eigenen Wert von seinem Fehlverhalten abhängig. Aber jetzt müssen Sie sich entscheiden, wo Ihre Grenzen sind, was Sie tolerieren werden und was nicht. Eine Beziehung bedeutet permanentes Verhandeln, und beide Partner müssen sich an die Vereinbarungen halten.«

Nach Stephens Geburt änderte Graham sich, zumindest schien es so. Stephen war sein Seelenverwandter. Irgendetwas an diesem Kind brachte Graham dazu, ruhiger zu werden. Er engagierte sich in der Familie, konzentrierte sich mit neuem Eifer auf seine Arbeit und verbrachte die Wochenenden zu Hause. Es gab keine Männerabende mehr – dabei half, dass die beiden Freunde, die ihn am häufigsten auf Abwege geführt hatten, ebenfalls ruhiger geworden waren.

Einmal spätabends standen sie gemeinsam an Stephens Bett und betrachteten ihn beim Schlafen.

»Danke«, hatte er ihr ins Ohr geflüstert. »Danke, dass du darauf gewartet hast, dass ich ein besserer Mann wurde. Ich werde dich nie wieder enttäuschen, das schwöre ich bei Gott.«

Sie glaubte ihm. Das musste sie, das wollte sie. Sie liebte ihn so sehr – mit einer wilden, tiefen, irrwitzigen Liebe, obwohl sie ihn gleichzeitig hasste, ihn am liebsten umgebracht hätte, seine Dummheit und seinen Egoismus verfluchte. Doch darunter lag etwas Ursprüngliches, Archaisches. Er gehörte ihr. Und sie gehörte ihm. In glühender, blinder Ergebenheit.

Das hatte sie gedacht.

Und nun das.

Es schmerzte sogar noch mehr, weil sie an ihn geglaubt hatte, an ihre Ehe.

»Ich habe gesehen, wie sie auf dir lag, Graham. Im Spielzimmer.« Es hatte keinen Sinn, um den heißen Brei herumzureden.

Sein Gesichtsausdruck. Es war fast komisch. Erst Fassungslosigkeit, dann eine geübte Unschuldsmiene, dann Verzweiflung.

»Die Nanny?«, sagte sie in die bleierne Stille hinein. »Ernsthaft, Graham?«

Sie wollte nicht weinen, sie hatte sich geschworen, nicht zu weinen. Sie brauchte eine stählerne Entschlossenheit für das, was noch kommen würde. Aber jetzt weinte sie doch, eine Träne rann ihr über die Wange.

Er stammelte: »Ich ... Es ... es ... es war ein *Fehler*, nur ein kurzer Moment der Schwäche, es ist einfach passiert. Ich war ... deprimiert, glaube ich. Du weißt schon, weil ich meine Stelle verloren habe und alles. Sie hat sich an mich rangeschmissen und ich habe eben ... reagiert.«

Wirklich? Er wollte es so darstellen, als hätte *Geneva* sich an *ihn* rangemacht? Was für ein trauriges Schauspiel. Sie konnte es nicht mitansehen.

»Zwei Mal«, sagte sie ruhig. »Ich habe es dich zwei Mal tun sehen.«

Er stand auf und trat auf sie zu, aber sie wich aus, brachte die Kücheninsel zwischen sich und ihn. Das Komische war, irgendwie wollte sie trotz allem, dass er sie in die Arme nahm und tröstete. Sie wollte so gern glauben, dass er sie liebte, trotz seiner offenkundigen Untreue. Wenn es eine Tablette gäbe, die bewirkte, dass sie vergaß, was sie gesehen hatte, damit das alles einfach wegging, sie würde sie schlucken.

Wäre es nicht schön, wenn Ihre Probleme einfach verschwänden?

Aber Probleme verschwinden nicht einfach, nicht von selbst. Wenn irgendwas im Argen liegt, muss man es selbst in Ordnung bringen, mit Geist und Seele.

»Komm nicht näher, Graham«, sagte sie angespannt. »Geh einfach. Ich brauche Zeit, um über alles nachzudenken.«

»Selena.«

Sie wich ein paar Schritte zurück, aber er kam weiter auf sie zu.

»Baby«, sagte er mit butterweicher Stimme. Sie sah die Traurigkeit, die Verzweiflung in seinem Gesicht. Das kannte sie schon. Immer dieser seelenvolle Blick, aufrichtig flehend. Sie hatte ihm schon zu oft vergeben.

»Bitte«, sagte er. »Hör mir zu.«

Sie versuchte, sich gelassen zu geben, aber ihre Stimme klang schwach und traurig. »Diesmal kommst du da nicht mehr raus.«

Aber er hörte nicht zu, sondern kam immer weiter auf sie zu, bis er sie in die Ecke gedrängt hatte, sie nicht mehr ausweichen konnte.

Es gefiel ihr nicht, dieses Gefühl, keine Ausweichmöglichkeit mehr zu haben. Wut stieg in ihr auf. Und Angst.

Und der Ausdruck auf seinem Gesicht gefiel ihr auch nicht. Sie kannte ihn, hatte ihn schon gesehen, wenn ein Streit hässlich wurde. Er hatte sie noch nie geschlagen, aber seine Wutausbrüche konnten beängstigend sein. Und vielleicht war sie die Einzige, die wusste, zu was er fähig war, wenn die Wut ihn überkam.

Er streckte die Hand nach ihr aus, und als sie ihn anschrie, war es wie eine Explosion.

»Geh weg von mir, Graham!«

Sie brüllte es aus Leibeskräften, und ihr letzter Gedanke, bevor sie hinter sich langte und Stephens Spielzeugroboter zu fassen bekam – groß und schwer, mit harten Kanten –, war: Hoffentlich habe ich nicht die Kinder geweckt.

7

Anne

War es nur Einbildung? Die Luft schien aufgeladen mit negativer Energie, als sie das Büro betrat. Sie spürte es sofort, noch bevor Evie, die Empfangsdame, die sich kein einziges Mal auch nur bemüht hatte, ihre nackte Verachtung für Anne zu verbergen, aufblickte und lächelte.

»Kate möchten Sie sprechen«, sagte Evie, die Nase ein klein wenig gerümpft, ein Glitzern in den Augen. Boshafte Schadenfreude.

Evies blendend weiße Zähne kontrastierten mit ihrer olivfarbenen Haut. Ihre Augen waren ebenso tiefschwarz wie ihr Haar. Ihr Instagram-Auftritt war lächerlich – eine Reihe von Selfies oder Schnappschüssen vor verschiedensten Hintergründen, stark geschminkt, aufreizend gekleidet, zu cartoonhafter Schönheit gefiltert. Sie reckte Lippen und Brüste in die Kamera, posierte – täglich – für ihre wenigen Instagram-Follower, um ein paar Likes und herzäugige Emojis zu ernten. Was wollte jemand wie Evie? Das, was heutzutage alle wollten, ein Star sein, reich sein, ohne guten Grund in den Himmel gehoben werden. Sie wollte perfekt sein. Nein. Sie wollte in den Augen anderer perfekt erscheinen.

Aber nichts war je vollkommen. Nichts Reales. Es war also ein Kampf, der nicht zu gewinnen war und der sie dazu brachte, sich ständig leer zu fühlen.

Anne konnte alle Schichten von Evie sehen. Und ihr gefiel keine einzige davon.

»Gut«, sagte sie leichthin. »Danke!«

Was ihr auch nicht gefiel, war die Art, wie Evie *sie* ansah. Als könnte sie etwas erkennen, was sonst niemand erkennen konnte. Vielleicht stimmte das. Es gab solche Leute. Leute, die *sehen* oder etwas erspüren konnten. Die Seher, das waren oft Polizisten oder Privatdetektivinnen. Die Spürenden waren sensible Menschen, Empathen, die Energien auffingen, Kreative – Künstlerinnen und Künstler, Schriftsteller, Fotografinnen.

Irgendwas ist mit dir. Wenn ich dir in die Augen sehe, habe ich das Gefühl, als würde ich ins Nichts treiben, hatte ihr erster Freund ihr eines Nachts ins Ohr geflüstert. Damals hatte sie noch gedacht, dass sie vielleicht jemanden lieben könnte.

Aber meistens waren die Leute so von ihren eigenen inneren Stürmen in Anspruch genommen, dass sie nichts sahen außer ihrem eigenen Ich.

»Schönen Tag noch«, rief Evie hinter ihr her. Doch als Anne zurückblickte, sah sie eine eindeutig andere Botschaft in den Augen der Empfangsdame. Irgendetwas stimmte nicht, ganz eindeutig.

Man hat nicht immer alles unter Kontrolle. Das war etwas, was man früh lernen sollte. Es gab da einen kulturellen Irrglauben, die typisch amerikanische Vorstellung, dass das Individuum Herr über sein Schicksal war. Positives Denken, kreative Visualisierung, Wünsche manifestieren, Zielcollagen, Bestellungen beim Universum aufgeben. Was man erträumen kann, ist auch machbar. Bis zu einem gewissen Grad glaubte Anne daran. Diese Vorstellung hatte sie weit gebracht, ihr das Selbstvertrauen gegeben, das es ihr ermöglichte, viel zu erreichen und Dinge zu wagen, die andere sich nie trauen würden.

Doch oft gab es ein Fragezeichen, irgendwas Unvorhergesehenes, das man nicht erwartet hatte. Normalerweise menschliche Schwäche. Menschen waren absolut unberechenbar. Das gehörte zu den ersten Dingen, die Paps ihr beigebracht hatte.

Als sie an Hughs Büro vorbeikam, stellte sie fest, dass er nicht an seinem Schreibtisch saß. Das war an sich nicht ungewöhnlich, er pflegte erst so gegen Viertel vor zehn ins Büro zu spazieren. Kate kam immer früher als alle anderen. Sie stand um fünf Uhr auf, hatte Hugh ihr erzählt, dann eine Stunde Work-out mit ihrem Trainer, ein grüner Smoothie und ein dreifacher Espresso, und spätestens um halb acht saß sie am Schreibtisch. Angst. Leute, die sich so hart antrieben, hatten meist vor irgendetwas Angst. Was wollten Menschen, die so waren? Sie wollten die Besten sein, möglichst viel haben. Denn wenn sie die Besten waren, waren sie sicher vor Unheil.

Doch niemand war je sicher vor Unheil. Nicht wirklich.

Anne setzte sich an ihren Schreibtisch und packte ihre Tasche aus. Ihr Moleskine-Notizbuch, die Stifte. Den eingepackten Mittagsimbiss. Ganz langsam. Sie würde nicht in Kates Büro rennen, bevor sie durchgeatmet und die Situation eingeschätzt hatte. In Gedanken ging sie ihr Treffen mit Hugh am gestrigen Abend durch. Sie überlegte, ob sie ihm eine Nachricht schicken sollte, entschied sich aber dagegen.

Ihr Telefon klingelte. Sie ging ran.

»Ja.«

»Hallo, Anne.« Brent, Kates Assistent. »Kate würde Sie gern sprechen.«

»Bin unterwegs«, erwiderte sie munter.

Sie ließ fünf Minuten verstreichen. Hinauszögern, jemanden warten lassen, das war ein Machtspiel.

Als das Telefon erneut klingelte, machte sie sich nicht die Mühe ranzugehen. Sie stand auf und ging über den Flur zu Kates Büro, einem großen Eckraum mit Sofas, deckenhohen Bücherregalen und einem riesigen Schreibtisch.

Sie hatte sich vorgestellt, eines Tages selbst in diesem Büro zu sitzen, bevor ihr die wahren Machtverhältnisse in dieser Firma klar geworden waren. Am Steuerruder stand Kate, Hugh war nur die Galionsfigur. Er tat so, als wäre er der Chef, und Kate ließ es zu, weil er das offensichtlich brauchte. Eine gute Ehe war der ultimative lang angelegte Schwindel; alle sind glücklich, solange jeder bekommt, was er will.

Brent war nicht an seinem Arbeitsplatz, also ging sie über den weichen Teppich zu Kates Büro durch. Bevor sie eintrat, versuchte sie, die Situation abzuschätzen.

Kate saß kühl und beherrscht an ihrem Schreibtisch, steife Haltung, wachsamer Blick. Wieder einmal musste Anne ihre Schönheit bewundern. Aristokratisch, gertenschlank, blonde Kurzhaarfrisur. Kate besaß genug Geld, um sich ihre erheblichen körperlichen Vorzüge zu erhalten, die Pfirsichhaut, den hochgewachsenen, durchtrainierten Körper. Von ihrem sonstigen freundlichen, offenen Lächeln keine Spur.

Ihre Miene war grimmig. Das war übel. Noch übler war, dass Hugh zusammengesunken auf dem Sofa hockte. Er sah aus, als hätte er eine Lebensmittelvergiftung, grünliche Haut, dunkle Ringe unter den Augen. Er sah zu Anne hinüber und nickte ihr zu. Mehr nicht, nur ein Nicken.

»Guten Morgen«, grüßte Anne fröhlich.

»Guten Morgen, Anne«, sagte Kate. »Nehmen Sie Platz.«

Anne setzte sich aufrecht auf den Stuhl, der ihr klein und weit vom Schreibtisch entfernt vorkam. Sie war ein Kind im Büro der Schulleiterin. Ein Häftling vor dem Gremium, das über die Gewährung von Hafturlaub entscheidet. Eine Verdächtige im Vernehmungsraum.

Brent schloss die Bürotür, und alle Luft schien aus dem Raum zu entweichen.

Es gab eine Reihe von Dingen, um die es gehen mochte.

Hugh. Das war natürlich am wahrscheinlichsten. Anne schlief seit Monaten mit ihm. Er war verliebt in sie, behauptete es jedenfalls, und hatte vor, Kate zu verlassen, damit sie zusammen sein konnten. Nicht, dass Anne wollte, dass er sie liebte oder ihretwegen seine Frau verließ. Sie liebte ihn nicht und hatte nicht die Absicht, bei ihm zu bleiben.

Oder es ging um das Geld. Anne hatte eine Möglichkeit gefunden, diskret Gelder von Firmenkonten abzuzweigen und auf ein eigenes Konto zu transferieren. Kleine Beträge, die sich ganz hübsch summierten.

Auch denkbar, dass es um den Kunden ging. Ein ehemaliger Baseball-Profispieler, den man Anne aufgedrückt hatte. Er hatte sie letzte Woche angebaggert, und sie hatte ihn abblitzen lassen. Er hatte es nicht gut aufgenommen. Aber wegen dieser Geschichte machte sie sich keine allzu großen Gedanken.

Sie sorgte dafür, dass ihre Miene offen und unschuldig blieb, ein fragendes Lächeln um ihre Lippen spielte. Es war ein Gesichtsausdruck, den sie mit Paps' Hilfe perfektioniert hatte. *Sie wissen nicht, was du denkst oder fühlst. Halt es aus deinem Gesicht heraus, was immer es sein mag.*

»Also«, sagte Kate. Ihre Augen waren klar, ihre Haltung kerzengerade. »Ich komme sofort zur Sache. Hugh und ich sind schon lange verheiratet, seit fünfundzwanzig Jahren.«

Kate legte die gefalteten Hände auf den Schreibtisch und fuhr fort: »Sie sind eine junge Frau, also erwarte ich nicht, dass Sie das Wesen einer solchen langjährigen Beziehung verstehen. Es gibt gute Zeiten und schlechte Zeiten. Es gibt Phasen, in denen man verliebt ist, und solche, in denen man es nicht ist. Hugh und ich – wir haben beide Fehler gemacht, einander verletzt.«

Anne nickte, behielt den offenen Gesichtsausdruck bei, kniff aber wie in leichter Verwirrung die Augen zusammen, als könne sie sich nicht vorstellen, warum Kate ihr etwas Derartiges anvertraute.

»Freundschaft und die Bereitschaft, dem Partner zu verzeihen, das ist die Grundlage aller langjährigen Ehen.«

Besser, sie hielt den Mund. Es war immer besser, nichts zu sagen.

»Also.« Kate stieß die Luft aus. »Hugh und ich hatten gestern Abend einen Riesenkrach. Es ging um etwas völlig anderes, aber es brachte ihn dazu, mir zu gestehen, dass Sie beide eine Affäre haben.«

Anne staunte über die Gelassenheit ihrer Vorgesetzten. Sie wirkte überhaupt nicht aufgesetzt. Es gab keine Anzeichen einer inneren Unruhe – kein Wippen mit dem Fuß, kein Händeringen. Ihr Blick war stählern.

»So was kommt vor. Sie sind eine schöne Frau. Und Männer ...« Sie warf Hugh einen leicht verärgerten Blick zu. »Nun ja.«

Anne senkte den Kopf, täuschte eine Scham und Reue vor, die sie nicht empfand. Aber es schien ihr die richtige Körpersprache zu sein. Kate blickte ihr fest in die Augen.

Wie würde es jetzt weitergehen? Die Me-Too-Debatte wirkte sich zu Annes Gunsten aus. Man konnte sie nicht einfach feuern; sie konnte behaupten, am Arbeitsplatz sexuell belästigt worden zu sein, und das würde sie auch tun, so lautstark wie möglich. Diese Peinlichkeit würde Kate vermeiden wollen. An ihrer Stelle hätte Anne Hugh gefeuert, ihn mit einem Arschtritt hinausbefördert und sich neu orientiert. Das würde natürlich nicht passieren. Man würde Anne den Schwarzen Peter zuschieben.

Mist.

Anne mochte ihre Arbeit, sie mochte die Firma, das Gehalt, die Reisen. Diese Sache hatte sie wirklich vermasselt. Es wäre besser gewesen, wenn sie eine Affäre mit Kate angefangen hätte.

Als sie stumm blieb, fuhr Kate fort: »Ich kann mir nicht vorstellen, dass Sie Hugh lieben. Und er liebt Sie auch nicht, trotz allem, was er Ihnen erzählt haben mag. Das versichere ich Ihnen.«

Kate warf einen Blick auf ihren Mann und sah dann wieder Anne an. Was war es, was die ältere Frau sah? War Anne für sie nur irgendein Flittchen, eine lästige Unannehmlichkeit in ihrer ansonsten geordneten Existenz? Und Hugh? Was war er für Kate, ein Besitz? Ein Vorzeigeobjekt? Liebte sie ihn wirklich? Und wenn ja, warum liebte sie ihn? Solche Fragen faszinierten Anne. Warum taten die Menschen das, was sie taten?

Hugh weigerte sich, auch nur in Annes Richtung zu blicken, wie ein mürrischer Junge, dem man sein Spielzeug weggenommen hat. Er stützte den Kopf in die Hände, stellte einen Fuß auf den Couchtisch. Räusperte sich. Stille machte sich breit, schien den ganzen Raum zu füllen. Es war so leise, dass Anne selbst durch die dicken Fensterscheiben hindurch ganz schwach eine Sirene hören konnte, weit weg. Sie zog in Erwägung, alles abzustreiten. Aber stattdessen schwieg sie einfach. Paps sagte immer: *Es ist besser, nichts zu sagen. Schweigen ist Gold.*

Anne vergrub das Gesicht in den Händen, als wäre sie in tiefe Verzweiflung versunken.

»Wenn doch …« Kates Stimme war seltsam sanft, fast mitleidig. »Wenn ihr beide ineinander verliebt seid. Rasend verliebt, nicht mehr ohne den anderen sein könnt … dann geht jetzt auf der Stelle. Ich werde mich wahrer Liebe nicht in den Weg stellen.«

Würde er aufspringen?, fragte sich Anne. Ihr seine Liebe erklären, ihre Hand nehmen und mit ihr aus dem Büro stürmen? Sie hatte das nicht angestrebt, sie wollte es immer noch nicht, aber sie wünschte, er würde es tun, nur damit sie sehen konnte, wie Kate darauf reagierte. Aber nein. Er rutschte auf dem Sofa herum, schlug ein Bein über das andere und schaute aus dem Fenster.

Feigling.

Paps sagte immer, und es stimmte: Wer das Geld hat, ist König. Kate konnte die Krone sehr gut tragen.

»Also, die Frage ist«, sagte Kate in die Stille hinein, jetzt mit fester, sachlicher Stimme. »Was wollen Sie, Anne?«

Eine interessante Frage, die ihre Vorgesetzte da stellte. Sie kam direkt zum Punkt. Es würde keine Gefühlsausbrüche geben, genauso wenig wie im Konferenzraum. Kate war bekannt für ihren Ausspruch: *Kommen wir zum Punkt, ja? Wir vergeuden kostbare Zeit.*

Anne blickte zu Kate auf und spürte das vertraute Gefühl von Neid in sich aufsteigen. Nein, was immer das für ein Gefühl war, es war finsterer. Es war ein Gefühl, das in ihr den Wunsch wachrief, schöne Autos mit einem Schlüssel zu zerkratzen, Gemälde von unschätzbarem Wert zu zerschneiden oder glückliche Menschen zum Weinen zu bringen.

Ihre Blicke trafen sich. Anne fühlte nichts. Weder Angst noch Wut, weder Bedauern noch Enttäuschung, nicht einmal Scham. Gefühle, die hier angemessen sein könnten, die andere Leute empfinden mochten. Es war Kate, die zuerst den Blick abwandte. Das taten die Leute immer.

»Was wollen Sie?«, sagte Kate, ohne von ihren gefalteten Händen aufzusehen. »Die Firma verlassen, aufhören mit dem, was immer Sie mit meinem Mann angestellt haben, und eine Verschwiegenheitsvereinbarung für den Vorfall und seine Lösung unterzeichnen?«

Vor ihren Augen flirrte es ein wenig, und Anne überkam ein Gefühl, das ihr vertraut war. Als wäre sie aus ihrem Körper getreten, würde über sich schweben und herabblicken auf sich selbst, die herrische Kate und den geschlagenen, zusammengesunkenen Hugh. Sie fragte sich, was sich wohl gestern Abend zwischen den Ehepartnern abgespielt hatte. Nicht, dass es eine Rolle spielte. Er würde seine Frau nie verlassen, nie auf seinen angenehmen, ruhigen Job verzichten, die gemeinsamen Kinder, seine Welt aus reichen Freunden und erfolgreichen Kollegen.

Tja. Kommen wir zum Punkt.

Es war so einfach. Sie nannte ihren Preis. Es war ein hoher Preis, aber es gab keine Verhandlungen. Sie bekam die Visitenkarte eines Anwalts in die Hand gedrückt, und ihr wurde mitgeteilt, sie habe morgen um neun einen Termin bei ihm, den sie auf keinen Fall verpassen dürfe.

»Damit wäre das erledigt«, sagte Kate. »Erlauben Sie mir, Sie hinauszubegleiten.«

Anne legte den langen Weg durch die Flure zurück, wobei sie die Blicke aller auf sich fühlte, und packte ihre Sachen zusammen. Es war nur das, was sie heute Morgen in ihrer Tasche mitgebracht hatte. Sie hatte nie irgendwelche persönlichen Gegenstände auf dem Schreibtisch gehabt – keine gerahmten Fotos, keinen Krimskrams.

Hugh blieb in Kates Büro, während Kate sie diskret aus dem Bürogebäude eskortierte.

Auf der Straße, im gnadenlosen Licht der hellen Wintersonne, konnte Anne die feinen Fältchen im Gesicht der älteren Frau erkennen. Die Haut an ihrem Hals war welk. Anne beobachtete ein ganz leichtes Zittern ihrer Hände. Also war sie doch menschlich. Nicht so wie Anne, die immer noch nichts empfand außer einer vagen Befriedigung. Es war nicht ganz die Ausbeute, die sie sich erhofft hatte. Aber schlecht war sie auch nicht.

»Wir werden uns nie wiedersehen«, sagte Kate, ohne den Türgriff loszulassen. Sie konnte ja schlecht die Festung verlassen. In einem Straßenkampf wäre sie Anne nie gewachsen, und das war beiden klar.

Anne nickte und versuchte, reuig dreinzuschauen, konnte aber nicht verhindern, dass ihre Mundwinkel sich zu einem

Lächeln hoben. Ihre ehemalige Vorgesetzte war bereits wieder in der Eingangshalle verschwunden, die Dunkelheit verschluckte ihre dürre Gestalt.

Es stimmte, Kate würde Anne nie wiedersehen. Denn wenn sie kam, würde sie sich von hinten nähern. Und Kate? Die würde nicht wissen, wie ihr geschah.

Auf der langen Zugfahrt zurück nach Hause analysierte Anne den Job – was sie richtig gemacht hatte, was sie falsch gemacht hatte. Als sie in ihr Auto stieg, das auf dem Parkplatz des abgelegenen Bahnhofs stand, hatte sie bereits eine Liste von klaren Fehlern und Dingen, die verbesserungswürdig waren. Ihr größter Fehler war die schlechte Planung – sie hatte die Stelle tatsächlich mit dem ehrlichen Vorsatz angetreten, zu arbeiten. Hatte ihr Leben ändern wollen. Also hatte es nicht genug Erkundungen gegeben. Und dann hatte sie zugelassen, dass sich die Sache zu lange hinzog. Die Wahrheit war, sie hatte es genossen, Hughs Geliebte zu sein, den Luxus, den er ihr bieten konnte. Sie hatte die Kontrolle über die Situation verloren. Dennoch, die Ausbeute war nicht übel. Die Sache war etwas unerfreulich geworden, aber Paps würde durchaus zufrieden sein.

Sie fuhr in den Wald hinein und die lange, gewundene Zufahrtsstraße entlang, die zum Haus führte. Der Himmel war von einem schmutzigen Violettgrau, die Bäume winterschwarz, an manchen Stellen lag noch Schnee auf der Erde oder auf den Ästen. Sie hasste den Winter, die Stille, die Leere, das Warten. Hugh hatte ihr Sonne und Cocktails versprochen, ein tropisches Paradies. Sie konnte praktisch das warme Salzwasser auf ihrer Haut spüren, die herbe Frische eines fruchtigen Cocktails schmecken. Sie hätte zugelassen, dass er sie dorthin entführte. Es gehörte dazu, die Dinge laufen zu lassen, bis es vorbei war.

Das niedrige, dunkle Haus stand inmitten von Bäumen. Sie hielt an, machte den Motor aus, saß im Dämmerlicht da und ließ alle Spuren von Anne von sich abfallen. Dann stieg sie aus, ging die Treppe zur Veranda hoch und schloss die Eingangstür auf.

»Ich bin wieder zu Hause«, rief sie beim Eintreten. Die Holzdielen knarrten unter ihren Schritten.

»Du bist früh dran. Was ist los?«

»Es ist nicht so gelaufen wie geplant.«

»Oh?«

»Keine Sorge, Paps«, sagte sie, schlüpfte aus dem Mantel und ließ ihre Tasche fallen. »Die Ausbeute war ganz ordentlich. Und ich habe bereits was Neues am Laufen.«

»Ich bin nie besorgt deinetwegen, Kätzchen. Aber die Gegenseite sollte besser aufpassen.«

»Du kennst mich besser als jeder andere.«

»Das ist wahr. Das ist sehr wahr.«

Ihr Handy piepste, und als sie sah, wer es war, stieg Ärger in ihr auf. Die Nachrichten, die nacheinander aufpoppten, waren weinerlich, voller Panik. Typisch.

Ich will das nicht mehr.
Es ist nicht richtig.
Wirst du es denn nie leid?
Ich glaube, hier läuft irgendwas schief. Ich will hier weg.

Sie machte sich nicht einmal die Mühe, darauf zu antworten, ging nach oben und tauschte ihr Business-Outfit gegen bequemere Klamotten – Jeans, ein weiches, langärmeliges T-Shirt, ihre Lederjacke, Stiefel.

»Du machst einen wütenden Eindruck«, sagte Paps, als sie wieder hinunterkam. Er saß auf der Couch und hatte ihr seinen kahl werdenden Hinterkopf zugekehrt. »Es ist nie eine gute Idee, im Zorn zu handeln. Wenn wir das tun, machen wir Fehler.«

»Ich bin nicht wütend«, sagte sie.

Wirst du es denn nie leid?

Doch, schon. Manchmal hatte sie wirklich genug davon.

8

Geneva

Geneva hasste die Winternachmittage, an denen es schon gegen drei Uhr dunkel zu werden begann. Während das Licht aus dem Himmel sickerte, senkte sich eine Art Schwere über ihre Seele. Sie machte Licht in der Küche und räumte die Spülmaschine ein. Die Jungs saßen mit ihrem Nachmittagsimbiss am Küchentisch. Nach der Schule waren sie immer ein wenig unleidlich, aber heute mehr als sonst. Stephen schmollte. Oliver hatte wie immer die Nase in ein Buch gesteckt. Irgendetwas an der Atmosphäre im Haus war ... merkwürdig.

Als sie am Morgen gekommen war, war die Familie Murphy bereits weg gewesen. Geneva hatte mit ihrem Schlüssel aufgesperrt und in der Küche eine Nachricht vorgefunden.

»Wir mussten heute alle früh los«, stand auf den Zettel gekritzelt. Sie konnte nicht sagen, ob Selena oder Graham es geschrieben hatte. »Bitte die Jungs zur üblichen Zeit von der Schule abholen.«

Im Haus herrschte Unordnung – das Frühstücksgeschirr stand noch auf dem Tisch, die Betten im Kinderzimmer waren nicht gemacht. So war es normalerweise nicht. Sonst saßen die Jungs am Küchentisch und verspeisten Eier mit Toast, wenn sie kam. Sie trugen bereits ihre Schuluniformen, ihre Haare waren gekämmt, Schultaschen und Brotdosen fertig gepackt.

Selena erledigte das gern alles, bevor sie ins Büro fuhr. Geneva wusste, dass es ihr das Gefühl gab, sich gekümmert zu haben, bevor sie den Arbeitstag begann. Sie legte kleine Zettel in die Brotdosen der Jungs, manchmal einen Leckerbissen – nichts mit zu viel Zucker. Auch tagsüber nahm sie Anteil, rief immer gleich nach der Schule an. Sie war erreichbar, wenn die Kinder sie brauchten.

Bei den Tuckers war es das genaue Gegenteil gewesen. Die Kinder, außer Rand und Band, hatten keinerlei Begrenzung für die Handy- und Computernutzung, weder Vater noch Mutter wollten tagsüber behelligt werden, es sei denn, es gab einen Notfall. Wenn Geneva morgens kam, waren die Tucker-Jungs immer noch im Schlafanzug und vollgestopft mit irgendwelchen zuckrigen Cerealien.

Wegen dem, was bei den Tuckers passiert war, hatte sie kein so schlechtes Gewissen.

Aber Selena Murphy war eine liebevolle, zugewandte Mutter. Eine treue Ehefrau. Eine faire, freundliche Arbeitgeberin. Sie hatte nicht verdient, was da hinter ihrem Rücken vorging.

Geneva begann sofort mit der Hausarbeit – machte die Betten, füllte die Waschmaschine, räumte die Küche auf. Sie war intim, nicht wahr, diese Position? Man fasste die Kleidung seiner Arbeitgeber an, zog ihre Bettlaken glatt, kratzte die Reste von den Tellern, von denen sie gegessen hatten. Während sie in der Küche die Arbeitsfläche abwischte, dachte sie darüber nach, wie nahe sie ihren Familien war – und auch wieder nicht.

Sie war eine bezahlte Angestellte, die jederzeit entlassen werden konnte. In gewisser Weise so vertraut wie ein Familienmitglied, aber nicht auf Dauer. Entbehrlich.

Dieses Wort hatte sie im Kopf, als sie einen braunen Fleck auf der Arbeitsfläche entdeckte. Sie schrubbte daran herum. Erst als sie auf das Wischtuch blickte, erkannte sie, was es war.

Blut.

Drüben beim Herd war noch ein Fleck. Sie putzte beide weg, und ein seltsames Grauen erfasste sie.

Und jetzt verzehrten die Jungs am Küchentisch ihren Imbiss, während Geneva ihre Brotdosen auspackte.

»Meine Lehrerin hasst mich.« Stephens Bemerkung holte sie zurück ins Hier und Jetzt. Er stützte seine runde rosige Wange in die Hand.

»Nein, tut sie nicht«, versicherte Geneva ihm und stellte die Spülmaschine an.

Beim Abholen hatte es wieder ein Gespräch gegeben. Stephen halte sich nicht an die Regeln, sagte die verklemmte Lehrerin. Offenbar hatte er auf dem Spielplatz einen anderen Jungen zu Boden geschubst. »Sie findet, dass du ein netter Junge bist, der sich gegenüber anderen Kindern besser verhalten könnte.«

»Doch, sie hasst dich«, sagte Oliver wenig hilfreich. Er war ebenfalls schlecht gelaunt – warum, wusste Geneva nicht genau. Er redete grundsätzlich nicht viel. Stephen erzählte immer alles, aber Oliver war verschlossen. »Sie hasst dich, weil du eine Nervensäge und ein *Baby* bist.«

»Halt den Mund!«, rief Stephen, rot im Gesicht und den Tränen nahe.

»Oliver«, sagte Geneva leichthin. »Entschuldige dich.«

»Tut mir leid«, sagte Oliver. Sonderlich ernst gemeint klang es nicht.

Die beiden waren achtzehn Monate auseinander und benahmen sich meistens eher wie rivalisierende Gangmitglieder als wie Brüder. Doch es gab auch Nähe zwischen ihnen, seltene Momente von Zärtlichkeit. Geschwisterbeziehungen waren eben kompliziert. Als Oliver die Küche verließ, folgte Stephen ihm. Beide räumten vorher ihren Teller ab. Geneva spülte das Geschirr und dachte dabei einen Moment an sich und ihre ältere Schwester, diese schwierige Mischung aus Zuneigung und Konkurrenz, aus Bewunderung und Groll. Dann verscheuchte sie den Gedanken und räumte die Küche auf.

Kurz darauf hörte sie die beiden Jungs die Treppe hinaufstürmen. Sie waren dabei, sich gegenseitig mit ihren iPads zu filmen. Solange sie das taten, schienen sie sich zu vertragen, also schimpfte sie nicht, weil sie zu viel Zeit mit digitalen Medien verbrachten. Zumindest war es kreativ, dieses Aufnehmen und Bearbeiten von albernen Videos.

Sie räumte im Wohnzimmer auf, faltete die Wohndecke zusammen, schüttelte die Kissen auf. Als sie den Fernseher ausschaltete, sah sie sich selbst in der Spiegelung des Bildschirms. Haare hochgebunden, bequeme Kleidung, Schlabbershirt und weite Jeans. Ihre Brüste – sie wirkten riesig, und das nicht im positiven Sinne. Männer standen wahnsinnig darauf. Aber sie fand, dass ihr großer Busen sie dicker wirken ließ, als sie war, und sie war keine Elfe. Heute war sie nicht mal geschminkt. Sie sah aus wie das schlimmste Klischee einer Hausfrau. Eine Hausfrau ohne Haus und Ehemann.

Wieder drängte sich ihr ungewollt der Gedanke an ihre Schwester auf. Ihre perfekte Schwester, die makellose Schönheit, die nie Fehler machte, die bei allem, was sie tat, stets die volle Kontrolle hatte.

Hast du denn überhaupt keine Dates? Das hatte sie neulich gefragt. Sie hatte nichts als abfällige Dinge über Geneva zu sagen, über ihr Leben, ihre Entscheidungen, ihre Arbeit. Geneva sollte nicht so sehr nach ihrer Anerkennung gieren, aber das tat sie.

Die Waschmaschine piepste, die Wäsche war fertig. Geneva wollte gerade hingehen und alles in den Trockner räumen, als sie hörte, wie das Garagentor aufging.

Verdammt.

Graham.

Ihre Hände wurden schweißfeucht. Aber er würde sie in Ruhe lassen, oder? Die Jungs waren oben. Es war Freitag, Selena konnte jederzeit nach Hause kommen. Sie ging in den Wirtschaftsraum und kümmerte sich um die Wäsche. Sie würde sich rasch verdrücken. Selena konnte sie am Montag bezahlen.

Dann, ein paar Minuten später, hörte sie Selenas Stimme.

»Ich bin früher zu Hause!«, rief sie. Kurz darauf kamen die Jungs die Treppe heruntergedonnert und riefen: »Mama! Maamma! Mama!«

Das muss schön sein, dachte Geneva, und es versetzte ihr einen kurzen Stich. Den Stich der Voyeurin, des Eindringlings, der Außenseiterin.

Wann willst du anfangen zu leben, Geneva? Wieder ihre Schwester, die sanfte, helle Stimme triefend vor vorgetäuschter Freundlichkeit. *Es muss doch mehr in dir drinstecken, oder? Allmählich mache ich mir Sorgen. Das ist ja praktisch eine Entwicklungsverzögerung.*

Entwicklungsverzögerung. Zu der es kommen kann, wenn jemand an irgendeinem Punkt seines Lebens aufhört zu reifen, wegen traumatischer Erlebnisse, Trauer oder des totalen Verlusts der Liebe einer Hauptbezugsperson. Vielleicht war das eine zutreffende Diagnose. Niemand hatte je behauptet, ihre Schwester sei dumm.

Sie legte noch die Wäsche zusammen und ging dann wieder nach unten.

In der Küche drängten sich die Jungs um ihre Mutter, die die Arme um beide gelegt hatte. Sie war groß und schlank. Oliver hatte ihr dunkles gutes Aussehen geerbt, Stephen schlug eher nach seinem hellhaarigen, stämmigeren Vater. Selena umarmte beide Söhne noch einmal, gab jedem einen Kuss und löste sich von ihnen. Sie begrüßte Geneva mit einem knappen Lächeln. Als ihre Blicke sich trafen, krampfte sich Genevas Magen zusammen. Selenas Blick war distanziert, kalt.

Sie wusste Bescheid.

»Sie haben Glück«, sagte Selena. »Sie können ebenfalls früher ins Wochenende starten.«

»Klasse«, erwiderte Geneva lächelnd.

»Natürlich bezahle ich Sie für den vollen Tag«, fügte Selena freundlich hinzu.

»Vielen Dank.«

Sie wirkte nicht böse. Wenn sie Bescheid wusste, wie konnte sie dann Genevas Anblick ertragen? Wenn sie Bescheid wusste ... wie hatte sie dann einfach ins Büro fahren können? So tun, als wäre nichts? Geneva dachte an das Blut, das sie weggewischt hatte.

Sie fing an, ihre Sachen zusammenzupacken.

Es tut mir leid, hätte sie am liebsten gesagt. Ich mag ihn nicht einmal. Es gibt Gründe für mein Verhalten, tief sitzende und verkorkste Gründe – jedenfalls laut meiner Psychiaterin.

Wenn Sie wüssten, was mir alles passiert ist, würden Sie vielleicht verstehen, warum ich so viele schlechte Entscheidungen treffe. Und dann gibt es da noch meine Schwester, das, was sie von mir verlangt und was ich für sie tue. Ich bin zu tief verstrickt, ich kann mich nicht selbst befreien.

Aber sie schwieg.

»Wo ist Papa?«, fragte Oliver.

»Er ist übers Wochenende weggefahren«, sagte Selena. »Das weißt du doch.«

Oliver schüttelte den Kopf und runzelte verwirrt die Stirn. »Nein.«

»Männerwochenende. Er ist mit Onkel Joe zum Angeln gefahren.«

»Wie wenn wir uns zum Spielen verabreden?«, fragte Stephen, ganz großäugige Unschuld.

»Ganz genau so«, bestätigte Selena und verdrehte scherzhaft die Augen. Geneva versuchte es mit einem komplizenhaften Lächeln, aber Selena mied jeden Blickkontakt.

»Er hat sich gar nicht verabschiedet«, sagte Oliver und blickte zur Tür, als erwarte er, Graham gleich hindurchtreten zu sehen.

»Doch, hat er«, sagte Selena. »Heute Morgen ganz früh. Du bist aufgewacht, weißt du noch?«

»Nein«, widersprach Oliver stur. »Hat er nicht.«

Selena berührte seine Hand und lächelte ihn liebevoll an. »Du erinnerst dich nur nicht mehr, Schlafmütze.«

»Ich weiß es noch«, erklärte Stephen, bestrebt, die Anerkennung seiner Mutter zu gewinnen. »Er hat uns ins Ohr geflüstert.«

»Das stimmt.« Selena legte ihm die Hand auf die Schulter.

Stephen warf seinem Bruder einen triumphierenden Blick zu, doch Oliver runzelte immer noch zweifelnd die Stirn.

»Ruft er nachher an, bevor wir ins Bett gehen?«, wollte er wissen.

»Wenn sie Netz haben.« Selenas Tonfall war neutral. »Ich habe heute noch nichts von eurem Vater gehört. Allzu große Hoffnungen würde ich mir also nicht machen.«

Wenn sie verärgert über Grahams Kurztrip war oder mehr dahintersteckte, zeigte sie es jedenfalls nicht vor den Jungs. Der Lappen, mit dem Geneva die kleine Menge Blut aufgewischt hatte, war dunkelrot geworden. Es war immer noch ein winziger Rosaschimmer auf der Arbeitsfläche, der nicht abgehen wollte. Es hieß, man könne nie alle Spuren von Blut beseitigen. Das Hämoglobin ließ sich nicht vollständig entfernen, es sickerte in poröse Oberflächen, klebte an Fasern. Sie hatte den Lappen zweimal mit einem scharfen Reinigungsmittel in der Maschine gewaschen und ihn dann zusammen mit den anderen Wischlappen ganz hinten in den Putzschrank gestopft.

»Ich zieh mich nur rasch um«, sagte Selena. »Setzen Sie die Jungs noch rasch vor den Fernseher?«

»Klar«, sagte Geneva. »Und wenn Sie am Wochenende mal eine Stunde für sich brauchen, schicken Sie mir einfach eine Nachricht.«

»Vielleicht komme ich auf das Angebot zurück.« Selena sah sie bei diesen Worten nicht an und verschwand rasch die Treppe hinauf.

Geneva setzte die Jungs vor den Fernseher, und sie einigten sich auf *Trolljäger*, eine Serie, die sie sich ungefähr zum tausendsten Mal ansahen. Sie drückte beiden einen Kuss auf die

Stirn und ermahnte sie, am Wochenende brav und lieb zu ihrer Mutter zu sein.

Dann holte sie ihre Sachen und steckte ihren Gehaltsscheck ein, den Selena auf die Arbeitsfläche gelegt hatte. Er war auf genau die Summe ausgestellt, die sie Geneva schuldete; normalerweise rundete sie den Betrag auf oder gab noch ein kleines Extra dazu.

Menschen kommunizierten durch Kleinigkeiten. Den meisten Leuten war nicht einmal klar, dass schon die geringsten Details Bände sprachen. Geneva starrte auf den Scheck, Selenas geschwungene Unterschrift, das sorgfältig geschriebene Datum.

Ich bringe besser meinen Lebenslauf auf den neuesten Stand. Ihre Schwester würde nicht erfreut sein. Aber zweifellos hatte sie längst einen neuen Plan.

Sie blieb unten an der Treppe stehen und rief: »Die Kinder sitzen vor dem Fernseher! Ich geh dann jetzt.«

»Danke«, erklang Selenas gedämpfte Antwort.

Normalerweise leistete sie Geneva noch ein wenig Gesellschaft, und sie unterhielten sich über die Kinder oder die Nachbarn. Aber jetzt stand plötzlich eine Mauer zwischen ihnen.

Die Frau überstürzte nichts, was? Überlegte sich einen Plan, bevor sie handelte. Sie blieb ruhig und zeigte ihre Gefühle nicht; es gab Leute, die so waren. Sie reagierten nicht sofort, sondern hielten sich bedeckt. Wenn sie dann handelten, geschah es rasch und entschieden.

Geneva warf keinen Blick zurück auf die Kinder oder auf das Haus. Zeit zu gehen.

Sie trat in den düsteren Spätnachmittag hinaus, und als sie die Tür hinter sich zumachte, verstummte das Lärmen des

Fernsehers. Es war so kalt, dass sie sich manchmal fragte, ob der Frühling je kommen würde. Es war Ende Januar, die Fröhlichkeit der Feiertage längst vorbei. Es gab nur noch die graue Decke des nördlichen Winterhimmels, das Warten auf hellere Tage. Sie fühlte sich innerlich hohl, spürte eine Leere in sich, die nie gefüllt werden konnte. Ihre Schritte hallten auf den Platten des Gartenwegs wider.

Athen. Venedig. Barcelona. Irgendwohin. Eigentlich könnte sie gehen, wohin sie wollte. Sie hatte nicht so viel Geld gespart wie geplant. Aber es reichte, um eine Weile davon zu leben, bis sie eine neue Stelle fand. Gute Kindermädchen waren immer gefragt.

Sie mochte die Familie Murphy und bedauerte die Rolle, die sie bei dem spielte, was jetzt möglicherweise geschah. Aber um ehrlich zu sein, die Risse waren bereits vorhanden gewesen. Das waren sie immer, winzige Spalten im Mauerwerk, die sich erweiterten und vertieften, und wenn Druck darauf ausgeübt wurde, konnten sie das ganze Gebäude zum Einsturz bringen. War das Gebäude solide, passierte nichts. Sie war schon bei Familien gewesen, in denen der Mann sie nicht einmal angeschaut hatte, ganz zu schweigen davon, dass er sie berührt hätte. Das waren Männer, die ihre Frauen liebten, die sich um ihre Kinder kümmerten, die glücklich waren. Solche Männer – und es gab sie – ließen sie in Ruhe.

Bevor sie bei Selena anfing, war sie bei der Familie Tucker gewesen. Die Tuckers waren als Paar bereits unglücklich gewesen, als Geneva zu ihnen kam: Doppelverdiener, zwei Kinder, eine Riesenhypothek, zwei geleaste Wagen, einen Lexus für sie und einen BMW für ihn, Mitgliedschaft im Country Club. Die Kinder waren wild und wurden größtenteils von den Eltern ignoriert, die völlig von ihrer Arbeit, ihren mobilen Endgeräten, ihrem gesellschaftlichen Leben in Anspruch genommen waren. Es war das reinste Chaos. Erik Tucker war attraktiv und charmant gewesen, aber da war noch etwas anderes, Dunkles gewesen. So viel war mittlerweile offensichtlich.

Geneva zerstörte immer wieder Ehen. Sie hatte das nicht vor. Es war ein wichtiges Thema in der Therapie, obwohl die ganze Vielschichtigkeit nie zur Sprache kam, oder alle Gründe für ihr Verhalten. Es gab Dinge in ihrem Leben, die sie niemandem anvertrauen konnte. Den wahren Grund dafür, dass sie sich immer wieder in dieser Lage wiederfand.

Wenn wir immer wieder dieselbe Erfahrung machen, sollten wir mal genauer hinschauen. Herausfinden, warum wir uns und anderen wehtun.

An der Bordsteinkante blieb sie stehen. Sollte sie zurückgehen und versuchen, mit Selena zu sprechen? Vielleicht könnte sie ja ausnahmsweise mal ehrlich zu jemandem sein. Vielleicht war das einer dieser Momente, in denen man eine andere Erfahrung machte, weil man anders handelte.

Nein. Die oberste Regel war: Immer so tun, als wäre alles in Ordnung.

Menschen – besonders Frauen – wurden von Selbstzweifeln geplagt. Sie suchten bei anderen nach Hinweisen darauf, wie sie sich in einer bestimmten Situation verhalten sollten, so wie die Passagiere im Flugzeug bei Turbulenzen in die Gesichter der Flugbegleiterinnen blicken. Einfach weiterlächeln, in Bewegung bleiben. Gehen, nicht rennen.

Doch wenn sie Selena die Wahrheit gestand, würde sie ihr vielleicht helfen. Sie war so ein Mensch, jemand, der versuchen würde, sogar einer Frau zu helfen, die ihr wehgetan hatte.

Aber Geneva entfernte sich immer weiter vom Haus der Murphys.

Es war eine ruhige Gegend, die Straße lag im Schatten von gewaltigen Eichen. Geneva hatte noch nie gesehen, dass sich jemand länger im Vorgarten aufgehalten hätte. Die Kinder spielten selten draußen, fuhren selten Fahrrad. Bürgersteige gab es nicht. Die Villen standen weit von der Straße entfernt, schienen voneinander abgeschnitten, obwohl die Grundstücke keineswegs riesig waren. Aber so sah die Welt heutzutage eben aus, jeder saß in seinem eigenen kleinen Bunker, man führte ein Online-Dasein und postete endlos Versionen seines Lebens. In der Stille hallten ihre Schritte auf dem Asphalt wider. Ihr Atem stieg in kleinen Wolken vor ihr auf.

Sie wollte gerade ins Auto steigen, als sie hörte, wie eine Wagentür geöffnet und zugeschlagen wurde. Sie spürte das Geräusch in jedem ihrer Nervenenden.

Dann war eine dunkle Gestalt auf der Straße, kam auf sie zu. Geneva blickte zum Haus zurück; das warme Licht leuchtete orange im Blau des frühen Abends. Die anderen Häuser lagen im Dunkeln.

Sie wühlte in ihrer Tasche nach dem Autoschlüssel. Die Gestalt kam näher.

Genevas Herz begann zu rasen, als sie den Schlüssel nicht finden konnte. Wieso herrschte in ihrer Handtasche immer ein solches Chaos? Aber als sie sich ihrem Auto näherte, entriegelten die Türen sich automatisch. Das vergaß sie ständig. Dass bei ihrem neuen Wagen der Schlüssel eine Fernbedienung war.

Irgendetwas hielt sie davon ab, in den Wagen zu steigen. Sie drehte sich um.

Die Gestalt kam näher, und Geneva spähte mit zusammengekniffenen Augen in die Dämmerung.

Wer war das? Als sie es schließlich erkannte, fuhr sie zusammen, zutiefst erschrocken und überrascht.

»Oh«, brachte sie hervor. »Du bist es.«

9

Pearl

»Das solltest du aber nicht tun, oder?«

Als Charlie in das kleine Büro hinten in der Buchhandlung trat, war Pearl dabei, die Handtasche ihrer Mutter zu durchstöbern.

»Ach, das stört sie nicht«, sagte Pearl.

Sie betrachtete einen kleinen, herzförmigen Notizblock, auf dem nichts geschrieben stand.

Pearl liebte die Tasche ihrer Mutter, die Stella gern sorglos überall herumliegen ließ. Auf dem Beifahrersitz, auf der Arbeitsfläche der Küche. Sie ließ sie im Einkaufswagen liegen und ging weg, um nach irgendwelchen Artikeln zu suchen, praktisch eine Aufforderung zum Diebstahl.

Es war ein magischer Beutel voller Geheimnisse. Pearl stöberte schamlos darin herum, wann immer sich ihr die Gelegenheit bot. Lippenstifte in den verschiedensten Farbtönen, Streichholzheftchen von Restaurants und Bars. Pearl hatte keine Ahnung, wann Stella die besucht hatte. Ein Feuerzeug, geformt wie ein Frauenkörper. Und das Buch, das sie gerade las – es konnte Kafka sein, irgendein unbekannter ausländischer Schriftsteller oder der neueste Bestseller-Liebesroman. Ihre Mutter las querbeet: aktuelle Literatur, Liebesromane oder Thriller genauso wie Klassiker, Science-Fiction, Fantasy oder Frauenliteratur.

Eine Geschichte ist eine Geschichte, pflegte sie zu sagen. Ein Tor, durch das man eine andere Welt betritt. Und die Welt, in der wir leben und die normalerweise echt ätzend ist, verschwindet.

Eine Packung Kondome. Stella schlief herum; wie bei ihrer Lektüre hatte sie auch bei Männern keine Vorurteile. Sie nahm, was ihr gefiel, Bauarbeiter, Ärzte, Geschäftsmänner oder Verkäufer.

Süßigkeiten. Süßigkeiten hatte sie immer dabei. Weingummi, Tic Tacs, Marsriegel – Schoko-Minz-Bonbons mochte sie am liebsten. Ein Bündel zusammengerollte Geldscheine – warum steckte Stella die nicht ins Portemonnaie? Das verzögert nur das Ausgeben, witzelte sie immer. Man sollte gar nicht erst versuchen, das Geld festzuhalten; es ist so schnell weg, wie es hereinkommt. Telefonnummern auf kleinen Zetteln. Manchmal Zigaretten. Einmal ein Joint. Zahnseide. Stella war sehr penibel mit ihrer Zahnpflege.

»Deine Mutter ist ein Rätsel, nicht wahr?«, fragte Charlie.

»Eigentlich nicht«, erwiderte Pearl. Für sie war ihre Mutter ein offenes Buch.

»Alle Frauen sind rätselhaft.«

»Das glauben nur Männer«, sagte Pearl. »Hauptsächlich deshalb, weil sie nicht aufmerksam genug sind.«

Charlie hatte sich an den Schreibtisch ihrer Mutter gesetzt und machte irgendwas an ihrem Rechner. Laut Stella war er jetzt auch für die Buchhaltung zuständig. In den letzten paar Monaten hatte er eine immer größere Rolle in ihrem Leben gespielt. Zweifellos war er häufiger bei ihnen als sonst irgendjemand vor ihm, und die Sache dauerte länger. Er war jetzt oft in der Küche, wenn Pearl an Schultagen morgens herunterkam, und machte Frühstück. Letzte Woche hatte er ihren Englischaufsatz durchgesehen, und sie hatten lange darüber diskutiert. Pearl mochte Charlie, aber sie würde nicht ihr Herz an ihn hängen. Dazu kannte sie Stella zu gut. Irgendwann würde sie genug von ihm haben.

»Das Einzige, was noch rätselhafter ist als Frauen, sind Mädchen im Teenageralter.«

Sie war sich seiner Blicke bewusst. Er beobachtete sie ständig. Und sie beobachtete ihn. Versuchte, aus ihm schlau zu werden. Er war höflich und intelligent. Immer pünktlich. Konnte gut mit Kunden umgehen. Und laut Stella verstand er auch etwas von Buchhaltung. Er war belesen. Er beriet die Kunden, lernte sie kennen und empfahl ihnen Bücher, die ihnen gefallen könnten. Er war ein Relikt, fand Stella. Ein wirklicher Buchverkäufer in einer Branche, die aufgehört hatte, sich für Geschichten zu interessieren, und nur noch Zahlen gelten ließ.

Aber. Aber. Aber.

Da war noch etwas anderes. Pearl war eine Beobachterin. Sie verbarg sich im Hintergrund, spähte aus. Trotzdem wurde sie nicht schlau aus ihm. Er sah gut aus, wenn auch eher wie ein Bücherwurm. Zu dünn. Immer gut angezogen – gebügelte Oxfordhemden, frische Khakihosen, vernünftige Schuhe. Seine Socken passten stets zur Hose.

»Kannst du heute Nachmittag ein paar Bücher einsortie-

ren?«, fragte er. »Wir haben gerade eine große Lieferung rein-
bekommen, das neue Buch von Karin Slaughter.«

Er wies mit dem Kopf auf die Kartons, die neben der Tür
aufgestapelt waren.

»Klar«, sagte Pearl.

»Nicht zu viele Hausaufgaben?«

»Nein. Geht schon. Wo ist Ma?«

Charlie zuckte die Achseln. »Wie gesagt. Sie ist ein Rätsel.«

»Ihre Handtasche liegt hier«, stellte Pearl fest. Sie wickelte
ein Black-Jack-Kaugummi aus und steckte es sich in den
Mund.

Charlie runzelte die Stirn und überlegte.

»Ich bin mir ziemlich sicher, dass sie ihr Portemonnaie
und ihr Handy dabeihat. Und die Schlüssel«, sagte er schließlich.

Die Ladenglocke bimmelte, und auf dem Monitor an der
Wand war zu sehen, wie eine Gruppe Jugendlicher den Laden
betrat. Charlie stand auf, um sie zu begrüßen, und lächelte
Pearl zu, als er das Büro verließ.

Ihre Stimmen wehten zu Pearl hinüber, Gelächter brandete
auf. Sie hatten in der Schule ein paar Flyer ausgelegt, und jetzt
kamen Schülerinnen und Schüler in die Buchhandlung, um
am Nachmittag hier zu lernen. Es war Charlies Idee gewesen,
eine seiner vielen guten Ideen.

Pearl griff nach dem Cutter, durchtrennte das Klebeband
und öffnete den ersten Karton. Sie liebte es, Bücher auszupa-
cken – den Geruch von neuem Papier, die glänzenden oder
matten Einbände, die geprägten Buchstaben unter ihren Fin-
gerspitzen, das Gewicht in ihren Händen, das Rascheln von
Papier. Sie liebte gebundene Bücher, aber auch die biegsamen

Paperbacks und die Taschenbücher für den Massenmarkt – alle hatten ihren eigenen Platz in der Buchhandlung.

Im Laden war es ruhig geworden. Die Kids, die gekommen waren, um zu lernen, lernten tatsächlich. Sie erkannte eins der Mädchen, aber die beiden anderen nicht. Pearls Schule war ein riesiger Betonbau, der an ein Gefängnis erinnerte. Sie kannte nicht alle Schüler. Eigentlich kannte sie überhaupt niemanden. Beim Mittagessen saß sie mit den anderen Nerds zusammen, und die waren ganz nett zu ihr. Aber meistens blieb sie für sich, die Nase in ein Buch gesteckt.

Ein paar weitere Jugendliche trudelten ein, schnappten sich einen Donut und suchten sich einen Platz auf einem der Sofas. Auch sie richteten sich ein, holten Notebooks und Laptops hervor. So voll hatte Pearl die Buchhandlung an einem Nachmittag unter der Woche noch nie erlebt. Ohne die Online-Verkäufe und das Geld, das dadurch hereinkam, dass sie die Buchhandlung für Partys, Meetings und Literaturkreise vermieteten, wäre »Stella's Pages« schon längst pleite. Charlie war gut für die Buchhandlung. Und auch gut für Stella, wie es schien. Und Pearl hatte nichts dagegen, dass er da war.

Sie würde nicht ihr Herz an ihn hängen.

Der Nachmittag verging. Pearl schichtete Bücher auf dem vorderen Tisch auf, der für Bestseller reserviert war. Dann ging sie mit dem Staubwedel durch die Buchhandlung – von der Belletristik bis zur Science-Fiction, von den Büchern für junge Erwachsene bis zu den Bilderbüchern. Als das erledigt war, ließ sie sich auf den Polstersessel beim Schaufenster fallen und machte ihre Hausaufgaben.

Irgendwann wurde es dunkel und Zeit, den Laden zu schließen. Stella war nicht wieder aufgetaucht.

»Vermutlich treffen wir uns zu Hause«, sagte Charlie mit einem stirnrunzelnden Blick auf sein Handy. Pearl hatte gesehen, wie er mehrere Nachrichten getippt und dann auf das Display gestarrt hatte. Sie hatte ein schlechtes Gefühl seinetwegen; das war vermutlich der Anfang. Stella hatte wahrscheinlich genug von ihm. Pearl kannte die Anzeichen.

»Wir holen uns was zum Abendessen«, sagte er.

Sie machten die Kasse und schlossen den Laden ab. Pearl holte Stellas Handtasche und ihre Schulsachen, und sie fuhren mit Charlies Pontiac GTO nach Hause. Er war still und nachdenklich. Unterwegs machten sie halt, um ein paar Burger zu besorgen.

Oben brannte Licht, als sie in die Auffahrt fuhren. Der Geruch nach Hamburgern und Fritten erfüllte das Wageninnere. Pearl sah einen Schatten am Fenster. Dann die Silhouette ihrer Mutter in enger Umarmung mit einem Mann. Vermutlich ein neuer Freund.

Hatte Charlie es ebenfalls gesehen?

»Weißt du«, sagte er, schob die Brille höher und sah starr geradeaus. »Vielleicht ruft deine Mutter mich einfach an. Wenn sie will.«

Pearl wusste nicht, was sie sagen sollte.

»Nimm die Burger mit«, sagte er ruhig. »Sorg dafür, dass ihr beide was in den Magen bekommt.«

Er war bleich im Licht der Straßenlaterne, und in seinem Gesicht zuckte ein Muskel.

»Es tut mir leid«, sagte Pearl. Sie stieg aus, griff nach ihren Taschen, der Handtasche ihrer Mutter, dem Essen. Sie nahm einen Burger aus der Tüte und gab ihn Charlie. Als er danach griff, trafen sich ihre Blicke. Er lächelte, und sie lächelte zurück. Er war der einzige Mensch, für den sie je fast etwas emp-funden hätte. Ihr war vage bewusst, wie seltsam das war. Aber man kann nur so sein, wie man eben ist.

Sie hätte gern noch etwas gesagt, aber er bedeutete ihr nur, ins Haus zu gehen.

Im Flur hörte sie Musik, und das Lachen ihrer Mutter wehte von oben herunter. Dann eine tiefe Männerstimme. Pearl warf noch einen Blick zurück, bevor sie die Eingangstür schloss. Charlies Auto stand immer noch vor dem Haus. Was machte er? Wartete nur, bis Pearl sicher im Haus war.

Sie aß allein am Küchentisch und las. Die Musik aus dem Zimmer ihrer Mutter wurde lauter. Nach dem Essen räumte sie die Küche auf – lud das schmutzige Frühstücksgeschirr in die Spülmaschine, wischte die Arbeitsplatte ab. Noch mehr Ge-lächter. Ein seltsames Poltern.

Sie ging in ihr Zimmer, wo es ruhiger war, um dort ihre Hausaufgaben fertig zu machen. Irgendwann wurde es wieder still im Haus.

Pearl war froh, dass sie ihr Herz nicht an Charlie gehängt hatte.

Doch als sie aus dem Fenster sah, bevor sie das Licht aus-machte, um ins Bett zu gehen, stand sein Auto immer noch da.

10

Selena

Stephen und Oliver zankten sich beim Abendessen und während des Films, den sie zusammen ansahen. Als sie ihnen später vorlas, wurden sie endlich ruhiger, feuerten aber noch ein paar letzte Spitzen aufeinander ab, als sie in ihren Betten lagen und Selena sich auf den Boden zwischen sie gelegt hatte.

»Kinder, seid nett zueinander«, flüsterte sie in den schummrigen, nur schwach von dem Nachtlicht erhellten Raum. An der Decke glänzten grüne Sterne. Sie erinnerte sich, wie sie die Sterne mit Graham zusammen dort befestigt hatte. Es hatte ewig gedauert, und am nächsten Tag taten ihnen beiden die Arme und der Rücken weh. »Habt einander lieb.«

»Würg«, machte Oliver.

»Halt die Klappe«, sagte Stephen.

»Noch ein Wort, und ich gehe«, warnte Selena. Daraufhin wurden beide still. Oliver schnaubte und drehte ihr den Rücken zu. Sie spürte Stephens glühenden Blick auf sich. Als er noch kleiner gewesen war, hatte er sie nicht aus den Augen gelassen, bis er endlich einschlief.

Das Liegen auf dem harten Fußboden tat ihrem schmerzenden Rücken gut. Es war ein brutal harter Tag gewesen. Es erforderte eine wahre Herkulesanstrengung, so zu tun, als wäre alles in Ordnung, wenn man gerade vor den Trümmern seines Lebens stand.

Welche Energie es erforderte, zu lächeln, mit Klienten zu reden, die Maske der Normalität zu tragen. Es erschöpfte sie, rieb sie auf. Nach dem Networking-Lunch – leeres Geplauder, höfliches Gelächter, unbewegliche Botox-Gesichter und Designer-Handtaschen, die wie Schilde getragen wurden – war sie völlig erledigt. Als sie ging, hatte sie mörderische Kopfschmerzen.

»Alles in Ordnung mit dir?«, hatte Beth danach im Taxi gefragt.

Machte sie etwa den Eindruck, als wäre etwas nicht in Ordnung? Sie hatte wirklich gedacht, sie hätte die Fassade gewahrt.

»Mir geht's gut«, log sie. »Alles bestens.«

Selena hatte ihre Zweifel gehabt, ob es wirklich eine gute Idee war, für eine ihrer besten Freundinnen zu arbeiten, aber es klappte gut. Gegenseitige Wertschätzung, Mitgefühl, Teamwork, viel Lachen. Waren es nicht immer nur Männer, die behaupteten, dass Frauen nicht gut zusammenarbeiten konnten? Selena hatte nie irgendwelche Probleme mit Kolleginnen gehabt. Ganz im Gegenteil. Jeden beruflichen Aufstieg hatte sie Mentorinnen und Freundinnen zu verdanken.

»Nur meine Allergie«, gab sie zu. »Mein Kopf bringt mich um.«

Sie und Beth waren schon sehr lange befreundet. Mit Mitte zwanzig hatten sie gemeinsam in einem kleinen Verlag gearbeitet, und sie hatten alles Mögliche zusammen erlebt: die erste Liebe, Trennungen, den Tod eines Elternteils, die Begegnung mit dem Richtigen, Hochzeiten, Schwangerschaften, die Geburt der Kinder, Beths Scheidung, den Tod von Michaela, einer guten Freundin, die völlig unerwartet an einem Herzinfarkt gestorben war.

Beth nickte, lächelte ihr mitfühlend zu und drückte ihre Hand. Ihr Blick ruhte noch einen Augenblick auf Selena, dann wandte sie ihre Aufmerksamkeit wieder ihren Mails zu. Ihre Nägel waren perfekt gefeilt, bonbonrosa lackiert und glitzernd wie der Diamantring, den sie sich selbst nach der Scheidung gekauft hatte. Das Klackern auf dem Display des Smartphones war hypnotisch.

»Sag Bescheid, wenn du darüber reden möchtest«, sagte Beth leichthin. Übersetzung: *Es ist völlig in Ordnung, wenn du mir nicht sagen willst, was wirklich los ist. Aber ich bin da.*

»Mir geht's gut«, versicherte Selena. »Wirklich.«

»Was macht Grahams Jobsuche?« Übersetzung: *Wann geht dein Loser von Ehemann endlich wieder arbeiten?*

»Er ist dran.«

Noch ein rascher Blick, dann wandte Beth sich wieder ihrem Smartphone zu. Sie mochte Graham nicht. Gesagt hatte sie das zwar nie, aber Selena merkte es. An einem bestimmten Tonfall, wenn sie seinen Namen aussprach, an der Miene, die sie aufsetzte, wenn sie sich alle trafen. Aber man musste den Mann einer Freundin auch nicht mögen, nur nett zu ihm sein. Weiß Gott, Selena hatte Beths geizigen, herrschsüchtigen, untreuen Ex-Mann Jon in den fast zehn Jahren ihrer Ehe auch immer mit einem Lächeln ertragen. Das war die goldene Regel von Freundschaften. Nett sein. Das war ganz allgemein eine gute Regel, oder? Wenn mehr Leute sich daran hielten, wäre die Welt ein besserer Ort. Zudem: Lass deinen Freunden ihre Geheimnisse. Unterstütze sie, wenn es ihnen dreckig geht. Wenn alles den Bach runtergeht.

So wie gestern Abend.

Den ganzen Tag hatte sie versucht, nicht an die Szene zu denken, die es zwischen ihr und Graham gegeben hatte. Sie hatte rot gesehen vor Wut, auch wenn sie wegen der Kinder die Stimme senkte. Schockierend, was sie ihm alles an den Kopf geworfen hatte. Und seine Entgegnungen waren wie Schläge in den Magen gewesen. Wie hässlich es geworden war! Wann hatte sich so viel Gift, so viel Wut zwischen ihnen aufgestaut? Es war wie toxischer Schimmel; sie hatten eine Wand eingerissen, und was zum Vorschein kam, war schwarze Fäule.

»Papa hat nicht angerufen, um Gute Nacht zu sagen«, sagte Oliver jetzt mit erstickter Stimme.

»Sie haben wohl kein Netz«, sagte sie an die Decke gerichtet.

»Er hat sich nicht verabschiedet.«

Schuldgefühle überkamen sie – wegen dem, was passiert war, wegen der Lügen, die sie erzählt hatte. Und jetzt log sie ihre Kinder an. Nett.

»Er wird morgen anrufen«, versprach sie leichthin. »Und jetzt schlaf.«

»Mama«, begann Oliver, »ich habe gesehen –«

»Nicht jetzt, Schatz«, sagte sie. Wenn er jetzt anfing, ihr zu erzählen, was er in der Schule, im Fernsehen oder im Internet gesehen hatte, würde es ein zwanzigminütiges Gespräch werden. Und worum auch immer es gehen mochte, natürlich würde auch Stephen seinen Senf dazugeben. Und dann würden sie sich wieder streiten. »Schlaf jetzt.«

»Aber –«

»Oliver.« Entschieden, mit ihrer besten Mutter-Stimme. »Schlaf jetzt.«

Sie fragte sich, wie oft man diesen Satz im Leben mit Kindern wohl aussprach. Denn eine Mutter hatte ja erst Feierabend, wenn das Kind schlief. Im Leben einer Vollzeitmutter oder eines Vollzeitvaters war das die einzige ruhige Zeit, die man hatte, ohne schlechtes Gewissen. Nur dann, wenn die endlose Litanei der kindlichen Wünsche und Bedürfnisse für ein paar Stunden verstummte, konnte man einfach man selbst sein, ein wenig in der Wachsamkeit nachlassen. Und Selena brauchte jetzt dringend Zeit zum Nachdenken – über das, was passiert war, und darüber, was sie jetzt tun sollte.

Auf der Rückfahrt im Pendlerzug hatte sie nach der Frau vom Vortag Ausschau gehalten. Sie hätte sie gern wiedergetroffen und hoffte gleichzeitig inständig, dass sich ihre Wege nie wieder kreuzen würden. Irgendetwas an dieser Begegnung, diesem gegenseitigen Anvertrauen von Geheimnissen, war ehrlicher gewesen, wahrhaftiger als alles andere in ihrem derzeitigen Leben. Sie sehnte sich nach dieser befreienden Erfahrung und fürchtete sich gleichzeitig davor.

Was hatte die Frau gesagt? *Wäre es nicht schön, wenn Ihre Probleme einfach von selbst verschwänden?*

Etwas an dieser Erinnerung, dem Tonfall der Fremden, jagte ihr einen kalten Schauer über den Rücken. *Es passieren ständig schlimme Dinge.*

Selena schloss die Augen und spürte, wie sie augenblicklich fast vom Schlaf übermannt wurde. Wie lange würde sie wohl noch im Kinderzimmer bleiben müssen? Sie wollte nicht auf dem Fußboden einschlafen und um zwei Uhr nachts mit schmerzenden Gliedern aufwachen. Sie wartete, zählte die Atemzüge der Kinder, lauschte. Als sie die Augen öffnete, sah sie Stephens Blick unverwandt auf sich gerichtet.

»Geh nicht weg«, bat er, als hätte er ihre Gedanken gelesen.

»Mach die Augen zu«, sagte sie.

Nach einer Weile wurden die Atemzüge der beiden tief und gleichmäßig. Stephen, der immer tief und fest schlief, schien eine verstopfte Nase zu haben. Oliver, der genau wie Selena bei jedem kleinsten Geräusch aufwachte, drehte sich um und seufzte. Sie stand auf und verließ leise das Kinderzimmer, immer ein riskantes Manöver.

Vorsichtig schlich sie durch den Flur und schloss die Tür des Schlafzimmers hinter sich. Sie holte tief Luft.

Es gab Zeiten, in denen sie einfach Selena war. Etwa wenn sie allein im Auto saß, nach der Zugfahrt und bevor sie das Haus betrat, sich vielleicht einen Podcast oder ein Hörbuch anhörte oder einfach nur fuhr, die Stille genoss. Das dauerte etwa vierzehn Minuten. Also war sie achtundzwanzig Minuten am Tag – auf der Fahrt zum Bahnhof und zurück – einfach sie selbst.

Oder wenn die Kinder schliefen und Graham weggegangen war und sie sich aussuchen konnte, was sie machen wollte, ohne auf irgendjemanden Rücksicht zu nehmen. Wenn sie nicht der Mensch im Büro war – tüchtig, verlässlich, immer fröhlich, auf Zack – oder der Mensch zu Hause, Mutter und Ehefrau, liebevoll, entgegenkommend, verständnisvoll. Im dunklen, nach Leder duftenden Wageninnern brauchte oder wollte niemand etwas von ihr. Es war keine große Sache. Sie war nicht unglücklich gewesen. Sie liebte ihr Leben, oder etwa nicht? All diese fröhlichen Posts in den sozialen Medien –

#sodankbar, #stressaberschön, #liebemeineJungs –, dieses Bild hatte sie nach außen vermittelt.

Gestern Abend hatten sie einander angebrüllt, es hatte Geschrei gegeben, zerbrechendes Glas, Schluchzen. Wundersamerweise waren die Kinder nicht wach geworden. Es war nicht ihr erster heftiger Streit, aber zweifellos der schlimmste. Ihre Kopfschmerzen verstärkten sich.

Aber war sie *wirklich* glücklich gewesen?

Sie und Graham standen lächelnd am Spielfeld und bejubelten Fußball- und Baseballspiele. Hatten Klappstühle dabei, ihre Kühlbox war mit Mineralwasser und Orangen gefüllt, Erfrischungen, die sie mit dem Team und den anderen Eltern teilten. Es gab Feiern mit Freunden, Picknicks und wunderbare Familienurlaube. Sie hatten eine Legion von Freunden, Bekannten, Nachbarn. Es gab Schulveranstaltungen, Grillabende im Garten, Wohltätigkeitsauktionen, Spendenläufe. Sie hatten sich ein gemeinsames Leben aufgebaut – ein Leben, das sich ohne ihr Zutun einfach ergeben hatte. Und es war ein gutes Leben. Oder etwa nicht?

Doch vor all dem – was hatte sie da machen wollen? Was wollte sie sein?

Schriftstellerin.

Zum ersten Mal seit dem gestrigen Abend ließ sie die Tränen zu. Sie stellte den Fernseher an, vergrub das Gesicht in einem großen weichen Kissen und ließ alles raus. Die ganze Wut, ihre Traurigkeit, die Erschöpfung davon, alles für sich zu behalten, die Angst vor dem, was kommen würde. Als sie sich ausgeweint hatte, fühlte sie sich besser, gereinigt.

Sie musste nachdenken, sich überlegen, was sie tun sollte.

Ihr Handy lag dunkel und stumm auf der Decke neben ihr.

Wen könnte sie anrufen? Wen sollte sie anrufen? Niemanden. Ihre liebe Mutter. Ihre perfekte Schwester. Ihre erfolgreichen Freundinnen. Wem könnte sie erzählen, dass ihr Leben in Trümmern lag? Der einzige Mensch, den sie gern angerufen hätte, war Will, ihr Ex, der Mann, den sie wegen Graham verlassen hatte. So unwahrscheinlich es klang, sie waren immer noch Freunde. Gute Freunde. Ihn könnte sie anrufen, das wusste sie. Er wäre froh, von ihr zu hören. Ein bisschen zu froh. Nein, das war keine gute Idee. Sie rief niemanden an.

Wieder dachte sie an die Frau, die sie im Zug getroffen hatte. Martha, so hieß sie. Ihre Beichtschwester. Sie hatte das Gefühl, ihr vielleicht erzählen zu können, was passiert war. Was würde sie wohl sagen? Nicht, dass sie irgendeine Möglichkeit hatte, die Frau zu erreichen.

Auf dem Nachttisch stand ein Foto von Graham, Oliver, Stephen und Selena, ein Familienfoto, das sie in einer schwierigen Phase ihrer Ehe hatten aufnehmen lassen. Es war das reinste Chaos gewesen, dafür zu sorgen, dass alle sich entsprechend anzogen und sie rechtzeitig zum Termin mit der Profi-Fotografin im Park kamen. Stephen quengelte auf dem ganzen Weg dorthin. Graham hielt das Fotografenfoto für eine nutzlose Ausgabe, meckerte darüber, beklagte sich über den Verkehr, schnauzte die Kinder an. Es war einfach furchtbar gewesen. Aber alle hatten es geschafft, sich für die Fotosession zusammenzureißen und ein strahlendes falsches Lächeln aufzusetzen.

»Keine Sorge«, hatte die Fotografin gesagt, eine ältere Frau mit wilden Locken und einem weisen Lächeln. Sie musste ihr Stressniveau gespürt haben, obwohl Selena versuchte, es zu verbergen. »Es wird sich lohnen.«

Sie meinte nicht nur die Aufnahmen und drückte Selena warmherzig den Arm.

Als die Fotos dann kamen, waren sie perfekt. Die ganze Familie wirkte strahlend glücklich, sie und Graham machten einen verliebten Eindruck, die Jungs sahen aus wie kleine Engel. Selena wählte eins der Fotos für ihre Weihnachtskarten, und alle schwärmten in den höchsten Tönen davon. Die Fotografin hat recht gehabt, hatte Selena gedacht, als die Abzüge kamen. Es lohnt sich.

Was für ein Schwindel, dachte sie jetzt, als sie das Porträtfoto in der Hand hielt. Am liebsten hätte sie es zerschmettert. Stattdessen stellte sie es wieder auf den Nachttisch, legte sich hin und starrte auf den Fernseher. *Game of Thrones* – alle Beteiligten waren schön, in Leder gehüllt, glühend vor Leidenschaft, alles war dringlich, der Ausbruch des Krieges stand bevor. Sie ließ sich eine Weile in diese schöne, gefährliche Fantasiewelt hineinziehen, eine Flucht. Drachen. Schmutziger Sex. Der dreiäugige Rabe. Ein Heer untoter Soldaten. Alles sehr viel leichter zu bewältigen als das wahre Leben.

Plötzlich hörte sie ein Geräusch und stellte den Fernseher leiser.

Die Alarmanlage war eingeschaltet; das hatte sie erledigt, bevor sie nach oben gegangen waren.

Sie trat in den Flur hinaus, aber alles war still.

Am Treppenabsatz blieb sie stehen und lauschte, dann ging sie nach unten und vergewisserte sich, dass die Haustür abgeschlossen war. Die Alarmanlage war immer noch aktiviert, die Hintertür versperrt. Sie überprüfte in allen Zimmern die Fenster. Soweit ihr bekannt war, hatte es hier in der Gegend noch nie einen Einbruch gegeben.

Aber es stimmte, was die Frau im Zug gesagt hatte, nicht wahr? Es passierten ständig schlimme Dinge. Zufällig. Wenn man es am wenigsten erwartete.

Oben an der Treppe stand eine schmale Gestalt. Ein Schrei stieg in ihr auf.

Für einen schrecklichen, nervenzerfetzenden Moment dachte sie, es wäre die Frau aus dem Zug.

»Mama.« Olivers Stimme. »Ich habe irgendwas gehört.«

Erleichterung überflutete sie, als sie die Treppe hochstieg. Oben angekommen, legte sie ihm die Hände auf die Schultern. »Du hast mir einen schönen Schrecken eingejagt, mein Großer.«

»Tut mir leid.«

»Zurück ins Bett.«

»Stephen schnarcht so. Kann ich bei dir schlafen?«

Sie schaute in seine großen, dunklen Augen. Ihre kleine weise Seele. Er hatte sie angesehen, direkt nachdem er aus ihrem Bauch gekommen war. Stephen hatte geschrien, war unruhig gewesen, wollte nicht an der Brust trinken, neigte zu Koliken und war ganz allgemein schwierig. Doch Oliver war ihr Engelsbaby gewesen, ein verwandter Geist. Wenn sie ihn anschaute, sah sie manchmal, wenn er nicht gerade Unsinn machte, alle Schichten von Vergangenheit, Gegenwart und Zukunft. Wer er gewesen war, bevor er geboren wurde, wer sie gewesen war, wer er werden würde, wer sie zusammen sein würden, was sein würde, lange nachdem sie beide fort waren.

Sie stiegen in das große Bett, und sie umarmte ihn fest, genoss die Wärme seines kleinen Körpers, ihre Mutterrolle, die es ihr erlaubte, alles andere erst einmal zurückzustellen.

»Ich habe gehört, wie ihr euch gestern Abend gestritten habt«, sagte er, als sie schon dachte, er wäre eingeschlafen.

Sie zog in Erwägung, es abzustreiten. Dann aber sagte sie: »Das tut mir leid.«

Sie hatte angenommen, die Kinder hätten nichts mitbekommen. Aber ehrlich, wie sollte das möglich sein? Sie hatten einen Höllenlärm veranstaltet.

»Es hörte sich an, als würdet ihr einander hassen«, sagte Oliver.

Sie fühlte Traurigkeit in sich aufsteigen. »Aber nein.«

»Du hast das gesagt. ›Ich hasse dich, Graham‹, hast du gesagt. Und: ›Ich wünschte, ich hätte dich nie geheiratet.‹ Dass du Onkel Will hättest heiraten sollen.«

Mist. Hatte sie das gesagt? Das war ein Tiefschlag und nicht unbedingt wahr.

»Lass mich dir eine Frage stellen«, sagte sie. »Du und Stephen, ihr streitet euch ständig, oder?«

»Ja.«

»Sagst du ihm, dass du ihn hasst?«

»Ja.«

»Und meinst du es auch so?«

Er antwortete nicht sofort. »Wahrscheinlich nicht.«

»Wenn man voller Wut und genervt ist, sagt man manchmal Dinge, die man nicht so meint, oder?«

»Ja, vielleicht.«

»So war das gestern Abend auch bei deinem Vater und mir. Es tut mir leid, dass du das mitbekommen hast.«

Sie erinnerte sich daran, was für ein Gefühl das war. Sie und ihre Schwester hatten sich aneinandergeklammert, wenn ihre Eltern sich stritten. Sie erinnerte sich, wie hilflos sie sich gefühlt hatte, wie machtlos, voller Angst. Und das hatte sie jetzt Oliver angetan. Gott, das war furchtbar. Sie hasste Graham, sie hasste ihn wirklich. Und sie hasste sich selbst.

Sie strich ihrem Sohn über das seidenweiche Haar. Seine Stirn fühlte sich heiß an.

Er schwieg eine Weile, sein Brustkorb hob und senkte sich.

»Zanders Eltern lassen sich scheiden«, sagte er dann leise. »Er meint, jetzt kriegt er zwei Geburtstagsfeiern und kann zweimal Weihnachten feiern.«

»Okay.« Sie wusste nicht, wer Zander war.

»Ich will keine zwei Geburtstagsfeiern«, sagte er.

»Ich verstehe.«

»Also wo ist Papa?«

»Männerwochenende. Habe ich euch doch erzählt.«

Die Lüge hing zwischen ihnen im Raum.

»Na schön, ich glaube, er ist bei Onkel Joe«, gab sie schließlich zu. Das machte Graham normalerweise, wenn sie mal eine Pause brauchten, er fuhr zu seinem Bruder in dessen Junggesellenbude.

»Ich glaube, er ist draußen«, sagte Oliver.

»Was? Was meinst du damit?«

»Ich glaube, er sitzt in seinem Auto, drüben auf der anderen Straßenseite.«

Selena stieg aus dem Bett und trat ans Fenster. Und tatsächlich, da stand ihr Familien-SUV, und Graham saß darin. Sie unterdrückte die aufsteigende Wut, den Ärger. Was zum Teufel …? Sie hatte ihm gesagt, dass sie Zeit für sich brauche, um nachzudenken. Bleib weg, hatte sie gesagt. Ich lass mir für die Jungs eine Ausrede einfallen, und du kannst die beiden am Samstag anrufen. Aber natürlich tat er, was ihm in den Kram passte. Das war so typisch für Graham. Er respektierte die Grenzen anderer Menschen nicht, begriff nicht einmal, dass nur Grobiane diese Grenzen überschritten.

Sie war bereits eine junge Frau gewesen, hatte das Studium abgeschlossen und ihre erste Stelle angetreten, als ihre Mutter ihr und ihrer Schwester endlich gestand, dass ihr Vater sie immer wieder betrogen hatte. Selena hatte so getan, als könnte sie nachvollziehen, dass ihre Mutter so lange bei ihm geblieben war.

Sie hatte gesagt, was in dieser Situation angemessen war, hatte Mitgefühl und Verständnis gezeigt. Aber im Grunde hatte sie es überhaupt nicht verstanden. Warum ihre Mutter die Schande ertragen hatte, die Demütigung, die Wut. Warum sie sich das hatte gefallen lassen, jahrzehntelang, wie sich herausstellte. Wie konnte sie damit leben, mit ihm, mit sich selbst, hatte Selena sich damals gefragt. Und als sie jetzt in ihrem dunklen Schlafzimmer stand und dieses Gespräch mit ihrem älteren Sohn führte, traf sie die Wahrheit wie ein Schlag. Eine Mutter würde so gut wie alles ertragen, um ihrem Kind Leid zu ersparen.

Sie warf sich ihren Morgenmantel über. »Ich hole ihn ins Haus«, sagte sie. »Aber vorher gehst du wieder ins Bett, okay?«

»Aber ...«

Sie bugsierte ihn ins Kinderzimmer und steckte ihn wieder ins Bett.

»Stimmt es, dass du ihn hasst?«, fragte er, als sie gerade gehen wollte.

Die Antwort war so kompliziert, dass sie ihr in der Kehle stecken blieb. »Nein«, versicherte sie. »Natürlich nicht. Genauso wenig, wie du Stephen hasst.«

Er nickte und schien die Komplexität dieser Aussage zu verstehen, ihr kleiner alter Mann. »Und wir beide lieben dich und deinen Bruder mehr als alles andere. Vergiss das nie.«

Ganz gleich, wie es weitergehen wird, setzte sie in Gedanken hinzu.

Oliver schlief bereits, erschöpft, wie er war, als sie die Kinderzimmertür zuzog.

Sie stellte die Alarmanlage aus, lief in Morgenmantel und Hausschuhen über die Straße und klopfte fest ans Autofenster. Graham, der eingedöst war, schreckte hoch. Sie blickte sich auf der Straße um. Sie hätte ihn einfach auf dem Handy anrufen sollen; was würden die Leute denken, wenn sie sie so sahen? Vermutlich, dass sie eine unvollkommene, kaputte Familie waren, genau wie alle anderen.

»Was zum Teufel machst du hier?«, fragte sie, als er das Fenster herunterließ.

»Joe hat mich rausgeworfen«, sagte er kläglich. »Er hatte Besuch.«

»Schon mal was von Hotels gehört?«

»Dafür wollte ich kein Geld ausgeben.«

Da hatte er sie. Sie hatte schon daran gedacht, seine Kreditkarten zu sperren und das Geld von ihren gemeinsamen Konten auf andere zu transferieren, von denen er nichts wusste. Aber sie hatte es nicht durchgezogen.

Er hatte einen Verband über dem Auge. In ihrer rasenden Wut hatte sie ihm Stephens Roboter an den Kopf geworfen und ihn dabei an der Stirn verletzt. Es hatte stark geblutet. Das war nicht ihr bester Moment gewesen. Fast hätte Graham ihr leidgetan.

»Komm einfach rein. Oder willst du, dass die Nachbarn dich hier sehen?«

»Die Nachbarn kümmern mich einen Scheißdreck.«

»Genau wie alle anderen auch.«

Er verdrehte theatralisch die Augen und lehnte den Kopf wieder an die Nackenstütze.

»Selena.«

Sie überquerte wieder die Straße und ging zurück zum Haus, die Arme zum Schutz vor der Kälte um sich geschlungen, und er folgte ihr.

»Du schläfst in deinem Arbeitszimmer«, sagte sie.

»Können wir reden?«

»Nein«, sagte sie und stieg die Treppe hoch.

Sie drehte sich nicht um, sondern ging einfach wieder ins Schlafzimmer, machte die Tür zu und schloss ab. Eine Weile blieb sie auf dem Stuhl sitzen, mit hämmerndem Herzen, ihre Gedanken rasten. Was sollte sie nur tun?

Sie war überrascht, als ihr Handy piepste, und fragte sich, ob Graham versuchte, auf diese Weise mit ihr in Kontakt zu treten.

Es war eine SMS von einer unbekannten Nummer.

Hallo, wie läuft's? War schön, Sie kennenzulernen.

Wer war das denn jetzt? Sie wollte die Nachricht gerade löschen, als ihr Handy erneut piepste.

Ich würde unser gestriges Gespräch sehr gern fortsetzen. Ich habe viel darüber nachgedacht. Können wir uns sehen?

Nein, dachte Selena. Das kann nicht sein.

Eine lebhafte Erinnerung stieg in ihr auf, an die Zufallsbegegnung, den dunklen Tonfall der Frau, die seltsame Energie des Ganzen. Das Blut stieg ihr in die Wangen; sie hatte ihr intimstes Geheimnis einer Wildfremden anvertraut. Natürlich hatte diese auch Selena ein Geheimnis anvertraut, und das hatte etwas seltsam Verbindendes.

Aber sie hatten doch gar keine Telefonnummern ausgetauscht, oder? Sie wollte die SMS löschen, ließ aber ihren Zeigefinger über dem Display schweben.

Vielleicht sollte sie tatsächlich antworten. Sie verspürte den starken Wunsch, die Stimme der Frau zu hören, ihr zu erzählen, was sie sonst niemandem erzählen konnte. Sie hatte es nicht einmal Beth erzählt. Und doch verspürte sie irgendwie den starken Drang, dieser Unbekannten ihr Herz auszuschütten.

Nein. Jemand musste die falsche Nummer erwischt haben. Sie wollte die Nachricht löschen und die Nummer blockieren, aber bevor sie die Aktion beenden konnte, piepste das Handy wieder.

Hier ist übrigens Martha.

Aus dem Zug.

11

Selena

Am Montagmorgen erwachte Selena, bevor der Wecker klingelte. Es war noch dunkel, draußen heulte der Wind und ließ Zweige gegen das Fenster schlagen. Noch bevor sie die Augen aufschlug, drängte sich die Liste der Dinge, die sie heute erledigen musste, in ihr Bewusstsein: Stephens Lehrerin eine Mail schreiben und einen Gesprächstermin vereinbaren, ein Geburtstagsgeschenk für ihren Neffen Jasper besorgen, an ihrem Teil der großen Präsentation für heute Nachmittag feilen, ihre Ausgaben eintragen, ihre Mutter anrufen.

Erstaunlich.

Selbst wenn die Welt ringsum zusammenbrach, machte man noch Listen. Das Leben ging weiter.

Graham öffnete die Schlafzimmertür und stieg zu ihr ins Bett. Er schlief im Arbeitszimmer, kehrte aber ins Elternschlafzimmer zurück, bevor die Kinder aufwachten. Sie ignorierte ihn und hielt die Augen fest geschlossen. Momentan konnte sie seinen Anblick kaum ertragen. Das Bild von Geneva, die auf ihm saß, tauchte immer wieder in ihrem Kopf auf.

»Bist du wach?«, flüsterte er und griff nach ihr.

»Nein«, antwortete sie und rückte so weit von ihm ab, wie es ging, ohne aus dem Bett zu fallen. Er wandte sich ab, legte sich auf den Rücken und starrte an die Decke.

Die Wahrheit.

Selena hatte am Wochenende drei Mal etwas auf Instagram gepostet. Zuerst ein Foto von den Jungs, die am Samstagmorgen beim Frühstückmachen halfen. *Jede kluge Mutter bringt ihren Söhnen das Kochen bei!*, hatte sie geschrieben. *Ihre Ehefrauen werden es mir später danken!*

Dann den Familienausflug in das etwa eine halbe Autostunde entfernte Naturschutzgebiet. Sie waren die schmalen, steinigen Wege entlanggewandert, die Jungs rannten vorneweg, während sie und Graham ihnen schweigend folgten. Selena hatte ein Foto von ihnen unten am Fluss geschossen – Graham beugte sich hinunter, um den Jungs einen Stein zu zeigen, den er für ein Fossil hielt. *Es geht doch nichts über ein paar Stunden in der freien Natur, um nach einer anstrengenden Woche wieder seine Mitte zu finden und zur Ruhe zu kommen!*

Am Sonntag hatten sie und die Jungs endlich mit dem Lego-Todesstern begonnen, ein großes Projekt, das Wochen in Anspruch nehmen würde. Sie postete ein Foto von der offenen Schachtel, dem Stapel von Bauanleitungen, den durchsichtigen Plastikbeutelchen voller winziger Lego-Teile. *Oh Mann! Das wird eine größere Sache!*

Was nicht in den sozialen Medien auftauchte: das bleierne Schweigen zwischen ihr und Graham. Die Ungezogenheit von Oliver und Stephen, die offensichtlich die Spannung spürten; einmal hatten sie auf dem Fußboden einen Ringkampf ausgetragen. Mit dem Lego-Projekt waren sie nicht sehr weit gekommen, weil ein Streit darüber entbrannte, wer den ersten Beutel aufmachen durfte. Graham checkte zwanghaft immer wieder sein Handy, während die Jungs tobten und irgendwann auf ihr Zimmer geschickt wurden. Und später, während Selena die Wäsche machte und für die kommende Woche vorkochte, hatten die Jungs vor dem Fernseher gehockt – stundenlang. Sie hatte sie gelassen, bloß um ein bisschen Ruhe zu haben. Dann noch mehr Wäsche. Der Abwasch. Stephens aufgeschürftes Knie. Unter der Dusche hatte Selena geweint, vor lauter Erschöpfung und weil sie so unglücklich war.

War es eine Lüge, nur die glanzvollen Augenblicke zu zeigen? Was war mit den langweiligen, den alltäglichen, den hässlichen Momenten? Wenn sie nicht im Internet gepostet wurden, waren sie deshalb weniger real? Warum postest du überhaupt auf Instagram, wollte Graham immer wissen. Wem willst du etwas beweisen?

»Was soll denn nun werden?«, fragte er jetzt. »Wie geht es weiter?«

Das erste Tageslicht sickerte milchig grau durch die Jalousien. Er schob sich näher an sie heran, zog sie von der Bettkante zurück und schlang einen Arm um ihre Taille. Fast hätte sie ihn weggestoßen. Aber die Wahrheit war, dass sie seine Wärme als tröstlich empfand. Sie blieb still liegen und staunte darüber, dass sie ihn zwar am liebsten erwürgt hätte, sich aber gleichzeitig an ihn klammern wollte. Es war ein schwieriges Wochenende gewesen, aber sie hatten trotzdem zusammen gelacht, sich um die Kinder gekümmert, gemeinsam gekocht und gegessen. Die *Wahrheit* war, dass alles miteinander zusammenhing – das Schöne und das Hässliche bildete zusammen ein unentwirrbares Knäuel.

»Ich habe keine Ahnung«, gab sie zu.

Ihr stand eine volle Arbeitswoche bevor – obwohl es manchmal auch schön war, ins Büro entfliehen zu können. Sie brauchte Hilfe. Natürlich musste Geneva entlassen werden. Heute noch. Was hieß, dass Graham bei den Jungs bleiben musste, was wiederum bedeutete, dass sie ihn nicht endgültig rausschmeißen konnte. Noch nicht. Vielleicht sollte sie mal mit Beth reden; sie würde wissen, wie die nächsten Schritte aussehen konnten.

»Wir tun einfach so, als wäre nichts?«, fragte Graham.

»Fürs Erste.«

»Bis was passiert?«

»Ich weiß es nicht, Graham!« Sie schrie beinahe. Himmel, er war wie ein Kind. Sie holte tief Luft und atmete aus. »Ich bringe die Jungs zur Schule und fahre dann ins Büro. Du feuerst Geneva.«

Er nickte, sagte aber nichts. Sie blieben noch einen Augenblick im Bett liegen, dann stand sie auf und ging unter die Dusche. Dann musste sie dafür sorgen, dass die Jungs rechtzeitig in die Schule kamen.

Sie mochte das Wasser heiß, fast brühheiß. Sie ließ es auf ihre Haut prasseln, bis das Badezimmer voller Dampf war.

Sie machte sich die Haare, legte Make-up auf, zog eine schmale schwarze Hose und ein rosa Shirt an, schlüpfte in Schuhe mit hohen Absätzen. Als sie wieder aus dem Schlafzimmer auftauchte, hatte Graham bereits die Kinder geweckt. Wie schön, dass er sich ausgerechnet diesen Morgen ausgesucht hatte, um seinen Teil beizutragen.

»Guten Morgen«, sagte sie, als sie die Küche betrat.

Stephen und Oliver, die sich wie in Zeitlupe bewegten,

ächzten wie schläfrige Zombies. Beide trugen die Schuluniformen, die sie ihnen gestern Abend rausgelegt hatte.

Graham hatte bereits den Frühstückstisch gedeckt, Waffeln in den Toaster gesteckt, die Brotdosen für die Schule gepackt. Wenn er nur auch dann so engagiert wäre, wenn ihre Ehe nicht gerade implodierte. Der Umstand, dass er jetzt den perfekten Hausmann gab, ärgerte sie nur noch mehr. Während er den Jungs ihr Frühstück auftischte, schenkte sie sich eine Tasse Kaffee ein.

Selena hatte nicht weiter über die Nachricht nachgedacht, die sie am Freitagabend bekommen hatte. Sie hatte sie gelöscht, die Nummer blockiert und das Ganze aus ihren Gedanken gestrichen. Sie würde Martha ignorieren, und das war's. Noch mehr Komplikationen konnte sie in ihrem Leben wirklich nicht brauchen.

Als es an der Tür klingelte, fuhr sie zusammen und hätte beinahe ihren Kaffee verschüttet. Mist. Geneva war früh dran. Selena hatte gehofft, bereits mit den Jungs aus dem Haus zu sein, wenn das Kindermädchen auftauchte. Sosehr sie Geneva bisher gemocht und geschätzt hatte, jetzt hoffte sie inständig, dass ihr die Frau nie wieder unter die Augen trat. Sie hatte bereits viel zu viel von ihr gesehen.

»Haben Sie Ihren Schlüssel vergessen?«, fragte sie, als sie die Tür öffnete.

Aber es war nicht Geneva.

Vor der Tür stand ein stämmiger dunkelhaariger Mann mit scharf geschnittenen Gesichtszügen. Er war nicht in Uniform, hatte aber etwas Offizielles an sich, also war sie nicht überrascht, als er seinen Dienstausweis zückte. Polizei. Ein schwarzer Mittelklassewagen stand in der Einfahrt, und ein zweiter Mann – älter, zerknittert – stieg aus und kam auf sie zu. Vögel zwitscherten, die Morgenluft war wärmer als seit Monaten. Vielleicht würde der Frühling dieses Jahr früh kommen. Aus Gründen, die sie nicht benennen konnte, hatte ihr Herz zu hämmern begonnen.

»Mrs. Murphy?«

»Ja.«

»Ich bin Detective Grady Crowe, und das ist mein Partner Detective West.«

Sie hielt die Tür halb geschlossen, sodass sie den beiden die Sicht ins Haus versperrte. Sie kämpfte gegen den Drang an, nach Graham zu rufen.

»Was kann ich für Sie tun?«, fragte sie.

»Ist eine Geneva Markson bei Ihnen beschäftigt?«

»Ja, das ist richtig.«

»Wann hatten Sie zum letzten Mal Kontakt mit ihr?«

Detective Crowe hielt den Blick unverwandt auf Selena gerichtet, aber West schaute sich um, blickte auf die Türschwelle, an Selena vorbei in die Diele, betrachtete die Topfpflanzen, die Sträucher.

»Warum? Was ist denn passiert?«

»Können wir reinkommen?«

Ihr Mund war furchtbar trocken. Fühlte man sich automatisch, als hätte man etwas verbrochen, wenn die Polizei vor der Tür stand?

Die Jungs, die es nicht interessierte, wer der frühe Besuch war, rannten die Treppe hoch. Aber Graham stellte sich hinter sie, als sie die beiden Detectives einließ.

Sie stellten sich ihm vor, und er knipste sofort seinen Charme an. Das hatte er drauf. Es war ein bestimmter Gesichtsausdruck, eine Art offene, freundliche Umgänglichkeit. Er ergriff die Initiative, führte die Polizisten ins Wohnzimmer und bot ihnen einen Kaffee an, ganz Herr des Hauses. Er war frisch geduscht und fertig angezogen, die Haare gekämmt. Ein kleines Wunder, wenn man bedachte, in welchem Zustand er war, seit er seine Stelle verloren hatte.

»Sie ist am Freitagnachmittag gegen sechzehn Uhr gegangen«, sagte Selena und lehnte sich an die Sofalehne. »Ich bin früher von der Arbeit nach Hause gekommen.«

Detective Crowe kritzelte etwas in sein Notizbuch. Der andere Detective blieb an der Wohnzimmertür stehen und sah sich um.

»Sie waren beide hier?«, fragte Crowe.

»Nein«, antwortete Graham und rieb sich die Augen. Das tat er immer, wenn er vorhatte zu lügen. »Ich war bei meinem Bruder und habe ihm bei einem Heimwerkerprojekt geholfen.«

Bei einem Heimwerkerprojekt geholfen. Selena hätte fast gelacht. Als ob Joe je Heimwerkerprojekte hatte. Als ob Graham bei so etwas irgendeine Hilfe wäre.

»Und wo wohnt Ihr Bruder?«

»In Remsen, etwa eine Viertelstunde nördlich von hier.«

Wenn sie nicht gewusst hätte, dass er log, hätte sie es nie vermutet. Niemand hätte das.

»Können Sie uns sagen, was los ist?«, fragte sie.

»Ms. Marksons Schwester hat die örtliche Polizeidienststelle alarmiert. Sie ist besorgt, weil sie nichts von ihr gehört hat. Offenbar waren sie am Samstag zum Frühstück verabredet, doch Ms. Markson ist nicht erschienen. Ihr Fahrzeug steht nicht auf ihrem Mieterparkplatz. In ihrer Wohnung ist niemand – ihre Schwester hat einen Schlüssel.«

»Oh«, sagte Selena. »Das ist seltsam. Sie hat nie etwas von einer Schwester erwähnt.«

Oder doch?

»Wann kommt sie normalerweise zur Arbeit?«, fragte Detective West.

Selena warf einen Blick auf die Uhr. »So ziemlich genau jetzt.«

»Nun«, sagte Graham leichthin. Er lehnte sich zurück und schlug die Beine übereinander. »Sie ist jung und Single. Vielleicht ist sie übers Wochenende weggefahren, mit Freunden oder ihrem Freund.«

Das Bild von Geneva, die auf Graham saß, blitzte in Selenas Kopf auf. Sie verscheuchte es, ließ sich auf einen Sessel sinken und starrte aus dem Fenster.

Die Nachbarn von gegenüber, die Browns, die morgens immer alle zusammen aufbrachen, fuhren gerade aus ihrer Auffahrt. Nachdem sie die Zwillinge zur Schule gebracht hatten, würde Jill ihren Mann Bobby, der in die City pendelte, am Bahnhof absetzen. Selena fuhr normalerweise um die gleiche Zeit los und winkte ihnen zu. *Habt einen wunderbaren Tag!* Selena schaute dem Auto mit einem seltsam mulmigen Gefühl im Magen hinterher. *Das sollten wir sein. Dabei, einen ganz normalen Tag zu beginnen.*

Von oben hörte man Gepolter, Rufe. Die Jungs waren unbeaufsichtigt; Selena erhob sich halb, um nach ihnen zu sehen.

»Ist es üblich, dass sie sich verspätet?«, fragte Detective Crowe.

»Nein«, antwortete Selena rasch. »Sie ist noch kein einziges Mal zu spät gekommen.«

»Was ist denn mit Ihrem Gesicht passiert?« Detective West deutete auf Graham.

Crowe hatte sich hingesetzt, doch West war zu den Bücherregalen getreten.

Graham berührte die Platzwunde an seiner Stirn. Er wies mit einer Kopfbewegung auf die Steinmauer, die vom Fenster aus sichtbar war, die Mauer, die er eigentlich instand setzen wollte. Es war jetzt ein Jahr her, dass er damit begonnen hatte, und sie war immer noch ein Trümmerhaufen. Alle folgten seinem Blick.

»Ich habe am Freitag versucht, die Mauer zu reparieren, und als ich mich bückte, habe ich mich an einem Stein gestoßen. Ich bin wohl kein besonders guter Handwerker.«

Wow, er hatte keine Sekunde gezögert. Dieses selbstironische Lächeln, der Anflug von Verlegenheit. Selbst Selena hätte ihm fast geglaubt. Er hatte die Arbeit an der Mauer eingestellt, sich aber geweigert, jemanden kommen zu lassen, der es für ihn erledigte. Das war einer ihrer ständigen Streitpunkte geworden – *immer fängst du Dinge an und bringst sie dann nicht zu Ende, versprichst etwas, das du nicht hältst.*

Crowe machte sich eine Notiz, West nickte. Beide Männer lächelten verständnisvoll. Heimwerkerprojekte konnten ja so schwierig sein.

Natürlich musste Graham lügen. Was sollte er denn sagen?

Ach, wir hatten einen Riesenkrach, vermutlich ist unsere Ehe am Ende, und meine Frau hat mir einen Spielzeugroboter an den Kopf geworfen.

Worum ging es bei dem Streit, Sir?

Sie hat mich beim Sex mit der Nanny erwischt. Sie wissen schon, die Nanny, wegen der Sie hier sind.

»Was ist mit ihrem Handy?«, fragte Selena, bestrebt, das

Gespräch von Grahams Lügen wegzubringen. »Können Sie sie nicht damit orten?«

»Ihr Handy ist ausgeschaltet«, sagte Detective West. »Und sie hat seit einer Woche keine uns bekannte Kreditkarte benutzt.«

Geneva fuhr die Kinder zur Schule und holte sie wieder ab, machte Besorgungen – erledigte die Einkäufe, ging zur Reinigung, brachte sogar das Auto zur Inspektion. Was für eine intime Arbeit, den Haushalt einer Familie zu führen, tagtäglich ihr Leben zu begleiten.

»Unter der Woche ist sie jeden Tag hier«, sagte Selena nachdenklich. »Die Mahlzeiten nimmt sie hier ein, abends nimmt sie sich eine Portion für zu Hause mit. Für Besorgungen, Einkäufe und so weiter, gebe ich ihr Bargeld. Also wird sie ihre Karte während der Woche vermutlich nicht viel benutzen.«

»Das hat ihre Schwester auch gesagt«, erwiderte Crowe mit einem Nicken.

Hatte Geneva je eine Schwester erwähnt? Eine Schwester, die ihr so nahestand, dass sie ihre Gewohnheiten kannte, und die so besorgt darüber war, dass sie zu einer Verabredung zum Frühstück nicht auftauchte, dass sie die Polizei rief? Und die einen Schlüssel zu ihrer Wohnung hatte? Es schien Selena, als hätte sie etwas von einer solchen Schwester wissen müssen. Wissen sollen.

»Haben Sie sie am Freitag bezahlt?«

»Ja. Mit einem Scheck. Normalerweise zahlt sie ihn gleich ein, Mobile Banking, oft sogar noch, bevor sie geht.« Wieder ein Nicken, Gekritzel.

»Könnten Sie mal auf Ihrem Konto nachsehen, ob der Betrag abgebucht wurde?«, fragte Crowe.

Ein dünner Schweißfilm bildete sich auf Selenas Stirn. Der Blick auf die Uhr verriet ihr, dass die Jungs zu spät zur Schule kommen würden. Und sie würde ihren Zug verpassen. »Natürlich.«

»Hat sie etwas von Plänen fürs Wochenende erwähnt?«

»Nein«, sagte Selena. »Sie hat mir sogar angeboten, am Wochenende zu kommen, wenn wir Hilfe brauchen sollten. Sie wäre da.«

Nicht wir, ich, dachte sie. Denn sie hatte ja behauptet, Graham sei auf einem »Männerwochenende«. Noch eine Lüge. Diesmal ihre.

»Und haben Sie das getan?«

»Nein.« Graham verlagerte leicht das Gewicht, beugte sich vor. »Wir waren die meiste Zeit zu Hause, haben ein ruhiges Familienwochenende verbracht. Oh, und wir waren im Naturschutzgebiet.«

Ein Familienwochenende. Wie idyllisch. Was für eine entzückende Familie ihr seid. Wie groß die Jungs sind! Was für eine gute Mutter du bist! Nichts ist wichtiger als Zeit mit der Familie! Kommentare zu ihren Instagram-Posts.

»Hat sie einen Freund?«

Graham blickte nachdenklich drein, rieb sich das Kinn und schüttelte den Kopf. Fragend sah er Selena an. Wenn irgendetwas an der Sache ihn beunruhigte, so zeigte er es nicht. Nicht mal ein bisschen. Er gab den besorgten Arbeitgeber perfekt.

»Sie hat niemanden erwähnt«, sagte Selena.

Jemand anderen als meinen Mann?

Mit dem sie es getrieben hat, während ich bis spätabends gearbeitet habe, um die Familie zu ernähren?

Was sie nie erwähnt hat.

Sie hatten im Grunde nie sonderlich viel miteinander geredet. Sie sprachen über die Kinder, die Hausarbeit, die Besorgungen. Selena brach auf, wenn Geneva morgens eintraf, und Geneva ging, sobald Selena wieder nach Hause kam. Schichtarbeiter, die sich nur kurz begegneten. Was wusste sie über Genevas Leben? Sehr wenig.

Ihr Vater wohnte hier in der Nähe. Jedenfalls glaubte sie, dass Geneva das mal erwähnt hatte. Oder er hatte in der Nähe gewohnt. War er gestorben? So peinlich es war, sie wusste es nicht mehr. Sie konnte sich nicht erinnern, dass Geneva mal von ihrer Schwester oder Freunden erzählt hätte, davon, wie sie ihre Freizeit verbrachte. Einen Freund hatte sie nie erwähnt. Irgendwie hörte sie für Selena auf zu existieren, sobald sie nicht auf Oliver und Stephen aufpasste. Doch vielleicht lag das daran, dass sie immer so still war, so ehrerbietig gegenüber Selena. Und Selena war immer so beschäftigt, so eingebunden in ihrem Alltag. Sie versuchte, sich daran zu erinnern, worüber sie sich auf dem Spielplatz unterhalten hatten, bevor sie Geneva eingestellt hatte. Hauptsächlich über die Tucker-Kinder, Erziehungsfragen, Digitalgeräte- und Fernsehregeln, Bio-Ernährung, Allergien.

»Jetzt ist sie zu spät dran«, sagte sie mit einem Blick auf die Uhr. »Und sie hat nicht angerufen. Das ist noch nie vorgekommen.«

Sie trat ans Fenster und erwartete halb, Geneva die Auffahrt heraufeilen zu sehen, abgehetzt, weil sie sich verspätet hatte. *Es tut mir so leid! Ich bin übers Wochenende weggefahren, eine ganz kurzfristige Entscheidung. Hab mein Handy verloren!*

Nein. Selena spürte eine kalte Leere in sich.

Die Jungs kamen die Treppe heruntergerannt.

»Sind wir nicht zu spät dran? Wo ist Geneva?«, fragte Oliver, der immer alles mitbekam. Dann erkundigte er sich direkt bei Detective Crowe: »Und wer sind Sie?«

»Ich bin Grady«, antwortete Crowe unbefangen und bot Oliver die Hand. Der nahm sie und schüttelte sie. »Schön fester Handschlag, Kumpel.«

Oliver wirkte erfreut über das Kompliment.

»Ihr geht heute ein bisschen später in die Schule«, sagte Graham, stand auf und schob die beiden Jungs zur Tür. »Ihr könnt noch ein wenig fernsehen.«

Sie trollten sich glücklich. Normalerweise galt die strenge Regel, dass vor der Schule weder digitale Geräte noch Fernsehen erlaubt waren.

»Ich muss im Büro anrufen«, erklärte Selena. »Bescheid sagen, dass ich später komme.«

Graham schien etwas einwenden zu wollen, presste dann aber die Lippen zusammen.

Als sie ihr Smartphone holen ging, fragte sie sich, was mit den Videos von Graham und Geneva war, die sie aufgenommen hatte. Sie waren auf ihrem Rechner, wo sie jeder, der das Passwort hatte, sehen konnte. Und waren die Bildaufnahmen nicht zudem irgendwo in der Cloud, gespeichert vom Hersteller der Kamera, der die App und Software entwickelt hatte?

Selbst wenn sie die Videos auf ihrem Laptop löschte – gab es nicht alle möglichen Methoden, solche Dateien wiederherzustellen? Nicht, dass es dazu kommen würde. Niemand würde ihren Rechner durchsuchen! Das war lächerlich. Sie hatte zu viele Folgen von *Criminal Minds* gesehen. Geneva würde schon wieder auftauchen. Natürlich würde sie das.

Sie hinterließ Beth eine Nachricht und rief in der Schule an.

Dann versuchte sie, Geneva zu erreichen, aber es meldete sich nur die Mailbox.

Sie loggte sich über die App auf ihrem Smartphone in ihr Konto ein. Der Scheck für Geneva war nicht eingelöst worden – aber wenn sie ihn am Freitag eingereicht hatte, war der Betrag vielleicht noch nicht abgebucht worden. Manchmal passierte das erst am Dienstag. Sie kehrte ins Wohnzimmer zurück und informierte Detective Crowe. Er nickte und fing an, weitere Fragen zu stellen.

»Hat sie erwähnt, dass sie mit irgendjemandem Probleme hatte? Ist ihr jemand gefolgt? Hat zu oft angerufen?«

»Nein«, sagte Selena. »Nichts dergleichen.«

Aber hätte Geneva ihr das erzählt? Beth und einige ihrer anderen Freundinnen hatten ein enges Verhältnis zu ihren Nannys, sie gehörten praktisch zur Familie. Aber auf sie und Geneva traf das nicht zu, nicht einmal … vorher. Wieder blitzte das hässliche Bild von Geneva und Graham in ihrem Kopf auf. Sie spürte, dass sie flammend rot wurde, und fragte sich, ob das wohl jemandem auffiel.

»Wo war sie beschäftigt, bevor sie zu Ihnen kam?«

»Bei den Tuckers«, antwortete Selena. »Sie wohnen ein paar Straßen weiter.«

Crowe blätterte in seinem Notizbuch. »Laut Ms. Marksons Schwester gab es da ein paar Probleme, sie ist wohl Knall auf Fall gegangen.«

Selena schüttelte den Kopf. »Nein, ich glaube, Mrs. Tucker – Eliza – wollte zu Hause bei den Kindern bleiben, das ist alles.«

Aber sie wusste es nicht mit Sicherheit. Sie kannte die Tuckers im Grunde gar nicht, obwohl sie auf Facebook befreundet waren und ihre Kinder dieselbe Schule besuchten. Sie hatten Selena das Arbeitszeugnis per Mail zugeschickt. War es nicht ein wenig knapp gewesen?

»Hatte wohl was mit Mr. Tucker zu tun, glaubt die Schwester«, sagte Crowe. »Unwillkommene Annäherungsversuche.«

Drehte sich der Raum um sie? Sie hörte, wie die Jungs den Fernseher im Spielzimmer anstellten.

»Davon hat Geneva nie etwas erwähnt«, sagte sie.

Das war auch klar, oder? Sie schluckte schwer, und ihr schien, dass es Detective West auffiel. Sie vermied sorgfältig, in Grahams Richtung zu blicken.

»Was können wir tun?«, fragte Graham, ganz der ehrlich besorgte Arbeitgeber. »Für die Polizei? Für Geneva?«

Crowe schob seine Visitenkarte über den Couchtisch. »Informieren Sie uns, sobald Sie etwas von ihr hören. Vielleicht versuchen Sie weiter, sie anzurufen. Es ist denkbar, dass sie nicht mit ihrer Schwester reden will, aber einen Anruf von ihren Arbeitgebern entgegennehmen wird, wissen Sie? Rufen Sie Ihre Bank an und stellen Sie fest, ob es weitere Informationen über den Scheck gibt.«

»Aber natürlich«, sagte Graham. »Das machen wir.«

Einen kurzen Augenblick, nur einen Atemzug lang, trat Stille ein, und Selena sah, wie die Blicke beider Detectives sich auf Graham richteten.

»Sie sind ja ein richtiger Heimwerker, was?«, bemerkte Detective West.

»Wie meinen Sie?«, fragte Graham.

»Am Freitag haben Sie an dieser Mauer gearbeitet«, sagte West. »Und danach sind Sie zu Ihrem Bruder gefahren, um ihm bei Reparaturen im Haus zu helfen.«

»Oh«, sagte Graham mit einem Lachen. Er verschränkte die Arme vor der Brust. »Ja, ich schätze schon. Beide Projekte sind nicht sonderlich gut gelaufen. Aber ich gebe mein Bestes.«

»Woran haben Sie mit Ihrem Bruder gearbeitet?«

»Ein Schrank.« Graham räusperte sich. »Eine Tür hing nicht mehr richtig in den Angeln.«

»Und dafür braucht es zwei Männer, ja?«

»Bei uns schon«, sagte Graham mit einem Grinsen. »Vielleicht war es auch nur ein Vorwand dafür, sich mal wieder zu treffen.«

Wieder ein verständnisvolles Nicken der anderen Männer. »Wann sind Sie von Ihrem Bruder zurückgekehrt?«

»Ziemlich spät. Was würdest du sagen, Liebling?«

»Gegen neun oder zehn?« Kurz wünschte sie, sie würde träumen und gleich aufwachen.

Der Detective fragte nach dem Namen, der Anschrift und der Telefonnummer von Grahams Bruder. Graham gab ihnen die Infos ohne Zögern. Vielleicht hatte er seinem Bruder ja tatsächlich beim Reparieren einer Schranktür geholfen, was wusste sie schon? Sie hoffte für ihn, dass es so gewesen war. Oder dass Joe für ihn log, was durchaus möglich war. Bro-Kodex, so nannte Graham es gerne.

»Wo ist Geneva?« Oliver stand in der Tür, eine schmale, zarte Gestalt, gegen den Holzrahmen gelehnt. »Was ist los?«

Die Detectives gingen zur Tür, und Selena, deren ganzer Körper gespannt war wie eine Feder, schoss los, um sich um Oliver zu kümmern.

»Wir wissen es nicht genau, Schatz«, sagte sie. Ihre Stimme war hoch und viel zu munter. »Es ist alles in Ordnung.«

Oliver, der nicht überzeugt wirkte, sah sie ernst an. Sie schüttelte ganz leicht den Kopf, so leicht, dass es niemandem außer ihm auffallen würde. Und ihr Sohn wusste, dass er besser den Mund hielt, was immer er sich dachte, was immer er hatte fragen oder sagen wollen. Er wusste, was seine Mutter von ihm wollte, so wie alle Kinder das wissen, ohne dass Worte nötig sind.

»Geh und kümmere dich um deinen Bruder«, sagte Selena. Oliver verschwand den Flur hinunter.

Graham brachte die Detectives zur Tür.

»Wie ich sehe, haben Sie eine Gegensprechanlage mit integrierter Kamera«, stellte West fest, als er auf der Veranda stand. »Ist die Kamera mit einem Bewegungsmelder verbunden? Zeichnet sie auf?«

»Nein, es ist ein älteres Modell«, erklärte Graham und verzog bedauernd das Gesicht. »Sie ist ein bisschen störanfällig, weil unser WLAN ein Upgrade nötig hätte. Sie funktioniert nicht mal immer.«

»Ja, die Technik.«

Würde West verlangen, die App zu sehen? Würde Graham sie ihm zeigen? *War* die Kamera so eingestellt, dass sie aufzeichnete? Sie wusste es nicht. Was war mit den anderen Kameras im Haus? Zeichneten die auf? Der Zugriff auf alle erfolgte mit derselben App.

Sie wusste, dass sie ablehnen sollten, falls die Polizei verlangte, das Bildmaterial zu sehen. Das war ihr gutes Recht. Sie wappnete sich. Wie sollte sie reagieren? Wenn sie wirklich helfen wollten, wenn sie nichts zu verbergen hatten, würden sie die App ohne Zögern herzeigen.

Aber sie wollten doch *wirklich* helfen. Sie hatten nichts zu verbergen. Oder? Eine Affäre, egal wie schmierig, war kein Verbrechen.

Sie sah zu Graham hinüber, der sich jetzt locker mit West über all diese neuen Haus-Überwachungstechnologien unterhielt, wie preiswert diese Systeme mittlerweile seien, wie sehr das der Polizei ihre Arbeit erleichtere. *Die Leute wissen es nicht einmal. Heutzutage sind überall Augen – diese kleinen Kameras neben der Haustür, im Wohnzimmer, auf ihren Smartphones. Sie sind überall. Keine Privatsphäre mehr. Niemand hat sie uns weggenommen. Wir haben sie freiwillig aufgegeben.*

Selena blickte die Straße hinauf und hinunter. Die meisten Anwohner hatten mittlerweile Haustürkameras. Es gab hier sogar ein Nachbarschafts-Netzwerk. Sie bekam die kleinen Nachrichten auf ihr Smartphone: *Da ist ein Fremder an meiner Tür! Ein Paket ist verschwunden! Dieser Hund kackt auf meinen Rasen!*

»Wir werden uns noch hier in der Straße umhören«, sagte Crowe. »Informieren Sie uns, wenn Ms. Markson sich meldet. Oder, Sie wissen schon, wenn Ihnen noch irgendwas einfällt.«

Hier in der Straße? Fragen stellen? Mit den Nachbarn reden?

»Es ist wahrscheinlich nichts, oder?«, fragte Selena. »Vielleicht hat sie einfach jemanden kennengelernt. Die Zeit vergessen.«

»Schwer zu sagen.« Crowe blickte in den Himmel hinauf. »Es ist eine Sache, die Schwester zu versetzen. Aber es gefällt mir nicht, dass sie nicht zur Arbeit gekommen ist. Eine so zuverlässige Kraft.«

Es lag ihr auf der Zunge. Sie malte sich aus, wie alles aus ihr hervorsprudelte. Eine Beichte – war das nicht gut für die Seele? *Geneva hat mit meinem Mann geschlafen. Ich habe etwas nach*

ihm geworfen, daher die Verletzung an der Stirn. Ich habe ihn rausge-
schmissen, aber er ist zurückgekommen, spät in der Nacht. Ich habe ihn
reingelassen, wegen der Kinder, obwohl ich ihn hier nicht haben wollte.
Im Zug habe ich eine Frau getroffen, und am Wochenende waren so ko-
mische Nachrichten auf meinem Smartphone. Irgendetwas war seltsam
an dieser Begegnung. Die Frau sagte so etwas wie: Vielleicht wird sie ja
einfach verschwinden.

Aber das war doch verrückt, das konnte doch gar nichts mit Genevas Verschwinden zu tun haben, oder? In ihrem Leben herrschte im Moment einfach das reinste Chaos. Wann war nur alles so aus den Fugen geraten?

»Mrs. Murphy«, sagte Detective Crowe. »Alles in Ordnung?«

Er warf einen Blick auf Graham und sah dann wieder Selena an. Ihr gefiel die dunkle Ehrlichkeit seines Blicks, der alles wahrzunehmen schien. Graham, der sich immer noch mit West unterhielt, lachte, es klang zu laut in der stillen Straße. Eine junge Frau wurde vermisst. Worüber zum Teufel lachte er? War ihr Mann wirklich ein so vollkommener Lügner?

»Ich bin nur besorgt«, sagte sie leise und lächelte schwach. »Wegen Geneva. Sie gehört wirklich fast zur Familie.«

12

Oliver

Erwachsene waren solche Lügner.

Sie logen, wenn sie einem irgendein neues Gericht anpriesen. *Probier doch einfach mal! Das schmeckt lecker.*

Und Impfungen taten weh, auch wenn sie das Gegenteil behaupteten. *Nur ein kleiner Piks. Ist schon vorbei, bevor du es überhaupt merkst.*

Oliver wusste, dass er nicht an der Tür stehen und lauschen sollte. Aber er tat es trotzdem.

»Es ist wahrscheinlich nichts, oder?«, fragte seine Mutter. Er kannte diesen Tonfall, sie machte sich Sorgen. »Vielleicht hat sie einfach jemanden kennengelernt. Die Zeit vergessen.«

»Schwer zu sagen«, antwortete der fremde Mann. »Es ist eine Sache, die Schwester zu versetzen. Aber es gefällt mir nicht, dass sie nicht zur Arbeit gekommen ist. Eine so zuverlässige Kraft.«

Seine Eltern runzelten beide die Stirn. Oliver schob sich näher an die Tür heran, obwohl er ja eigentlich auf seinen kleinen Bruder aufpassen sollte.

»Mrs. Murphy«, sagte der fremde Polizist. »Alles in Ordnung?«

Erwachsene behaupteten immer, dass alles in Ordnung war, obwohl das gar nicht stimmte. Mama behauptete immer, es gehe ihr gut, auch wenn er sehen konnte, dass sie geweint hatte. Der Osterhase, der Weihnachtsmann, die Zahnfee. Alles Lügen. Das hatte ihm Eli verraten. Eli war ein Jahr älter als alle anderen Kinder in der Klasse, sogar älter als Oliver, der erst spät eingeschult worden war. Eli war sitzen geblieben, was alle wussten, aber niemand traute sich, es zu sagen, weil Eli groß und gemein war und wirklich gut darin, anderen Kindern wehzutun, ohne dass die Lehrer etwas mitbekamen.

Erst hatte Oliver ihm nicht glauben wollen. Nur zu, hatte Eli gesagt, frag deine Mutter nach dem Weihnachtsmann.

Und das hatte er getan.

Kinder, die nicht an den Weihnachtsmann glauben, bekommen keine Geschenke. Sogar Oliver wusste, dass das keine Antwort war.

Er ließ nicht locker. Schwörst du bei Gott, dass es einen Weihnachtsmann gibt?

Seine Mutter hatte den Blick abgewandt. Wir können an alle möglichen Dinge glauben, die wir weder sehen noch anfassen können. Der Weihnachtsmann ist weder wirklich noch nicht wirklich. Er ist Magie.

Magie.

War Magie wirklich?

Warum so viele Fragen?, hatte seine Mutter wissen wollen. Er erzählte ihr von Eli und sah an ihrem Gesicht, dass sie wirklich böse war, aber versuchte, so zu tun, als wäre sie es nicht.

Weißt du was, sagte sie. Es wird immer irgendjemanden geben, der versucht, deinem Leben den Glanz zu nehmen. Lass das nicht zu. In

Ordnung? Freu dich einfach an den Geschichten und mach dir jetzt noch keine Gedanken darüber, was es gibt und was nicht. Abgemacht?

Er hatte zugestimmt, weil er gern Weihnachtsgeschenke bekam und Ostereier und Geld von der Zahnfee. Aber eins war klar: Eli war vielleicht ein Tyrann und stahl anderen den Glanz, aber er hatte recht.

Sie logen.

Oliver drückte sich an der Tür herum, während Stephen vor dem Fernseher saß, und lauschte, während seine Eltern mit den fremden Männern sprachen. Sein Vater erzählte eine Lüge über die Platzwunde an seinem Kopf. Über die Mauer. Wahrscheinlich war auch das mit den Schränken gelogen, weil sein Vater handwerklich nicht besonders begabt war. Sogar das Mauerprojekt war eine Art Witz, weil er in solchen Dingen wirklich überhaupt nicht gut war. Olivers Mini-Rennauto war das schlechteste von allen aus seiner Klasse gewesen. Aber das war ihm egal, weil es Spaß gemacht hatte, es zu bauen. Und Stephen hatte Wackelaugen daraufgeklebt, und es war echt lustig, wenn auch nicht sehr stabil. Also nein, kein Mensch würde seinen Vater bitten, ihm bei einem Heimwerkerprojekt zu helfen.

Mama hatte gelogen, als sie behauptete, es wäre alles in Ordnung – ihre Stimme war ganz hoch und ihr Lächeln falsch.

Auch das mit Papas Männerwochenende war eine Lüge gewesen.

Und Papa hatte wegen der Kamera an der Tür gelogen. Er hatte der Polizei erzählt, dass sie nicht aufzeichnete. Aber zu ihm und Stephen hatte er gesagt, dass sie aufzeichnete, dass alle Kameras im Haus das taten. Deshalb merkte er immer, wenn sie unartig waren, selbst wenn er nicht zu Hause war. Jedenfalls hatte er ihnen das erzählt.

Ich sehe euch immer und überall! Das sagte er gern mit Gruselstimme und jagte sie dann durchs Haus, bis sie aufgeregt kreischten.

War das gelogen? Oder log er jetzt?

Oliver schob sich dichter an die Tür heran. Wenn er ganz still war, vergaßen seine Eltern oft, dass er da war. Wie jetzt auch.

Geneva war heute nicht gekommen, um sie zur Schule zu fahren. Und Mama war noch zu Hause. Und sein Vater benahm sich so, wie er es tat, wenn andere Männer dabei waren – irgendwie zu laut, er lachte zu viel. Irgendwas stimmte nicht.

Oliver hatte Geneva nachgeschaut, als sie am Freitag gegangen war. Er sah ihr jeden Abend vom Fenster des Kinderzimmers aus nach, wenn sie das Haus verließ. Er hatte sie sogar mit seinem iPad gefilmt, denn er und Stephen hatten am Freitag in ihrem Zimmer Videos aufgenommen. Wenn sie sich nicht gerade gestritten hatten. Sie hatten sich gegenseitig mit dieser App aufgenommen, die alles rückwärts abspielen konnte, sodass man vom Bett hochflog oder rückwärts durch eine Tür lief. Dann hatten sie Videos in Zeitlupe aufgenommen, sodass es aussah, als würden ihre Stofftiere fliegen. Und so hatte er auch auf Aufnahme gedrückt, als er Geneva nachsah.

Er fragte sich oft, wo sie hinging, wenn sie das Haus verließ, versuchte sich vorzustellen, wo sie wohnte.

Einmal hatte er sie gefragt: *Wo wohnst du? In einem Haus?*

In einem Schloss, hatte sie geantwortet. *In einem Schloss hoch oben auf einem Berg.*

Nein, tust du nicht, hatte er gesagt. Es gibt hier in der Gegend keine Schlösser.

Ach nein?

Hast du einen Drachen als Haustier?, hatte Stephen wissen wollen.

Was für eine blöde Frage, hatte Oliver entgegnet. Sie lebt nicht in einem Schloss. Sie hat keinen Drachen.

Geneva hatte gelacht. Ihre Augen funkelten, ihre Lippen glänzten rosa. Sie hatte ganz viele Sommersprossen, und ihre Wangen waren immer zartrosa überhaucht. *Ich lebe einfach in einer Wohnung, ihr Kindsköpfe. Ungefähr zwanzig Minuten von hier.*

Bist du verheiratet?

Hast du Kinder?

Einen Hund?

Nein. Nein. Und nein.

Fühlst du dich nicht manchmal einsam? Wenn du ganz allein lebst?

Geneva hatte Käsetoast für sie gemacht, mit Apfelschnitzen dazu. Sie stellte ihm und Stephen einen Teller hin. Oliver mochte es, dass sie die Sandwiches diagonal durchschnitt, so wie seine Mutter. Sein Vater schnitt sie einfach in der Mitte durch oder gar nicht. Dann hatte man nur ein großes Quadrat auf dem Teller. Manchmal war der Käse nicht ganz geschmolzen. Oder eine Seite war angebrannt, weil Papa durch sein Smartphone abgelenkt gewesen war.

Wie könnte ich mich einsam fühlen, wenn ich euch habe?, hatte Geneva gesagt.

Stephen gab sich damit zufrieden. Aber Oliver beobachtete gern Gesichter. Er konnte sehen, dass ihre Augen traurig waren.

Ich glaube, du lebst tatsächlich in einem Schloss, hatte er gesagt, um sie aufzumuntern. Weil du so hübsch bist wie eine Prinzessin.

Sie hatte ihre weiche Hand an seine Wange gelegt und gelächelt. *Und du bist ein süßer Junge.*

Er wusste nicht mehr, was dann passiert war, weil sie irgendwas anderes gemacht hatten. Aber er schaute ihr jeden Abend nach und fragte sich, wo sie hinging. Und warum sie so traurig war.

Am Freitag hatte er ihr nachgesehen, bis sie bei ihrem Auto angekommen war. Sie war plötzlich stehen geblieben und hatte sich umgedreht, als hätte irgendwas ihre Aufmerksamkeit erregt. Sie hatte ihre Handtasche an sich gedrückt und die Stirn gerunzelt. Sie sagte irgendwas – er sah, wie ihr Mund sich bewegte. Und dann war sie weitergegangen, weg von ihrem Auto, bis sie außer Sicht war.

Es war noch jemand auf der Straße gewesen, aber den hatte er nicht richtig sehen können, weil die große Eiche in ihrem Vorgarten ihm die Sicht versperrte. Er hatte noch versucht, einen besseren Blick auf die Gestalt zu erhaschen.

Aber dann hatte Stephen sich auf ihn gestürzt, weil er die Fernbedienung versteckt hatte, und ihre Mutter war dazwischengegangen und sie wurden bestraft. Sie konfiszierte sein iPad, das er auf dem Fensterbrett liegen gelassen hatte, wo es weiter aufnahm. Er hatte Geneva völlig vergessen.

Doch als er später aus dem Fenster sah, stand ihr Auto immer noch da. Er hatte versucht, es seiner Mutter zu sagen, später am Abend, nach dem Vorlesen, aber sie wollte ihm nicht zuhören.

Das Auto blieb das ganze Wochenende über dort stehen. Was er seltsam fand. Aber Erwachsene machten viele seltsame Sachen, und sie machten sich nicht immer die Mühe, alles zu erklären. Also hatte er nicht mehr daran gedacht.

Doch jetzt beschlich ihn das unbehagliche Gefühl, dass er irgendetwas falsch gemacht hatte, etwas, das dazu führen könnte, dass sein iPad konfisziert wurde.

Als er hinter der Tür stand und zuhörte, wie seine Eltern die fremden Männer anlogen, überlegte er, ob er etwas sagen sollte – ob er sagen sollte, dass er Geneva beim Verlassen des Hauses gefilmt hatte. Aber dann tat er es doch nicht.

Worte kamen nicht immer richtig heraus. Und er war schon manchmal in Schwierigkeiten geraten, weil er Dinge gesagt hatte, die er nicht hätte sagen sollen. Wie das eine Mal, als er seiner Mutter erzählt hatte, dass sein Vater am helllichten Tag in Unterwäsche auf dem Sofa lag und schlief, während sie arbeiten ging. Oder dass er ihnen getoastete Waffeln zum Mittagessen gab oder dass er sie einen Film hatte ansehen lassen, von dem Stephen Albträume bekam. *Hey, Kumpel*, sagte sein Vater. *Es gibt so was wie einen Bro-Kodex. Verpetz deinen alten Herrn nicht bei deiner Mutter. Das ist uncool.*

Uncool.

Laut Eli das Schlimmste, was man sein konnte.

Also hielt Oliver den Mund. Und war froh, als die fremden Männer endlich weg waren. Er hoffte, sie würden nicht wiederkommen. Und er hoffte, dass Geneva morgen von ihrem Schloss zurück sein würde und alles wieder war wie immer.

13

Selena

Lügen sind wie ein Virus. Sie breiten sich aus, vermehren sich. Eine Lüge führt zur nächsten. Das sagte Selenas Mutter immer, wenn sie vom Vater ihrer Töchter sprach. Man muss immer weiterlügen, damit die ursprüngliche Lüge nicht auffliegt. Diese Gedanken gingen Selena durch den Kopf, als sie wie erstarrt dastand und den Detectives nachsah, obwohl sie wusste, dass sie besser ins Haus gehen sollte.

Die Detectives überquerten die Straße. Der Wind wehte trockenes Laub über den Rasen, die Sonne verschwand hinter Wolken. Als sie Blicke auf sich spürte, drehte sie sich um und sah Graham am Fenster stehen, eine dunkle Silhouette, das Gesicht im Schatten. Sobald die Polizei weg war, hatte er die liebenswürdige Fassade fallen gelassen, die er so gut aufzusetzen verstand. Urplötzlich war er mürrisch, sah sie nicht an, verschwand nach drinnen.

Wer bist du?, dachte sie.

Er war ein Fremder in ihrem Haus, in ihrem Bett, in ihrem Herzen.

Und wo steckt Geneva?

Es waren immer nur Kleinigkeiten, sagte Selenas Mutter, als sie endlich offen über die vielen Affären ihres Mannes sprach. Ein Anruf zur Unzeit. Einmal ein billiger Ohrclip, den sie beim Autoreinigen entdeckte. Eine Restaurantquittung in seiner Tasche. Er war beruflich viel unterwegs und hatte viele Kundinnen und Kolleginnen. Alles ließ sich leicht wegerklären. Sie wollte es nicht wahrhaben, gab sie später zu. Denn wenn sie sich eingestanden hätte, was sie im tiefsten Inneren wusste, hätte sie etwas unternehmen müssen. Nicht neugierig, so hatte sie es ausgedrückt. Sie war ganz bewusst nicht neugierig gewesen.

Selenas Vater wurde kühner, fast schamlos. Ihre Mutter wurde immer blinder seinen Affären gegenüber, bekam Migräneanfälle. Selena erinnerte sich an die geschlossene Schlafzimmertür, sie war in den abgedunkelten Raum getreten und hatte ihre Mutter mit einem kühlen Tuch über den Augen auf dem Bett liegen sehen. Sie hatte sich zu ihr gelegt, und ihre Mutter hatte sie wortlos mit ihren schlanken Armen umschlungen. Wie unglücklich Cora gewesen sein musste! Wie hatte sie das nur ertragen?

Selena hatte es nicht verstanden, nicht wirklich, als ihre Mutter endlich ihr und Marisol gegenüber offen davon sprach – Jahre nach der Scheidung. Sie hatte so getan, als würde sie es verstehen. Aber insgeheim hatte sie sich gedacht: *Wie konntest du nur, Mama? Wie konntest du zulassen, dass er dich so behandelt?* Jetzt verstand sie es. Sie begriff, dass man die Augen davor verschloss, bis es nicht mehr ging. Bis der Schmerz, es zu wissen und nichts zu unternehmen, größer wurde als die Angst vor dem, was als Nächstes kommen könnte.

Sie hätte Graham Freitagnacht wegschicken sollen. Sie hätte der Polizei sagen sollen, dass er mit Geneva schlief. Aber was war mit den Kindern?

Und was würde jetzt werden?

Wünschten Sie sich nicht auch manchmal, Ihre Probleme würden von selbst verschwinden?

Geneva war nicht das Problem. Das Problem war Graham.

Sie ging hinein und schloss die Tür. Im Haus war es still, als hielte alles den Atem an. Von den Jungs war nichts zu hören, nur oben lief der Fernseher.

»Ich muss es nicht extra aussprechen, oder?«

Sie fuhr zusammen. Graham stand unter dem Torbogen zwischen Wohnzimmer und Flur. »Was?«

»Was immer hier vorgeht, ich habe nichts damit zu tun.«

Er stand da und ließ sie nicht aus den Augen. Und für einen Moment kam es ihr vor, als sähe sie ihn zum ersten Mal. Ihr Mann. Ein Ehebrecher. Ein Lügner. Was war er sonst noch?

»Selena.« Seine Stimme klang fast streng. »Sag etwas.«

Ihr wurde schwindelig.

Da klingelte es an der Tür, und beide fuhren zusammen. Als sie die Tür öffnete, stand Detective Crowe davor.

»Mrs. Murphy«, sagte er. »Ich glaube, wir haben Geneva Marksons Fahrzeug gefunden, es steht hier in der Straße. Wussten Sie, dass sie ihren Wagen hier stehen gelassen hat?«

Selena schüttelte den Kopf und spürte, wie ihr der Atem stockte. »Nein.«

Sie wusste nicht mal genau, was für ein Auto Geneva fuhr. Sie stellte es nie in der Einfahrt ab, und für ihre Fahrdienste für die Jungs benutzte sie den Zweitwagen der Murphys, einen nagelneuen Subaru.

Sie folgte dem Blick des Detectives und sah einen weißen Toyota, der auf der anderen Straßenseite geparkt war. Leute hatten angefangen, sich darum zu versammeln. Ein Streifenwagen fuhr vor.

»Müssen Sie heute noch irgendwohin?«, fragte er.

Sie schüttelte den Kopf. »Ich werde von zu Hause aus arbeiten.«

»Und Ihr Mann?«

Etwas an der Art, wie er das sagte, führte dazu, dass ihr ganz flau im Magen wurde. »Er ist momentan ... zwischen zwei Jobs.«

Zwischen zwei Jobs? Das klang irgendwie anrüchig. Doch der Detective nickte nur, höflich, neutral.

»Also ja, er wird hier sein.« Graham stand im dunklen Flur, steif, wie erstarrt.

»Wir werden nachher vielleicht noch ein paar Fragen haben«, sagte der Detective. Hörte sie da einen gewissen Unterton heraus? »Wir würden es zu schätzen wissen, wenn Sie beide hier wären.«

»Natürlich. Wir werden hier sein.«

Sie schloss die Haustür, während er zur Gartenpforte ging.

»Selena«, sagte Graham.

In der Küche brummte ihr Handy. Sie ließ ihren Mann stehen und schaltete augenblicklich in den Krisenbewältigungsmodus. Sie würde ihre Mutter anrufen und sie bitten, die Jungs ein paar Tage zu sich zu nehmen, so lange, bis sich alles geklärt hatte. Dann würde sie Beth anrufen und ihr sagen, was los war – so wenig wie möglich. Will war Anwalt, den würde sie als Nächstes anrufen. Nicht, dass sie einen Anwalt brauchten. Aber vielleicht ja doch. Will war bekannt dafür, dass er immer sagte: Wenn die Polizei bei dir vor der Tür steht und du rufst keinen Anwalt, verzichtest du praktisch auf deine Rechte. Es klang dramatisch, typisch Anwalt. Nur dass es ihr jetzt vorkam wie ein ausgesprochen guter Rat.

Als sie nach ihrem Handy griff, sah sie, dass eine Reihe Nachrichten von einer neuen unbekannten Nummer gekommen waren.

Hallo, Mädchen.

Wie läuft's denn so? Wollen wir vielleicht nach der Arbeit noch was trinken gehen?

Hier ist übrigens Martha.

Aus dem Zug.

14

Anne

Anne ließ den Finger über das Diamantarmband an ihrem zarten Handgelenk gleiten. Tiffany, Victoria-Kollektion. Schmal, der niedrigste Karatwert. Aber trotzdem. Sicher mehr als zehntausend Dollar wert. Eher fünfzehn. Die Sonnenstrahlen, die durchs Fenster fielen, ließen die Diamanten aufblitzen und warfen Lichtflecken in Regenbogenfarben an Wände und Decke. Eigentlich hätte ihr die Abfindungssumme von Kate reichen sollen. Der Ausdruck auf ihrem Gesicht. Aber irgendwie war es eben nicht genug.

»Gefällt es dir, Liebling?«, fragte Hugh. Sie fand es wunderbar, dass er ihr immer noch nicht widerstehen konnte, obwohl er erwischt worden war, obwohl seine Ehe mit Kate zweifellos auf der Kippe stand. Es war köstlich, dieses Gefühl von Macht.

»Ich liebe es«, schwärmte sie. »Es ist wunderschön.«

Ganoven. Trickbetrüger. Man kannte sie aus alten Krimis und Schwarz-Weiß-Filmen; beinahe hatte es etwas Altmodisches.

Der nigerianische Prinz, der aus der Ferne um Hilfe bat:

Nennen Sie mir Ihre Kontodaten und ich überweise Ihnen meinen ganzen Reichtum. Ich werde Sie fürstlich für diesen Gefallen entlohnen! Das Hütchenspiel. Beim nächsten Mal schaffen Sie es! Der Trick mit dem verlorenen Portemonnaie: Hallo, Sie! Haben Sie gerade Ihre Brieftasche verloren? Wahnsinn – sehen Sie mal, was für eine Menge Geld da drin ist! Es gab hundert Möglichkeiten, einem Dummkopf sein Geld abzunehmen. Nur dass es nie ums Geld ging. Es ging um den Kick, darum, Nähe herzustellen, das Vertrauen von Menschen zu gewinnen, ihnen etwas abzunehmen, von dem sie nicht einmal wussten, dass sie sich davon trennen wollten. Und das wollten sie.

Einen ehrlichen Menschen kann man nicht betrügen. Das sagte Paps immer.

Das stimmte, obwohl es nicht die ganze Wahrheit war. Anne hatte den Ausspruch ein wenig abgewandelt. Nur jemanden, der unbedingt etwas will und der bereit ist, sich dafür in eine moralische Grauzone zu begeben, kann man betrügen. Aber nicht jemanden, dem Gier oder Sehnsüchte fremd sind.

Hugh zum Beispiel. Er dachte, er hätte Anne verführt. Doch hatte nicht sie ihn dazu gebracht, vorsichtig und behutsam? Obwohl sie die Stelle in der Firma doch angetreten hatte, um zu arbeiten, vorgeblich. Um ehrlich zu werden, wie Paps gern sagte. Hatte sie nicht ziemlich schnell die Gelegenheit ausgemacht, vielleicht sogar unbewusst? Ihr war sofort klar gewesen, was für eine Art Mann Hugh war. Direkte Anmache hätte nicht funktioniert. Er musste glauben, dass es von ihm ausging.

Ein wenig Schmeichelei: Ich lerne so viel von Ihnen! Ein wenig Verwundbarkeit zeigen; sie hatte sich von ihm dabei erwischen lassen, wie sie wegen einer Trennung weinte. (Nur dass es gar keine Trennung gab. Und sie weinte nie, nicht wirklich. Schon gar nicht wegen irgendeines Mannes.) Sie hatte im Fahrstuhl ein wenig zu dicht neben ihm gestanden. Ein paarmal wie zufällig seine Hand gestreift. Alles sehr subtil. Sie war subtil vorgegangen. Vielleicht zu sehr. Nach einer Weile hatte sie schon gedacht, sie hätte ihn falsch eingeschätzt. Dass er ein treuer Ehemann war, der seine Frau liebte.

Und dann hatte er die Hand auf ihr Knie gelegt. Und sie vergaß ihren Vorsatz, ehrlich zu werden.

Ich sag's ja immer, Kätzchen. Die Katze lässt das Mausen nicht.

Was wollte Hugh? Gewollt werden. Wieder jung sein. Etwas haben, irgendwas, das nicht Kate gehörte. Es lag ein gewisser Nervenkitzel darin, das zu wissen und ihm zu geben, was er wollte – um es ihm dann wieder wegzunehmen.

Sie lagen eng umschlungen auf dem breiten Bett. Das Hotelzimmer bot einen Blick über den Central Park. Anne rekelte sich in der exquisiten Bettwäsche und sah zu, wie die Champagnerperlen in ihrem Glas aufstiegen.

Sie hatte ihn tagelang Textnachrichten schicken lassen.

Es tut mir so leid, Anne. Verzeih mir.

Ich kann sie nicht verlassen. Sie braucht mich. Es geht ihr nicht gut.

Ich kann nicht aufhören, an dich zu denken. O Gott. Bitte triff dich mit mir.

Anne.

Ich bin verzweifelt.

Es hatte ihr gefallen. Tatsächlich mochte sie Hugh irgendwie, was nicht bei allen der Fall war. Er war ein akrobatischer Liebhaber, bestens in Form, großzügig und sanft. Er konnte witzig sein. Anne konnte verstehen, warum Kate so an ihm festhielt; die meisten Männer waren tief drinnen Monster. Hugh nicht. Im Grunde seines Herzens war er ein kleiner Junge.

Er strich ihr eine Haarsträhne aus den Augen, berührte ihre Wange. »Ich habe es nicht ausgehalten ohne das. Ohne dich.«

»Es ist das letzte Mal, Hugh«, sagte sie und versuchte, tapfer und verletzt zu wirken. »Ich bin keine Geliebte. Ich dachte, wir würden irgendwann zusammen sein. Wirklich zusammen.«

»Ich weiß.« Er seufzte, küsste sie innig. »Ich weiß. Es ist nicht fair dir gegenüber.«

Das Spiel. Es war so süß.

Es war Paps, der sie gelehrt hatte, dass Schönheit eine Waffe ist. Ihr schmaler, starker Körper, nicht zu dünn. Ihre makellose olivfarbene Haut. Ihr langes, (gegenwärtig) blauschwarzes Haar, das schnurgerade bis zur Mitte des Rückens fiel. Sie war gepflegt – wachste, zupfte, manikürte gewissenhaft, benutzte Peelings und Pflegeprodukte, trieb Sport. Sie achtete auf sich. Ihre Schönheit war eine Ware, etwas, das andere begehrten. Sie konnte eingesetzt werden, um Männer wie Frauen zu manipulieren. Männer wollten sie besitzen, kontrollieren. Frauen wollten glauben, dass sie selbst ebenso schön sein, dass sie diese Waffe selbst einsetzen könnten. *Wer ist dein Friseur? Was ist dein Geheimnis?*

Sie drehte den Kopf zur Seite, entblößte die zarte Haut ihres Halses, und er drückte prompt die Lippen darauf. Sie zitterte – er dachte, vor Lust.

Was für eine Masche soll das jetzt sein?, wollte Paps wissen. *Du hast aus der Gattin alles rausgeholt, was rauszuholen ist.*

Aber hatte sie das?

Für Paps ging es immer nur ums Geld. Die Sache durchziehen, dann abtauchen. Aber Anne wollte immer noch ein bisschen mehr. Sie genoss ihre Rolle als Puppenspielerin.

Und dann gerätst du in Schwierigkeiten. Du musst doch nicht jedes Mal noch das Messer in der Wunde umdrehen.

»Ich muss wegfahren«, sagte sie leise.

»Was? Warum?«

»Meine Schwester«, sagte sie. »Sie ist schwer krank. Sie hat nicht mehr viel Zeit.«

»Das tut mir leid.« In seinen haselnussbraunen Augen stand Sorge. Er meinte es ernst, das musste sie ihm lassen. Er machte sich wirklich etwas aus ihr, soweit ein Mann wie Hugh sich für jemanden außer sich selbst interessieren konnte. »Was kann ich tun?«

War ihm nicht klar, dass sie dabei war, ihn abzuziehen?

Das Komische war, sie begriffen das fast nie. Und selbst wenn sie es durchschauten, zweifelten sie an sich selbst. Wollten glauben, dass sie sich irrten. Sogar wenn es keinen Zweifel daran geben konnte, dass sie Opfer eines Betrugs geworden waren, konnte man fast immer zu ihnen zurückgehen und sich noch einen Nachschlag holen. Beispielsweise beim Liebes-Betrug. Das war ihre Lieblingsmasche. Es gab so viele einsame Menschen auf der Welt. Und viele davon hatten Geld. Sie suchten im Netz nach Liebe, obwohl sie natürlich wussten, wie leicht man da Opfer von Schwindel werden konnte. Aber sie waren verzweifelt genug, es trotzdem zu versuchen. Immer wieder.

Man konnte es erkennen. An einer Art Unschuld in ihren

Augen, einer geknickten Aura. Und noch etwas. Hoffnung. Ohne die wurde es schwieriger, fast unmöglich. Hugh fiel in eine andere Kategorie: großes Ego, leicht mit Schmeicheleien um den Finger zu wickeln.

»Ich werde meine Wohnung hier aufgeben müssen«, sagte sie. »Ich weiß nicht, wann ich wieder zurückkommen kann. Alles, was ich besitze, wird für ihre Pflege draufgehen. Sie ... ist mittellos. Und hat zwei kleine Kinder, meine Nichte und meinen Neffen.«

»Und der Mann?«

»Hat sie verlassen«, sagte sie. Sie seufzte, machte auf traurig, hilflos. »Männer. Nicht alle Männer sind wie du.«

Er küsste sie wieder.

Er gab ihr Geld – er hatte tausend Dollar in der Brieftasche. Dann das Armband; die babyblaue Schachtel stand offen auf dem Nachttisch. Und die Nummer seiner Kreditkarte für Flüge und Hotels, von der Kate nichts wusste. *Oh, Hugh, wie kann ich dir jemals genug danken?*

Sie duschten zusammen, und sie ging auf die Knie und bereitete ihm Lust in dem dampferfüllten gefliesten Bad. Ein schwerer Duft nach Salbei und Minze hing in der Luft.

Sie liebte es, wenn sie so waren, entblößt, stöhnend und hilflos.

Danach sah Anne zu, wie er sich anzog – er war spät dran für sein Nachmittags-Meeting. Was Kate wohl glaubte, wo er war? Wenn er Annes Mann wäre, würde sie ihn immer im Blick behalten. Aber vielleicht glaubte Kate, das sei nicht nötig. Schließlich hielt sie ihn an der kurzen Leine. Oder sie war auch nur ein Opfer und wurde immer wieder von ihrem attraktiven, charmanten und absolut untreuen Mann reingelegt.

Anne wickelte sich in den flauschigen Flanellbademantel und legte sich wieder hin, während Hugh sich die Krawatte band. Er sah sie im Spiegel an.

»Behalt das Zimmer, wenn du willst«, sagte er. »Geh ins Spa, lass dich verwöhnen, solange es geht. Ich ruf dich nachher an. Es wird schon wieder, Annie.«

Sie nickte, machte auf unsicher, zerbrechlich. Ja, die Dinge erledigten sich meist von selbst, wenn man ein wohlhabender weißer Mann war.

Er kam zu ihr, setzte sich aufs Bett, nahm sie in die Arme und küsste sie lange. Für die Dauer dieses Kusses wurde sie zu der Frau, für die er sie hielt – eine Frau, die ihn liebte, ihn heiraten wollte, die weggehen musste, um ihre kranke Schwester zu pflegen. Sie stellte sich vor, wie es wäre, zärtlich zu sein, eine liebende Geliebte, die darauf wartete, dass er seine Frau verließ. Wie verletzlich sie wäre, wie voller Hoffnung. Würde sie sich an ihn klammern? Das würde sie. Anne hielt ihn noch ganz kurz fest, nachdem er versuchte, sich von ihr zu lösen.

»Ich verspreche es«, sagte er, bevor er ging. »Wir finden eine Lösung.«

Sie begleitete ihn noch zur Tür, und das Klicken, mit dem sie ins Schloss fiel, hatte etwas Endgültiges.

Ein Trickbetrüger ist ein Schauspieler, der sich völlig mit seiner Rolle identifiziert, sagte Paps immer. *Werde selbst zur Lüge.*

Und sie war gut darin, verschwand in der Person, die sie zu sein vorgab. Sie war Anne Porter aus New Jersey – jung, ehrgeizig, ein Zahlenmensch, Rutgers-Absolventin. Sie hatte eine Schwester, die sie liebte. Dieser Teil war fast wahr, denn sie hatte eine Schwester. Oder so was in der Richtung. Aber die starb nicht gerade an einer ungenannten Krankheit. Es gab

keine Nichten oder Neffen. In jeder Figur steckten auch Kleinigkeiten von ihr, das half ihr, sie authentisch zu gestalten. Sie
litt tatsächlich ein wenig unter Höhenangst, sie liebte Sushi.
Ihre Mutter war tot. Ihren Vater hatte sie nie wirklich kennengelernt. Diese Züge tauchten in allen ihren Charakteren auf.

Bevor sie Anne wurde, war sie Ellie Martin gewesen, eine
junge Witwe, die sich fragte, ob sie je wieder würde lieben
können. Davor Marlie Croft, eine Waise, die nach ihrer verlorenen Familie suchte. Davor ... Und davor ... Sie war wie eine
russische Matroschkapuppe, und jede Schicht hatte eine andere Farbe. Momentan waren ihre Haare schwarz – aber sie
war auch schon blond, rothaarig und brünett gewesen. Sie
hatte zugenommen und wieder abgenommen. Sie war gut darin, eine Figur zu werden. Das Problem dabei war nur, dass ihr
wahres Ich mittlerweile so tief vergraben war, so winzig und
formlos, dass sie sich kaum noch daran erinnern konnte.

*Die Person, die du warst, ist nicht mehr da. Die Person, die du sein
wirst, gibt es noch nicht. Das Einzige, was zählt, ist, wer du in diesem
Moment bist. Paps. Trickbetrüger. Zen-Meister.*

Hast du bekommen, was du wolltest? Das würde er sicher fragen. *Bist du jetzt fertig?*

Noch nicht ganz.

Sie verspeiste das Mittagessen, das sie bestellt, aber nicht
angerührt hatten – einen schönen Hummersalat, dazu Voll-
kornbrot mit Trüffelbutter, geschnittene Erdbeeren. Sie
schenkte sich noch ein Glas Champagner ein und sah den
dunkler werdenden Wolken nach, die über den Baumkronen
dahintrieben. Die Straßen der Stadt lagen weit unter ihr.

Nach dem Essen ging sie ins Bad, wo sie vorhin ihr Smartphone aufgestellt und die Videoaufnahme gestartet hatte. Sie

hatte es abgeschaltet, nachdem sie fertig waren. Im Bett spielte sie das Video ab, Hugh und sie selbst unter der Dusche. Es war ein wenig verschwommen, aber er war unverkennbar – besonders durch das ganze Gestöhne. Von ihr fing die Kamera nur den Rücken ein. Sein Stöhnen klang guttural, archaisch. Es ging endlos. Das musste man ihr lassen: Durchhaltevermögen hatte sie. Als Hugh unbeholfen zum Höhepunkt kam, drehte Anne sich zur Kamera um und lächelte. Es war ein süßes Lächeln, verschmitzt, als teilten sie und Kate ein Geheimnis. Denn war die Ehe nicht der ultimative Schwindel?

Sie stellte sich vor, dass Kate auf irgendeiner Ebene eine gewisse Dankbarkeit ihr gegenüber empfinden würde, weil sie ihr ein für alle Mal gezeigt hatte, dass ihr Mann ein Schuft war. Kate, die alles hatte, die vermutlich sogar jetzt noch unter hundert begehrenswerten Männern wählen konnte, konnte von Glück sagen, wenn sie Hugh los war. Eine Frau wie Kate hatte er nicht verdient. Anne mochte den Mann, aber er war reuelos untreu.

Bequem auf die dicken Kissen gestützt, schnitt Anne das Video, bearbeitete es, retuschierte sogar ein wenig – die Haut ihres Rückens wirkte im hellen Badezimmerlicht etwas teigig.

Danach duschte sie und ließ sich Zeit dabei, genoss das heiße Wasser, das dickflüssige Duschgel, das prasselnde Geräusch auf den schweren Marmorfliesen. Sie zog sich an und klappte ihren Laptop auf. Mit der Kreditkartennummer, die Hugh ihr gegeben hatte, kaufte sie im Luxuskaufhaus Neiman Marcus ein – ein Paar Jimmy-Choo-Pumps, eine Gucci-Tasche, eine Sonnenbrille von Prada – Dinge, die bereits in ihrem Warenkorb lagen. Sie bestellte per Express-Lieferung an eine Adresse, die nicht zu ihr zurückverfolgt werden konnte.

Sie rief die Housekeeping-Abteilung an und bat um mehr von den luxuriösen Toilettenartikeln, bernsteinfarbene Fläschchen mit Etiketten in klarem Schwarz-Weiß. Als das Zimmermädchen kam, eine junge Frau mit einem breiten Gesicht, gab Anne ihr ein großzügiges Trinkgeld und erhielt großzügig noch mehr von den Sachen auf dem Zimmerservice-Wagen. Das Zimmermädchen kicherte und sagte etwas in einer fremden Sprache. Tschechisch, wenn Anne sich nicht irrte. Anne stopfte die Ausbeute in ihren Rollkoffer, zusammen mit dem unbenutzten Bademantel aus dem Schrank und ein paar frischen Handtüchern.

Dann ging sie wieder an ihren Laptop und verschickte ein paar Mails, managte einige der verschiedenen Identitäten, die sie am Laufen hatte.

Tut mir so leid, dass ich mich nicht gemeldet habe, mein Schatz! Es gab einen kleinen Notfall in der Familie. Können wir später reden?

Ich freue mich so auf Samstag! Es ist wirklich schön, sich als Teil einer Familie fühlen zu können.

Dann eine Kurznachricht.

Die Empfängerin hatte auf stur geschaltet. Bislang hatte Anne noch keine Antwort erhalten.

Sollte sie ein wenig aggressiver vorgehen? Oder es sein lassen? Die ganze Sache war – knifflig. Paps' Ausdruck. Manche Leute waren zu clever, spürten intuitiv, wenn etwas nicht stimmte. Oder sie waren skeptisch und es dauerte lange, bis sie jemandem vertrauten. Oder sie wollten etwas nicht genug.

Dann war man plötzlich diejenige, die etwas vom Opfer wollte, und das war immer schlecht. Anne schaute auf ihr Handy. Keine Lesebestätigung. Keine kleinen Punkte, die anzeigten, dass jemand dabei war, eine Nachricht zu schreiben.

Also, es war schwierig. Wie Zahnräder, die nicht ineinandergriffen. Und sie hatte bereits mehr an Management hineingesteckt, als ihr lieb war. Und ihr Beweggrund ... tja. Für Paps ging es immer nur ums Geld. Aber Anne hatte manchmal andere Prioritäten.

Sie wartete. Keine Antwort.

Als alles gepackt war, ging sie zur Tür, blieb noch einmal stehen und warf einen letzten Blick auf das luxuriöse Hotelzimmer, die wunderbare Aussicht. *Tief durchatmen. Nimm die Eindrücke in dich auf und genieße den Moment, denn solche Augenblicke gehen zu schnell vorbei.*

Das tat sie.

Bevor sie ihre Handtasche schulterte und ging, den vollgestopften Rollkoffer über den hochflorigen blauen Teppichboden zog, erledigte sie noch zwei Dinge.

Sie sendete das Video an Kate. Es dauerte einen Moment, weil die Datei so groß war. Schließlich verschwand sie mit einem befriedigenden *Swisch*.

Ja, dachte sie. Alles erledigt, Paps.

Dann feuerte sie noch eine SMS ab, als Zusatz zu der, die sie eben verschickt hatte. Nur um sicherzustellen, dass es keine Verwirrung gab.

Hier ist übrigens Martha.

Aus dem Zug.

15

Pearl

»Also – wer ist dein Vater?«

Im Lagerraum war es viel zu warm, die Klimaanlage hatte mal wieder den Geist aufgegeben. Pearl und Charlie, die dabei waren, Bücher einzupacken, schwitzten vor Anstrengung.

»Ich habe keinen Vater.« Früher hatte sie sich Geschichten über ihn ausgedacht, sich überlegt, wie ihr Vater wohl war. Aber jetzt, wo sie älter war, hatte sie damit aufgehört.

»Jeder hat einen Vater.« Charlie, der gerade einen Versandaufkleber ausfüllte, sah sie nicht an. Er hatte eine sehr saubere Handschrift.

»Nicht jeder.«

Er musterte sie über den Rand seiner Brille hinweg. »Einen biologischen Vater, doch. Den hat jeder.«

»Ich weiß nicht.« Pearl stieß verärgert die Luft aus. Das war nicht ihr liebstes Gesprächsthema.

»Deine Mutter hat es dir nie gesagt.«

»Sie weiß es nicht genau«, sagte Pearl. »Es kommen wohl mehrere Männer in Betracht. Du kennst sie ja.«

Er schwieg eine Weile, und sie dachte schon, er würde das Thema fallen lassen.

»Bist du denn gar nicht neugierig?«, beharrte er.

Sie zog noch einmal den Klebebandabroller über das Paket und ließ dann die Arme sinken.

»Neugierig auf einen Mann, der gar nicht weiß, dass es mich gibt? Der im Grunde nur ein Samenspender ist?«

Charlie hob die Schultern und musterte sie weiter über den Rand seiner Brille hinweg. »Manche Leute sind sogar neugierig auf den Samenspender, weißt du«, sagte er. »Es ist normal, wissen zu wollen, wo man herkommt.«

»Die Vergangenheit ist unwichtig. Sagt meine Mutter immer. Alles, was wir haben, ist das Hier und Jetzt.«

»Das ist sehr fortschrittlich gedacht.«

»Es ist mir einfach egal«, versetzte sie genervt. Wenn er erst mal ein Thema am Wickel hatte, war es schwer, ihn davon abzubringen. »Du hast ja gesehen, mit was für Typen sie zusammen ist. Wenn ich nach ihm suchen würde, was dann? Vielleicht ist es einer dieser tätowierten Muskelprotze, einer mit Stummelpferdeschwanz. Oder so ein Marketing-Heini.«

Charlie lachte. Sie machten Bücher für die Rücksendung fertig, packten sie in Kartons, verschlossen und sicherten die Pakete mit Klebeband, druckten Adressaufkleber aus. Es war immer so hoffnungsfroh, wenn eine neue Lieferung eintraf und sie alles einsortierten, Bestseller, Literatur von unbekannten Autoren, neue Sachbücher. Jedes Buch druckfrisch, auf seinen Leser wartend. Irgendwann gingen die Bücher zurück, wenn sie nicht verkauft wurden. Der Verlag erstattete das Geld.

Pearl schien es, dass immer mehr Bücher retourniert wurden. Die Buchhandlung war meistens leer, trotz Charlies Bemühungen, Laufkundschaft anzulocken. Ihre Mutter hatte einen neuen Freund, aber Charlie war geblieben. Er kümmerte sich um die Buchhandlung und um Pearl – fuhr sie nach Hause und sorgte dafür, dass sie eine warme Mahlzeit bekam. Er kontrollierte sogar ihre Hausaufgaben. Dieser Mann, den sie noch nicht mal ein halbes Jahr kannte, verhielt sich mehr wie ein Elternteil, als ihre Mutter es je getan hatte. Doch diesen Gedanken behielt Pearl für sich.

»Deine Mutter ist heute gar nicht gekommen«, sagte Charlie. Es gab ein zischendes Geräusch, als er mit dem Abroller über den Karton fuhr und das Schicksal der Bücher darin besiegelte. Zurück an den Absender.

Pearl hatte in der Nacht einen Albtraum gehabt. Laute Stimmen, eine Art Poltern. Ein Schrei. Sie war voller Panik aufgewacht. Doch als sie in den Flur trat, war im Haus alles ruhig. Unter der Tür des Zimmers ihrer Mutter drang ein schwacher Lichtschein hervor, Musik spielte. Pearl hütete sich, bei ihr zu klopfen, Trost zu suchen.

Heute Morgen hatte sie Stella nicht zu Gesicht bekommen. Aber sie hatte die Toilettenspülung und die Dusche gehört.

Pearl hatte gefrühstückt, eine Schale Müsli, und war dann zum Bus gegangen. Seitdem hatte sie nicht wieder an ihre Mutter gedacht.

»Ist wohl spät geworden gestern«, sagte sie.

Charlie war zwar nicht groß, aber sehr stark. Er schleppte die schweren Bücherkartons, stapelte sie auf.

»Der Laden läuft nicht so gut, Pearl«, sagte er. »Ich habe versucht, sie darauf anzusprechen, aber sie wollte nicht zuhören.«

»Der Laden läuft nie gut«, erwiderte Pearl. »Es ist eine Buchhandlung. Das ist das Geschäftsmodell.«

»Ja, aber er schreibt schon das ganze Jahr rote Zahlen.«

Pearl zuckte die Achseln. Es war ein Rätsel, wie ihre Mutter es schaffte, finanziell über die Runden zu kommen, aber das interessierte sie nicht. *Deine Aufgabe ist es, Kind zu sein, und meine Aufgabe ist es, mir über alles andere Gedanken zu machen.* Eine sehr mütterliche Aussage, die man oft von der wenig mütterlichen Stella zu hören bekam.

»Es gibt einen Stapel Rechnungen, die längst überfällig sind«, sagte Charlie. Dann schüttelte er den Kopf. »Tut mir leid, ich sollte dich nicht damit belasten. Du bist noch ein Kind.«

»Das Gebäude gehört ihr.«

Es war ein großes Lagerhaus in einem eher schlechten Viertel, das eigentlich zum In-Viertel hätte werden sollen, es aber nicht getan hatte. Es gab jemanden in Stellas Leben, der ihr mal Geld gegeben hatte, eine große Summe. An ihn wandte sie sich, wenn es eng wurde, und er zahlte. Pearl hatte keine Ahnung, wer er war oder warum er Stella Geld gab. Stella nannte ihn ihren »Gönner«. Aber sie hatte ihn schon eine ganze Weile nicht mehr erwähnt.

»Ja, aber sie hat Steuerschulden«, beharrte Charlie.

Pearl zuckte die Achseln.

»Vergiss es. Ich werde noch mal mit ihr reden«, sagte er mit einer wegwerfenden Handbewegung. »Wie ich sie kenne, wird sie schon irgendeine Idee haben, wie das zu regeln ist.«

Kannte irgendjemand Stella wirklich?

Pearl hielt jetzt ein ungelesenes Taschenbuch in der Hand. Auf dem Cover war eine gesichtslose Frau in einem Blümchenkleid abgebildet, die verträumt an einem Strandhaus vorbeischwebte. Pearl packte das Buch zu den anderen in den Karton und sah Charlie zu, der Bücher einpackte und Pakete verschloss, hochhob und wegtrug. Sie tat so, als würde sie ihn nicht beobachten oder als würde sie nicht merken, dass er manchmal sie beobachtete. Sie wusste nicht, wie alt er war, aber er wirkte nicht viel älter als die Oberstufenschüler in der Schule. Er war schmal gebaut, hatte schöne Augen, war stets glatt rasiert. Er hatte eine lange Nase und einen breiten Mund, der sehr ernst wirkte, bis er dann lächelte.

»Was ist denn mit deinem Vater?«, fragte Pearl. Er sprach selten über sich, über seine Familie, davon, woher er kam. Nur dann und wann ein paar Bruchstücke.

»Mein Vater«, sagte er und setzte einen Bücherkarton ab, »war ein Ungeheuer.«

»Wirklich?«

Er wandte sich ihr zu und wischte sich mit dem Unterarm den Schweiß von der Stirn. »Ja, wirklich. Er war ein Trinker, der uns misshandelt hat. Und ein Trickbetrüger.«

»Das tut mir leid.«

»Er ist tot.« Er hievte noch ein Paket auf den Transportwagen. Sein Gesicht war unbewegt und zeigte keine Anspannung, als ob er lediglich Fakten aufzählte.

»Und deine Mutter?«

»Ist auch nicht mehr da.« Er verschloss und sicherte den letzten Karton.

»Also gibt es nur noch dich.«

»Ja. Ich bin Waise. Das einzige Kind unglücklicher Eltern.«

»Das ist – mies«, sagte sie. Denn was konnte man sonst sagen?

Er zuckte die Achseln. »Es ist, wie es ist, darüber regt man sich nicht auf, oder? Was ist das denn für ein Buch? *Pinkalicious?*«

Ein Buch über ein verwöhntes kleines Mädchen, das Rosa liebte und Tobsuchtsanfälle bekam, wenn es nicht so viele Cupcakes essen durfte, wie es wollte.

»Das Mädchen in dem Buch regt sich ziemlich auf.«

Charlie lächelte sein wissendes Lächeln.

»Und wie bekommt ihr das?«

»Ich glaube, ihr wird schlecht – oder so was in der Richtung.«

»Da hast du es.« Er nickte bestätigend, und Pearl lachte, während er den Transportwagen zur Ladentür hinausschob. Der UPS-Bote würde die Pakete abholen. Die Sonne ging gerade unter, und im Laden waren keine Kunden. Das Hausaufgaben-Angebot nach der Schule hatte sich totgelaufen. Und das Interesse an den offenen Leseabenden war stark abgeebbt, als sie den Gratis-Wein und die kostenlosen Häppchen gestrichen hatten. Rentiert hatte sich das sowieso nie.

Auf dem Nachhauseweg hielten sie kurz und holten sich etwas vom Chinesen. Charlie parkte vor dem Haus und brachte Pearl zur Tür. Er trug ihren schweren Rucksack und das Essen. Sie schloss auf.

»Ich muss mit deiner Mutter reden. Vielleicht will sie ja mit uns essen.«

Er würde weggehen. Das merkte sie. Er hatte diesen traurigen, vorsichtigen Gesichtsausdruck, den Erwachsene bekamen, kurz bevor sie einen enttäuschten. Stella hatte keine Verwendung mehr für ihn, und wahrscheinlich hatte sie aufgehört, ihn zu bezahlen oder so. Das war so typisch für sie. Sie nutzte die Leute aus, nahm, was sie bekommen konnte, und wenn sie mit jemandem fertig war, wurde er abserviert.

Ich habe dich nie um irgendwas gebeten, hatte Pearl ihre Mutter mehr als einmal zu irgendeinem wütenden Liebhaber, Bekannten oder Nachbarn sagen hören. Und das stimmte. Stella hatte es nicht nötig, um irgendwas zu bitten.

Aber das Haus war dunkel und still. Pearl machte Licht, Charlie stellte ihren Rucksack ab und brachte das Essen in die Küche. Das Frühstücksgeschirr stand noch da, wo Pearl es abgestellt hatte.

Irgendetwas. Irgendetwas führte dazu, dass sich ihr die Haare sträubten, ihr der Atem stockte.

»Stella?«, rief Charlie.

In der unaufgeräumten Küche wechselten sie einen beredten Blick. Sie hätte nicht einmal sagen können, was da wortlos ausgetauscht wurde. Eine Art Wissen, das Bewusstsein einer subtilen Veränderung der Energie. Im Laufe der Jahre würde sie immer wieder an diesen Augenblick zurückdenken. Und jedes einzelne Mal schrieb sie ihm eine andere Bedeutung zu.

Er drängte sich eilig an ihr vorbei. Sie fing seinen Geruch auf, einen Duft nach Seife und Papier. Pearl blieb wie angewurzelt stehen und hörte, wie er von Zimmer zu Zimmer lief.

Als er entsetzt aufschrie, ein verzweifeltes Vibrato in der Stimme, erstarrte sie, wie gelähmt, unfähig, sich zu bewegen, unfähig zu denken. Die Zeit blieb stehen.

O Gott. Oh, Stella. Nein! Oh, neinneinneinnein.

Pearl folgte seinem Klagen und blieb zitternd in der Tür stehen. Charlie kniete neben dem Bett. Stella starrte blicklos zur Decke, die Augen rot und glasig, der Hals schwarz verfärbt. Pearl spürte, wie ein Teil von ihr ebenfalls starb.

16

Selena

Als sie in die Zufahrt ihrer Mutter einbog, waren die beiden Jungs auf dem Rücksitz ungewöhnlich still. Im Rückspiegel sah sie, dass Stephen eingedöst war, aber Oliver starrte stirnrunzelnd aus dem Fenster.

»Es ist alles in Ordnung«, sagte sie. »Nur ein spontaner Besuch bei Oma.«

Ihre Blicke trafen sich im Rückspiegel. Oliver wirkte älter, als er war. Stephen war wie ein klobiger Spielzeuglaster, stämmig, burschikos, nahm wenig von seiner Umwelt wahr. Aber Oliver bekam alles mit, er beobachtete. Er hatte einen skeptischen Ausdruck im Gesicht, fast verächtlich, so wie damals, als sie versucht hatte, ihn zu bewegen, weiter an den Weihnachtsmann zu glauben. Oder wenn sie ihm versicherte, dass er eines Tages Rosenkohl lieben würde.

»Okay«, sagte er.

Sie warf einen Blick zum Haus hinüber. Ihre Mutter Cora stand in der Tür und winkte. Sie war eine kleine Frau, die jedes Mal ein wenig geschrumpft zu sein schien, wenn Selena sie sah. Cora und Marisol waren beide klein und zierlich. Selena war eher groß und sportlich. Insgeheim wünschte sie, sie wäre so zierlich wie ihre Schwester.

Paulo, Coras hochgewachsener zweiter Ehemann, stand hinter ihr, er füllte fast den Türrahmen aus.

»Paulo!«, rief Oliver. Seine finstere Miene machte einem freudigen Grinsen Platz. Stephen regte sich schlaftrunken.

Die Jungs liebten Paulo, diesen kräftig gebauten, herzlichen Mann. Er war die Art Opa, der Kinder ungestüm in die Arme nahm und sie Huckepack trug, der mit ihnen Lego baute, aber auch mal einen ganzen Tag in der Trampolinhalle verbrachte. Er hatte keine eigenen Kinder oder Enkel und war daher noch frisch, wie er gern sagte. Er hatte ihr, ihrer Schwester und den Kindern viel zu geben. Was schön war, denn Selenas Vater war ein ungeduldiger Idiot, der sich immer nur über die Kinder ärgerte, den Lärm, den sie machten, ihre schlechten Tischmanieren, ihre Streitereien. Schelten und Stirnrunzeln waren seine Grundeinstellung. Er fand die Jungs verzogen, lag Selena und Graham wegen mangelnder Disziplin und fehlender Terminplanung in den Ohren und war ganz allgemein anstrengend. Und dann wunderte er sich, dass die Kinder ihn nicht besonders mochten, und beschwerte sich, dass sie nicht öfter zu Besuch kamen.

Cora und Paulo kamen zum Auto, um Selena zu begrüßen. Paulo umarmte sie fest und klopfte ihr aufmunternd auf den Rücken, dann brachte er die Jungs mitsamt Gepäck und ihrer großen Box mit Spielsachen ins Haus. Cora schloss Selena in die Arme.

»Es ist sicher nur für ein paar Tage«, sagte Selena. Auf ihren Schultern lastete ein Gewicht, das sie nicht abschütteln konnte, und eine tiefe Müdigkeit machte es ihr schwer, einen klaren Gedanken zu fassen.

»Wir sind für dich da«, sagte ihre Mutter. »Solange du uns brauchst.«

Sie gingen ins Haus und halfen den Jungs, sich in dem Zimmer einzurichten, das nur für sie bestimmt war. Das Nebenzimmer gehörte ihrer Cousine Lily und ihrem Cousin Jasper, und dazwischen lag ein Badezimmer, das von beiden Räumen aus zugänglich war. Paulo versprach, sich um die Kinder zu kümmern, und Selena setzte sich mit ihrer Mutter in die Küche und erzählte ihr alles. Grahams Seitensprung. Geneva, die nicht zur Arbeit gekommen war. Die Frau im Zug verschwieg sie.

»Bestimmt ist das alles nur irgendein verrückter Zufall«, hörte sie sich sagen. »Ein Missverständnis.«

Das war doch immer noch möglich, oder? Sie zog ein Papiertuch aus der Schachtel, die Cora ihr hinhielt, und tupfte sich die Augen.

Cora zog ihr blaues Kaschmirtuch enger um sich. »Aber er hat mit ihr geschlafen?«

Selena vergewisserte sich, dass ihre Mutter die Küchentür zugemacht hatte. Die Kinder, besonders Oliver, neigten dazu, sich unbemerkt anzuschleichen.

»Ja«, gab sie zu. Sie spürte, wie sie rot anlief und ihr erneut Tränen in die Augen traten. »Das hat er.«

Ihre Mutter griff nach ihrer Hand.

»Aber du glaubst nicht …«

»Dass er irgendwas mit ihrem Verschwinden zu tun hat? Nein«, sagte Selena geschockt. »Natürlich nicht.«

Doch das würden natürlich alle denken, wenn es herauskam. Was sich ja vielleicht noch vermeiden ließ. Vielleicht tauchte Geneva ja wieder auf, und alles würde sich in Wohlgefallen auflösen. Gut, ihr Auto hatte das ganze Wochenende über in ihrer Straße gestanden, sie war nicht zum Samstagsfrühstück mit ihrer Schwester erschienen und auch nicht zur Arbeit gekommen. Und? Vielleicht hatte sie ja jemanden kennengelernt und machte mit ihm einen drauf. Das kam vor, selbst bei netten Mädchen wie Geneva. Die schließlich gar kein so nettes Mädchen war, nicht wahr? Sie schlief mit Graham, und jetzt die Gerüchte über ihren letzten Arbeitgeber. Vielleicht war Geneva ganz anders, als sie allen weisgemacht hatte. So etwas passierte immer wieder.

»Nein«, wiederholte sie entschieden, als ihre Mutter schwieg. »Er ist vielleicht ein Mann-Baby, aber kein Monster.«

»Nein«, sagte ihre Mutter sanft und tätschelte ihre Hand. »Natürlich ist er das nicht.«

Selena dachte an Graham, wie er im Schatten stand, einen unergründlichen Ausdruck im Gesicht. Vielleicht war ja auch Graham ganz anders, als er zu sein vorgab. Und wie ihre Mutter war sie eine nicht neugierige Ehefrau, so von ihrer Arbeit, der Familie und dem inneren Sturm ihrer eigenen Gedanken in Anspruch genommen, dass sie nicht sah, was sich direkt vor ihrer Nase abspielte. Wie bei diesem Video mit dem Gorilla, der im Hintergrund tanzt, während die Betrachter darauf konzentriert sind, Basketbälle zu zählen. Fast niemand entdeckte den Affen, so konzentriert waren alle auf die hüpfenden orangeroten Bälle.

»Selena«, sagte ihre Mutter. »Hörst du mir zu?«

»Entschuldige«, sagte sie, aus ihren Gedanken gerissen.

»Du brauchst einen Anwalt, Süße. Du solltest Will anrufen.«

»Das habe ich schon getan. In einer Stunde treffen wir uns.«

Und das tat weh. Es hatte geschmerzt, ihn anzurufen, ihren freundlichen, gut aussehenden Ex, der ein erfolgreicher Strafverteidiger war und ein liebevoller, treuer Mann. Tja. Warum sollte sie ihr Leben mit so jemandem verbringen wollen?

Ihre Mutter strich sich eine Strähne ihres graublonden Bobs hinters Ohr und starrte auf die Tischplatte.

»Wenn ich auf die Fehler zurückblicke, die ich in meiner Ehe begangen habe, schäme ich mich. Ich dachte, ich würde euch Mädchen beschützen. Ich habe die Augen vor der Wahrheit verschlossen und immer wieder Entschuldigungen für einen Mann gesucht, der das nicht verdiente.«

»Aber das tue ich doch gar nicht«, protestierte Selena. Es gefiel ihr nicht, wie defensiv sich das anhörte, wie unsicher. »Ich kenne meinen Mann.«

Auf der Arbeitsfläche stand ein gerahmtes Foto von ihnen allen: Selena mit Graham, Stephen und Oliver, Marisol mit Kent, mittlerweile ihr Ex (noch ein untreuer Ehemann), Jasper und Lily. Das Foto war letzte Weihnachten aufgenommen worden. Da waren alle Familien noch relativ intakt gewesen.

»Damals versuchte man, wegen der Kinder zusammenzubleiben«, sagte Cora. »Aber jetzt wissen wir, wie belastend es für Kinder sein kann, in einer unschönen Ehe aufzuwachsen.«

»Mama, bitte«, sagte Selena. Sie wollte nicht über die Ehe ihrer Mutter sprechen, wie toxisch sie möglicherweise gewesen war, über die negativen Auswirkungen, unter denen sie eventuell alle immer noch litten. »Das haben wir doch schon durchgesprochen. Du hast getan, was du für richtig hieltest. Und das werde ich auch tun.«

Cora griff nach der Hand ihrer Tochter.

»Ihr Mädchen seid stark«, sagte sie. Ihre Hand fühlte sich zerbrechlich an, aber sie hatte einen festen Griff. »Stärker, als ich es war.«

Stimmte das? Was erforderte mehr Stärke: in einer unglücklichen Ehe zu bleiben oder sich zu trennen?

»Was meinst du damit?«

»Du wirst nicht dieselben Fehler machen wie ich. Das brauchst du nicht. Wir sind für dich da und unterstützen dich, wenn du etwas ändern willst.«

Selena konnte ihrer Mutter nicht in die Augen sehen. Sie wollte nicht, dass sie merkte, wie ängstlich sie war, wie unsicher. Sie hatte das Gefühl, auf einer Klippe zu stehen und einfach weitergehen zu müssen, ins Leere hinein, in der Hoffnung, dass sie Flügel hatte.

»Wir sagen den Mädels, die im Frauenhaus Zuflucht suchen, dass es unser Hauptziel ist, ihnen die Zeit, den Raum und die Sicherheit zu bieten, die sie brauchen, um einen neuen Weg zu finden«, erklärte Cora. »Viele von ihnen haben nichts. Du hast alles.«

Cora und Paulo arbeiteten ehrenamtlich im Frauenhaus der Stadt und Paulo zudem beim Krisentelefon für Suizidgefährdete. Alle beide gehörten zu den Menschen, die anderen halfen und nichts im Gegenzug verlangten. Aber der Vergleich ärgerte sie.

»Ich bin keine misshandelte Frau, Mama.«

Sie dachte daran, wie sie Graham den Roboter an den Kopf geworfen hatte. Er hatte nur dagestanden und es geschehen lassen. Es war nicht das erste Mal gewesen. Einmal hatte sie ihn hart ins Gesicht geschlagen.

»Misshandlung kann alle möglichen Formen annehmen«,

erklärte Cora. »Ich wünschte, jemand hätte damals zu mir gesagt, hey, ich helfe dir, einen Ausweg aus dieser Misere zu finden. Also biete ich es jetzt dir an.«

Selena wusste nicht, was sie sagen sollte. Das Wort »Danke« war so mit Angst und verletztem Stolz verknüpft, dass sie es einfach nicht herausbrachte. Also stand sie einfach auf.

Sie musste los, um Graham und Will in der Polizeidienststelle zu treffen, wo man ihre Aussagen aufnehmen würde. Graham und sie waren übereingekommen, die Affäre mit Geneva nicht zu erwähnen. Er hatte sämtliche Videos auf ihrem Rechner und von der Basisstation gelöscht.

Wenn die Polizei wirklich danach sucht, werden sie die Dateien finden und wissen, dass ich sie gelöscht habe, hatte er gesagt.

Es stimmte, das hatte sie recherchiert. Offenbar gab es eine Software, die es der Polizei ermöglichte, gelöschte Dateien wiederherzustellen. Sie konnten auch über die Herstellerfirma der Überwachungskamera Zugriff auf die Videos erlangen, die sie wahrscheinlich in ihrer Cloud gespeichert hatte. Dafür war natürlich ein richterlicher Beschluss erforderlich. Selena betete, dass es dazu nicht kommen würde.

Warum hatte sie zugelassen, dass Graham das tat? Warum hatte sie nicht darauf bestanden, dass er reinen Tisch machte? Weil sie es nicht konnte. Sie glaubte nicht, dass er Geneva etwas antun würde. Aber diese Aufnahmen würden eine Geschichte erzählen, die nur allzu bekannt war und die es der Polizei leicht machen würde, Verdacht zu schöpfen.

Will war derselben Meinung. *Sagt am besten nichts,* hatte er ihr geraten. *Beantwortet keine Fragen, wenn ich nicht dabei bin, sagt nichts außer dem, was sie bereits wissen. Keine weiteren Angaben. Ist das klar?*

Würde das nicht so aussehen, als hätten wir etwas zu verbergen?

Es spielt keine Rolle, wie es aussieht. Wichtig ist nur, nichts zu sagen, was sie benutzen könnten, um dir oder Graham zu schaden.

Wills kühler Pragmatismus gehörte zu den Dingen, die Selena immer an ihm geärgert hatten. Sie war so hitzig – wurde schnell wütend, wollte sich streiten, die Sache klären und sich versöhnen. Er war so bedächtig, ruhig bis zur Lethargie. Doch jetzt wirkte sein besonnener Tonfall beruhigend auf sie.

Wir schaffen das schon. Mach dir keine Sorgen.

Vielleicht sagte er das zu all seinen Mandanten. Denn wie wollte er das wissen? Vielleicht dachte er einfach, er kenne sie, kenne Graham. Im Laufe der Jahre hatten sich die beiden Männer angefreundet, einander akzeptiert. Auch Selena hatte Wills Frau gemocht – die jetzt seine Ex-Frau war. Bella hatte ihn wegen einer *Frau* verlassen. Armer Kerl. Manchmal traf Selena sie noch am Samstagvormittag in der Yogastunde. Sie hatte einen schlanken, starken Körper, ebenso wie ihre neue Freundin.

»Selena.« Wieder wurde sie von ihrer Mutter aus ihren Gedanken gerissen. Anscheinend konnte sie sich einfach nicht konzentrieren. »Hörst du mir zu?«

»Nein«, gab sie zu. »Entschuldige.«

Cora, die plötzlich einen müden Ausdruck hatte und ein bisschen ausgelaugt wirkte, wiederholte, was sie gerade gesagt hatte. »Steh es zusammen mit ihm durch, wenn es sein muss. Aber bleib nicht bei ihm. Das ist es nicht wert. Er wird nie aufhören. Man denkt immer, dass es jetzt das letzte Mal war. Aber das wird es erst sein, wenn du ihn verlässt.«

Selenas Magen krampfte sich zusammen, als sie den grimmigen Ausdruck auf Coras faltigem Gesicht sah. An ihrer Mutter sah sie, wie schlimm, wie hässlich es werden konnte. Schlimm genug, dass Graham sie betrogen hatte, es hatte ihr den Boden unter den Füßen weggerissen. Aber jetzt wurde eine junge Frau vermisst. Sie und Graham verschwiegen der Polizei so einiges. Etwas Toxisches war in ihr Leben gesickert. Alles, was sie waren, alles, was sie für ihre Familie geplant hatte, war jetzt wie von einem schmutzigen Grauton übertüncht.

Sie griff nach ihrer Handtasche und ging ins Wohnzimmer, um den Jungs einen Abschiedskuss zu geben. Stephen lief sofort wieder zu Paulo, um weiterzuspielen, er merkte nichts. Aber Oliver klammerte sich an ihr fest, als sie in die Hocke ging, um auf Augenhöhe mit ihm zu sein. Wenn Stephen der Seelenverwandte seines Vaters war, war Oliver der ihre. Sie sog seinen Duft ein, spürte seine Wärme.

»Wie lange?«, flüsterte er, sein Atem heiß auf ihrem Hals.

»Nicht lange. Versprochen.«

Sie sagte ihm nicht, dass sie überlegte, an diesem Abend hierher zurückzukehren. Diese Entscheidung würde sie später treffen. Auch für sie war ein Zimmer in diesem warmen, geräumigen Haus frei. Ja, sie konnte von Glück sagen, dass es diesen sicheren Ort für sie und ihre Kinder gab. Nicht jede Frau in bedrängter Lage konnte das von sich sagen.

»Ich ...«, setzte er an, doch sie unterbrach ihn, bevor er sagen konnte: Ich will hier nicht bleiben. Oder: Ich will mit dir gehen. Sie fühlte sich auch so schon schlecht genug.

»Ich ruf noch mal an, bevor ihr ins Bett geht.«

»Mama«, sagte er.

»Oliver, bitte, ich bin spät dran. Ich hab dich lieb, mein Großer. Bis ganz bald, und dann können wir das alles hinter uns lassen, okay?«

Er nickte mit gesenktem Blick. »Gut.«

Oliver und ihre Mutter standen am Fenster und winkten, als sie aus der Auffahrt fuhr. Als das Haus nicht mehr im Rückspiegel zu sehen war, begann sie wieder zu weinen. An einer roten Ampel hörte sie den Signalton ihres Telefons und fischte es aus der Handtasche.

> Vielleicht könnten wir uns auf einen Drink treffen? Ich würde unser Gespräch sehr gern fortsetzen.

Dann noch ein »Ping«.

> Hier ist übrigens Martha. Aus dem Zug.

17

Selena

Die Küche war nur schwach beleuchtet. Will und Graham saßen am Tisch – Will lässig zurückgelehnt, ohne Sakko, Graham hatte den Kopf in den Händen vergraben. Kurz empfand Selena Mitgefühl mit ihrem Mann. Aber das verflog schnell wieder.

Sie starrte auf die Pinnwand in der Ecke über der Arbeitsplatte. Kunstwerke von den Jungs, Dankeskarten, Fotos, Coupons, Haftnotizen – was sich im Familienalltag so ansammelte.

Selena hatte sich auf einen der hohen Stühle an der Kücheninsel gesetzt, in einiger Entfernung von den Männern. Sie hatte eine Flasche Cabernet geöffnet und war bereits beim zweiten Glas. Sie hatten drei Stunden auf dem Polizeirevier verbracht, waren in getrennten Räumen von den Detectives befragt worden. In ihrem Kopf drehte sich alles, ihre Nerven lagen blank. Wie waren sie nur in diese Lage geraten? Sie wartete immer darauf, dass sie endlich aufwachte.

»Die gute Nachricht ist, dass es nicht allzu viele Hinweise

darauf gibt, dass Geneva tatsächlich irgendwas zugestoßen ist«, sagte Will unbefangen. »Und ich hatte nicht den Eindruck, dass einer von euch unter Verdacht steht, etwas mit ihrem Verschwinden zu tun zu haben. Ihr seid die Arbeitgeber, die Personen, die sie am häufigsten gesehen haben, die sie als Letzte gesehen haben. In gewisser Weise kanntet ihr sie am besten.«

Graham nickte, schwieg aber.

»Es ist also verständlich, dass sie mit euch beiden reden wollten«, fuhr Will fort. »Momentan sind sie lediglich dabei, Informationen zu sammeln.«

Sein Blick wanderte zwischen Selena und Graham hin und her. Will hatte fein geschnittene Züge, hohe Wangenknochen, eine lange Adlernase. Er lief mit einem wilden Schopf goldener Locken herum. Seine Augen – sie waren sturmgraugrün – leuchteten wie Laserstrahlen. Er hatte eine Gabe dafür, in Gesichtern zu lesen, Körpersprache zu interpretieren. Als sie zusammen waren, hatte er immer gemerkt, wenn irgendetwas Selena belastete, wenn sie ihm irgendwas verheimlichte. Jetzt sah er sie forschend an, und sie schaute in ihr Glas.

»Was verschweigt ihr mir?«, fragte er schließlich, als keine Antwort kam.

Der Wein, dunkel und fruchtig, strömte durch ihre Adern, wärmte sie und lockerte die furchtbare Anspannung in ihrem Nacken und ihren Schultern.

»Graham hat mit ihr geschlafen«, sagte sie. Graham blickte rasch auf, so geschockt, als hätte sie ihn mit dem Taser getroffen. Wills Blick ruhte jetzt auf ihrem Mann, kühl, wenig überrascht.

»Tatsächlich.«

»Ich habe ihn dabei erwischt. Ich habe sie gefilmt, mit der Nanny-Cam.« Sie nahm noch einen großen Schluck Wein und schenkte sich dann nach.

»Okay.« Will setzte sich gerader hin. »Wo ist das Video?«

»Gelöscht«, sagte Graham. »Wir haben es aus Selenas Laptop und aus der App gelöscht.«

Will hob die Augenbrauen. »Es ist möglich, dass es immer noch irgendwo in der Cloud ist.«

»Ich weiß.« Graham vergrub erneut das Gesicht in den Händen.

»Du hast mit der Nanny geschlafen«, sagte Will. »Die jetzt vermisst wird.«

Die Worte hingen in der Luft, die möglichen Schlussfolgerungen blieben unausgesprochen.

»Es hatte nichts zu bedeuten«, sagte Graham. »Es war dumm. Nur eine Ablenkung.«

»Hör auf, das zu sagen«, fuhr Selena ihn an. »Warum glaubst du, dass das besser wäre, als wenn es dir etwas bedeutet hätte?«

Ihr Mann sah sie mit traurigen Augen an. Früher einmal war sie bei diesem Blick dahingeschmolzen. Wie oft hatte er ihn wohl benutzt, um keinen Ärger zu bekommen? Heute Abend sah sie ihn als das, was er vermutlich schon immer gewesen war. Unecht. Aufgesetzt. Jetzt ärgerte er sie nur noch.

»Das tue ich doch gar nicht«, versicherte er. »Es tut mir leid, Selena.«

Sie spürte Wills Blick auf sich, obwohl sie unverwandt ihren Mann ansah. Graham war nur noch ein Häufchen Elend, sah aus, als könnte er jeden Moment vom Stuhl rutschen und auf dem Fußboden zerfließen.

Als sie dann Will ansah, konnte sie praktisch seine Gedanken lesen. *Und wegen diesem Typen hast du mich verlassen?*

Das war ein Gedanke, der ihr in den letzten Jahren selbst öfter gekommen war. Wenn es wieder eine Ehekrise gab oder als Wills Ehe in die Brüche ging. Ihre Freundschaft hatte gehalten und sich im Laufe der Jahre noch vertieft.

Wären wir nicht besser zusammengeblieben?

Vielleicht. Doch dann gäbe es Oliver und Stephen nicht. Will hatte keine Kinder mit seiner Ex-Frau und wusste daher nicht, wie kompliziert es sein konnte, zu bereuen, dass man jemanden geheiratet hatte.

»Will, Mann«, sagte Graham mit seiner tiefernsten »Bro«-Stimme. »Wo immer sie sein mag, ich habe nichts damit zu tun. Wir hatten beschlossen, mit dem Herumvögeln aufzuhören. Es war keine große Sache, ehrlich. Keine Gefühle. Keine stürmische Leidenschaft. Sie hat mir nicht gedroht.«

»Ganz im Gegenteil sogar.« Selena nahm noch einen Schluck Wein. »Sie konnte es gar nicht abwarten, von dir wegzukommen.«

Will hob die Hand. »Atmen wir erst mal tief durch und beruhigen uns.«

Aber Selena wollte sich nicht beruhigen.

»Wahrscheinlich hat sie einfach diese Stadt mit all ihren untreuen Ehemännern und ahnungslosen berufstätigen Ehefrauen verlassen«, sagte sie.

Rotwein machte sie aggressiv, das war bekannt. Sie schob das Glas von sich weg. Doch dann griff sie wieder danach und nahm noch einen Schluck.

»Du beziehst dich auf die Familie Tucker«, sagte Will und schaute in seine Notizen. »Geneva hat mit Erik Tucker geschlafen. Laut Mr. Tucker war Erpressung im Spiel. Ein Neuwagen für Geneva, damit sie den Mund hielt und kündigte.«

Das waren also die sogenannten »Probleme«, die es mit Genevas letzten Arbeitgebern, den Tuckers, gegeben hatte: eine Affäre und Erpressung.

Die übrigen Referenzen in Genevas glänzendem Lebenslauf waren offenbar nicht echt. Laut Detective Crowe klingelte es nur endlos, wenn man die angegebenen Nummern wählte, oder sie waren nicht mehr vergeben. Mails konnten nicht zugestellt werden.

»Haben Sie alle diese Leute angerufen?«, hatte der Detective gefragt. Sie war in eine andere Art Raum geführt worden als Graham. Er war mit Detective West und Will in einem Vernehmungsraum in die Mangel genommen worden. Selena hatte man in einen kleinen, fensterlosen Büroraum gebeten, offenbar Crowes Büro.

Crowe hatte ihr einen unbequemen Stuhl und eine Flasche Mineralwasser angeboten. Sie saß aufrecht und angespannt da, noch in ihrem Büro-Outfit. Der Rockbund war eng und unbequem.

»Ich kenne die Tuckers«, erklärte sie. »Ich habe ihnen geschrieben. Sie haben bestätigt, dass sie eine gute Nanny war, dass die Kinder sie liebten. Aber ich kannte Geneva schon, aus dem Park.«

Er blickte auf das Blatt Papier vor sich und reichte es ihr dann.

»Und was ist mit den anderen? Hatten Sie je Kontakt zu einer dieser Personen?«

Sie warf einen Blick auf die Liste; es war schon eine Weile her, dass sie zuletzt darauf geschaut hatte.

»An diese Familie, die Wrens, habe ich eine Mail geschickt. Aber ich habe keine Antwort bekommen.«

Er sah sie stirnrunzelnd an. »Und das fanden Sie nicht merkwürdig?«

Sie hatte es nicht merkwürdig gefunden, nein. Männer verstanden so etwas einfach nicht. Sie begriffen nicht, wie chaotisch und hektisch das Managen von Haushalt und Familie war, wie viele Mails es gab, auf die man reagieren musste, von der Arbeit, der Schule. Arzttermine, Zahnarztbesuche, Friseurtermine, hier eine Bitte um Spenden, dort eine Einladung zu einer Geburtstagsfeier. Sie hatte es keineswegs merkwürdig gefunden, als keine Antwort kam. Vermutlich hatte sie schlicht vergessen, dass sie überhaupt eine Anfrage geschickt hatte. Die Überprüfung der Referenzen war nur eine Formalität gewesen. Schließlich kannte sie die junge Frau, die sie in ihr Haus einlud, damit sie sich um ihre Kinder kümmerte. Oder dachte, sie würde sie kennen.

»Nun, ich kannte Geneva ja. Ich neige dazu, mich auf mein Bauchgefühl zu verlassen.«

»Und das hat Ihnen in der Vergangenheit gute Dienste geleistet?«

Da schwang mehr als ein Anflug von Sarkasmus mit, eine leichte Schärfe. Sie ignorierte es.

»Es hat gereicht.« Aber stimmte das überhaupt? Angesichts ihrer gegenwärtigen Lage wohl eher nicht.

Da hatte Crowe ihr von der Erpressung berichtet. Nach Aussage der Tuckers hatte Geneva mit Erik Tucker geschlafen und dann gedroht, alles seiner Frau zu erzählen. Sie wollte einen Neuwagen, Erik kaufte ihr einen. Was Eliza Tucker vor Kurzem herausgefunden hatte. Wie kam ein Mann auf die Idee, dass er seiner Frau den Kauf eines Autos verheimlichen konnte? Graham konnte nicht einmal zu Starbucks gehen, ohne dass der Betrag in ihrer Buchhaltungssoftware auftauchte.

»Das ist ... furchtbar«, sagte Selena.

Es war wirklich schwer zu glauben. Es passte einfach nicht zu der Frau, die sie zu kennen glaubte. Es bedeutete, dass Geneva, die im Park immer gern mit einer Packung Wischtücher oder einer Tüte Goldfischchen aushalf, eine Erpresserin war. Aber schließlich hatte Selena das Video von ihr und ihrem Mann gesehen, und auch das hatte sie nur schwer mit ihrem Bild von Geneva zusammenbringen können. Dem Bild von dem reizenden Mädchen mit dem netten Lächeln, tüchtig und kompetent, der liebevollen, aber entschiedenen Kinderbetreuungskraft, der respektvollen Angestellten. Die zudem eine Frau war, die mit den Männern hart arbeitender Mütter schlief.

Wie es schien, war Geneva eine Formwandlerin, eine Schauspielerin. Selena war nicht die Einzige, die getäuscht worden war.

»Werden die Tuckers verdächtigt, etwas mit ihrem Verschwinden zu tun zu haben?«, fragte Selena.

Verdächtigt. Verschwinden. Das waren keine Worte, die sie aus ihrem eigenen Munde hören wollte.

Crowe beantwortete die Frage nicht, sondern fuhr einfach fort: »Also ist nichts dergleichen bei Ihnen zu Hause vorgefallen?«

»Nein«, log sie. »Nein, sie ist eine großartige Nanny. Verlässlich, wunderbar mit den Kindern, und dazu erledigt sie leichte Hausarbeiten, macht Besorgungen – alles.«

Ihr Mund war ganz trocken. Merkten Polizisten es nicht, wenn man log? War das nicht irgendwie Teil ihrer Ausbildung?

Sie ertappte sich dabei, mit dem Fuß zu wippen, was sie nur tat, wenn sie nervös war. Sie zwang sich, damit aufzuhören, indem sie die Beine übereinanderschlug.

»Aber Ihr Mann war doch den ganzen Tag zu Hause? Warum brauchten Sie da überhaupt ein Kindermädchen?«

Sie lachte ein wenig.

»Gute Frage«, sagte sie und verdrehte leicht die Augen, versuchte, eine Verbindung zwischen ihnen herzustellen. Aber er blieb neutral, fixierte sie. Sie räusperte sich. »Graham war auf Stellensuche. Wir dachten nicht, dass er so lange keinen neuen Job finden würde. Und er musste ja jederzeit zu Vorstellungsgesprächen gehen können.«

Es klang wie purer Blödsinn. Weil es im Grunde genommen auch Blödsinn war. Graham hatte sich weder um die Kinder gekümmert noch gearbeitet noch sich aktiv um eine neue Stelle bemüht, oder?

»Seinen letzten Job hat er verloren, ist das richtig?«

So wie er das sagte, klang es ziemlich anrüchig.

»Ihm wurde gekündigt«, sagte sie. »Seine Abteilung wurde umstrukturiert.«

»Das ist hart.«

Ihr gefiel das Mitleid in seinem Ton nicht.

»Das kommt vor«, sagte sie steif.

Er kritzelte etwas, obwohl er ihr mitgeteilt hatte, dass das Gespräch aufgezeichnet wurde.

»Es hat Sie nicht beunruhigt, dass Ihr Mann und die Nanny den ganzen Tag miteinander allein waren?«

»Nein«, sagte sie. »Hat es nicht.«

»Wie ist Ihre Ehe denn so?«

»Wir führen eine gute Ehe.« Ihr ganzer Körper war starr.

Ein kräftiger Windstoß, und sie würde umfallen. »Wir sind kein ganz frisches Paar mehr, aber man rauft sich zusammen. Wir sind ... glücklich.«

Sie hielt Ausschau nach irgendwas Persönlichem in seinem Büro – ein Foto, etwas Selbstgetöpfertes von einem Kind, ein Team-Siegeswimpel. Aber da war nichts, nur Aktenstapel, ein Laptop, sein Telefon, ein alter Becher, der als Stiftehalter diente. Auf dem Aktenschrank stand eine welkende Topfpflanze.

»Keine Untreue?«, bohrte er nach.

»Ist das relevant?«

Es fühlte sich an, als würde er sie persönlich angreifen, und vielleicht tat er das ja auch. Will war mit Graham gegangen, aber bevor sie sich trennten, hatte er ihr geraten, dem Detective nichts zu sagen. Er hatte angeboten, einen Kollegen für Graham zu holen und selbst bei ihr zu bleiben. Aber sie hatte abgewinkt. Sie habe nichts zu verbergen, hatte sie ihm mitgeteilt. Realitätsverleugnung. Dummheit. Verzweiflung. Vielleicht alles zusammen.

»In Anbetracht der Lage halte ich es für relevant.« Er ließ sie nicht aus den Augen.

»Nein«, sagte sie schließlich. »Keine Untreue.«

Sollte sie Buch führen? Über die Lügen, darüber, wie viele es waren? Ja, sie sollte all die Lügen festhalten, die sie sich selbst und anderen erzählte. Das könnte vielleicht ganz praktisch sein.

»Ist es nicht denkbar«, sagte sie, »dass Geneva einfach weggegangen ist? Vielleicht hat sie jemanden kennengelernt. Hatte die Kinderbetreuung satt. Ich meine, es gibt doch keine Hinweise darauf, dass ihr irgendwas zugestoßen wäre, oder?«

»Zum jetzigen Zeitpunkt«, sagte der Detective, »ist alles

möglich. Das mit dem Auto bereitet mir allerdings Sorgen. Warum sollte sie ihr Auto stehen lassen?«

Es gab vermutlich hundert Gründe dafür, dass jemand irgendwas tat, Gründe, die bodenständigen Leuten nie in den Sinn kommen würden. Leuten, die ihre Türen fest verschlossen und ihre Identitäten schützten, die arbeiten gingen, um ihre Rechnungen zu bezahlen, die fürs Studium ihrer Kinder sparten ... und nicht mit den Männern anderer Frauen schliefen und dann diese Männer erpressten, damit sie ihnen einen Neuwagen kauften.

Es schien ihr, dass die Polizei sich mehr für die Familie Tucker als für die Familie Murphy interessieren sollte, aber das würde sie nicht sagen. Sie würde keine Nachbarn den Wölfen vorwerfen, um die Aufmerksamkeit von ihrer eigenen Familie abzulenken. Oder doch? Wenn es hart auf hart kam?

»So, wie ich es verstanden habe«, sagte Will jetzt und holte Selena damit in die Gegenwart zurück, »hat die Polizei im Grunde nichts. Geneva wird vermisst, aber es gibt keine Hinweise auf ein Verbrechen. Zum gegenwärtigen Zeitpunkt könnte sie schlicht eine stinknormale Trickbetrügerin sein. Die sich in Familien einschleicht, ihnen abnimmt, was sie kriegen kann, und dann weiterzieht. Vielleicht hat diese Mrs. Tucker sie wegen des Neuwagens zur Rede gestellt. Oder Geneva hat sich ausgerechnet, dass sie von Graham nicht viel zu erwarten hatte. Und ist weitergezogen.«

Sie saßen da, Graham starrte ins Leere, während Will und Selena einander fest in die Augen blickten.

»Fehlt hier irgendetwas? Schmuck? Bargeld? Pillen?«

Selena zuckte die Achseln. »Ich glaube nicht. Ich sehe noch mal nach.«

Will änderte seine Sitzposition und trommelte mit einem Finger auf den Holztisch.

»Ich würde mal vermuten, solange es keine neuen Erkenntnisse gibt und keine Leiche gefunden wird, wird die Polizei nichts weiter unternehmen.«

»Keine Leiche?«, fragte Selena schockiert. »Wie kannst du so etwas sagen? Sie ist ein *Mensch*.«

Er hob die Hände. »Ich meine ja nur«, verteidigte er sich, »solange das nicht passiert, können sie nicht viel machen. Es ist kein Verbrechen, wegzugehen und ein neues Leben anzufangen. Und was die Erpressung angeht, die Sache mit dem Auto – da steht seine Aussage gegen ihre. Sie könnte behaupten, dass es ein Geschenk war.«

»Was, wenn sie mit einem richterlichen Beschluss kommen – unsere Rechner oder die Kamera-App durchsuchen wollen?«, fragte Graham.

»Das werden sie vermutlich erst tun, wenn es sich um eine Mordermittlung handelt – was bislang nicht der Fall ist. Dann würden wir neu entscheiden müssen und überlegen, ob es nicht besser wäre, gleich reinen Tisch zu machen. Es wäre ungünstig, wenn die Polizei nach einer Beschlagnahme darauf stößt.«

»Also – was sollen wir tun?«, fragte Selena.

»Euer normales Leben weiterführen und abwarten«, sagte Will. »Das ist schwer, ich weiß. Aber wenn nicht die Schwester weiter Druck macht oder die Medien ins Spiel kommen, und wenn es keine neuen Entwicklungen gibt, dann würde ich wetten, dass das Ganze einfach im Sande verläuft.«

Selena spürte einen Funken Hoffnung.

Wünschten Sie sich nicht auch, Ihre Probleme würden einfach verschwinden?

Vielleicht taten sie das ja manchmal tatsächlich.

Graham sah aus, als wäre ihm übel. Schließlich stand er auf und verließ den Raum. Selena hörte, wie er sich aufs Sofa warf. Kurz darauf wurde der Fernseher eingeschaltet. Sie sah Will an, und seine sturmgraugrünen Augen waren unergründlich. Er machte den Mund auf, als wollte er etwas sagen, schloss ihn dann aber wieder.

»Ich sollte gehen«, erklärte er.

»Ich bring dich noch raus.«

»Vielen Dank«, sagte sie, als sie vor seinem Auto standen. »Und es tut mir leid. Dass ich dich in diesen Schlamassel hineingezogen habe.«

Es war kühl und stürmisch, die hohen Eichen, die die Straße säumten, rauschten. In den Nachbarhäusern schimmerte Licht, es war wie ein Bild von Wärme und Sicherheit.

»Mir tut es leid, dass du so etwas durchmachen musst.« Er lehnte sich an die Kühlerhaube seines schnittigen schwarzen BMWs, das neueste Modell. »Du hast etwas Besseres verdient, Selena. Und die Jungs ebenfalls.«

Sie schlang die Arme um sich und schüttelte den Kopf, ihrer Stimme traute sie nicht. Sie blickte auf ihr Haus, in dem ihre Kinder nicht mehr waren und ihr Ehebrecher von Mann auf dem Sofa lag. Was hatte sie angestrebt, als sie jünger war? Wie hatte sie sich ihr Leben ausgemalt? So jedenfalls nicht.

»Was wirst du jetzt tun?«, fragte Will mit weicher Stimme.

»Ich weiß es nicht.«

Er legte ihr eine Hand auf die Schulter.

»Ich bin für dich da«, sagte er. »Das weißt du. Wir sind schon sehr lange befreundet, daran hat sich nichts geändert und daran wird sich auch nie etwas ändern.«

»Danke«, flüsterte sie.

Sie fühlte sich immer noch zu ihm hingezogen. Diese Verbundenheit, die Anziehungskraft, die verschwand nie. Sie hatte sich schlicht für einen anderen entschieden. Das Leben war eine Folge von Entscheidungen und deren Konsequenzen. Was war das nur mit Graham? Er war wild, wo Will seriös war. Er verkörperte den Teil ihrer selbst, der risikofreudig war, gern Fallschirmspringen wollte und von Baumwipfel zu Baumwipfel schweben. Will war bodenständig und wollte, dass auch sie auf dem Boden blieb. Er war immer derjenige gewesen, der sie motiviert hatte, mehr fürs Studium zu tun, genug Schlaf zu bekommen, Sport zu treiben. Graham feierte gern die ganze Nacht durch – sie gingen in Clubs, legten sich zu Hause kurz aufs Ohr, sprangen unter die Dusche und spazierten dann ins Büro. Das Leben mit Graham machte Spaß – spontane Trips nach Vegas, opulente Mahlzeiten in erlesenen Restaurants, Shoppingorgien, die sie sich beide nicht leisten konnten. Will war berechenbar und tat immer das Richtige. Er sparte, verabscheute Schulden und kaufte sich nur das, was er sich leisten konnte.

Sie hatte sich für Graham entschieden, aus Gründen, die ihr damals richtig erschienen waren. Und die sie jetzt kindisch fand. Sie hatte Abenteuer erleben wollen, ihre Grenzen austesten, Riskantes ausprobieren, solange sie jung war. Sie war nicht bereit gewesen für ein Leben, von dem sie bereits den Anfang, die Mitte und das Ende kannte. Graham hatte sie zum Leuchten gebracht. Sie hatte ihn wie wahnsinnig geliebt. Will hatte sie auch geliebt. Nur eben … anders.

»Neulich habe ich jemanden kennengelernt«, sagte sie. Wills Gesichtsausdruck bewog sie, den Irrtum aufzuklären.

»Nein«, sagte sie. »Nicht so was. Eine Frau, abends im Zug.«

Er lachte leise auf. »Das habe ich auch schon mal gehört.«

»Hör auf«, sagte sie mit einem Lächeln. »Sie schickt mir ... Kurznachrichten.«

Stirnrunzeln. »Was für Nachrichten?«

Sie versuchte, ihm die Begegnung im Zug zu schildern, die seltsame Energie zwischen ihnen, zu erklären, warum sie den unwiderstehlichen Drang verspürt hatte, sich dieser Wildfremden anzuvertrauen, erzählte, was die Frau ihr anvertraut hatte. Sie fügte hinzu, dass sie die Nachrichten bisher ignoriert habe.

»Hast du ihr deine Nummer gegeben?«

»Nein. Nein, habe ich nicht. Ich erinnere mich nicht mal, ihr meinen Nachnamen genannt zu haben.«

Wills Stirnrunzeln vertiefte sich. »Das ist seltsam.«

»Ich sage es dir nur, weil es jetzt jemanden gibt, der das von Graham weiß. Oder zumindest weiß, dass ich ihn verdächtigt habe, fremdzugehen.«

Er nickte nachdenklich. »Wie hieß die Frau?«

»Martha. Ihren Nachnamen habe ich nicht mitbekommen. Ich habe ihre Nummer blockiert, als die ersten Nachrichten kamen. Aber die späteren Nachrichten kamen von einer anderen Nummer. Fast als wüsste sie, dass ich sie blockiert habe.«

Sie reichte Will ihr Telefon, und er las die Nachrichten durch.

Nach einem Moment zuckte er die Achseln.

»Ignorieren. Auf keinen Fall antworten.«

»Was könnte sie von mir wollen, was meinst du?«

»Vielleicht nichts«, sagte Will. »Vielleicht ist sie nur auf der Suche nach einer Freundin.«

Selena zuckte die Achseln. Doch, da war eine Verbundenheit gewesen. Vielleicht hatte die andere Frau es auch so empfunden. Vielleicht war sie einsam. »Das wäre aber eine merkwürdige Methode, Kontakt zu suchen.«

»Heutzutage ist die Welt voller Leute, die unschöne Vorstellungen davon haben, wie man mit anderen in Kontakt tritt.«

»Wenn die Sache publik wird«, sagte sie und griff nach seiner Hand, »wird sie wissen, dass Graham eine Affäre mit der Nanny hatte. Oder dass ich dachte, es könnte so sein.«

»Aber noch ist es nicht publik.« Will umschloss ihre Hand mit beiden Händen. »Noch haben die Medien keinen Wind davon bekommen. Es gibt lediglich eine junge Frau, die nicht zu einer Frühstücksverabredung mit ihrer Schwester erschienen ist und unentschuldigt bei ihrer Arbeitsstelle fehlt. Es gibt keine Anhaltspunkte dafür, dass mehr daran sein könnte. Geneva kann jederzeit zurückkehren. Du bist in Gedanken immer schon zehn Schritte weiter. Bleib einfach beim Hier und Jetzt.«

»Gut«, sagte sie. Aber die Welt mit all ihren wirbelnden Möglichkeiten schien so wild, so außer Kontrolle.

»Und wenn du nächstes Mal das Bedürfnis verspürst, dich jemandem anzuvertrauen, ruf einen Freund an. Mich zum Beispiel.«

Er schloss sie in die Arme und hielt sie fest. Sie merkte, dass sie sich an ihn schmiegte, spürte den teuren Stoff seines Anzugs, nahm den subtilen Duft seines Aftershaves wahr. Warum war ihr früher ein sicheres, vorhersehbares Leben wie eine Zwangsjacke vorgekommen? Jetzt war es alles, was sie wollte.

Als sie sah, dass Graham sie vom Fenster aus beobachtete, eine dunkle Gestalt, die den Fensterrahmen ausfüllte, zog sie sich nicht von Will zurück.

18

Pearl

»Pearl S. Buck?«

Charlie, der versuchte, Konservation zu machen. Seine Worte sickerten durch den dichten Nebel, der ihr Bewusstsein umfing.

»Nein«, sagte sie nach einer längeren Pause. Die Straße erstreckte sich schwarz vor ihnen, die Reifen zischten, der Wind pfiff ums Auto. »*The Pearl* von John Steinbeck.«

Ihre Stimme klang belegt, ihre Arme und Beine waren bleiern vor Müdigkeit.

»Eine ziemlich düstere Lektüre.«

Es war eine schwierige, traurige Geschichte mit einem harten Ende. Aber Stella hatte sie wegen ihrer mächtigen Schönheit geliebt.

Dort lag sie. Die große Perle. Vollkommen wie der Mond, hatte ihre Mutter ihr oft zugeflüstert, als Pearl noch klein war.

»Stella war nicht direkt ein Sonnenschein«, erwiderte Pearl. *Aber, dachte sie, sie hat mich geliebt, glaube ich. Auf ihre kaputte Weise. Und jetzt ist sie tot.*

»Sie hatte ihre guten Momente«, sagte Charlie mit einem traurigen Lächeln, den Blick nach vorn gerichtet.

»Ein paar vermutlich. Dann und wann.«

Sie fuhren ewig; sie waren schon seit Tagen unterwegs.

Pearl hatte den Nordosten noch nie verlassen. Sie kannte nur die grauen Winter, wenn der Himmel sich wie eine Decke herabsenkte, die fruchtbaren grünen Sommer, den Geruch nach Herbstlaub, den grauen Matsch Ende Februar. Den zögerlichen Ausbruch von Farben im März. Vom Highway aus sah alles mehr oder weniger gleich aus, bis sie nach Texas kamen, das flach und staubtrocken war. Dann kam der Südwesten, eine Explosion von kühnen Rottönen, Braun und Immergrün, hoch aufragende Berge. Die Diners wurden kitschig und schienen sich selbst sehr wichtig zu nehmen. Ein weiter tiefblauer Himmel, sich auftürmende Kumuluswolken. Und in der Nacht so viele Sterne, dass es fast unwirklich schien. Die Wüste bei Sonnenuntergang wie gemalt. Niedrige Lehmziegelhäuser, umgeben von Sträuchern und Stille. Die Hektik der heutigen Zeit kam hier zum Stillstand.

»Es ist fast, als wären wir auf dem Mond«, sagte sie.

Meistens fuhren sie schweigend. Sie hatte tagelang geschlafen und wusste nicht mehr genau, was Traum und was Wirklichkeit war. Das Diner, in dem eine alte, schwarz gekleidete Frau sie anstarrte. Charlies verzweifeltes Klagen. Stellas toter Blick. Ein Staubsturm bei einem heruntergekommenen Restaurant, wo ein Cowboy aus dem dichten Staubnebel trat. Ein Motel, sie schlief im Bett und Charlie auf dem Fußboden. Sie kniete am Straßenrand und übergab sich.

»Das ist gut. Genau dort sollten wir im Moment sein, auf dem Mond.«

Charlie sagte, er habe ein Haus in einer kleinen Stadt namens Pecos in der Nähe von Santa Fe. Dorthin fuhren sie. Als sie den Ort erreichten, hatte sie ihn kaum bemerkt, als sie ihn schon fast durchquert hatten. Er bestand aus einem Gemischtwarenladen und einer Kneipe, einer zur Kunstgalerie umgewandelten Tankstelle, einem Diner und einem Secondhandladen. In weniger als fünf Minuten lagen die Häuser schon wieder hinter ihnen.

Sie fuhren über gewundene Lehmpisten, vorbei an Häusern, die hinter Bäumen versteckt lagen, Windspiele auf den Veranden, Vogelgezwitscher, und dann waren sie endlich da. Ein kleines Lehmziegelhaus erwartete sie, umgeben von Bäumen, Bergen und Himmel. Die anderen Häuser lagen kilometerweit hinter ihnen.

»Hier werden wir eine Weile bleiben«, sagte er und hielt in der Einfahrt.

»Wessen Haus ist das?«, fragte sie. Es kam ihr seltsam vertraut vor, obwohl sie nie etwas Vergleichbares gesehen hatte.

»Im Moment unseres.«

Es gab einen Briefkasten, geformt aus demselben Lehm wie das Haus, eine Ansammlung von Blumentöpfen auf der Veranda, eine Holztür, Windspiele.

Pearl öffnete die Autotür und stieg aus, wirbelte roten Staub auf. Es roch nach Wacholder und Salbei, ein frischer, scharfer Duft, der sie erfüllte. Irgendetwas in ihr, eine tiefe Anspannung, löste sich. Und die Stille – kein Verkehrslärm, keine Stimmen – breitete sich aus.

»Was ist mit der Schule?«, fragte sie. Ihre Stimme schien vom Wind verschluckt zu werden.

Charlie schlug die Autotür zu. Das Geräusch hallte von den

Bergen hinter ihnen wider. »Du kannst Homeschooling machen. Online.«

Seit sie wieder bei Sinnen war, hatte er auf alles eine Antwort parat. Sie nickte, nahm es fraglos hin. Ja, natürlich. Sie konnte Homeschooling machen. Warum nicht?

Irgendetwas war mit ihr passiert, als sie Stella gesehen hatte – brutal zugerichtet, ihr Körper blutig und verdreht auf dem Bett. Blut auf dem Boden, auf den Laken. Die Augen offen, in ihrem starren Blick ein Ausdruck von verwirrter Wut. Pearl musste ohnmächtig geworden sein, als sie ins Zimmer trat und Charlie vor der Schweinerei knien sah, sein Wehgeschrei hörte. Es war wie eine Sirene. Sie war mit dem Kopf auf dem Boden aufgeschlagen, als sie stürzte; die Beule war immer noch zu sehen. Ihre nächste Erinnerung war, dass sie hinten in Charlies Auto lag, ausgestreckt auf dem Rücksitz unter einer Decke, den Kopf auf dem Kissen aus ihrem Bett.

Frau ermordet. Kind vermisst.

So lauteten die Schlagzeilen, das sagten alle Nachrichtensendungen, die sie in den Diners unterwegs gesehen hatten, das hatten sie im Internet gelesen.

Wahr und nicht wahr.

Nicht vermisst, dachte Pearl, als sie die Welt um sich herum betrachtete. Sie war nicht verloren, sondern gefunden worden.

Sie luden die Lebensmittel aus, die sie in Albuquerque gekauft hatten. Er hatte einen Schlüssel und schloss auf, als kenne er das Haus gut, machte Licht. Wohnzimmer, Essbereich und Küche waren offen, gingen fließend ineinander über, die gewölbten Decken erweckten den Eindruck von Höhe. Bodentiefe Fenster luden zu Ausblicken auf die Mesa, den Santa-Fe-Nationalpark und das Tal darunter ein.

Er brachte sie in ein einfaches Zimmer mit einem breiten Bett und einer Kommode. Stellte ihren Koffer neben der Tür ab. Die Wände waren in einem Eierschalton gestrichen, es gab keine Bilder. Wie eine leere Tafel. Ein großes Fenster. Das Bett war wie eine weiße Wolke, saubere Baumwoll-Bettwäsche, Daunendecke, Kopfkissen.

»Es wird alles wieder gut«, sagte er. Er hatte das schon mehrmals wiederholt, wie ein Mantra, eine Sorgenfalte zwischen den Brauen. »Ich werde mich um dich kümmern.«

Sie hatten nicht viel über das gesprochen, was geschehen war; Pearl hatte überhaupt kaum ein Wort gesprochen. Er sei in Panik geraten, erklärte er, als sie Stella entdeckt hatten. Er hatte Pearls Sachen eingepackt – ihr Bettzeug, ihre Bücher, Kleidung, Toilettenartikel, ihren Teddybären – und in sein Auto geladen. Pearl sei mit ihm gekommen, er habe sie nicht getragen. Das hatte er mehrfach wiederholt, als wäre es wichtig, dass sie eigenständig gegangen war. Wie betäubt, nicht ansprechbar, hatte Pearl zugelassen, dass er sie von zu Hause wegführte.

»Sie hätten dich mitgenommen, oder? Du wärst in die Obhut des Jugendamts gekommen. Stella hätte das nicht gewollt. Sie hätte gewollt, dass ich mich um dich kümmere. Deshalb sind wir weggegangen«, sagte er am zweiten Tag. Auch das hatte er mehrfach wiederholt. Das war seine Geschichte. Vermutlich stimmte es. Es gab sonst niemanden, der sich um sie hätte kümmern können, und sie war minderjährig. Charlie war nicht ihr Vater, nicht mal ihr Stiefvater. Er war nicht einmal mehr Stellas Freund gewesen. Und sie hatte keine Ahnung, wer ihr biologischer Vater war. Pearl wäre in eine Pflegefamilie gekommen oder Ähnliches.

»Es wird schon wieder«, wiederholte er. »Das verspreche ich.«

Sie setzte sich aufs Bett und nickte.

»Ich mach uns was zu essen«, sagte er. »Wir reden später weiter. Wenn du so weit bist.«

Über der Kommode hing ein Spiegel. Sie erkannte das Mädchen nicht wieder, das sie darin sah. In Texas hatten sie ihr Haar zu einem kurzen Bob schneiden und schwarz färben lassen. Charlie hatte seine dunkle Mähne raspelkurz geschnitten und sich einen Ziegenbart stehen lassen. Sie waren nicht mehr dieselben Menschen wie vor nicht einmal einer Woche, als sie in der Buchhandlung Bücher in Kartons gepackt hatten. Konnte das Leben sich so schnell ändern? Konnte man am Sonntag eine andere Person sein als an dem Montag zuvor? Sie berührte die Halskette, die sie trug, Stellas Medaillon. Charlie hatte es für sie mitgenommen. Das Medaillon und ein Fotoalbum, ein paar Tagebücher. Pearl hatte nicht einmal gewusst, dass ihre Mutter Tagebuch führte. Sie hatte sie noch nicht aufgeschlagen. Es gab einen Schuhkarton mit Bargeld, den er ebenfalls Pearl gegeben hatte. Er hatte Unterlagen eingesteckt – ihre Geburtsurkunde, die Sozialversicherungskarte. Alles, was sie besaß, passte in einen großen Koffer.

Sie ging unter die Dusche. Das Wasser war lauwarm, der Strahl schwach. Aber danach fühlte sie sich wacher, konzentrierter. Sie zog sich an und hörte, wie Charlie sich in der Küche zu schaffen machte. Schließlich gesellte sie sich zu ihm. Er hatte bereits den Tisch gedeckt und servierte das Essen.

»Setz dich«, sagte er.

Es gab gebratene Hähnchenbrust mit einem frischen grünen Salat, Kartoffelstampf mit Butter. Sie griffen ordentlich zu.

Seit Tagen hatten sie nichts bekommen außer Burger mit Fritten, Burritos aus der Mikrowelle, Chips. Die Mahlzeit auf ihren Tellern war frisch und gesund. Sie tranken literweise Wasser. Es wurde kein Wort gesprochen, bis sie fertig waren.

»Es tut mir leid, dass dir das zugestoßen ist«, sagte Charlie. »Ich kann mir kaum vorstellen, wie du dich fühlen musst.«

Aber sie fühlte gar nichts. Das war das Merkwürdige. Sie hätte gern irgendetwas empfunden – Trauer, Angst, Wut. Aber in ihr war nur eine schwebende Taubheit, ein Bewusstsein der Gegenwart, das nicht durch die Vergangenheit beeinträchtigt wurde.

»Aber jetzt sind wir hier«, fuhr er fort. Sie erkannte es auch in ihm, diese seltsame Kühle, die Fähigkeit, ausschließlich nach vorn zu schauen. »Wenn sie uns nicht bald finden, werden sie die Ermittlungen einstellen. Du hast weder Familie noch Freunde, die Druck ausüben könnten, damit die Polizei die Suche fortsetzt. Niemand wird einen Privatdetektiv engagieren oder so etwas.«

Das stimmte vermutlich.

»Falls uns also niemand in den Nachrichten gesehen, uns erkannt und die Polizei benachrichtigt hat – und wir waren vorsichtig ...« Er hielt inne, dachte vielleicht an all die Orte, wo sie gewesen waren, Vorsichtsmaßnahmen, die sie getroffen hatten oder nicht. »... dann sollten wir hier sicher sein, bis wir uns die nächsten Schritte überlegt haben.«

So stark sich sein Äußeres auch verändert hatte – Bürstenschnitt, Ziegenbärtchen, zudem war er dünner geworden –, seine Augen waren noch dieselben.

»Hast du?«, fragte sie.

»Habe ich was?«

»Hast du sie umgebracht?«

Er riss den Mund auf, seine Hand flog an seine Brust. »Nein. Wow, Pearl, nein. Du warst doch dort. Wir waren den ganzen Nachmittag zusammen.«

Das stimmte. Aber sie war den ganzen Vormittag in der Schule gewesen. Und in der Nacht hatte sie etwas gehört. Morgens hatte sie Stella nicht gesehen, obwohl sie Geräusche gehört hatte. Hatte Stella tot in ihrem Schlafzimmer gelegen, während Pearl frühstückte? War ihr Mörder noch im Haus gewesen?

»Wer dann?«

»Ich ... ich ... ich weiß nicht«, stammelte er. Er beugte sich über den Tisch. »Hast du das die ganze Zeit gedacht? Dass ich ... deine Mutter umgebracht habe?«

»Der Gedanke ist mir gekommen.«

Charlie wirkte tief betroffen, was sie nicht von ihm erwartet hätte. Er war cool, sprach langsam, war sonst eher proaktiv als reaktiv. Sie hatte ein ruhiges Ja oder Nein von ihm erwartet.

»Mir ... lag etwas an Stella.« Seine Stimme war sanft. »Ich wollte mit ihr zusammen sein, aber sie wollte mich nicht auf diese Weise. Und als wir ein Paar waren, bist du mir ans Herz gewachsen. Ich habe in meinem Leben viele Fehler gemacht, ich habe Dinge getan, auf die ich nicht stolz bin, ja. Aber ich habe noch nie jemandem wehgetan – nicht auf diese Weise.«

Wieder blitzte das Bild von Stellas zerstörtem Körper in ihr auf. Tatsächlich regte sich ein Gefühl in ihr, ein Flattern im Magen. Aber es hatte keinen Namen, dieses Gefühl. Sie musterte ihn forschend, er wich ihrem Blick nicht aus. Schließlich sah sie weg.

»Wenn die Polizei den Täter findet, werden sie annehmen, dass er mir ebenfalls etwas angetan hat, oder?«, sagte sie. »Man wird annehmen, dass ich auch tot bin.«

Charlie sah sie forschend an, und ein wenig Farbe kehrte in sein Gesicht zurück. »Kann sein.«

Der Sonnenuntergang hinter der riesigen Fensterwand färbte den Himmel rosa, purpurn und orange. Pearl hatte immer noch Hunger. Sie hatte das Gefühl, noch eine vollständige Mahlzeit verzehren zu können, weiteressen zu können, bis sie die ganze Welt verschlungen hätte. Und dann wäre ihr Hunger immer noch nicht gestillt.

»Bislang haben sie keine Spuren, abgesehen von dem Umstand, dass ich verschwunden bin«, sagte Charlie. »Das macht mich zu einem Verdächtigen. Meine DNA ist nicht im System, ich habe keine Vorstrafen. Also selbst, wenn sie DNA-Spuren von mir am Tatort finden, und das werden sie, weil ich dort war, spielt es keine Rolle.«

»Gut.« Einen Augenblick lang verstand sie nicht, was er meinte. Sie wussten doch schon, wer er war. Die Polizei brauchte keine DNA-Spuren, um ihn zu identifizieren. Und dann begriff sie. Charles Finch war nicht sein richtiger Name. Wie hieß er dann? War das wichtig?

»Also werden wir eine Weile hierbleiben und uns bedeckt halten«, fuhr er fort. »Wir werden die Nachrichten verfolgen. Und von Tag zu Tag neu entscheiden.«

Sie versuchte, sich ihr Haus vorzustellen, das jetzt leer stand, ihren leeren Schulspind. Die Buchhandlung geschlossen, während die Bücher Staub ansammelten. Was passierte mit all dem, wenn man einfach wegging? Sie dachte an die Bücherkartons, die darauf warteten, versandt zu werden. Wer würde all die Dinge entsorgen, die ihr und Stellas Leben ausgemacht hatten? Sie besaß keine Freunde, die sich fragen würden, was mit ihr passiert war. Die Nachbarn waren unfreundlich, sie kannten sie kaum. Es gab keine Angehörigen – keine besorgten Großeltern, keine Schar anhänglicher Vettern und Cousinen.

Die Wahrheit war, niemand würde sie oder ihre Mutter vermissen. Sie war verschwunden und würde einfach vergessen werden.

»Sie werden mich vergessen«, sagte sie. »Ich existiere ja kaum.«

Er holte tief Luft und legte die Gabel hin.

»Du existierst hier«, sagte er. »Bei mir.«

»Ja«, sagte sie. Es lag eine grundlegende Wahrheit darin, aber sie fühlte sich nicht real. Sie fühlte sich wie ein Geist, der dabei war, sich im Äther aufzulösen.

»Was ist mit der Buchhandlung?«

Charlie schob seine Brille höher. »Die ist bankrott. Stella stand kurz vor dem Konkurs, und das wusste sie auch. Sie hatte jede Menge Schulden und sie hatte seit zwei Jahren keine Grundsteuer mehr bezahlt. Sie hätte das Gebäude demnächst verloren.«

»Was wird mit dem Laden passieren?«

Sie dachte an all die schönen, druckfrischen Bücher, die hoffnungsfroh auf Leser warteten. An die gemütliche Leseecke, die Verkaufstheke, vollgestellt mit hübschen Stiften, witzigen Buttons und Lesezeichen, an die Regale, die sie und Stella zusammen aufgebaut hatten, die großen Poster mit Zitaten aus berühmten Werken an den Wänden.

»Ich nehme an, die Einrichtung – Bücher, Möbel, Computer – wird verkauft, um die Steuern zu begleichen, und das Gebäude wird zwangsversteigert.«

»Und was ist mit ihren Bankkonten?«

Charlie zuckte die Achseln. »Ehrlich, Pearl, sie hat auf Pump gelebt. Das war nichts außer dem Bargeld in der Schuhschachtel. Knapp dreitausend. Es gehört dir; leg es dir für schlechtere Zeiten zurück.«

Wenn noch schlechtere Zeiten kommen sollten, wollte sie es gar nicht wissen.

Draußen schrie irgendein Vogel, tief und klagend.

»Und jetzt kommt der gute Teil.« Er stand auf und griff nach seinem Teller. »Wir erschaffen uns selbst neu.«

»Wie das?«

Auch sie räumte ihren Teller ab und stellte sich neben Charlie an die Spüle.

»Mein Vater, ich hatte es ja bereits erwähnt, war ein Ungeheuer«, erklärte er. »Aber er war zudem ein meisterhafter Trickbetrüger – bis es ihn umbrachte.«

»Wie?«, fragte sie.

»Das ist eine Geschichte für einen anderen Abend. Aber alles, was ich darüber weiß, wie man möglichst viel aus Menschen, Situationen und dem Leben insgesamt herausholt, hat er mir beigebracht.«

»Du hast gedacht, sie hätte mehr, oder?«

Er spülte den Teller ab, wusch ihn mit einem Schwamm und Spülmittel. Der Fliederduft war stark und beruhigend.

»Ja, ich hatte angenommen, sie hätte mehr. Als ich sie kennenlernte, wirkte sie wie jemand, der Geld hat. Teure Handtasche, teure Schuhe, ein eigenes Geschäft, das gut zu laufen schien, ein schönes Haus.«

»Du wolltest sie abzocken.«

»Nein«, wehrte er rasch ab. Er spülte mit klarem Wasser nach und stellte den Teller in den Abtropfständer. »Ja, vielleicht. Ich weiß nicht. Aber mir war ziemlich schnell klar, dass Stella nicht dumm war. Sie faszinierte mich. Und dann verstieß ich gegen meine eigenen Regeln. Ich bin zu lange geblieben. Ich habe mich ... ablenken lassen.«

»Durch was ablenken?«

Aber sie kannte die Antwort bereits.

»Durch dich.«

Pearl war fünfzehn, doch sie sah älter aus, fühlte sich älter. Sie wusste mehr als viele, die doppelt so alt waren wie sie. Einige der Männer, die Stella mit nach Hause brachte, glotzten sie an. Wenn ihre Mutter das merkte, flog der Übeltäter sofort raus. Aber so war es bei Charlie nicht gewesen. Da war irgendetwas zwischen ihnen. Aber es war nicht sonderbar. Nicht auf diese Weise.

Er wusch auch ihren Teller ab. Sie trocknete das Geschirr ab und stellte es in den Küchenschrank zurück, wischte die Arbeitsfläche sauber. Es fühlte sich schon an wie zu Hause.

»Mir lag etwas an Stella«, sagte er. »Ich wollte ihr helfen – und dir. Aber sie hat mich nicht gelassen. Sie war schon zu weit weg.«

Pearl wusste, was er meinte. Ihre Mutter war immer in Eile, es schien, als wäre sie immer zu spät dran. Nie schien sie wirklich anwesend zu sein. Sie suchte immer nach einem Fluchtweg. Und nun, da sie tot war, wusste Pearl nicht genau, was von ihr blieb, wodurch sie sie in Erinnerung behalten konnte. Selbst Erinnerungen aus jüngster Zeit waren verschwommen, verblassten rasch.

»Zuerst müssen wir dich melden, damit du die Schule online beenden kannst. Um die Sache mit der Identität kümmere ich mich.«

Die Sache mit der Identität. Als wäre die Person, die sie gewesen war, ein Outfit, das man wechseln konnte.

»Wie denn? Wie funktioniert so etwas?«

»Ich habe Kontakte, Leute, die uns helfen können.«

»Das verstehe ich nicht.«

»Ist jetzt nicht wichtig«, sagte er. »Aber wenn du es lernen willst, bringe ich es dir irgendwann bei. Heutzutage ist es schwieriger geworden. Aber es gibt immer noch Möglichkeiten, außerhalb des Systems zu leben.«

Es würde noch eine Weile dauern, bis er ihr von seiner Arbeit erzählte, von dem Netzwerk aus Leuten, die er kannte, und wie sie ihre Geschäfte betrieben. Jetzt ließ Pearl es dabei bewenden, sie war müde. Die Welt sah anders aus, als sie es sich vorgestellt hatte, und es war anstrengend, einen Weg darin zu finden.

»Und, hey«, sagte er. »Es ist okay, um deine Mutter zu trauern. Es ist okay, traurig zu sein oder Angst zu haben. Wir stehen das zusammen durch.«

Sie suchte in sich nach irgendeinem Gefühl, und wie immer fand sie keins.

»Jeder von uns trauert wohl auf seine eigene Weise.«

Oder gar nicht. *Was, wenn in mir nichts ist?* Diese Frage hätte sie ihm gern gestellt. Sie hatte das Gefühl, dass sie Charlie so etwas fragen konnte, dass er sie nicht verurteilen würde. *Was, wenn dort, wo meine Seele sein sollte, nur eine schreckliche schwarze Leere ist? Wenn dem so ist, zu was macht mich das?* Selbst diese Gedanken, diese Fragen machten ihr keine Angst – obwohl ihr klar war, dass sie das eigentlich sollten. Aber sie schwieg.

»Wenn du darüber reden willst ...« Er ließ den Satz unbeendet.

»Ja«, sagte sie. »Versteh schon.«

Schweigend räumten sie zusammen die Küche auf.

Im Wohnzimmer machte Charlie Feuer mit dem kleinen Holzvorrat, den er neben der Hintertür entdeckt hatte. Sie setzte sich auf den Boden und streckte die Hände den Flammen entgegen, spürte die Wärme auf dem Gesicht. Er hatte sich auf das Sofa hinter ihr gelegt und ruhte sich mit geschlossenen Augen aus. Die Möbel waren edel und bequem, der Raum war geschmackvoll und schlicht gestaltet, mit Südwest-Flair: Rinderschädel an der Wand, Ölgemälde von Wüsten und Sonnenuntergängen, Sternenhimmeln und heulenden Kojoten. Wo befanden sie sich? Was war das für ein Ort? Wie waren sie hierhergelangt?

Vielleicht bin ich tot, dachte sie. Vielleicht sieht so das Jenseits aus.

»Du wirst einen neuen Namen brauchen, okay?«, sagte er in die Stille hinein. »Ich ebenfalls.«

Einen neuen Namen. Ein neues Ich. Das war interessant, die Vorstellung gefiel ihr, dem Mädchen im Spiegel mit der unvertrauten Frisur und dem gehetzten Blick. Ja, sie brauchte einen neuen Namen.

»Portia? Delilah? Kleopatra? Scheherazade?«, schlug sie vor, an die Flammen gewandt, und drehte sich um, um zu sehen, wie er reagierte.

Er hob die Augenbrauen und schenkte ihr ein schiefes Lächeln. »Irgendwas Schlichtes, Unauffälliges. Der Name sollte keine Aufmerksamkeit erregen.«

»Wie wär's mit Anne?«

Er nickte. »Das würde funktionieren. Wie *Anne auf Green Gables*. Nicht wie Ayn Rand, was?«

»Genau«, sagte sie. »Die süße, unschuldige, gutherzige Anne. Was ist mit dir?«

»Ich werde darüber nachdenken.«

»Othello? Humbert? Mr. Knightly? Svengali?«

Er lachte aus vollem Hals.

»Du bist hiermit offiziell raus aus dem Namenfindungskomitee«, sagte er.

»Wie wär's mit Bob?«, schlug sie vor.

»Schon besser«, sagte er. »Obwohl es für unsere Zwecke, für den nächsten Job, am besten ist, wenn man mich für deinen Vater hält.«

Sie wusste nicht genau, was er damit meinte, aber sie hatte so eine Ahnung. Sie hatte bereits gelernt, das Spiel mitzuspielen.

»Also bist du Bob, der Witwer?«

»Das würde mir ein bisschen zu viel Beachtung einbringen – zu viel Mitgefühl und damit Aufmerksamkeit. Das könnte ein Magnet für eine bestimmte Art Frau sein. Nein, ich glaube, sie hat mich verlassen, deine Ma. Vielleicht hat sie uns beide verlassen, die Familie. Sie hat wieder geheiratet, ist dir keine besonders gute Mutter. Aber sie meldet sich immer wieder mal.«

»Also soll ich Papi zu dir sagen?«

»Wenn das okay für dich ist?«

»Klingt ziemlich nach Normalo, oder?«

»Genau das streben wir an«, sagte er mit einem leisen Lachen. Sie mochte sein Lachen; es klang herzlich und voll. »Wie willst du mich denn nennen?«

»Ich glaube«, erklärte sie, rückte näher und lehnte sich gegen das Sofa, auf dem er lag, »ich glaube, ich werde Paps zu dir sagen.«

Er strich ihr übers Haar und legte die Hand dann auf ihre Schulter. Sie fasste sein Schweigen als Zustimmung auf. Eine Weile blieben sie so sitzen, dann stand sie auf. Sie war so müde, dass sie kaum noch die Augen offen halten konnte.

»Gute Nacht, Anne«, sagte er leise. Das Feuer prasselte.

»Gute Nacht, Paps.«

19

Anne

Wenn sie an sich selbst dachte, dann stets mit dem Namen, unter dem sie gerade auftrat. Meistens war sie Anne oder war es zumindest bis vor Kurzem gewesen. Nun, da sie mit Hugh fertig war und nicht länger in seinem Büro arbeitete, würde dieses Ich allmählich verblassen. Wer würde sie als Nächstes sein? Sie hatte schon so viele Namen gehabt, so viele Identitäten, alle falsch, alle richtig. Vielleicht würde sie Martha sein. Manchmal dachte sie noch an ihren richtigen Namen, Pearl. Aber selten. Und es wurde immer seltener.

Als es draußen dunkel wurde, setzte sie sich vor das prasselnde Kaminfeuer. Ihr Laptop war aufgeklappt, auf dem Beistelltischchen neben dem Sofa stand eine dampfende Tasse Tee. Die Temperaturen waren gefallen, und draußen heulte der Wind.

Sie stellte den Laptop auf ihren Schoß und fing an, ihre Mails durchzusehen. Seit ihrer Rückkehr hatte sie aufgeräumt und eine Reihe von Dingen abgeschlossen – E-Mail-Konten gelöscht, anonyme Prepaid-SIM-Karten weggeworfen, ein falsches Facebook-Profil gelöscht.

Paps war kein Fan von Multitasking. Und jetzt, wo sie älter wurde, verstand sie langsam, warum. Es war aufreibend, den Überblick über so viele verschiedene Lügen zu behalten, so viele Identitäten, so viele Menschen, die etwas wollten. Sie musste sich auf eine Sache konzentrieren.

Nun, da sie mit Hugh und Kate fertig war, hatte sie nur noch zwei Sachen laufen. Mit einer ging es nicht so voran wie geplant. Die andere lief wirklich gut.

Man verliebte sich nicht in einen anderen Menschen. Man verliebte sich in das Gefühl, so zu sein, wie man gern sein wollte, das der andere einem gab. Daher war es einfach, jemanden dazu zu bringen, einen zu lieben – wenn man wusste, wie er sich fühlen wollte.

Ben beispielsweise, ein kinderloser Witwer aus Ottawa, fünfundfünfzig Jahre alt. Brillenträger und rundlich, aber mit einem freundlichen Gesicht, nicht unattraktiv. Kinderarzt. Er nahm gerettete Windhunde bei sich auf, bis er ein gutes Zuhause für sie gefunden hatte. Er wollte zur Rettung herbeieilen, das hatte sie fast sofort gewusst, als sie sein Profil bei der Partnerbörse sah. Er wollte ein Held sein. Er hatte eine Schwäche für Geschöpfe, die in Not waren.

Nach einer flammenden Online-Romanze wollten sie und Ben sich an diesem Wochenende zum ersten Mal persönlich treffen – ein romantisches Rendezvous in Montreal. Doch jetzt war Anne (die Ben als Gwyneth kannte – laut seinem Profil hatte er eine Vorliebe für gertenschlanke, blonde Frauen, also warum halbe Sachen machen?) in furchtbarer Sorge um ihre bipolare Schwester. Ein seltsamer Anruf mitten in der Nacht war das erste Anzeichen dafür gewesen, dass etwas nicht stimmte. Und jetzt ging Schwesterchen nicht mehr zur Arbeit.

Alles sichere Anzeichen dafür, dass sie ihre Medikamente abgesetzt hatte, dass ihr Zustand sich verschlechterte. Gwyneth würde die Verabredung also vielleicht nicht einhalten können. Denn wie konnte sie zu einem romantischen Wochenende fahren, wenn ihre Schwester sie vielleicht brauchte?

Sie loggte sich bei ihrem Messengerdienst ein und sah, dass Ben ihr vor einer Weile eine Nachricht geschickt hatte: *Ich denke an dich. Wenn du mich brauchst, ich bin da.*

Es tut mir so leid, Ben. Aber ich habe keine Wahl, tippte sie. *Ich muss absagen. Ich habe nichts mehr von ihr gehört. Ich werde hinfahren und mich überzeugen, dass es ihr gut geht.*

Sie wartete. Würde er in seiner Enttäuschung wütend werden? Wenn ja, musste sie ihn abservieren. Dann kam seine Antwort:

Treffen wir uns doch dort.

Natürlich, er würde kommen, um sowohl Gwen als auch ihrer fiktiven Schwester zu helfen. Die nettesten, freundlichsten Menschen gaben die besten Betrugsopfer ab, weil sie immer annahmen, alle seien so gutherzig wie sie selbst. Traurig eigentlich.

Nein. Es würde sie überfordern, wenn jemand dabei ist, den sie nicht kennt. Ich ruf dich an, sobald ich angekommen bin.

Wieder wartete sie, die kleinen Pünktchen, die anzeigten, dass jemand schrieb, pulsierten. Keine Antwort. Sie schob noch einen Satz hinterher.

Sie ist alles, was ich habe. Es tut mir so leid, Ben.

Dann:

Sei nicht albern. Das versteh ich doch. Sie kann von Glück sagen, dass sie eine Schwester wie dich hat.

Ich mache mir solche Sorgen.

Wann geht dein Flug?

Morgen früh.

Kannst du reden?

Vielleicht später.

Gut. Mach dir nicht zu viele Sorgen. Ich komme hin, wenn du mich brauchst.

Die arme Gwyneth, sie war ebenfalls vom Pech verfolgt. Sie hatte gerade ihren Job verloren, aber nein, auf keinen Fall würde sie zulassen, dass Ben ihr den Flug bezahlte. Sie hatte immer alles allein gestemmt. Das hatte sie Ben klargemacht. Seit ihre Eltern bei einem Autounfall gestorben waren, hatten sie und ihre Schwester Esme sich umeinander gekümmert. Sie hatten nie von irgendwem Hilfe angenommen. Zur Zeit des Unfalls war sie achtzehn gewesen, Esme sechzehn. Sie war für ihre Schwester da gewesen und hatte dafür gesorgt, dass sie ihren Highschool-Abschluss machte. Gwen hatte als Kellnerin gejobbt, um sich das Geld fürs Community College zu verdienen. Ein wenig Geld besaßen sie allerdings, eine kleine Erbschaft. Das hatte ihnen geholfen zu überleben, schwere Zeiten durchzustehen.

Seit ich dich kenne, erscheint mir alles so viel einfacher, tippte sie. *Dank dafür, dass du so bist, wie du bist.*

Dafür sind Freunde doch da.

Freunde ...

Du weißt, was ich meine.

Das tue ich, schrieb sie. *Ich weiß genau, was du meinst. Und ich kann es gar nicht abwarten, dich in meinen Armen zu halten und dir zu zeigen, wie viel mir deine Freundschaft bedeutet.*

Fast konnte sie seine Leidenschaft in diesen kleinen pulsierenden Punkten glühen sehen.

Ich hätte nie gedacht, dass ich je wieder etwas für jemanden empfinden könnte.

Ich auch nicht. Wir können von Glück sagen, dass wir einander gefunden haben.

Noch hatte er nicht von Liebe gesprochen. Aber er war nah dran. Sehr nah. Sie hatten telefoniert. Video-Anrufe hatte er abgelehnt – was vermutlich bedeutete, dass er mehr wog, als sein Profilfoto erkennen ließ. Das war ganz gut so, denn es war besser, wenn sie nie ihr Gesicht sahen. Nicht, weil sie dann in der Lage wären, sie zu identifizieren. Das würden sie sowieso nicht, denn sie sah immer anders aus. Aber es war besser, wenn sie sich eine Fantasie-Frau erschufen, eine Frau, die perfekt ihren tiefsten innersten Sehnsüchten entsprach. Sie hielt ihre Nachrichten immer möglichst einfach, vermied sogar Emojis. So konnten sie selbst den Worten genau den Tonfall einhauchen, den sie brauchten oder wollten.

Es dauerte länger als sonst, bis seine Antwort kam.

Ich ruf dich morgen an.

Zu Beginn ihres Chats hatte sie sich über die langen Pausen gewundert. Doch als sie dann mit ihm telefonierte, hatte sie erkannt, dass er zu den Menschen gehörte, die in Gesprächen von ihren Gefühlen überwältigt wurden und verstummten, sogar in virtuellen Gesprächen.

Die Punkte pulsierten. Würde er es aussprechen? Nein. Er wollte vermutlich damit warten, bis sie sich persönlich trafen. Bis sie sich liebten. Was nie passieren würde. Selbstredend würde sie sich nicht mit ihm treffen, weder in Montreal noch sonst wo. Aber zweifellos hatte er es sich schon tausendmal detailliert ausgemalt. Er gehörte nicht zu denen, die Fotos ihrer Geschlechtsteile schickten oder obszöne Bemerkungen machten. Er war ein netter Mann auf der Suche nach einer Frau, für die er sorgen konnte, die er lieben konnte. Die arme Waise Gwen, schön und tapfer, war seine Traumfrau.

Ich denk an dich.

Oh, ich weiß, dass du das tust, Ben, dachte sie, schrieb es aber nicht hin.

Gute Nacht.

»Trickbetrug«, sagte Paps immer, »ist keine Gewalt. Kein Raub. Es ist ein Tanz. Verführung. Du musst immer zuerst etwas geben. Und dann geben sie dir alles.«

Sie hatte sich Zeit gelassen mit Ben. Sie führten eine Beziehung, hatten fast drei Monate lang Nachrichten und lange Mails ausgetauscht, miteinander telefoniert – sie sprach stets mit leiser, gehauchter Stimme. Sie hatte ihm von den Narben erzählt, die sie bei dem Autounfall davongetragen hatte. Eine am Bein, eine quer über der Brust. Wie befangen sie deswegen war, dass sie sich nur ungern vor anderen auszog.

Er redete nicht viel von seiner verstorbenen Frau, weit weniger als die meisten Männer über ihre Ex-Frauen oder Ex-Freundinnen sprachen. Diese Typen konnten es gar nicht abwarten, ihre Listen von Beschwerden und Kritikpunkten herunterzurasseln und aufzuzählen, was man ihnen alles angetan hatte. Sie zeichneten wenig schmeichelhafte Porträts der untreuen, kontrollwütigen oder süchtigen Frauen, mit denen sie zusammen gewesen waren. Aber Ben hatte seine Frau nur wenige Male erwähnt, und wenn er es tat, erzählte er voller Wärme von ihr, Erinnerungen oder witzige Anekdoten. Über ihre Krankheit und ihren Tod sprach er nie. Sie hatte nicht versucht, ihm mehr zu entlocken, sie wollte es gar nicht wissen. Um die Wahrheit zu sagen, sie mochte Ben ein wenig mehr, als klug war.

Sie klappte ihren Laptop zu und starrte in die Flammen.

»Wirst du etwa allmählich weich?«

Paps saß im Sessel, heute nur ein Schemen. Sie wusste nie genau, welche Form er annehmen würde. Manchmal konnte sie seine Stimme hören, ganz klar und deutlich. Manchmal war sie nur ein Echo im Wind. Er war eine Reflexion im Spiegel, ein Knarren auf der Treppe. Sie wandte sich von seiner dunklen Gestalt ab. Sie wollte ihn nicht sehen. Doch er war immer bei ihr.

»Natürlich nicht.«

Als sie wieder in seine Richtung blickte, war er fort.

Der zugeklappte Laptop. Die Stille im Haus. Das Heulen des Windes. Sie versuchte, in die Stille einzutreten, ihren Geist zu leeren. Manchmal versuchte sie, zurückzugehen, zurückzukehren zu dem Mädchen, das sie einmal gewesen war, ihrem wahren Ich. Wie war dieses Mädchen? Was aß sie am liebsten, was war ihre Lieblingsfarbe, ihre Lieblingsblume? Was hatte sie früher einmal werden wollen? Sie liebte Tiere. Daran erinnerte sie sich – wie einfach der Umgang mit einer Katze oder einem Hund war, wie sehr diese Wesen im Augenblick lebten. Gelegentlich erhaschte sie einen Blick auf sich selbst, wie auf einen Schatten, der in die Dunkelheit gleitet.

Sie griff nach ihrem Handy. Nichts von Selena.

Sie stellte den Fernseher an und zappte durch die Nachrichtensender. Keine Erwähnung einer vermissten jungen Frau. Sie klappte den Laptop wieder auf und begann eine Internet-Suche. Nichts.

»Ich weiß nicht genau, ob ich das billigen kann.«

Wieder Paps, diesmal stand er in der Ecke. Er hatte dieses Haus für sie beide gekauft. *Es wird für immer unser Zuhause sein*, hatte er ihr versprochen. *Hier können wir sein, wer wir sind.* Und für eine Weile war es auch so gewesen. Doch die Wölfe waren ihnen damals schon auf den Fersen, auch wenn sie es nicht geahnt hatten. Und für immer ist nicht für immer.

»Ich kann nicht erkennen, was du dabei zu gewinnen hast. So viel Geld haben die vermutlich überhaupt nicht. Und diese Selena beißt nicht an.«

Sie spürte Ärger in sich aufsteigen; sie mochte es nicht, sich gegenüber Paps rechtfertigen zu müssen. Das sollte nicht nötig sein. Die Schülerin hatte den Lehrer weit übertroffen.

»Es geht hier nicht ums Geld«, sagte sie.

»Ah. Die Geschichte.«

Sie ging auf Selenas Social-Media-Seiten, die keinerlei Sicherheitseinstellungen aufwiesen. Ihr ganzes Leben lag offen ausgebreitet vor jedem, der es sehen wollte: Wer ihre Freunde waren, wo sie arbeitete, wo ihre Kinder zur Schule gingen, welche Orte sie mochte, wo sie einkaufte. Wie ein Köder im Wasser für jeden Hai, der zufällig vorbeischwamm. Dumm.

Seit den Fotos von ihrer glücklichen Familie am Wochenende hatte Selena nichts mehr gepostet. Was für Lügner doch alle geworden waren mit ihren albernen Posts in den sozialen Medien! Selenas Mann trieb es mit der Nanny, und sie nahm sich die Zeit, alle Bekannten eifersüchtig auf ihr angebliches Familienglück zu machen.

Selena Murphy, früher Selena Knowles, war nichts Besonderes. Nicht die Schönheitskönigin beim Ehemaligentreffen. Nicht die Abschiedsrednerin bei der Schulentlassungsfeier. Nur ein hübsches Mädchen aus der oberen Mittelschicht, behütet aufgewachsen. Intelligent. Gute Noten. Universitätsabschluss an der NYU. Erfolgreich in dem Beruf, den sie sich ausgesucht hatte – Marketing und Werbung, ausgerechnet. Viele Freundinnen und Freunde. Glückliche Ehe (jedenfalls wollte sie das alle glauben machen). Mutter zweier wunderbarer Söhne. Nein, sie war nichts Besonderes, ein Normalo, wie Paps solche Leute gern nannte – nur dass sie alles hatte.

»Du bist doch nicht etwa eifersüchtig. Auf *die*.«

Paps stand jetzt am Kamin. Er war so, wie sie ihn zuletzt gesehen hatte, blicklose Augen, ein Einschussloch in der Brust. Über die Jahre hinweg hörte sie das Echo ihrer eigenen Stimme. *Bitte lass mich nicht allein hier zurück. Paps, bitte.*

»Ich weiß nicht genau, ob es Eifersucht ist«, sagte sie. »Aber es ist einfach nicht fair, oder? Manche Leute haben alles. Es wird ihnen auf einem Silbertablett gereicht. Sie gehen durchs Leben, ohne auch nur zu ahnen, wie es ist, wenn man kämpfen muss, ohne Sicherheitsnetz zu leben. Man kann es ihr vom Gesicht ablesen, nicht wahr? Dieses tief verankerte Gefühl, dass ihr alles zusteht. Die Ignoranz gegenüber wesentlichen Wahrheiten der Welt.«

»Es geht dir also um soziale Gerechtigkeit?«

Sie wussten beide, dass das nicht stimmte. Es ging sehr viel tiefer. Es war persönlich. »Vielleicht«, antwortete sie trotzdem.

Er lachte. »Dann habe ich schlechte Neuigkeiten für dich, Kleines. Einen Betrüger kann man nicht betrügen.«

Sie bewarf ihn mit einem Kissen, das weich vor dem Kamin landete. Das Echo seines Lachens blieb im Raum zurück.

Pearl und Charlie gewöhnten sich rasch an die neuen Umstände. Sie brauchte nur ein paar Tage, um Pearl zu vergessen, Anne zu werden. Und Charlie mit seiner neuen Brille und dem kurzen Haar, das sich allmählich zu seinem natürlichen grau melierten Farbton auswuchs, wurde Paps, der Vater, den sie nie gehabt hatte, von dem sie nicht einmal gewusst hatte, dass sie ihn sich wünschte. Irgendwie war es ihm gelungen, sich zehn Jahre älter zu machen. Oder vielleicht war es eher so, dass er mit seinem anderen Look – runde Brille, Baseballkappe, schwarz gefärbtes Haar – eine so jugendliche Ausstrahlung gehabt hatte. Charlie, der junge Hipster, den Stella mit nach Hause gebracht hatte, das Marketing-Genie aus der Buchhandlung, das war jemand anders. Ein Mann, den sie früher mal gekannt hatte und an den sie gern zurückdachte. Aber sie wusste, dass sie ihn nie wiedersehen würde.

»Denk an deine abgelegten Identitäten als an andere Menschen, entfernte Familienmitglieder. Du kennst sie, sie sind Teil deines Lebens. Es sind Charaktere, du kannst Teile von ihnen verwenden, sie benutzen, um dein derzeitiges Ich glaubwürdiger zu gestalten. Aber halte es einfach. Je mehr Lügen du erzählst, desto mehr musst du im Kopf behalten.«

Pearl schrieb sich in einer Online-Highschool ein. In ihrem abgelegenen Haus stand sie morgens auf und machte Frühstück für sie beide. Vormittags hatte sie Online-Unterricht. Paps war unterwegs, um nach einem »Job« zu suchen. Wenn sie mit der Schule fertig war, spazierte sie die unbefestigte Straße hinunter bis zum Beginn des Wanderwegs. Und wanderte dann stundenlang inmitten von hohem Pinyon-Wacholder, Zitterpappeln, Fichten, Cottonwoods, den Kopf voller Stille, alle Sinne hellwach – sie roch den Salbei, sah das tiefe Blau des großen Himmels, hörte das Flüstern des Windes. Die Sonne war heiß und die Luft trocken.

Alles in ihr fühlte sich lebendiger an, als sie Anne wurde und Pearl und Stella hinter sich ließ, wie ferne Figuren in einem Leben, das ihr vorkam wie ein Traum. Sie dachte selten an Stella, was seltsam war. Doch es war, als hätte alles, was vorher gewesen war, aufgehört, real zu sein, sogar ihre Mutter. Die von jemandem ermordet worden war. Von wem? Aber sogar diese Frage hatte an Dringlichkeit verloren.

Das Interesse an dem Fall, dem Mord an Stella und Pearls Verschwinden, flaute rasch ab. Binnen Wochen verschwand er aus den Medien. Charles Finch, Stellas Liebhaber, Angestellter der Buchhandlung, ebenfalls verschwunden, galt als Verdächtiger. Die Fotos von ihr und Charlie, die in Umlauf waren, sahen ihnen nicht mal mehr ähnlich. Sie fühlte sich wie neugeboren.

Etwa einen Monat nach Beginn ihres neuen Lebens suchte Anne im Internet nach Neuigkeiten und stieß auf einen Artikel über den Fall. Die Polizei kam nicht weiter, es gab keine Verdächtigen, Pearl war nirgends gesehen worden. Daher war ein Cold-Case-Ermittler, ein Mann namens Hunter Ross, hinzugezogen worden.

Er wurde mit den Worten zitiert: »Wir wissen, dass Stella Behr kaltblütig ermordet wurde, in ihrem eigenen Haus erwürgt. Ihre fünfzehnjährige Tochter Pearl wird vermisst. Charles Finch, Ms. Behrs Liebhaber, der in ihrer vor der Pleite stehenden Buchhandlung arbeitete, verschwand am selben Abend.

Wie wir in Erfahrung bringen konnten, war der Mann, der sich Charles Finch nannte, eine Fiktion. Keine der Angaben in seinem Bewerbungsschreiben war richtig. Name, Adresse, die Sozialversicherungsnummer, alles erfunden.«

Es gab Fotos von Pearl, von Stella, von der Buchhandlung. Offenbar hatten sie nur ein einziges Bild von Charlie. Stella musste es mit ihrem Smartphone aufgenommen haben; er lächelte verschmitzt in die Kamera. Es folgten ein paar Angaben über Pearl: Sie sei eine Einser-Schülerin, aber Einzelgängerin, habe kaum Freunde. Die Lehrer beschrieben sie als höflich, intelligent, immer zurückhaltend.

Ihr Herz hämmerte, als sie durch den Artikel scrollte. Die Fotos sahen aus wie gefälscht, die Geschichte klang wie eine Aufzählung von Lügen.

Es gab eine Schilderung des zeitlichen Ablaufs am Abend von Stellas Ermordung. Eine Nachbarin hatte gesehen, wie Pearl und Charlie mit gepackten Reisetaschen das Haus verließen. Pearl sei offenbar aus freien Stücken mitgegangen, sagte sie. Ein anderer Mann, der nicht Charlies Beschreibung entsprach – groß, muskulös, lange blonde Haare und Vollbart –, hatte früher am Tag das Haus betreten und es kurz darauf wieder verlassen, dafür gab es Zeugen.

»Eine Frau ist tot. Ein junges Mädchen wird vermisst. Und der Mann, der im Zentrum dieses Rätsels steht, ist ein Phantom. Meiner Vermutung nach ist Charles Finch ein Trickbetrüger, der sich längst seinem nächsten Opfer zugewandt hat. Möglicherweise ist Pearl bei ihm – sehr wahrscheinlich als Opfer irgendeiner Betrugsmasche, die er bei ihr abzieht.«

Sie starrte auf das Foto von Charlie. Er hatte eine Rolle gespielt, als das Foto aufgenommen wurde, die Rolle, die er für Stella spielte – den aufmerksamen Liebhaber. Bei Pearl hatte er eine andere Rolle gespielt, die des liebevollen Freundes. Sie schaute ihm tief in die Augen und erkannte dort etwas von sich selbst, von ihrem Inneren – eine ungeheure Leere, eine frosterstarrte, sterile Eislandschaft.

»Es gibt etliche Hinweise, denen wir nachgehen«, sagte Ross weiter. »Einige kommen aus anderen Bundesstaaten, was bedeutet, dass das FBI eingeschaltet werden könnte. Und wir haben Hinweise auf die wahre Identität von Charlie Finch erhalten, nachdem wir sein Foto landesweit veröffentlicht haben. Es könnte sich bei ihm um einen gesuchten Profi-Betrüger handeln, der schon im ganzen Land aktiv war. Die Ermittlungen sind also noch längst nicht abgeschlossen. Wie lange es auch dauern mag, wir werden Antworten finden. Wir werden nicht aufhören, nach Pearl Behr zu suchen.«

Die Haustür wurde geöffnet und wieder zugeschlagen, ein Geräusch, das sie durchfuhr wie ein Schuss. Pearl-jetzt-Anne war bisher noch nicht auf den Gedanken gekommen, dass Charlie-jetzt-Paps auch sie hintergehen könnte.

Sie verließ ihr Zimmer und begrüßte ihn. Paps pfiff in der Küche vor sich hin und packte seine Einkäufe weg. Ein Strauß frischer Blumen lag auf der Arbeitsfläche.

»Hallo«, sagte er. Er hielt in seinem Tun inne und sah sie mit einem besorgten Lächeln an. »Was ist los? Du siehst aus, als hättest du einen Geist gesehen.«

»Sie suchen immer noch nach uns.« Sie zitterte und wusste nicht einmal, warum. »Es gibt da einen Cold-Case-Ermittler. Er sagt, es gäbe neue Hinweise.«

Paps nickte, nahm die Milch aus dem Einkaufsbeutel und stellte sie in den Kühlschrank. »Ich weiß.«

Er war wie immer, unbefangen und locker. Wenn die Information ihn irgendwie erschüttert hatte, zeigte er es nicht.

»Du hast gesagt, sie würden irgendwann aufhören zu suchen.«

»Werden sie auch.«

»In dem Artikel steht, dass es neue Hinweise gibt und dass das FBI hinzugezogen wurde.«

»Das sagen sie immer.« Er trat zu ihr und legte ihr seine starken Hände auf die Schultern.

Sie ließ nicht locker. »Laut diesem Ermittler gibt es Hinweise auf deine Identität, sie wissen von anderen Betrügereien, die du durchgezogen hast. Sie werden nicht aufhören zu suchen, sagt er.«

Er hatte ihr ein wenig von seiner Vergangenheit erzählt, von seiner Kindheit, wie er gelebt hatte. Nicht alles. Aber allmählich konnte sie sich ein Bild machen.

Jetzt senkte er den Kopf und verstärkte seinen Griff. »Vertraust du mir?«, fragte er endlich.

Sie sah ihm ins Gesicht – das Kaleidoskop seiner Augen, die zu einem Strich zusammengepressten Lippen.

»Ja«, sagte sie. Es war wahr und auch wieder nicht. Man konnte im Grunde niemandem vertrauen, oder? Nicht einmal sich selbst.

»Dann mach dir keine Gedanken wegen dieses Artikels oder wegen dieses Ermittlers oder dem FBI. Sie suchen nach Personen, die nicht mehr existieren. Pearl und Charlie – die gibt es längst nicht mehr.«

»Ich will nicht wieder zurück.«

Er legte seine warme Hand auf ihre Wange.

»Solange ich lebe, bist du in Sicherheit. Das verspreche ich dir.«

Sie brachte kein Wort heraus, ließ aber zu, dass er sie an sich zog. Normalerweise schreckte sie vor jedem körperlichen Kontakt zurück, sie mochte es nicht, wenn Menschen ihr zu nahe kamen oder sie berührten. Aber seine Nähe konnte sie ertragen, sie sehnte sich sogar manchmal danach.

»Und nun zieh dir was Nettes an – du weißt schon, niedlich. Und hilf mir beim Kochen. Wir erwarten einen Gast.«

»Was meinst du damit?«

»Ich habe einen Job gefunden.«

Einen Job. Dieses Wort hatte für Paps eine völlig andere Bedeutung als für die meisten anderen Leute. Er hatte ein ganz eigenes Vokabular. Eine »neue Freundin« war eine Frau, die er kennengelernt hatte und die ein Opfer werden konnte oder auch nicht. »Meine Freundin« bedeutete, dass er eine am Haken hatte. »Operation« hieß, dass es eine größere Sache war, nicht nur eine persönliche Betrügerei, etwas, das länger dauern konnte, komplizierter war. »Trennung« bedeutete, dass es Zeit war, aus einer Stadt zu verschwinden. »Ein Job« hieß, die Show ging los.

Im Dämmerlicht des vom Kaminfeuer erhellten Raums suchte Anne nach ihm. Aber er war fort.

»Gute Nacht, Paps«, sagte sie. Ein Holzscheit fiel ins Feuer, und Funken stoben hinauf Richtung Schornstein.

Sie wollte gerade ins Bett gehen, als sie den Signalton ihres Handys hörte. Sie vermutete eine Nachricht von Hugh, verzweifelt oder tobend vor Wut, mit wüsten Anklagen oder der Bitte, sich mit ihm zu treffen – je nachdem, ob Kate ihn rausgeworfen hatte oder nicht. Aber nein.

Nun also. Was war das denn jetzt?

Ich hatte noch ein spätes Meeting. Lust auf einen Drink?

Hier ist Selena, übrigens.

Aus dem Zug.

20

Selena

Es nieselte, und in der Stille hallten ihre Schritte auf dem Gehweg wider. Ihre Nerven flatterten. Was hatte sie da nur geritten? Eins war klar, sie handelte entgegen aller Logik und wider besseres Wissen.

Als sie ins Haus zurückgekehrt war, nachdem sie Will verabschiedet hatte, hatte Graham schnarchend auf dem Sofa gelegen. Das tat er immer, wenn er einer Situation entfliehen wollte, er schlief einfach ein, ob er nun gestresst oder deprimiert war. Sie hatte überlegt, ob sie ihn aufwecken und darüber ausquetschen sollte, wie seine Vernehmung durch die Polizei gelaufen war. Und über Geneva, falls es noch mehr gab, das sie wissen sollte.

Aber die Wahrheit war, sie konnte den Klang seiner Stimme nicht mehr ertragen, sie wollte seine Ausflüchte, die zerknirschten Bitten und Entschuldigungen nicht hören. Sie glaubte nicht, dass er etwas mit Genevas Verschwinden zu tun hatte, oder dass er fähig wäre, jemandem etwas anzutun. Wenn Geneva denn überhaupt etwas zugestoßen war.

Doch als sie auf seine ausgestreckte Gestalt niederblickte, war etwas in ihr erloschen. Sie hatten doch alles gehabt. Vor der Hochzeit mochten ihr Zweifel gekommen sein, aber sie hatte ihren Mann geliebt. Sie hatten eine Familie gegründet, sie war ihm eine treue, liebende Ehefrau gewesen. Und er hatte leichtfertig alles aufs Spiel gesetzt, was sie sich aufgebaut hatten. Nicht nur ein Mal, sondern drei Mal – soweit ihr bekannt war. Sie konnte ihm nicht vergeben, nicht jetzt. Sie wusste nicht einmal, ob sie ihn überhaupt noch liebte.

In der Küche hatte sie noch einmal versucht, Geneva zu erreichen. Keine Antwort. Sie sprach flehend auf die Mailbox. »Hier ist Selena. Bitte rufen Sie uns an. Lassen Sie jemanden wissen, dass alles in Ordnung ist mit Ihnen, damit wir alle mit unserem Leben weitermachen können.«

Dann las sie die Nachrichten von Martha noch einmal durch. Martha, der einzige Mensch, abgesehen von Graham und Will, der wusste, dass Selenas Mann mit der Nanny geschlafen hatte.

Aus ihrer PR-Arbeit wusste sie, dass ein wenig präventive Schadensbegrenzung viel bewirken kann. Wenn man frühzeitig reagierte, konnte man die Katastrophe manchmal ganz abwenden.

Also schrieb sie Martha eine Nachricht.

Ich hatte noch ein spätes Meeting. Lust auf einen Drink?

Und als sie jetzt den West Broadway entlangging, spürte sie da nicht unter dem Pochen ängstlicher Sorge noch etwas anderes? Etwas Dunkles, Schillerndes. Warum fühlte es sich manchmal so richtig an, das Falsche zu tun? Es war aufregend, die Regeln zu brechen – zu schnell zu fahren, einen fremden

Mann mit nach Hause zu nehmen, Streit anzufangen, obwohl man eigentlich nachgeben sollte. Wenn sie so etwas tat, durchströmte sie eine Energie, Elektrizität und eine Lebendigkeit, die sie nicht spürte, wenn sie eine gute Mutter, brave Ehefrau und gute Tochter war.

Ein eng umschlungenes Paar kam ihr entgegen, die Frau lachte. Ein Fahrradfahrer sauste vorbei, die Jacke feucht glänzend, viel zu schnell auf der nassen Fahrbahn. Unter einem Dachvorsprung saß ein Obdachloser, zum Schutz vor dem Wetter in Müllsäcke gehüllt. Sie holte den Fünfer heraus, den sie in der Jackentasche hatte, und ließ den Schein in seinen Becher fallen. Kurz trafen sich ihre Blicke.

»Gott segne Sie«, sagte er.

»Sie auch.«

Obwohl sie sich im Moment nicht sonderlich gesegnet fühlte und er sich sicher ebenso wenig. Wie war sie hier gelandet? Wie war dieser Mann hier gelandet? Wie kamen Menschen überhaupt in die Lage, in der sie sich befanden?

In Tribeca schien die Stadt ihre Stimme zu senken. Es gab den hektischen Trubel von Midtown Manhattan, den malerischen Chic des West Village, die allzu coole Rauheit der Lower East Side. Jede Gegend besaß ihre eigene Energie und Besonderheit, spielte eine Rolle in der Geschichte der Stadt. Doch diese Gegend mit den unfassbar teuren Lofts, kunstvoll kuratierten Läden und schummrigen Restaurants, die irgendwelchen Berühmtheiten gehörten, wirkte irgendwie abgetrennt vom Rest New York Citys, unerreichbar. In Selenas Augen war Tribeca ein Viertel, das ein Geheimnis wahrte. Nur Eingeweihte kannten es.

Sie schüttelte ihre Haare, die feucht vom Nieselregen waren, weil sie keinen Schirm dabeihatte. Ihr war kalt bis auf die Knochen. Das Ganze war ein Fehler. Sie sollte lieber wieder nach Hause fahren und versuchen, die Scherben ihres Lebens zusammenzufügen.

Doch dann stellte sie fest, dass sie bei der Hausnummer angekommen war, nach der sie gesucht hatte, und blieb kurz vor der Tür stehen. Letzte Chance, klug und vorsichtig zu sein, das Richtige zu tun. Geh nach Hause und warte ab, was passiert, so lautete der solide Ratschlag eines seriösen und verlässlichen Freundes. Letzte Chance, das brave Mädchen zu sein, zu dem man sie erzogen hatte.

Auf der Straße donnerte ein Motorrad vorbei. Unter ihren Füßen spürte sie das leise Grollen einer U-Bahn.

Fast. Fast wäre sie umgekehrt.

Genau wie sie sich kurz vor der Hochzeit fast von Graham getrennt hätte. Denn im Grunde hatte sie sehr wohl gewusst, dass unter der pulsierenden Erregung, der Faszination, das Falsche zu tun, ein Abgrund lag. Sie hatte doch gemerkt, wie er anderen Frauen hinterherschaute, hatte sich gefragt, mit wem er da telefonierte, mit diesem besonderen Ton in der Stimme. Ein paarmal hatte sie ihn bei einer Lüge ertappt, wenn er behauptete, er wäre irgendwo gewesen, was sich später als falsch herausstellte.

In der Woche vor der Hochzeit hatte sie sich mit Will auf einen Drink getroffen. Wie immer war er perfekt angezogen, gab sich beherrscht und cool, aber sie konnte die Müdigkeit in seinen Augen erkennen. Sie wusste, dass er an seinem Daumennagel nagte, wenn er gestresst war, und der war bis aufs Nagelbett abgekaut.

»Ich konnte diese Woche nicht verstreichen lassen, ohne

dir zu sagen, dass ich dich noch genauso liebe wie an dem Tag, an dem wir uns begegnet sind«, hatte er gesagt, als sie bei einem Prosecco zusammensaßen. »Ich werde nie aufhören, dich zu lieben.«

»Will«, sagte sie. Die alte Anziehungskraft war noch da, und sie fühlte sich schuldig, weil sie ihm wehtat, ihn enttäuscht hatte. Sie waren so lange zusammen gewesen – auf dem College, während seines Jura-Studiums und später, als sie ihre ersten Arbeitsstellen gefunden hatten. Alle hatten gedacht, dass sie heiraten würden. Alle waren sich da absolut sicher gewesen. Es war, als würde sie ein Versprechen brechen, das sie ihrer ganzen Familie und allen Freunden gegeben hatte.

»Es gibt kein *Mehr*, weißt du.« Er ergriff ihre Hand. »Du hast gesagt, dass du mehr willst, mehr als Sicherheit, mehr als Verlässlichkeit. Du willst experimentieren, erkunden, entdecken. Und das ist völlig in Ordnung. Tu das. Nur heirate Graham nicht. Kehr zu mir zurück, wenn du dich ausprobiert hast.«

In seinen Augen glitzerte es, und sie senkte den Kopf und hielt seine Hand fest.

»Weißt du«, fuhr er fort, als sie schwieg, »kündige deinen Job. Geh auf Reisen. Schau, wohin die Straße dich führt. Und am Ende des Tages, wenn du vor dem Einschlafen die Augen zumachst, denk darüber nach. Was ist es, was wir alle wollen? Wir wollen lieben und geliebt werden. Wir wollen dazugehören. Wir wollen die Welt sehen, aber danach wollen wir nach Hause zurückkehren, in die Umarmung von Menschen, denen wir etwas bedeuten. Das ist alles, was es gibt. *Mehr* gibt es nicht.«

Ihre Traurigkeit verflog und Verärgerung stieg in ihr auf.

Will brachte sie dazu, dass sie sich fühlte wie ein Kind. Als wäre er der große Weise, der Wissende, und Selena ein unartiges Mädchen, das einen großen Fehler beging. Sie hasste es, sich so zu fühlen, und Will vermittelte ihr dieses Gefühl öfter. Sie wollte keinen Daddy, sie wollte einen Partner.

Sie hatte ihm ihre Hand entzogen und sich zurückgelehnt.

»Ich bin eine erwachsene Frau, Will«, sagte sie. »Ich weiß, wer ich bin und wohin ich gehe. Du musst mich nicht über die wahre Natur dessen belehren, was wir alle wollen.«

Er blickte in sein Glas, und als er sie wieder ansah, erkannte sie, wie tief sie ihn verletzt hatte. Etwas wallte in ihr auf, und sie stand auf und setzte sich neben ihn. Aus einem Impuls heraus küsste sie ihn langsam und lange auf den Mund.

»Es tut mir leid«, flüsterte sie und drückte die Lippen auf seinen Hals. »Ich werde dich auch immer lieben. Aber nicht so, wie ich ihn liebe.«

Sie hatte Will in der Bar sitzen lassen, aber die ganze Woche über musste sie immer wieder an ihn denken. Eine dumpfe Ahnung beschlich sie, dass er recht haben könnte, und wenn sie nachts aufwachte, erinnerte sie sich an diesen letzten Kuss, seine Augen, seine Worte. Aber die Hochzeit war mittlerweile wie ein führerloser, aus der Kontrolle geratener Zug – sie kostete ein Vermögen, Freunde und Angehörige aus dem ganzen Land würden anreisen. Das Hochzeitskleid aus Paris, die traumhaften Einladungskarten, ein Meer von Blumen. Es war unmöglich, das noch aufzuhalten.

Jetzt, fast zehn Jahre später, schob sie sich durch die modisch auf Alt gemachte Stahltür und trat in die Wärme der schummrigen Weinbar.

Sie entdeckte Martha sofort; sie hatte sich eine Sitznische

im hinteren Teil des Lokals gesichert. Leise Gespräche wurden begleitet von dezenter Klaviermusik.

Da war es wieder, dieses Gefühl, sie irgendwo schon mal gesehen zu haben, sie zu kennen.

Marthas dunkles Haar war zu einem dicken Zopf geflochten, der ihr wie eine Schlange über die Schulter hing und mit der hellgrauen, geschmackvollen Seidenbluse kontrastierte. Sie war so aufrecht und schlank wie eine Tänzerin. Als sie Selena entdeckte, lächelte sie – ein aufrichtiges, reizendes Lächeln, der Gesichtsausdruck einer Frau, die sich freut, eine Freundin zu sehen. Selena war angespannt gewesen, voller düsterer Vorahnungen. Das ließ jetzt nach.

Hatte sie die Situation falsch eingeschätzt?

Sie sollte nicht hier sein, das war ihr klar. Will hatte ihr ausdrücklich geraten, auf keinen Fall Kontakt aufzunehmen.

Was hatte sie bewogen, sich mit dieser Fremden zu verabreden? Und warum war Selena so froh, sie zu sehen, als wären sie alte Freundinnen?

Nachdem sie spätabends diese Nachricht geschrieben hatte, war sie in die Stadt gefahren. Seit Stephens Geburt war sie nicht mehr nach dreiundzwanzig Uhr aus dem Haus gegangen. Niemand sagte einem, dass man wieder zum Kind wurde, wenn man Kinder bekam; frühe Schlafenszeit und Käsetoast für alle. Jeder Paarabend musste mühsam ausgehandelt werden, jede Einladung, die man tatsächlich annehmen wollte und für die man genug Energie hatte, wurde zu einem strategischen Manöver, das gelingen konnte oder auch nicht. Es war eine Rückkehr zu Spielplätzen, Fußballfeldern und McDonald's.

Also fand Selena es aufregend, allein und kurz vor Mitternacht in der Großstadt unterwegs zu sein, trotz der seltsamen Natur ihres Ausflugs und dem Chaos, das gerade in ihrem Leben herrschte.

Sie ließ sich Martha gegenüber in die Nische gleiten.

»Ich bin so froh, dass Sie kommen konnten«, sagte Martha. »Ich hätte Sie gar nicht als Nachteule eingeschätzt.«

»Bin ich normalerweise auch nicht, aber dieses Meeting hat länger gedauert, und ich habe beschlossen, in der City zu bleiben. Mein Mann ist unterwegs, und die Kinder sind bei meiner Mutter. Also warum nicht?« Sie zwinkerte ihr verschwörerisch zu.

»Lebe wild und gefährlich, was?«

»Genau!«

Selena schlüpfte aus dem Mantel, schaute auf die Weinkarte und bestellte einen Cabernet, als der Kellner kam, der auch als Barkeeper fungierte.

»Ich war überrascht, von Ihnen zu hören«, sagte Selena. Im Plauderton, leichthin. »Wie sind Sie an meine Nummer gekommen?«

Martha neigte den Kopf leicht zur Seite und lächelte. »Sie haben mir Ihre Karte gegeben.«

»Habe ich das?«

Martha wühlte in ihrer Handtasche, zog eine blau-weiße Visitenkarte hervor und reichte sie Selena. Ihre blutrot lackierten Nägel glänzten im Kerzenlicht.

»Oh«, machte Selena und starrte ihre Karte an. Sie hatte keinerlei Erinnerung an einen Austausch von Telefonnummern. »Dieser Wodka muss mich mehr mitgenommen haben, als ich dachte.«

»Ging mir genauso.« Martha verdrehte die Augen. »Hören Sie, ich habe mich bei Ihnen gemeldet, weil –«

Der Barkeeper kam mit Selenas Wein, und Martha hielt inne und dankte ihm. Ihre Blicke trafen sich, sie tauschten ein Lächeln. Ach, richtig ... das. Leute flirteten, schleppten einander ab, wenn sie frei und Single waren. Martha war eine umwerfende Schönheit; vermutlich konnte sie jeden Mann haben, den sie wollte.

»Ich hätte das alles nicht sagen dürfen«, fuhr Martha fort, als der Kellner außer Hörweite war. »Nichts davon. Es ist mir wirklich peinlich.«

Selena nippte an ihrem Wein, spürte seine Wärme und ließ zu, dass ihre restliche Anspannung vom Alkohol weggespült wurde. Jetzt, da sie wusste, dass sie Martha ihre Karte gegeben hatte, erschienen ihr diese Nachrichten längst nicht mehr so beunruhigend. Mehr so, als suche da einfach jemand Kontakt, genau wie Will gesagt hatte. Nur ... wann hatte sie Martha ihre Karte gegeben? Sie hatte keinerlei Erinnerung daran.

Und Martha – sie war heiter und warmherzig, unterschied sich nicht groß von Selenas Freundinnen. Sie hatte die Frau auf Anhieb gemocht, fiel ihr wieder ein. Es hatte eine Verbundenheit zwischen ihnen gegeben, von Anfang an. Sie spürte das immer noch.

Selena hob die Hand. »Gar kein Problem. Ich schweige wie ein Grab. Es bleibt unter uns.«

Martha lächelte dankbar. Selena schwenkte den Rotwein langsam im Glas.

»Ich hatte einen wirklich furchtbaren Tag – und Sie hatten eine so warme, herzliche Ausstrahlung«, fuhr Martha fort. »Und mir war irgendwie danach, Ihnen mein Herz auszuschütten.«

»Ich versteh schon.« Selena beugte sich vor und senkte die

Stimme. »Mir ist es auch peinlich. Und zudem hat sich herausgestellt, dass alles falscher Alarm war.«

Martha blinzelte. Huschte da ein Ausdruck von Überraschung über ihr Gesicht? »Ach?«

»Ich war einfach paranoid.« Selena setzte ein selbstironisches Lächeln auf. »Wir haben früher schwierige Zeiten durchgemacht, mein Mann und ich. Und es fällt mir sowieso schwer, anderen Menschen zu vertrauen. Aber da lief nichts.«

Noch mehr Lügen.

»Na, das ist ja eine Erleichterung, was?« Martha nahm einen Schluck von ihrem Wein, einem perlenden Rosé. Sie prostete ihr zu. »Auf Probleme, die einfach verschwinden.«

Sie stießen miteinander an, über die brennende Kerze hinweg, die auf dem Tisch stand.

»Und was ist mit Ihnen?«, fragte Selena.

»Ich habe die Sache mit meinem Chef beendet.« Martha setzte sich ein wenig aufrechter hin. »Er hat es aufgenommen wie ein Gentleman, und jetzt läuft alles wie gehabt – erst mal. Ich glaube schon, dass ich mir einen anderen Job werde suchen müssen.«

War das auch gelogen? Hatte Martha sich so hartnäckig um Kontakt bemüht, weil sie es bereute, sich einer wildfremden Frau anvertraut zu haben? Nun, das war in Ordnung. Sie konnten einander ihre Lügen auftischen und ihre kleinen Geheimnisse bewahren.

»Das ist schön.« Selena drückte leicht die Hand der anderen Frau. »Sie haben das Richtige getan.«

»Später habe ich mich gefragt, was Sie wohl von mir gedacht haben müssen. Eine Frau, die mit einem verheirateten Mann schläft.«

»Hey«, sagte Selena mit einer wegwerfenden Handbewegung. »Wir machen alle mal Fehler.«

Ein Paar setzte sich an den Tisch hinter Martha – ein junges, verliebtes Pärchen. Wartet nur ab, dachte Selena, überrascht von ihrer eigenen Bitterkeit. An einem anderen Tisch saßen zwei Frauen, steckten die Köpfe zusammen und unterhielten sich im Flüsterton. Der Barkeeper trocknete Gläser ab. Die meisten Plätze an der Bar waren an diesem regnerischen Montagabend unbesetzt. Er warf Martha immer wieder Blicke zu, und Selena stellte fest, wie kräftig gebaut er war, wie definiert seine Armmuskeln waren. Auf fast jedem Tisch lagen leuchtende Smartphones.

»Also, was war mit Ihrem Mann?«, fragte Martha und blickte auf die Tischplatte. »Wie lief das Gespräch?«

Am liebsten hätte sie geantwortet: *Ich habe ihn zur Rede gestellt. Wir hatten einen Riesenkrach, und ich habe ihm einen Spielzeugroboter an den Kopf geworfen. Mein Sohn hat alles mitbekommen. Ich habe meinen Mann rausgeworfen und ihn nur deshalb wieder in Haus gelassen, weil Oliver gesehen hat, wie er draußen im Wagen saß wie irgendein Stalker. Oh, und jetzt wird die Nanny vermisst. Ich habe keine Ahnung, wie es weitergeht.*

»Ich habe ihn zur Rede gestellt«, sagte sie stattdessen bedächtig. »Und er hat mir versichert, dass da nichts läuft.«

Martha sah sie eindringlich an. »Okay. Und Sie glauben ihm.«

»Das tue ich«, erwiderte Selena mit einem Achselzucken. »Das muss ich. Er ist mein Mann.«

Martha hob die Augenbrauen. »So funktioniert das?«

Selena musterte sie. »Ja, mehr oder weniger. Wenn das Vertrauen fehlt, hat man nicht viel.«

Gott, was für einen Mist sie daherredete. Aber Martha erhob ihr Glas, wie um auf eine Wahrheit anzustoßen.

»Ich war nie verheiratet, nicht mal verlobt«, erklärte sie. »Also was weiß ich schon?« Sie blickte auf den Smaragdring, den sie an der rechten Hand trug, und drehte ihn so, dass der Stein im Kerzenlicht funkelte. Ein schöner Smaragd mit Kissenschliff, eingesetzt in Weißgold. »Ich weiß nicht, ob ich überhaupt der Typ zum Heiraten bin«, fuhr sie fort.

»Wirklich?«

Selena taxierte die Erscheinung ihres Gegenübers – Fingernägel perfekt manikürt, teure, schön geschnittene Kleidung, taufrische, makellose Haut. Vor ihr saß eine Frau, die viel Zeit auf ihr Äußeres verwendete. Offensichtlich genug Zeit dafür hatte. Und Geld.

»Meine Eltern ... führten keine glückliche Ehe«, sagte Martha. »Es gab Gewalt. Untreue. Vermutlich trage ich das bis heute mit mir herum.«

Irgendetwas an der Art, wie sie das sagte, versetzte Selena einen Stich. Hatten sie wirklich diese Erfahrung gemeinsam? Natürlich war es keine Seltenheit, dass Kinder im Kreuzfeuer einer schlechten Ehe aufwuchsen. Oder war das eine Art Anspielung gewesen? Wusste diese Frau mehr über Selena, als sie sollte? Aber nein, das war doch verrückt. Wie sollte das möglich sein?

Ihr Smartphone piepste. Graham: *Was zum Teufel tust du in Tribeca? Bist du mit Will gefahren?*

Offensichtlich hatte er sie über ihr Smartphone geortet. Sie ignorierte seine Nachricht. Er hatte wohl kaum das Recht, ihr irgendwas vorzuschreiben. Er sollte sich verpissen.

»Das ist hart«, erwiderte sie angemessen mitfühlend.

»War die Ehe Ihrer Eltern glücklich?«, wollte Martha wissen.

Was war das nur mit dieser Frau? Diese unerwünschte Nähe. Am liebsten hätte sie ihr erzählt, dass ihr Vater chronisch untreu gewesen war und ihre Mutter es um der Kinder willen ertragen hatte. Von ihrer Befürchtung, dass bei ihr seelische Narben zurückgeblieben waren, genau wie bei Martha. Aber sie tat es nicht. Sie war hier, um Schadensbegrenzung zu betreiben, und nicht, um dieser Frau noch mehr persönliche Dinge anzuvertrauen. Sie wollte sich aus dem Schlamassel herauswinden, nicht sich noch weiter darin verstricken.

»Nein«, antwortete sie. »Nicht wirklich. Aber die zweite Ehe meiner Mutter ist glücklich. Vielleicht geht es also nur darum, den Richtigen zu finden.«

»Tja«, sagte Martha, leerte ihr Glas Rosé und signalisierte dem Kellner, dass sie noch eins wollte. Er kam praktisch angerannt und nahm ihr leeres Glas mit. »Sie scheinen Ihr Leben ja wirklich gut im Griff zu haben.«

Selena lachte, erfreut darüber, dass es ihr zumindest gelang, die Fassade aufrechtzuhalten. »Ich hoffe, das stimmt. Ich frage mich allerdings, ob irgendjemand je das Gefühl hat, sein Leben im Griff zu haben.«

Martha lächelte. »Vermutlich nicht.«

»Die meisten Leute, die ich kenne, wursteln sich so durch. Es gibt gute Tage und schlechte Tage. So läuft es bei allen, glaube ich.«

Eine weitere Nachricht von Graham: *Ich weiß, dass du immer noch an ihm hängst. Es gibt viele Formen von Untreue, Selena.*

Echt jetzt? Er kam ihr mit diesem Scheiß? Sie griff nach dem Telefon, ignorierte die zweite Nachricht und ließ es in ihrer Handtasche versinken.

Martha wies mit dem Kopf auf die Stelle, wo das Handy gelegen hatte. »Männe wundert sich, wo Sie bleiben?«

»Ja«, antwortete sie. »Wahrscheinlich sollte ich demnächst los.«

Der Kellner brachte ihnen beiden noch einen Wein. Sie hatte noch nicht mal bemerkt, dass ihr Glas schon fast leer war.

»Ich dachte, er ist unterwegs.«

Mist. »Ist er auch. Aber er will mir trotzdem gern Gute Nacht sagen.«

»Süß von ihm.«

Selena nippte an ihrem Wein. Sie spürte, wie nach diesem furchtbaren Tag die Müdigkeit an ihren Augenlidern zerrte, sich wie ein Schmerz im Kopf festsetzte. Das Gefühl von Freiheit, das sie überkommen hatte, als sie das Haus verließ und in die Stadt fuhr, war einem Gefühl von Losgelöstheit gewichen, als könnte sie einfach in den Weltraum entschweben.

»Und was ist mit der Nanny?«, erkundigte sich Martha. »Behalten Sie sie? Trotz Ihres Verdachts?«

Selena war es gelungen, jeden Gedanken an Geneva zu verdrängen. Darin war sie immer gut gewesen – unerfreuliche Dinge wegzuschieben und sich auf etwas anderes zu konzentrieren. Vielleicht hatte sie das von ihrer Mutter.

»Ach, das hat sich vielleicht schon erledigt«, sagte sie. »Sie ist heute nicht zur Arbeit gekommen. Deshalb sind die Kinder bei meiner Mutter.«

»Oh, wow«, sagte Martha. »Eigenartig, oder?«

»Menschen können unzuverlässig sein.« Wieder dieser starke Drang, alles zu erzählen. Selena nahm stattdessen noch einen Schluck Wein.

»Das ist aber ein ziemlicher Zufall, oder? Sie stellen Ihren Mann zur Rede, und das Kindermädchen verschwindet.«

Selena lief es kalt den Rücken herunter. Sie dachte an den Moment, als Graham am Erkerfenster stand und sie anstarrte. Wie seltsam er ihr erschienen war.

Er hatte nie jemandem wehgetan. Nicht so. Warum musste sie sich das bloß immer wieder selbst versichern? Vielleicht, weil sie wusste, dass das so nicht stimmte, auch wenn sie die Erinnerung in einen fernen Winkel ihres Kopfes verbannt hatte. Er hatte tatsächlich mal jemandem etwas angetan.

»Ich weiß nicht, was das eine mit dem anderen zu tun haben sollte.« Sie hörte selbst, wie steif das klang.

»Ach«, sagte Martha mit einer wegwerfenden Handbewegung und lachte leise. »Hören Sie nicht auf mich, ich habe eine blühende Fantasie. Selbstverständlich kennen Sie Ihren Mann, Sie vertrauen ihm. Und bestimmt gibt es Hunderte von guten Kindermädchen in der Umgebung. Wahrscheinlich ist es am besten so.«

Ein Herzschlag, ein Schluck Wein. Martha warf einen raschen Blick auf ihr Handy.

»Alles passiert aus einem guten Grund«, sagte Selena.

»Richtig.«

Sie plauderten noch eine Weile – über Restaurants, die sie mochten, Theaterstücke, die sie gesehen hatten, das Eheleben, das Leben als Single. Es war eine unbeschwerte, angenehme Unterhaltung, und für eine Weile vergaß Selena die hässliche Realität, die draußen auf sie wartete. Es kam ihr vor wie eine gestohlene Stunde mit einer Freundin, und alles erschien leicht. Der eigentliche Grund dafür, dass sie das Treffen vereinbart hatte, schien weit weg, fast nebensächlich.

»Es war wirklich schön, Sie näher kennenzulernen«, sagte Martha schließlich. Sie bat um die Rechnung und bestand darauf, für beide zu bezahlen. »Ich habe nicht viele Freundinnen.«

Das waren die schlimmsten: Frauen, die um männliche Aufmerksamkeit buhlten und dabei schlecht über andere Frauen redeten, sie sabotierten, ihnen in den Rücken fielen und dann so taten, als könnten sie überhaupt nicht verstehen, warum Frauen sie nicht »mochten«. Vermutlich traf das auf Martha zu; schließlich hatte sie mit ihrem verheirateten Chef geschlafen.

»Haben Sie noch Familie?«

Ein rasches Kopfschütteln. »Meine Eltern sind beide tot.«

»Das tut mir leid«, sagte Selena. Martha hatte es leichthin gesagt, mit einem Lächeln, aber Selena konnte fast ihre Beziehungslosigkeit spüren, ihre Einsamkeit. Jetzt ergab alles mehr Sinn; vielleicht war sie tatsächlich nur auf der Suche nach einer Freundin.

»Und es gibt niemanden, nichts Ernstes?«

»Nein. Wie schon erwähnt, vermutlich habe ich Probleme damit, Menschen zu vertrauen. Ich scheine den Richtigen einfach nicht zu finden, wissen Sie?«

Selena nickte und schaute in ihr Glas. *Und es ist nicht mal gesagt, dass Sie ihn erkennen würden, wenn Sie ihn treffen.* »Ja, es ist nicht leicht.«

»Sie sind wirklich zu beneiden.«

»Tja«, meinte Selena. Beim Gedanken an ihre Posts in den sozialen Medien zwickten sie Schuldgefühle. Was für eine Schwindlerin sie doch war. »Eine Ehe, das bedeutet Arbeit, Kompromisse, diese vielen kleinen Verhandlungen. Es ist nicht alles Champagner und Rosen.«

»Nein.« Martha lächelte. »Ganz bestimmt nicht. Aber eine Frau wie Sie – klug, attraktiv, eine liebevolle Mutter und Ehefrau – hat einen guten Mann verdient. Jemand, der sich um sie kümmert, sie beschützt, sie liebt. Der ihr treu ist.«

Selena blickte in ihr mittlerweile leeres Glas und spürte das Gewicht dieser Worte.

»Den habe ich«, flüsterte sie. »Ich kann mich glücklich schätzen.«

»Manche Frauen geben sich mit weit weniger zufrieden«, fuhr Martha fort. »Was sie nicht sollten.«

Da war er wieder, dieser dunkle Ton. Martha sah ihr in die Augen, und Selena spürte, wie ein Schauer sie überlief.

»So wie meine Mutter«, sagte Martha. »Wie sich herausstellte, war mein Vater ganz anders, als sie lange geglaubt hatte. Sie hat sich ... sehr lange alles gefallen lassen. Warum bleiben Frauen in einer solchen Ehe?«

»Aus Trägheit.« Selenas Kehle fühlte sich trocken an. »Wegen der Kinder. Vielleicht aus Angst. Es gibt psychologische Faktoren bei solchen Beziehungen. Meine Mutter arbeitet jetzt in einem Frauenhaus. Manchmal wissen die Frauen einfach nicht, wie sie sich aus der Beziehung lösen sollen.«

Der Blick der anderen war ein Abgrund, dunkel, unergründlich. Seltsam hypnotisch.

»Wie gesagt. Sie haben einen guten Mann, der Sie so behandelt, wie Sie es verdienen. Glückliches Mädchen.«

Das Blut rauschte in ihren Ohren. »Ja. Ich habe Glück gehabt.«

»Und wenn Sie je herausfinden sollten, dass Ihr Mann nicht der ist, für den Sie ihn hielten, würden Sie ihn dann verlassen?«

»Das will ich hoffen. Eine Ehe ... das ist kompliziert.«

Martha leerte ihr Glas. »Noch einen Wein?«

»Es war wirklich ... schön.« Selena richtete sich auf, holte tief Luft und brach den Bann. »Aber ich sollte jetzt besser gehen.«

»Danke, dass Sie sich bei mir gemeldet haben.« Marthas Lächeln war warm. »Ich bin froh, dass wir uns näher kennengelernt haben.«

»Ich auch. Irgendwann denkt man, dass man zu alt ist, um neue Freundschaften zu schließen«, sagte Selena. »Aber ganz offensichtlich stimmt das nicht.«

»Oh, das ist schön. Vielen Dank.« Martha schien aufrichtig erfreut, sie lächelte herzlich.

Die Dunkelheit, die Selena gespürt hatte, war fort, da waren nur noch Freundlichkeit und Wärme. War alles nur Einbildung gewesen? Auf ihre eigenen Ängste zurückzuführen? Auf die Dunkelheit in ihrem eigenen Leben?

Sie gratulierte sich dazu, eine schwierige Aufgabe gut gemeistert zu haben. Sie hatte eine Beziehung hergestellt, verstand die Begegnung im Zug jetzt besser – beide hatten sie Geheimnisse, die sie gewahrt haben wollten – und hatte Martha als Freundin gewonnen. Natürlich wäre es besser gewesen, wenn sie gleich den Mund gehalten hätte, aber zumindest hatte sie jetzt das Gefühl, die Lage im Griff zu haben. Nur ... wenn Geneva tatsächlich etwas zugestoßen war, wenn die Medien anfingen, über ihr Verschwinden zu berichten, würde sie Martha dann vertrauen können? Wahrscheinlich nicht. Aber sie hoffte immer noch, dass es dazu nicht kommen würde.

»Lassen Sie uns das bald mal wiederholen«, sagte sie.

»Ganz bestimmt. Und wenn Sie mal mit jemandem reden wollen – egal über was –, dann melden Sie sich. Ich bin eine gute Zuhörerin. Ich urteile nicht. Ich sehe mich gern als Lösungsarchitektin.«

»Lösungsarchitektin?«

»Es gibt eine Lösung für jedes Problem. Und die finde ich.« Da war es wieder, dieses dunkle Glitzern, das Selena im Zug intuitiv erkannt hatte. Etwas Lauerndes unter der Oberfläche.

»Das ist eine wichtige Fähigkeit«, erwiderte sie mit einem Augenzwinkern, als wäre sie in ein Geheimnis eingeweiht.

»Denn Probleme verschwinden nicht immer von selbst.«

»Das ist sehr wahr.«

Sie umarmten sich, und Martha hielt die Umarmung eine Sekunde länger als Selena, zog sie an sich, bevor sie sie endlich losließ. Aus Gründen, die sie sich nicht erklären konnte, stieg Selena das Blut in die Wangen und sie verspürte den starken Drang, von der Frau wegzukommen.

»Gilt auch für mich. Rufen Sie gern jederzeit an.«

»Ich bleibe noch ein bisschen«, sagte Martha mit einem dezenten Blick auf den Barkeeper. Sie setzte sich wieder.

»Oh.« Selena war so gut wie nie Single gewesen – in der Highschool hatte sie einen festen Freund gehabt, dann war Will gekommen und danach Graham. Doch ihre Freundinnen unterhielten sich oft darüber – über aufregende Begegnungen, die im Bett endeten, aber auch über die Einsamkeit, wie frustrierend es war, nie den Richtigen zu finden, über Dating-Apps und verunglückte Verabredungen. Die gefährlichen Momente, wenn einer aggressiv wurde, kein Nein akzeptieren wollte. Die netten Typen, die nach zu viel Alkohol plötzlich unangenehm wurden.

Der Barkeeper beobachtete Marthas Spiegelbild in der verspiegelten Bar, ein leichtes Lächeln auf den vollen Lippen.

Er fuhr sich mit der Hand durch das dichte dunkle Haar, und Selena fiel ein polynesisches Tattoo an seinem Handgelenk auf.

»Also dann«, sagte sie. »Seien Sie vorsichtig, ja?«

Martha lächelte lieb und drückte Selenas Arm. »Sie sind eine gute Freundin.«

Selena nahm sich ein Taxi, anstatt im Regen zurück zum Parkhaus zu laufen.

»Wohin soll's gehen?«, fragte der Taxifahrer.

Sie überlegte kurz. Zurück zu ihrem Auto und dann die lange Heimfahrt? Es würde garantiert Streit mit Graham geben. Noch eine schlaflose Nacht. Nein. Sie nannte dem Taxifahrer Wills Adresse und schrieb Will eine Nachricht.

Er antwortete sofort: *Der Portier wird dich reinlassen.*

Während der Fahrt nach Upper Manhattan schaute sie sich die Fotos an, die ihre Mutter ihr geschickt hatte. Die Jungs schliefen in ihren Betten.

Alles in Ordnung, hatte ihre Mutter dazu geschrieben. *Auch das wird vorbeigehen.*

21

Anne

Sie war gut darin, Leute zu verfolgen, das war eine ihrer Gaben. Es erforderte Geschick, es war eine Kunst. Die meisten Menschen konnten sich gar nicht vorstellen, dass sie verfolgt werden könnten, und das erleichterte die Sache.

Außerdem waren die meisten heutzutage nicht ganz da, sie spazierten unaufmerksam durch die Straßen. Wenn sie nicht im Sturm ihres eigenen Innenlebens verloren waren, betäubten sie sich mit ihren mobilen Endgeräten. Entweder sie waren besessen von ihren eigenen Wünschen, Bedürfnissen, Ressentiments, Ambitionen, Unsicherheiten, sahen nur den Film von sich selbst im Kopf ablaufen. Oder sie spielten Candy Crush, tummelten sich in den sozialen Netzwerken, schickten oder empfingen alberne Nachrichten über irgendwelche alltäglichen Nebensächlichkeiten.

Heutzutage war es also einfach, Menschen zu beobachten, sich ungesehen durch die Welt zu bewegen, sich von hinten anzuschleichen, einfacher, als es je zuvor gewesen war.

Sie verabschiedete sich von Selena und ließ sie in dem

Glauben, ihre neue Freundin, diese Schlampe, würde zurückbleiben, um den Barkeeper aufzureißen. Was sie natürlich tatsächlich tun könnte. Sie könnte ihn haben, wie eigentlich so ziemlich jeden. Aber wozu? Der Typ war sehr sexy, ja, aber was sollte das bringen? Sie hatte heute Nachmittag schon Hugh gehabt; sie konnte ihn immer noch fühlen.

Sie wartete kurz, dann raffte sie ihre Sachen zusammen und folgte Selena. Sie stand noch an der Bordsteinkante und war dabei, ein Taxi herbeizuwinken. Anne blieb in der Tür der Weinbar stehen und beobachtete sie. Ein Taxi hielt, und Selena stieg ein. Anne schnappte sich das Taxi direkt dahinter.

»Folgen Sie dem Wagen vor Ihnen«, sagte sie zu dem Fahrer.

Er antwortete nicht, was sie als Zustimmung wertete. Sein Handy klingelte und er begann eine Unterhaltung in einer Sprache, die sie nicht verstand. Irgendwas West-Slawisches? Tschechisch? Polnisch?

Selenas Taxi raste Richtung Uptown, Annes Taxi folgte.

»Wo willst du hin?«, flüsterte sie, obwohl sie so eine Ahnung hatte.

Etwas voraussagen können, das war ihre zweite Gabe. Wohin würde Selena gehen, wenn sie sich plötzlich befreit sah von den Dingen, die sie an ihr Leben fesselten? Wenn der Weg steinig wurde, ihr der Boden unter den Füßen weggerissen wurde, an wen würde sie sich wenden?

Die Tenth Avenue hinauf, quer durch die City durch den Central Park, die Seventy-Ninth Street entlang, dann die Madison Avenue hoch. Die Upper East Side. Die Straßen glänzten vor Nässe. Hatte es geregnet?

Es war heutzutage so einfach, in jemandes Leben einzudringen, dank der sozialen Medien und des unersättlichen Bedürfnisses der Leute, ihr Leben öffentlich auszubreiten, sich selbst zu präsentieren. Anne brauchte fast immer nur wenige Stunden, um sich ein Bild vom Leben irgendeines Menschen zu machen. Dann wusste sie, wo die Person wohnte und arbeitete, wo sie einkaufte, aß, feierte, auf welche Schule ihre Kinder gingen. Es war noch nie so einfach gewesen, Informationen über das Privatleben anderer zu bekommen und Zugang dazu. Die Leute gaben all diese Informationen einfach weg, oft ohne dass es ihnen überhaupt bewusst war.

Für Selena hatte sie natürlich mehr als ein paar Stunden aufgewandt, viel mehr. Ihre Begegnung im Zug war alles andere als zufällig gewesen. Es gab nur sehr wenig, was sie nicht über Selena Murphy wusste. Sie wusste sogar Dinge, die Selena selbst nicht wusste.

Als Selenas Taxi hielt, fuhr Annes Fahrer an den Straßenrand. Er telefonierte immer noch, das Taxameter lief. Ihm schien klar zu sein, dass er stehen bleiben und warten sollte. Anne verfolgte, wie ihre schlanke, elegante Freundin aus dem Taxi stieg und zum Eingang eines feudalen Gebäudes mit Portier und kastanienbrauner Markise eilte.

Anne machte schnell ein Foto mit ihrem Smartphone.

Na, dachte sie, das hat ja nicht lange gedauert.

Sie beobachtete, wie Selena lächelnd mit dem Portier sprach und dann in der luxuriösen Lobby verschwand. Der Anwalt, ihr Ex. Der erste und einzige sichere Hafen, den Selena je gekannt hatte. Sie hätte ihn heiraten sollen.

Doch so viel sie auch über Selena Murphy wusste, die Frau, der sie heute begegnet war, hatte sie überrascht. Anne hatte ein Nervenbündel erwartet, unsicher, zu vertraulichen Geständnissen aufgelegt. Doch die Frau, die ihr im Weinlokal gegenübergesessen hatte, war gesammelt, intelligent und beherrscht gewesen. Sie hatte gelogen, mühelos und zielstrebig. Sie war berechnend.

Sie war sowohl stärker als auch klüger, als Anne es ihr zugetraut hatte. Keine guten Eigenschaften bei einem Opfer.

»Dieser Plan hat Mängel.« Paps. »Und zwar deshalb, weil die Sache persönlich ist. Habe ich dir nicht beigebracht, das zu vermeiden? Du hast sie aus den falschen Gründen ausgesucht. Beende das Ganze.«

»Ich weiß, ich weiß«, sagte sie laut, erschrocken über den Klang ihrer eigenen Stimme.

Aber falls der Taxifahrer sie überhaupt gehört hatte, nahm er vermutlich an, dass sie ebenfalls telefonierte. Sorge stieg in ihr auf, die aber rasch in blinde Wut umschlug. Nein, nicht Wut. Es war etwas Dunkleres, Gemeineres.

»Zorn macht uns unvorsichtig.« Paps versäumte es nie, darauf hinzuweisen. »Und in unserem Gewerbe ist das tödlich. Du erinnerst dich?«

»Was jetzt?« Der Taxifahrer sah sie im Rückspiegel an. »Wohin jetzt? Oder hier stehen bleiben? Das Taxameter läuft.«

Sie ging die Möglichkeiten durch, die ihr offenstanden. Wegen Selena hatte sie bereits hundert Regeln gebrochen. Es war Zeit, sich erst mal zurückzuziehen, sich zu sammeln. Den Druck zu erhöhen.

»Grand Central«, sagte sie.

Das Taxi fuhr los, der Fahrer sprach unablässig in sein Handy. Mit wem er wohl telefonierte?

»Erinnerst du dich an Bridget?«, fragte Paps, der neben ihr saß. Sie fuhr zusammen. In letzter Zeit war er mehr ein Schemen gewesen, substanzlos. Aber jetzt war er hier, in Fleisch und Blut. Sie streckte die Hand nach ihm aus, aber er war bereits wieder fort.

»Wie könnte ich die vergessen?« Sie starrte aus dem Fenster, als sie in den Park einbogen.

22

Pearl

Paps und sie waren wieder unterwegs. Das entzückende kleine Haus in Pecos war längst Geschichte. Danach hatten sie in einer abgelegenen Blockhütte außerhalb von Boulder gewohnt, auf einer heruntergekommenen Ranch in Amarillo, in einem zweigeschossigen Haus in Phoenix. Sie war Mary, Beth und Sarah gewesen. Er Jim, Chris und Bill.

Paps saß am Steuer ihres gebrauchten Volvos, aber er hatte abgeschaltet, wie sie es bei sich nannte.

Wenn es schlecht lief oder wenn irgendetwas ihn wütend machte, schaltete er irgendwie ab. Er bekam dann diesen leeren Blick und verstummte. Anfangs war das verstörend gewesen. Einmal war er einen ganzen Nachmittag fast katatonisch, saß auf dem Sofa und starrte in den dunklen Kamin. Sie hatte alles versucht, um ihn zu einer Reaktion zu bewegen, hatte auf ihn eingeredet, ihn angebrüllt, geweint. Ihn geschüttelt, ihn geschlagen. Schließlich hatte sie sich einfach auf den Boden zu seinen Füßen gelegt und gewartet. Als er wieder zu sich kam, hatte er keine Erinnerung an die letzten Stunden.

»Es tut mir leid«, hatte er gesagt. Er hatte sie festgehalten, und sie hatte es zugelassen, obwohl Zeichen von körperlicher Zuneigung zwischen ihnen selten waren. »Das passiert manchmal. Warte einfach ab, bis es vorüber ist.«

Diesmal war er nach Hause gekommen, in das Haus in Phoenix, das sie wirklich mochte, und hatte wortlos zu packen begonnen. Sie war seinem Beispiel gefolgt, ohne Fragen zu stellen. Vielleicht lag es an den Jahren, die sie mit Stella verbracht hatte; sie war es gewohnt, nonverbale Hinweise schnell und fraglos zu befolgen. Ihr ganzer Besitz passte in einen Rollkoffer, der von Paps ebenfalls. Sie hatten darauf geachtet, nichts zurückzulassen. Sie putzten das Haus gründlich durch und ließen keine Spuren zurück. So war es jedenfalls beabsichtigt.

Das war Phoenix gewesen – heiß, flach, rote Erde. Freundliche Menschen, viele lächelnde Gesichter, eine eindeutig hippe Südwest-Atmosphäre. Paps' »Freundin« war eine Buchhalterin mittleren Alters gewesen, die er über eine Dating-App kennengelernt hatte – Bridget.

Was will jemand? Das ist stets das Erste, was man herausfinden muss.

Und sie werden es einem immer verraten. Man muss nur Augen und Ohren offen halten.

Vielleicht teilen sie es einem nicht in Worten mit. Vielleicht wissen sie es im Grunde nicht einmal selbst. Aber sie verraten es durch ihre Frisur, die Art, wie sie sich schminken, wie sie sich anziehen. Durch ihren Lieblingssong, ihr Lieblingsbuch, ihren Lieblingsfilm. Durch die Art, wie sie über ihre Eltern sprechen, durch ihre Körperhaltung, dadurch, ob sie einem in die Augen sehen, ob sie einen Blick in den Spiegel werfen, wenn sie an einem vorbeikommen.

Bei einer unverheirateten Frau eines gewissen Alters war es einfach. Sie wollte das Märchen, das ihr ihr ganzes Leben lang versprochen worden war. Sie wollte den Prinzen, auf den sie so lange gewartet hatte, den Prinzen als Ausgleich für die ganzen Frösche, wenn es denn überhaupt Frösche gegeben hatte. Sie sehnte sich nach Romantik, nach Aufmerksamkeit, nach einer Liebe, die sie für all die einsamen Nächte entschädigte, den Schrank voller Brautjungfern-Kleider, die allein verbrachten Weihnachtsfeste. Nach all den Jahren wollte sie sagen können: *Ich habe so lange auf dich gewartet.*

Und Paps war gut. Er war sehr, sehr gut darin, Frauen das zu geben, was sie wollten.

Er war liebevoll, aufmerksam, respektvoll. Konnte gut zuhören. Packte mit an. Er war ein Mann, der kleinere Reparaturen durchführen konnte und wollte. Er kochte für sie.

Und Anne, oder Mary oder Beth oder wer auch immer sie gerade sein mochte – sie war das Sahnehäubchen. Ein Schlüsselkind, das vom alleinerziehenden Vater großgezogen wurde. Die Tochter, die sich nach einer Mutter sehnte, einer Freundin – aber alt genug war, um auf sich selbst aufzupassen. Zusammen konnten sie im Nu eine Familie sein. Eine junge Frau mit guten Aussichten hätte das vielleicht abgeschreckt. Aber nicht eine Frau, die fürchtete, im Leben alles versäumt zu haben: die wahre Liebe, Kinder, Enkel. Für eine solche Frau gehörte Anne zum Gesamtpaket.

Und sie spielte ihre Rolle perfekt. Selten musste sie das bei persönlichen Begegnungen tun, das meiste lief online ab – Mails und gelegentlich ein Videotelefonat. Anfangs war sie immer schüchtern, konnte sich nur langsam für die neue Freundin ihres Vaters erwärmen. Aber schließlich wurde sie zutraulich. Fing an, von sich aus anzurufen, um Rat in dieser oder jener Angelegenheit zu erbitten. Schickte gelegentlich lustige Nachrichten. Ein Meme. Ein entzückendes Katzenvideo.

»Du bist ein Naturtalent«, lobte Paps. »Aber übertreib es nicht. Gib nicht zu viel preis, mach nicht zu viel. Und was immer du tust, verlieb dich nicht.« Das tat sie natürlich nie. Aber Anne sorgte dafür, dass sich die Frauen in sie verliebten.

Und dann, wenn die Zielperson – ein kalter Begriff, der nicht die ganze Wahrheit vermittelte – verliebt war und am Haken hing, erkrankte Anne oder Beth oder Mary plötzlich, wenige Tage vor dem geplanten ersten persönlichen Treffen. Normalerweise, während sie und Paps »im Urlaub« waren, angeblich nahe des Ortes, an dem das Treffen hätte stattfinden sollen. Natürlich waren sie nicht einmal in der Nähe dieses Ortes und würden es auch nie sein. Vielleicht waren sie auch ausgeraubt worden, Paps' Geldbörse gestohlen, und das Leben seiner schönen Tochter hing nach dem Überfall am seidenen Faden. Die Zielperson zögerte selten, das Geld zu überweisen, das Paps benötigte. Fünftausend Dollar, zehntausend, manchmal mehr. Das waren kurze Operationen, sie dauerten selten länger als ein paar Monate.

Sobald das Geld überwiesen war – oder wenn das Opfer misstrauisch wurde und versuchte, zu ihrer Rettung anzureisen –, puff, dann verschwanden sie. Online-Profile wurden gelöscht, anonyme Prepaid-SIM-Karten weggeworfen, E-Mail-Accounts aufgelöst. Die meisten Frauen meldeten den Betrug nicht einmal. Sie schwiegen aus Scham. Es waren wohlhabende, erfolgreiche, gebildete Frauen. Wie konnte ich mich nur so leicht hinters Licht führen lassen?, fragten sie sich.

Aber Bridget? Anne hatte gespürt, dass sie nicht das typische Opfer war – da war eine gewisse Härte gewesen, eine distanzierte Kälte. Sie war nicht so hingerissen von Anne, wie die anderen es gewesen waren. Anne hatte Paps ihre Beobachtungen mitgeteilt, aber er wollte nicht hören. Bridget war ein großer Fisch, sie war äußerst wohlhabend. Doch als er versuchte, den geköderten Fisch an Land zu ziehen, überwies Bridget kein Geld. Erst bot sie an, hinzufliegen, um ihnen zu helfen. Dann wollte sie ihnen einen Anwalt schicken. Sie rief immer wieder auf Paps' Prepaid-Handy an. Schließlich kam eine Mail mit der Drohung, die Polizei zu verständigen. Paps musste im Rekordtempo alles auflösen – das Online-Profil, den Mail-Account, die Skype-ID –, die anonyme Prepaid-SIM-Karte vernichten. Obwohl Bridget unmöglich wissen konnte, wo sie sich gerade aufhielten, verließen sie das Haus in Phoenix.

Sie waren bereits Meilen entfernt, fast in El Paso, als Paps endlich etwas sagte.

»Woher hast du das gewusst?«

Sie fuhren auf einem dunklen Highway durch die Wüste. In der Ferne blinkten die Lichter einer Stadt, der Himmel war voller Sterne. Anne betrachtete sie durch das geöffnete Schiebedach. Sie gaben ihr eine Art Trost, erinnerten sie daran, dass nichts wirklich wichtig war. In ihren Knochen war Sternenstaub. Vor nicht allzu langer Zeit hatte es sie noch nicht gegeben, und eines Tages würde sie nicht mehr da sein. Und das war in Ordnung.

»Ich habe einfach dieses Gefühl von Wärme bei ihr nicht gespürt. Sie hatte kein Lächeln in den Augen, wenn sie mich ansah. Ich glaube, es fällt ihr schwer, anderen zu vertrauen.«

»Ich hab's nicht gesehen.« Er umklammerte das Lenkrad fester.

Ihr war aufgefallen, dass seine Knöchel wund waren und er eine Schramme an der Wange hatte. Sie hütete sich, ihn danach zu fragen. Manchmal ging er nachts weg und trank zu viel. Danach wusste er nicht immer, was passiert war.

»Man kann nicht alle für sich einnehmen«, sagte sie.

Das war eine Redensart von Stella gewesen. Und die sollte es schließlich wissen. Anne hatte bruchstückhafte Erinnerungen an ihre Mutter: den Duft ihres Parfüms, Chanel N° 5, ihr Lachen, rau wie Sandpapier. Wie kalt ihre Hände und Füße immer waren, wie sie ihre Zehen unter Pearls Kniekehlen schob, wenn sie zusammen auf dem Sofa lagen. Manchmal kamen solche Details zurück, und dann hätte sie fast etwas gefühlt. Ein Ziehen im Herzen.

»Vielleicht verliere ich mein Gespür«, sagte Paps. »Das kommt vor, heißt es. Die Instinkte stumpfen ab.«

»Dann solltest du vielleicht in den Ruhestand gehen.« Das war ein Seitenhieb. Anne war wütend. Sie hatte das Haus in Phoenix gemocht, sie hatte sich dort sogar mit einem Jungen aus der Nachbarschaft angefreundet.

Sie dachte schon, er würde wieder abschalten. Fast hätte sie es sich gewünscht, um in Ruhe wütend sein zu können.

»Noch nicht«, sagte er. »Ich bin noch nicht bereit für den Ruhestand.«

»Kann sie uns aufspüren?«

»Nein«, antwortete er rasch. »Auf keinen Fall. Wir sind Phantome.«

Aber es klang nicht so, als wäre er sich da absolut sicher. Und wie sich herausstellen sollte, lag er falsch.

23

Hunter

Als Hunter Ross das Diner betrat, kündigte das Bimmeln der kleinen Türglocke seine Ankunft an. Nicht, dass jemand das bei dem Radau gehört hätte. Die Kellnerin am Tresen winkte ihm zu und wies dann mit einem wissenden Lächeln auf die lautstarke Gruppe älterer Männer hinten im Lokal. Mit einem Seufzer durchquerte Hunter den Raum.

Der Ruhestand sagte Hunter Ross nicht sonderlich zu. Mittlerweile graute ihm fast vor den Treffen seiner Frühstücksgruppe am Dienstagmorgen, alles Pensionäre aus risikobehafteten Berufsgruppen. Vielleicht waren ein Polizist, ein Anwalt, ein Feuerwehrmann, ein Rettungssanitäter und ein FBI-Agent anwesend. Männer, die sich stark mit ihrem Beruf identifiziert hatten und jetzt ihre ganze aufgestaute Energie aufbrachten, um sich über die Lage der Nation und den Zustand der Welt aufzuregen.

Sie waren nicht gut in Form. Sie sahen zu viel fern. Und ihre Ernährungsgewohnheiten – riesige Chili-Käse-Omeletts, Mengen von Bratkartoffeln, gebratener Schinkenspeck, dicke

Würstchen, literweise Saft und Kaffee – machten Hunter richtiggehend nervös. Irgendwann an einem der nächsten Dienstage würde einer dieser alten Männer direkt vor seiner Nase einen Schlaganfall erleiden. Es war nur eine Frage der Zeit.

Sie nannten ihn »Söhnchen«. Weil Hunter erst Ende fünfzig war und alle anderen fast siebzig. Streng genommen war er noch gar nicht im Ruhestand, denn nachdem er aus dem Dienst ausgeschieden war, hatte er eine eigene Detektei gegründet und war seitdem als Cold-Case-Ermittler tätig. Die Familien der Opfer oder unterbesetzte Polizeidienststellen wandten sich an ihn, wenn es keine Anhaltspunkte oder brauchbare Spuren gab oder die Zeit, das Geld oder die Energie für weitere Ermittlungen fehlte. Manchmal arbeitete er umsonst.

Die Gruppe schalt ihn dafür, dass er arbeitete, obwohl er sich einen lauen Lenz hätte machen können. Aber sie waren auch neidisch, das merkte er. In Berufen, wie diese Männer sie gehabt hatten, war es nie leicht, einfach loszulassen. Brände und Verbrechen würde es immer geben, Opfer und die Notwendigkeit für den Einsatz von Ersthelfern. Aber jetzt waren andere, jüngere Leute die Retter.

Momentan bearbeitete Hunter drei Fälle: ein vermisstes junges Mädchen, vermutlich von zu Hause weggelaufen, ein Ehepaar, Weltuntergangs-Prepper, die alle Bande zur Zivilisation gelöst hatten und von denen man seitdem nichts mehr gehört hatte. Und etwas, das persönlich war, ein Fall, den er nie hatte aufklären können und der jetzt fast zehn Jahre zurücklag. Wegen dieses Jubiläums hatte er in letzter Zeit oft daran denken müssen, was ihn grantig machte. Wenn er diese Sache abschließen konnte, würde er vielleicht diese Flusskreuzfahrt in Europa in Betracht ziehen, zu der seine Frau ihn immer drängte.

Er setzte sich auf seinen Stammplatz neben Andrew.

»Du bist spät dran, Söhnchen«, sagte Phil, ein pensionierter Streifenpolizist. Er war groß und eigentlich von Natur aus hager, aber da er kein Gemüse mochte, nur lief, wenn er verfolgt wurde, und Flüssigkeit hauptsächlich in Form von Bourbon zu sich nahm, wölbte sich eine Wampe über seinem Gürtel, mühsam durch das Polohemd in Form gehalten. »Wir haben schon mal für dich bestellt.«

»Klasse«, bemerkte Hunter. »Bei meinem Cholesterinspiegel ist noch Luft nach oben.«

»Er ist *beschäftigt*, kann nicht immer kommen, wisst ihr«, bemerkte Ray, der Feuerwehrmann, sarkastisch. Im letzten Jahr hatte er einen Herzinfarkt gehabt, sich aber davon erholt. Jetzt aß er nur noch das Weiße vom Ei. Mit reichlich Käse überbacken, dazu gebratenen Schinkenspeck. »Der Mann denkt immer noch, er könnte die Welt retten. Einen Cold Case nach dem anderen.«

»Woran arbeitest du gerade?«, fragte Andrew, ein Anwalt im Ruhestand, der jetzt ehrenamtlich für gefährdete Kinder und Jugendliche eintrat. Noch einer, der nicht loslassen konnte.

»Bei meiner Ausreißerin gibt's eine Spur«, erklärte Hunter. »Ich werde das nachher gleich mal überprüfen. Ich trink nur schnell einen Kaffee, dann geht's los.«

»Sie ist von zu Hause abgehauen. Warum lässt du sie nicht einfach in Ruhe?« Jay, der andere Polizist. Zutiefst verbittert. Geschieden, seinen Kindern entfremdet. Der Beruf hatte ihm alles abverlangt, körperlich, geistig und emotional, und jetzt war er ausgebrannt.

Hunter zuckte die Achseln. »Ihre Familie sucht noch nach ihr.«

Jennie wurde seit über einem Jahr vermisst. Sie war sechzehn, wirkte aber älter. Ihr leiblicher Vater hatte sie missbraucht, aber ihre Mutter und der Stiefvater waren gute Menschen und versuchten, ihr zu helfen. Sie war in eine Clique geraten, die Oxy nahm. Ihre Mutter war dagegen machtlos gewesen. Und dann war Jennie verschwunden.

Jay rieb sich seinen grau melierten Vollbart. »Wenn die Eltern ihre Sache besser gemacht hätten, wäre sie vielleicht noch zu Hause.«

Die anderen Pensionäre murmelten etwas Zustimmendes. Als wären sie alle Väter des Jahres.

»Möglich«, sagte Hunter.

Das war seine Art, er vermied die Konfrontation, ließ die negative Einstellung anderer Leute von sich abgleiten. Hunter argumentierte nicht. Das hatte seine Frau früher in den Wahnsinn getrieben, bis sie mit Yoga und Meditation anfing. Jetzt verstand sie es. Hunter konnte zwar seine Zehen nicht erreichen, aber er wusste, dass man einen Streit nicht gewinnen kann. Alles, gegen das man ankämpft, wird nur stärker.

»Er gehört zu diesen ›Jeder Mensch zählt‹-Polizisten«, sagte Andrew und hieb ihm auf den Rücken. »Hat zu viele Krimis von Michael Connelly gelesen. Hält sich für Harry Bosch.«

»Es stimmt, jeder Mensch zählt«, sagte Hunter. »In meinen Augen jedenfalls.«

Mavis brachte ihr Frühstück: Teller, auf denen sich Eier, Pfannkuchen, Waffeln, Schinken und Donuts stapelten. Die Gruppe reagierte so begeistert wie Kinder bei einer Geburtstagsfeier, wenn der Kuchen aufgetischt wird. Alle riefen durcheinander.

Vor Hunter stellte sie einen schwarzen Kaffee und einen Roggentoast mit dem Weißen vom Spiegelei und Avocado ab.

»Das ist aber nicht das, was ich für ihn bestellt habe«, sagte Bill mit gespielter Verärgerung.

»Aber es ist das, was er jede Woche kriegt«, konterte Mavis mit einem wissenden Lächeln.

Hunter warf ihr einen dankbaren Blick zu, denn wenn jemand ein Chili-Käse-Omelette vor ihn hinstellte, würde er reinhauen, weiß Gott. Er war schließlich auch nur ein Mensch.

Alle langten zu und unterhielten sich angeregt. Das Gespräch drehte sich um Politik, Gesundheitsvorsorge, Immobilienrenten, Sport. Es wurde laut, sie brüllten, wieherten, rammten einander die Ellenbögen in die Rippen. Hunter hörte meistens nur zu. Deshalb kam er her. Er mochte diese Männer, trotz ihrer schlechten Angewohnheiten, ihrer Ecken und Kanten. Jeder Einzelne von ihnen hatte sein Berufsleben quasi an vorderster Front verbracht, im Dienst am Menschen. Ihr kombiniertes Wissen, ihre Erfahrung und erworbene Klugheit waren unbezahlbar. Er brachte seine Fälle mit an den Tisch und veranstaltete eine Art Workshop. Irgendwelche Ideen hatten sie immer – manche falsch, manche richtig, aber fast alle zeigten ihm einen Weg auf, den er allein vielleicht nicht gefunden hätte.

Es war Phil gewesen, der vorschlug, dass er Jennie Murray, seiner Ausreißerin, auf Facebook folgen sollte. Wenn er das nicht getan hätte, wäre ihm vielleicht der Post ihres Ex entgangen. Hi, ich glaube, ich habe dich neulich im Tommy's Cove gesehen. Warst du das?

Jennie hatte nicht geantwortet, aber Hunter suchte Tommy's Cove im Internet und stellte fest, dass es eine Kneipe in einer Nachbarstadt war, ein Biker-Treffpunkt. Das war Hunters erste Spur seit einem Monat.

Als sich im Gespräch eine kurze Pause ergab, warf er ein: »Hat schon mal jemand was von Tommy's Cove gehört?«

»Tommy's Cove?«, wiederholte Phil mit einem wissenden Nicken. »Ein Treffpunkt von Truckern und Bikern. Drogenumschlagplatz. Wenn sie da ist, geht sie vermutlich anschaffen, um Oxy oder Meth zu kriegen.«

Das hatte Hunter sich auch schon gedacht. So viele Möglichkeiten für ein drogenabhängiges Mädchen, zu Geld zu kommen, gab es schließlich nicht.

»Selbst wenn du sie zurückbringst und sie einen Entzug macht«, sagte Jay, »dauert es kein halbes Jahr, dann ist sie wieder auf der Straße. Die werden nicht clean. Nicht nach so was.«

Das war eine typische Polizisten-Einstellung. Einmal schlecht, immer schlecht. Aber so war es nicht immer.

»Jeder hat eine Chance verdient, sein Leben wieder auf die Reihe zu kriegen«, sagte Andrew.

Hunters Gedanken wanderten zu Stella und Pearl Behr, dem einen Fall, den er nie hatte aufklären können, der ihn nie losgelassen hatte. Das entführte Mädchen, das entweder sein Leben lebte oder längst irgendwo verscharrt war. Die ermordete Frau, von jedem vergessen außer von Hunter – der ihr nie begegnet war. Eine alleinerziehende Mutter mit einer fünfzehnjährigen Tochter, Inhaberin eines Geschäfts, das kurz vor der Pleite stand, eine Frau, die finanziell zu kämpfen hatte. Es gab eine Reihe von Männerbekanntschaften. Sie war in ihrem eigenen Bett erwürgt worden, ihr Kind entführt.

Jeder hatte eine Chance verdient, sein Leben wieder auf

die Reihe zu bekommen. Aber manche Leute erhielten diese Chance nie.

»Brauchst du Gesellschaft?«, fragte Andrew. Das Gespräch hatte sich anderen Themen zugewandt, während Hunter in seine Kaffeetasse gestarrt hatte.

»Klar.« Es war immer gut, einen Partner zu haben.

Er trank seinen Kaffee aus, verputzte seinen Avocadotoast und schnappte sich eine Scheibe gebratenen Schinkenspeck von Phils Teller. Dann ging er, unter Gejohle und lauten Abschiedsgrüßen. Zweifellos würden die übrigen Gäste froh sein, wenn die Gruppe endlich das Lokal verließ.

Er und Andrew waren an der Tür angelangt, als ihm der laufende Fernseher, der oben in der Ecke angebracht war, ins Auge fiel.

Die Schriftzeile am unteren Bildschirmrand lautete: Vermisste Nanny.

Er trat zum Fernseher, griff nach der Fernbedienung, die auf dem Tresen lag, und stellte den Ton ein wenig lauter. »Die fünfundzwanzigjährige Geneva Markson, die am Wochenende von ihrer Schwester als vermisst gemeldet wurde, erschien gestern nicht an ihrer Arbeitsstelle«, sagte die Nachrichtensprecherin. »Am Montag entdeckte die Polizei ihr abgestelltes Auto in dem wohlhabenden Viertel, in dem ihre Arbeitgeber wohnen. Es fehlt jede Spur von ihr, auch wenn es bislang keine konkreten Anhaltspunkte für eine Straftat gibt. Wenn jemand weiß, wo sich diese junge Frau aufhält, bittet die Polizei darum, sich unter der eingeblendeten Rufnummer zu melden.«

Das Gesicht auf dem Bildschirm verschwamm vor seinen Augen. Es kam ihm seltsam bekannt vor. Er kannte diese Frau. Er hatte sie schon einmal gesehen. Und er vergaß nie ein Gesicht. Er durchforstete sein Gedächtnis. Irgendwas klingelte in seinem Hinterkopf. Wo hatte er sie schon mal gesehen? Wann?

»Was ist los?« Andrew war ihm gefolgt. »Kennst du sie?«

»Möglich«, sagte Hunter.

Nachdem sie dem Tommy's-Cove-Hinweis nachgegangen waren, würde er nach Hause fahren und seine alten Akten durchforsten. Er würde vom Auto aus ein paar Anrufe tätigen. Er war nicht mehr so gut, wie er einmal gewesen war. Aber irgendwann würde es ihm einfallen.

Jeder Mensch zählt. Er erinnerte sich an die Gesichter aller vermissten Jugendlichen, nach denen er je gesucht hatte. An die Gesichter der Mordopfer, die durch ihn zumindest irgendeine Form von Gerechtigkeit erfahren hatten. An die Gesichter der Vergewaltigungsopfer, denen er versprochen hatte, dass sie sich irgendwann wieder sicher fühlen könnten, weil der Täter gefasst war. Er hatte kein einziges Gesicht vergessen.

24

Selena

»Wie hast du geschlafen?«, fragte sie Oliver. Sie hatte ihr Handy auf Lautsprecher gestellt.

Wills Bett war riesig und weich wie eine Schäfchenwolke. Sie ließ sich tiefer hineinsinken. Trotz allem hatte sie so gut geschlafen wie seit Langem nicht mehr.

»Ganz gut.« Olivers Stimme klang schmollend, schlaftrunken. Er musste sie angerufen haben, sobald er die Augen aufgeschlagen hatte.

»Was macht Paulo euch denn zum Frühstück?«, fragte sie, um einen leichten Ton bemüht.

»Es gibt wohl Pfannkuchen. Ich kann ihn in der Küche rumoren hören.«

»Dein Lieblingsfrühstück!« Ihr munterer Ton traf auf Schweigen.

»Wann kann ich wieder nach Hause?«

Ich, nicht *wir*. Stephen war ihm absolut egal. Er würde ihn bei seiner Großmutter lassen, wenn er konnte, oder? War das normal?

»Sehr bald«, versicherte sie.

»Das ist keine Antwort, Mama.«

Sie holte tief Luft. »Geh jetzt erst mal in die Schule. Wenn du heute Nachmittag nach Hause kommst, werde ich eine Antwort für dich haben.«

Es wird nur vielleicht nicht die Antwort sein, die du gerne hättest, dachte sie, sprach es aber nicht aus. In jedem Fall würde sie heute bei ihrer Mutter übernachten. Sie würde nicht nach Hause zurückkehren, wo Graham war. Bei Cora zu schlafen, war vielleicht momentan das Richtige. Für sie und für die Kinder.

»Na gut«, sagte er. Sie lauschte seinem geräuschvollen Atem.

Die Bettwäsche war göttlich, weich und seidig. Hatte sicher ein Vermögen gekostet. Alles, was sie über Wein und Kunst und teure Stoffe und Design wusste, hatte Will ihr beigebracht. Die ersten Sonnenstrahlen fielen durch die taubengrauen Vorhänge. Sie drückte einen Knopf der Fernbedienung, die neben dem Bett lag, und sah zu, wie sie geräuschlos aufglitten und einen Blick über die Stadt in milchigem Grau enthüllten.

»Wo ist Papa?«

»Schläft noch.« Schuldgefühle zwickten sie. Obwohl es keine Lüge war. Graham schlief vermutlich noch, auch wenn sie nicht in seiner Nähe war und sich daher nicht selbst davon überzeugen konnte.

»Hat er wieder im Arbeitszimmer übernachtet?«

Man konnte seine Kinder nicht täuschen, egal wie sehr man glaubte, es schlau angestellt zu haben.

»Und wie hast du geschlafen?«, fragte sie erneut, um das Thema zu wechseln.

»Stephen hat geschnarcht. Die ganze Nacht lang.«

Selena hörte, wie Will, der im Wohnzimmer auf dem Sofa geschlafen hatte, aufstand und durch den Flur ins Bad ging.

Gestern hatten sie noch lange geredet. Sie war in eine von Wills Jogginghosen und ein College-T-Shirt geschlüpft. Er hatte Feuer im Kamin gemacht, und sie hatten über Graham gesprochen, darüber, wie schwierig alles war, seit die Kinder da waren. Sie hatte ihm nicht alles erzählt. Sie sprachen über Geneva, was ihr zugestoßen sein könnte, über die Frau aus dem Zug, was sie vielleicht wollte. Sie leerte noch ein Glas Wein mit ihm, schläfrig und entspannt in seiner Gesellschaft.

»Es ist schlimm, dass es so gelaufen ist«, sagte er. »Aber es ist schön, dich hierzuhaben. Es ist schön, mal wieder so mit dir zu reden. Das habe ich vermisst. Ich habe dich vermisst. All die Jahre lang.«

Sie wusste nicht, was sie sagen sollte. Hatte er ihr gefehlt? Manchmal. Vielleicht. Das, was vielleicht hätte sein können. Aber so war das Leben nun mal nicht. Man wusste nicht, was auf dem Weg lag, den man nicht eingeschlagen hatte.

»Du brauchst nichts zu sagen. Ich weiß, es ist kompliziert.«

»Es tut mir leid, dass ich dir wehgetan habe. Das habe ich immer bereut.«

Er zuckte die Achseln. »Liebe kann einschlagen wie ein Blitz, und dagegen ist man machtlos. Wir können uns nicht immer aussuchen, wen wir lieben oder warum. Man kann sich nicht zwingen, jemanden zu lieben.«

Aber ich liebe dich doch, hätte sie am liebsten erwidert. *Ich liebte dich. Vielleicht wusste ich damals überhaupt nicht, was Liebe ist.* Doch sie starrte nur schweigend ins Feuer. Dann fragte sie:

»Und Bella? War das eine Liebe, die eingeschlagen hat wie ein Blitz?«

Er lächelte schwach. »Bella? Ich glaube, wir waren einfach beste Freunde und haben das mit Liebe verwechselt.«

»Es gibt Schlimmeres als Basis für eine Ehe.«

Sie sollte es schließlich wissen.

»Ja«, sagte er. »Aber letztendlich reicht es nicht. Das Feuer muss da sein, die Leidenschaft. Wenn die Leidenschaft abkühlt und Freundschaft bleibt, kann das klappen. Aber wenn sie nie da war, wird immer irgendwas fehlen. Und, weißt du, sie mochte eben Frauen. Immer schon, sie konnte es sich nur nicht eingestehen. Bis sie es dann doch konnte.«

»Das tut mir leid«, sagte sie mit einem Seufzer. »Ich weiß, wie es sich anfühlt, wenn man feststellt, dass der geliebte Mensch nicht der ist, für den man ihn gehalten hat.«

»Ja, das ist wohl so.«

Er wahrte Abstand, hatte ihr das Sofa überlassen und sich auf den großen Sessel gegenübergesetzt. Es knisterte zwischen ihnen. Es wäre so einfach gewesen, jetzt einen Fehler zu machen. Aber. Nein. Sie war treu und Will ebenfalls. Egal, was Graham getan hatte, sie würde ihn nicht betrügen.

Schweigen breitete sich aus. Nach einem Moment stand Will auf. »Ich werde das Bett frisch beziehen«, sagte er. »Ich nehme das Sofa.«

»Nein, ich schlafe auf dem Sofa.«

»Auf keinen Fall. Keine Diskussion.«

Als sie ins Bett gegangen war, hatte Graham immer wieder angerufen. Will war auf dem Sofa eingeschlafen. Sie ging nicht ran, was Graham nicht davon abhielt, sie bis drei Uhr morgens mit Kurznachrichten zu überschütten.

Bitte komm nach Hause. Es tut mir so leid.

Ich brauche einfach ein wenig Freiraum und Zeit zum Nachdenken, Graham. Das musst du mir schon lassen.

Wirst du mir je vergeben können?

Konnte sie das? Konnte sie ihm je verzeihen? Sie hatte keine Antwort auf diese Frage.

»Paulo ruft uns, das Frühstück ist fertig«, sagte Oliver jetzt.

»Gut. Wir melden uns, sobald ihr aus der Schule kommt. Ich hab dich lieb, mein Großer.«

»Ich hab dich auch lieb.«

»Es ist alles gut«, sagte sie. Wie oft musste man das als Mutter seinen Kindern wohl versichern? »Alles ist in Ordnung.«

Er schwieg, und sie spürte, dass er noch etwas sagen wollte, und wartete.

Dann kam: »Leg du zuerst auf.«

»Ich hab dich lieb«, wiederholte sie. »Drück Stephen für mich.«

»Hab dich lieb, Mama.«

Sie beendete das Gespräch mit schwerem Herzen. Was für ein Chaos! Noch vor einem Jahr hätte sie gesagt, dass ihr Leben fast perfekt war. Sie hatte angenommen, dass Grahams Probleme überwunden waren. Sie war mit ihren Jungs zu Hause gewesen, ihr Mann glücklich im Büro.

Auch das geht vorbei. Sogar die guten Zeiten.

Ihr Handy piepste. Graham.

Na, wie war deine Nacht mit Will? Alles so, wie du es in Erinne-
rung hattest?

Er hat natürlich auf dem Sofa geschlafen.

Wirklich.

Ich habe dich noch nie betrogen, und ich werde jetzt nicht damit
anfangen.

Das weiß ich. Tut mir leid. Du hast meine Frage noch nicht
beantwortet. Kannst du mir verzeihen? Gibt es eine Zukunft für
uns?

Noch eine Frage, auf die sie keine Antwort hatte.

Sie sah sich einen neuen Anfang machen ... das Haus verkaufen, wieder nach Manhattan ziehen. Sie würde berufstätig
sein, sich neu orientieren, in eine unbekannte Zukunft schrei-
ten. Doch dann dachte sie an Oliver und Stephen, deren glückliche Kindheit zerstört wäre, und war machtlos. Sie war wie
ihre Mutter, erduldete die schlechte Behandlung, die trostlose
Demütigung, zum Wohl ihrer Kinder, welkte unter dem Druck
dahin, die Fassade aufrechtzuerhalten.

Wieder der Signalton ihres Handys. Schon wieder Graham.

Oh, verdammt.

Was ist?

Die Polizei ist hier.

Wenn das ein Trick war, was sie ihm durchaus zutrauen würde, funktionierte es. Sie wählte seine Nummer, aber der Anruf ging direkt auf die Mailbox. Ihre Kehle wurde trocken, ihr Magen krampfte sich zusammen.

Warum stand die Polizei schon so früh am Morgen bei ihnen vor der Tür?

Sie legte ihr Handy hin und ging in Wills schön eingerichtete Küche. Eine glänzende Maschine, die so viel kostete wie ein gebrauchter Volkswagen, hatte bereits den Kaffee zubereitet. Sie schnappte sich die Fernbedienung, stellte den Fernseher an und spürte, wie der Raum sich um sie drehte, wie ihr der Boden unter den Füßen weggerissen wurde.

Auf dem Bildschirm sah man eine schöne, lächelnde Geneva, das weizenblonde Haar flatterte ihr ums Gesicht. Ein reizendes Bild, unheilvoll durch die rote Schriftzeile darunter: Vermisste Nanny.

»Die fünfundzwanzigjährige Geneva Markson, die am Wochenende von ihrer Schwester als vermisst gemeldet wurde, erschien gestern nicht an ihrer Arbeitsstelle«, sagte die distinguierte, sorgfältig frisierte Nachrichtensprecherin. »Am Montag entdeckte die Polizei ihr abgestelltes Auto in dem wohlhabenden Viertel, in dem ihre Arbeitgeber wohnen. Zwar gibt es keine konkreten Anhaltspunkte für eine Straftat, aber es gibt auch keine Spuren oder Lebenszeichen von ihr. Zwei Männer aus der Nachbarschaft werden zur Sache vernommen, hieß es aus Polizeikreisen. Wenn jemand weiß, wo sich diese junge Frau aufhält, bittet die Polizei darum, sich unter der eingeblendeten Rufnummer zu melden.«

Will hatte sich hinter Selena gestellt. »Verdammt. Jemand hat die Medien informiert.«

»Die Polizei ist bei uns zu Hause«, brachte sie heraus, und es kam ihr vor, als müsse sie die Atemluft durch einen dünnen Strohhalm ziehen. »Graham hat mir gerade eine Nachricht geschickt.«

»Ich zieh mich sofort an und fahr hin.«

Sie hörte seine Stimme, spürte seine Gegenwart – und dann fiel sie in Ohnmacht und stieß sich den Kopf an der marmornen Arbeitsplatte, bevor sie auf den Fliesenboden knallte.

»Drei Menschen können ein Geheimnis bewahren,
wenn zwei von ihnen tot sind.«

Benjamin Franklin:

Poor Richard's Almanack

TEIL 2

All unsere
kleinen Lügen

25

Selena

Es gab ein bestimmtes Nachmittagslicht, das Selena mit Krankheit assoziierte. Das Sonnenlicht, das durch die durchscheinenden rosa Vorhänge ihres Kinderzimmers gefallen war, wenn sie nicht in der Schule war, sondern krank im Bett lag. Es hatte eine ganz bestimmte rosarote Tönung, dieses Licht, und im Haus herrschte Stille, damit sie Ruhe hatte. Vielleicht hörte sie ihre Mutter in der Küche wirtschaften. Ihr Vater war im Büro, ihre Schwester in der Schule, und in diesem besonderen rosa Schein schien es, als hätte die Zeit sich verlangsamt.

Das Licht, das jetzt durch ihre Wohnzimmervorhänge fiel, war von einem grausamen Weiß. Eine Krankheit gab es ganz sicher. Die Welt draußen lauerte wie ein Wolf vor der Tür, knurrend und hechelnd.

Geneva galt jetzt offiziell als vermisst. Selenas Mann Graham und Erik Tucker, Genevas früherer Arbeitgeber, wurden auf der Polizeidienststelle vernommen.

Selena saß auf dem Sofa, Detective Crowe ihr gegenüber. Sein Haar war wirr, sein Anzug zerknittert, und vor Müdigkeit hatte er bläuliche Schatten unter den Augen. Sie war wie betäubt, ihr Kopf hämmerte. Sie drückte eine Kühlkompresse gegen die Beule an ihrem Hinterkopf. Gerade war sie ohnmächtig geworden. Wie kam das? Hatte sie vielleicht irgendeine ernste Krankheit?

Ihr Mann würde ins Gefängnis kommen.

Ihre Kinder wären dann ganz allein.

Beherrsch dich, ermahnte sie sich. Reiß dich zusammen.

Es war fast ein Uhr, und bald würde ihre Mutter die Kinder von der Schule abholen. Sie hatte Oliver Antworten versprochen, wenn er von der Schule nach Hause kam, aber sie hatte keine. Keine einzige. Jetzt gab es nur noch mehr Fragen.

Wo war Geneva?

Was hatte Graham getan?

Wie sollte sie es schaffen, das Familienleben für die Jungs intakt zu halten?

Sie zitterte, im tiefsten Kern erschüttert. Damit Detective Crowe nicht merkte, wie groß ihre Angst war, setzte sie sich auf ihre freie Hand.

Auch Detective Crowe hatte Fragen. Ihr war klar, dass sie eigentlich keine davon beantworten sollte. Aber jetzt war er nun mal hier. Er machte einen aufrechten Eindruck auf sie, strahlte irgendwie Sicherheit aus. Es lag an der Art, wie er sich vorbeugte, an seinem festen Blick. Irgendwie empfand sie seine Anwesenheit als tröstlich.

»Wie lange wussten Sie schon, dass Geneva Markson und Ihr Mann eine Affäre hatten?«, fragte er mit sanfter Stimme.

Es hatte keinen Sinn mehr zu lügen. Die Polizei wusste offenbar alles.

Sie starrte auf den Ausdruck der Textnachrichten, die Graham und Geneva ausgetauscht hatten. Irgendwie waren die ebenfalls den Medien zugespielt worden. Wer tat so etwas?

Graham: *Ich bin noch ganz wund davon, dich zu ficken. Fühlt sich so gut an, dieser Schmerz.*

Geneva: *Ich kann dich noch in meinem Mund schmecken.*

Gott. Wie widerlich. Es gab zwei volle Seiten davon. Sie hatte nur einen Bruchteil gelesen. Aber das reichte.

»Ungefähr eine Woche«, sagte sie. Sie ließ sich tiefer ins Sofapolster sinken. »Ich habe sie in flagranti erwischt. Mit der Nanny-Kamera.«

»Sie haben also gelogen.« Dieses Wissen schien ihn müde zu machen. Wieder einmal saß eine Person, die log, vor ihm, vermutlich eine von vielen.

»Ja.« Sie nickte.

Fast hätte sie sich dafür entschuldigt, aber dann ließ sie es bleiben. Denn warum sollte sie? Warum sollte ihr Mann es mit der Nanny treiben, und wieso sollte die Frau danach verschwinden?

Und als wäre das nicht schon schlimm genug, wieso waren Grahams und Genevas widerliche Schmuddel-Nachrichten – sie waren entdeckt worden, als die Polizei Genevas Handydaten auswertete – heute Morgen an die Medien durchgesickert?

Und da dem so war, warum sollte Selena sich dafür entschuldigen, dass sie versucht hatte, ihre Kinder – ihr *Familienleben* – vor den schändlichen Handlungen ihres Mannes zu schützen?

»Warum?«, fragte Detective Crowe. »Warum haben Sie mich angelogen?«

»Hmm«, meinte sie und stützte dabei das Kinn in die Hand, um Verwunderung darzustellen. »Ich weiß auch nicht. Scham. Angst. Weil ich inständig hoffte, dass ich mein Leben irgendwie zusammenhalten kann, bis sich das alles als blöder Fehler herausstellt. Weil ich es nicht wahrhaben wollte vielleicht.«

»Schon gut.« Er hob die Hand. »Ich versteh schon. Wirklich.«

Er war allein gekommen, ohne seinen Kollegen, der zweifellos gerade Graham vernahm. Will hatte ihn zur Polizeidienststelle begleitet. Selena hatte genug Polizeisendungen gesehen, um zu vermuten, dass das Absicht war. Die Ehepartner trennen. Die Gattin zu Hause abpassen, wenn sie schwach und ängstlich ist, während der Anwalt die wichtigere Aufgabe erledigt.

Sie hätte Crowe wegschicken sollen, als er vor der Tür stand. Das wäre die richtige, die klügere Handlungsweise gewesen. *Ich werde nur im Beisein meines Anwalts mit Ihnen reden*, hätte sie sagen sollen. Aber sie hatte es nicht getan. Und jetzt saßen sie hier.

Wäre sie nicht allein zu Hause gewesen, als sie die Nachrichten im Internet las, dazu die Kommentare auf Twitter oder Reddit, dann wäre sie nicht so verzweifelt froh über jede Gesellschaft gewesen. Sie war tatsächlich froh gewesen, als sie ihn auf der Veranda stehen sah, einen ehrlichen Menschen, der Antworten suchte. Genau wie sie selbst.

»Können wir uns darauf einigen, dass Sie jetzt die Wahrheit sagen?«, fragte er.

Die Wahrheit. Was für ein unsicheres Terrain.

»Ja.«

»Wussten Sie von den Nachrichten?«

»Nein.« Sie lief rot an.

Diese obszönen, schmutzigen, demütigenden Texte ließen Genevas Verschwinden in einem neuen Licht erscheinen. Es gab Gewaltfantasien – Androhungen von Fesselungen, Bestrafungen.

Ich will dich übers Knie legen, bis du schreist.

Ich werde dich fesseln und von hinten nehmen.

Wirklich? Nicht Grahams Ding, hätte Selena gedacht. Aber was wusste sie schon? Genevas Affäre mit Erik Tucker war ebenfalls durchgesickert. Offenbar gab es da auch einen Chatverlauf. Ebenso übel.

Auf Twitter gab es bereits einen häufig angeklickten Hashtag: #NaughtyNanny.

Selenas Telefon klingelte und piepste alle paar Minuten. Sie checkte es ständig, um sicherzugehen, dass es nicht ihre Mutter oder die Schule war. Die letzte Nachricht stammte von Beth: *Ich komm vorbei.*

Zu ihr, in ihr Haus. Sie hatte gedacht, es wäre aus Stein, doch in Wahrheit war es aus Stroh.

Es gab noch weitere Textnachrichten, einen Austausch zwischen Graham und jemand anderem. Offenbar hatten sie jetzt Zugriff auf sein Handy. Noch mehr Unerfreuliches. Worte, von denen Selena nie gedacht hätte, dass ihr Mann sie denken könnte, geschweige denn aussprechen. Auch diese Zeilen waren gewalttätig, finster. Und eine Nachricht war sogar noch beunruhigender:

Ich weiß, wer du bist. Und ich weiß, was du getan hast.

Damit kommst du nicht durch, das verspreche ich dir.

Vermutlich hatten sie Graham sein Handy abgenommen. Aber das wusste sie nicht mit Sicherheit. Sie wusste nicht, wie so etwas ablief. Würde man auch ihr das Handy abnehmen? War sie verpflichtet, es der Polizei auszuhändigen, auch ohne richterlichen Beschluss?

Detective Crowe wies mit dem Kopf auf die Ausdrucke, die auf dem Tisch lagen. Selena fühlte sich plötzlich sehr verwundbar. Sie hätte ihn nicht reinlassen dürfen, sie hätte auf Will warten sollen. Noch ein Fehler.

»Haben Sie eine Ahnung, wer diese Person sein könnte?«, fragte er. »Was sie gesehen haben könnte? Womit Graham nicht davonkommen wird?«

Erstaunlicherweise hätte sie immer noch am liebsten gelogen. *Das war ich*, wollte sie sagen. *Nur ein kleines Rollenspiel.*

Zum Teil, um ihre Kinder zu beschützen, indem sie deren Vater schützte. Aber hauptsächlich, um sich selbst zu schützen, oder vielmehr das Bild von sich, das sie anderen Leuten vermitteln wollte. Selena – eine gute Mutter, glücklich verheiratet, erfolgreich im Beruf. Perfekt. Instagram-tauglich. Besser als ihre Schwester. Besser als ihre Freundinnen. Aber, weißt du, auf ganz bescheidene, großzügige Weise.

Demütigung hatte einen Geschmack, wie irgendwas Klebriges im Rachen.

Angst hatte ein Geräusch, ein Klingeln in den Ohren.

»Mrs. Murphy.«

»Ich weiß es nicht«, fuhr sie ihn an. »Woher soll ich das wissen?«

»Hat er Sie schon mal betrogen?«

»Ja«, sagte sie. Sie starrte auf ihren Ehering, den großen Diamanten, das Platin.

»Mehr als einmal?« Seine Stimme war sanft.

Sie fasste es für ihn zusammen. Das Sexting mit einer Ex-Freundin, seine Behauptung, dass da mehr nicht gewesen wäre. Die Eheberatung. Dann der Vorfall in Vegas.

Crowe blickte auf seine Notizen. »Eine Stripperin«, sagte er. »Ist das richtig? Körperverletzung.«

»Ja.«

»Nach einem Lapdance wollte er die Dienste einer Stripperin kaufen, und als sie ablehnte, schlug er zu. Es kam zu einem Kampf zwischen den Türstehern des Clubs sowie Graham und seinen Freunden.«

»Das ist richtig«, bestätigte sie steif. Nur ihre Mutter wusste über diesen Vorfall Bescheid. Vielleicht auch ihre Schwester. Selena hatte die beiden immer in Verdacht, hinter ihrem Rücken über sie zu reden.

»Danach sind Sie vermutlich wieder zur Eheberatung gegangen«, sagte Detective Crowe.

Sie blickte auf und erwartete, Spott oder Verurteilung in seinem Gesicht zu sehen. Aber stattdessen entdeckte sie Freundlichkeit, Mitgefühl.

»Meine Frau«, sagte er. »Sie hat mich etliche Male betrogen, bis ich begriff, dass sie nie damit aufhören würde. Dass es dabei nicht um mich ging, sondern um sie.«

Er trug keinen Ehering.

»Das tut mir leid«, sagte sie.

Er nickte. »Mir auch.«

Sie glaubte, draußen Stimmen zu hören, aber dann wurde es wieder still. Würden die Journalisten bald vor ihrer Tür stehen? Wahrscheinlich. Lief das heutzutage nicht so? Der Medienzirkus, Nachrichtensender, True-Crime-Blogger, die Theorien und Fotos posteten, ständige Telefonanrufe, eine Flut von Mails.

»Das ist Vereitelung von Strafverfolgung, wissen Sie, dass Sie mir das alles verschwiegen haben.«

Sie schwieg einen Moment. Dann sagte sie: »Ich habe nicht angenommen, dass es relevant ist. Ehrlich.«

Er nickte. »Ich verstehe das. In Ihren Augen gab es keine Verbindung zwischen diesen Dingen und dem Verschwinden des Kindermädchens. Diese Vorfälle ... der Nachrichtenaustausch war ja nur virtuell, richtig? Und die Frau in Vegas hatte fast etwas Abstraktes, war unendlich weit entfernt von seinem Leben mit Ihnen. Sie wollten nicht glauben, dass er irgendwas mit Genevas Verschwinden zu tun haben könnte.«

Seine Worte hingen unheilvoll in der Luft. *Sie wollten nicht glauben, dass Ihr Mann einer jungen Frau etwas antun könnte. Obwohl Sie wussten, dass er bereits eine junge Frau verletzt hatte.*

»Was ist mit seiner Kündigung?«

Ihr Magen krampfte sich zusammen.

Sie hatte es gewusst, oder? In irgendeiner Form hatte sie gewusst, dass Graham ihr den wahren Grund für seine Kündigung verschwiegen hatte. Jaden, sein Chef, ein gemeinsamer Freund, hatte sie nicht mehr zurückgerufen. Die letzte Mail, die Selena von ihm bekommen hatte, war freundlich, aber knapp gewesen. *Schade, dass wir uns so lange nicht gesehen haben! Tut mir leid, wir waren so beschäftigt. Wie wär's mit einem Treffen, wenn's wieder wärmer ist?*

Eine klare Abfuhr.

Auch diese Anzeichen hatte Selena ignoriert. Sie hatte es nicht wissen wollen.

Sie war genau wie ihre Mutter.

»Was ist damit?«, fragte sie ruhig.

»Es gab Anschuldigungen von einer jungen Kollegin in seiner Abteilung.«

Sie schüttelte nur den Kopf, weil sie ihrer Stimme nicht traute.

»Das war Ihnen nicht bekannt.«

Wieder ein Kopfschütteln. Sie wollte nicht weinen. Wenn sie jetzt damit anfing, würde es hässlich werden.

»Sie hat ihn bezichtigt, sie sexuell belästigt und die Abweisung nicht gut aufgenommen zu haben. Er sei aggressiv geworden, habe sie bedroht.«

Wieder dieser Drang, Graham zu verteidigen. Er sagt, sie sagt. War das Berufsleben nicht heutzutage ein Minenfeld? Aber nein, das würde sie nicht tun. Sie würde es nicht mal denken. Es gab genug Frauen, die männliches Fehlverhalten deckten. Sie nicht.

Wer war sie? Wer war ihr Mann?

Sie erinnerte sich an das geschundene Gesicht der Las-Vegas-Stripperin – ein blaues Auge, die Lippen geschwollen. Ein außer Kontrolle geratener Lapdance. Er hatte mehr gewollt, die Frau hatte abgelehnt. Also hatte er sie geschlagen. Daran bestand kein Zweifel. Nicht mal er selbst hatte versucht, es abzustreiten. Sie war nach Vegas geflogen und hatte ihn auf

Kaution aus dem Gefängnis geholt. Er bekam eine Vorladung wegen Trunkenheit und Erregung öffentlichen Ärgernisses, zahlte eine Geldstrafe und flog am nächsten Tag mit ihr nach Hause.

Aber Selena dachte immer noch an dieses Mädchen, eine junge Frau, die er verletzt hatte, weil sie ihm nicht gab, was er wollte. Während sein kleiner Sohn und seine Frau am anderen Ende des Landes schliefen und auf ihn warteten.

Wer war er? Und was sagte es über sie aus, dass sie bei ihm geblieben war? Die Erinnerung an den Vorfall in einen so fernen Winkel ihres Hirns verbannt hatte, dass er nur an die Oberfläche kam, wenn sie wütend war oder nachts wach lag, während all ihre Sorgen und Ängste im dunklen Schlafzimmer vor ihr herumtanzten?

»Hat er Sie je geschlagen?«

»Nein«, sagte sie rasch. »Nie.«

Er wies auf ihre Augenbraue, die vom Sturz verletzt war.

»Ich bin in Ohnmacht gefallen und habe mir den Kopf angeschlagen.«

Ihre Blicke trafen sich. Seine Augen waren dunkel und tief, forschend.

»Hören Sie«, sagte er. »Wenn Sie noch mehr wissen, wenn Sie irgendeinen Verdacht hegen, was mit Geneva passiert sein könnte – jetzt wäre der richtige Zeitpunkt, ihr zu helfen. Ich weiß, Sie wollen Ihre Familie beschützen, aber eine Frau wird vermisst.«

Sie schüttelte den Kopf. »Mein Mann war mir untreu. Er hat mich angelogen. Und wissen Sie, selbst im besten Fall wird unsere Ehe vermutlich am Ende sein. Aber ich glaube nicht, dass er fähig wäre, jemandem etwas anzutun.«

Er hob die Augenbrauen und stellte mit sanfter Stimme fest: »Wie können Sie das sagen? Er hat schon mal einer Frau etwas angetan.«

»Gewalttätiges Verhalten in betrunkenem Zustand ist etwas ganz anderes als ... das, was Sie da andeuten. Entführung, Mord.«

Sie hasste es, wie sich das anhörte: als wollte sie ihren Mann entschuldigen. Aber es *war* etwas anderes, oder etwa nicht? »Es ist ein ganz anderes Täterprofil, oder?«

Gott, war sie erbärmlich. Crowes Gesichtsausdruck spiegelte ihr eine Version ihrer selbst zurück, die sie nicht wahrhaben wollte.

»Gewalt eskaliert, Mrs. Murphy«, sagte er. »Meiner Erfahrung nach steigert sich die Gewalttätigkeit gewalttätiger Männer. Wenn Stressfaktoren wie Arbeitsplatzverlust oder Eheprobleme dazukommen, kommt dieser dunkle Hang an die Oberfläche.«

Dieser dunkle Hang.

Angst, Panik schnürte ihr die Kehle zusammen. Alles entglitt ihr. Sie griff nach den ausgefransten Rändern ihres Lebens und spürte, wie sie ihr durch die Finger glitten.

»Sie hat nicht nur mit Graham geschlafen«, sagte sie. Verzweifelt. Sie hörte sich verzweifelt an. »Was ist mit Erik Tucker? Ist der nicht verdächtig?«

So viel dazu, niemanden den Wölfen vorzuwerfen. Crowe antwortete nicht, blickte nur auf seine Notizen.

»Haben Sie oder Ihr Mann Zugang zu irgendeinem abgelegenen Haus – einem Ferienhaus am See, einer Jagdhütte? Irgendwas in der Richtung.«

»Nein.«

Aber stimmte das? Sein Freund Sean hatte irgendwo ein Ferienhaus – war es in den Adirondacks? Sie wusste nicht, ob Graham Zugang dazu hatte oder wie abgelegen es war. Sie gab die Information an Crowe weiter, der die Angaben in sein Notizbuch kritzelte.

»Warum wollen Sie das wissen?«

Er neigte den Kopf. »Weil eine Frau vermisst wird, Mrs. Murphy. Ich will wissen, ob es einen Ort gibt, an dem er sie gefangen halten könnte.«

Noch ein Schlag in die Magengrube. Sie langte nach der Kühlkompresse, aber die war warm geworden. Das Hämmern in ihrem Schädel erreichte einen Höhepunkt. Sie wünschte, sie würde wieder ohnmächtig werden. Bewusstlosigkeit wäre ein Segen verglichen mit diesem Albtraum.

»Wenn Sie bereits seit einer Woche wussten, dass die Nanny mit Ihrem Mann schlief, warum haben Sie sie dann nicht zumindest sofort entlassen?«

Gute Frage. Fast unmöglich, es jemandem zu erklären, der außerhalb ihres Kopfes wohnte. Aber schließlich hatte sie vorgehabt, Geneva zu feuern, nur dass sie dann verschwunden war.

»Gute Kindermädchen sind schwer zu bekommen«, sagte sie. Es klang wirklich töricht.

Er warf ihr einen Blick zu. Sie ließ sich wieder in die Sofapolster sinken.

»Ich weiß es nicht«, murmelte sie. Die Wahrheit. »Ich wollte es nicht wahrhaben. Ich war wie betäubt, ich wusste nicht, was ich tun sollte. Graham war arbeitslos. Ich musste ins Büro, und jemand musste sich um die Kinder kümmern. Und sie war wirklich eine gute Nanny – ich hatte keine Probleme damit, ihr die Kinder anzuvertrauen. Nur eben nicht meinen Mann. Und vermutlich wollte ich nichts überstürzen, mir erst überlegen, wie ich mich verhalten sollte.«

Sie erwartete nicht, dass er das verstand. Sie verstand es ja selbst nicht. Es war pure Feigheit gewesen, so sah es aus. Sie hatte Angst gehabt, ihr schönes Leben zu zerstören.

Ihr Smartphone piepste und klingelte ununterbrochen.

»Als ich meine Frau zum letzten Mal beim Fremdgehen erwischt habe«, sagte er, »war es fast, als wäre es mir egal. Das Vertrauen war bereits zerstört, und ich wusste nicht mal genau, warum wir noch verheiratet waren. Es hat dann noch ein paar Wochen gedauert, bis ich ausgezogen bin, aber wir machten weiter wie gehabt – sahen uns Filme auf Netflix an, gingen essen. Wir haben keine Kinder, diese Komplikation fiel also weg.«

Sie nickte. Also war es vielleicht doch nicht so schwer zu verstehen.

»Aber ich raste vor Wut«, fuhr er fort. »Tief im Herzen, wissen Sie? Mann, was für finstere Gedanken mir kamen, über sie, über den Mann, mit dem sie zusammen war.«

Sie konnte sehen, worauf das hinauslief, und blieb stumm. Nur um ein wenig mehr Abstand zwischen sie zu bringen, drückte sie sich tiefer in das Sofapolster.

»Haben Sie daran gedacht, Geneva etwas anzutun?«, fragte er, als sie weiter schwieg.

Obwohl sie diese Frage halbwegs erwartet hatte, geriet die Welt ins Wanken. »Das soll wohl ein Witz sein.«

Auf dem Couchtisch zwischen ihnen lag ein Aktenordner. Zu Beginn ihres Gesprächs hatte er ihm die ausgedruckten Textnachrichten entnommen. Jetzt holte er einen dünnen Stapel Fotos hervor und reichte sie ihr. Sie schaute sie durch. Es war eine Reihe körniger Aufnahmen ihrer Straße, mit Fischaugen-Objektiv aufgenommen, offensichtlich von den Haustürkameras der Nachbarn. Sie zeigten Geneva, wie sie von der Haustür der Murphys zur Straße und dann zu ihrem Auto ging.

Sie wirkte so schmal, so jung. Hängende Schultern, das Gesicht traurig und starr. Man sah Geneva vor dem Haus der Murphys. Wie sie am Nachbarhaus vorbeiging. Sie griff nach der Autotür, verharrte dann und drehte sich um, als hätte etwas ihre Aufmerksamkeit erregt. Auf den meisten Fotos war sie halb durch Büsche und Bäume verdeckt; die Kameras waren eigentlich nur dazu gedacht, die Türschwelle aufzunehmen. Die Lichtverhältnisse waren schlecht, es dämmerte schon.

Auf dem letzten Foto war eine zweite Gestalt zu sehen, die die Straße heraufkam und sich Geneva näherte. Schwarze Jacke, Baseballkappe, Jeans, Stiefel. Eine leise Ahnung beschlich Selena. Das Gesicht war nicht zu erkennen, aber irgendetwas an der Haltung dieser Person kam ihr bekannt vor.

Nein, dachte sie. Das ist nicht möglich.

»Haben Sie eine Ahnung, wer das sein könnte?«

Sie hielt sich das Foto dichter vor die Augen. Ihr Herz hämmerte. Aber das Bild war so körnig und unscharf, dass es schwer war festzustellen, ob es sich um einen Mann oder eine Frau handelte. Es gab keine Aufnahmen, die die Gestalt von vorne zeigten.

Sie sah erneut alle Fotos durch.

»Danach gibt es keine weiteren Aufnahmen. Die beiden verschwinden einfach.«

»Ist das ... eine Frau?«, fragte Selena.

»Klein, schmal, wäre möglich«, sagte er.

Hände in den Taschen, zwanglose, lässige Haltung.

»Ziemlich entspannt für eine Entführung, was? Nicht die Art Annäherung, die man erwarten würde.«

»Entführung?« Er schien überrascht.

»Tja, das haben Sie doch angedeutet, oder? Dass jemand Geneva entführt hat, sie festhält. Sie fragten nach abgelegenen Häusern. Sie ist nicht einfach mit dem Mann einer hart arbeitenden Mutter durchgebrannt, oder?«

»Sie sind zornig«, stellte er fest.

Sie legte die Fotos auf den Tisch.

Es gibt da eine Frau, der ich im Zug begegnet bin, hätte sie fast gesagt. Wir haben uns unterhalten. Ich habe ihr das von meinem Mann erzählt, warum, weiß ich nicht genau. Dann wurde es sonderbar. Sie hat etwas gesagt, was mir seitdem nicht mehr aus dem Kopf geht. Ob ich mir nicht auch wünschen würde, dass meine Probleme einfach von selbst verschwinden. Später habe ich Textnachrichten von ihr bekommen. Ich habe mich mit ihr getroffen – keine Ahnung, warum. Vielleicht, weil sie zu viel über mich weiß. Sie hat sich als »Lösungsarchitektin« bezeichnet.

Konnte es sein, dass sie die Person auf dem Foto war?

Aber sie schwieg.

Denn würde sie sich nicht verdächtig machen, wenn sie etwas sagte? Hatten diese Begegnungen – im Zug, im Weinlokal – nicht etwas Dunkles gehabt? Gab es nicht eine stille Übereinkunft, dass Selena schweigen sollte, und wenn sie das tat, würde Martha es auch tun? Obwohl es ja keine Geheimnisse mehr zu bewahren gab. Die Affäre, Genevas Verschwinden, Selenas zerstörtes Leben würden das Nachrichtenereignis des Tages werden, wenn es das nicht schon längst war. Es würde Gesprächsthema Nummer eins in der Schule, im Tennisclub, auf dem Fußballplatz sein. Eine dieser schlüpfrigen, bizarren Geschichten, die Aufmerksamkeit erregen. Das Kindermädchen, von einer Frau ins Haus gelassen, verführt den Ehemann, zerstört ihre Ehe. Und das nur, weil die Frau beides wollte, Beruf und Familie.

Und wenn das Martha war, da mit Geneva auf der Straße, was bedeutete das?

»Erkennen Sie diese Person?«, fragte Detective Crowe.

Sie beugte sich über das Foto. Wirklich, es konnte jeder sein. Ein klein geratener junger Mann, ein großer Jugendlicher. Eliza Tucker war zierlich, sportlich, Läuferin. Auch sie hatte reichlich Grund, böse auf Geneva zu sein. Aber es war schwer vorstellbar, dass eine adrette, wohlhabende Mutter von zwei Kindern Geneva mitten auf der Straße zur Rede stellen würde.

»Nein«, sagte Selena.

»Hat Geneva irgendwann erwähnt, dass sie von jemandem belästigt oder verfolgt wurde?«

Das hatte er schon einmal gefragt. »Nein. Aber wenn sie die Angewohnheit hatte, mit ihren Arbeitgebern zu schlafen, um sie danach zu erpressen, wird es vermutlich ein paar Leute geben, die ihr nicht unbedingt wohlgesonnen sind.«

Ihr Telefon klingelte. Ihre Mutter war dran. Sie sagte es dem Detective, und der nickte.

Sie nahm das Gespräch an. »Hallo, Mama.«

»Ich bin's.« Olivers Stimme klang schmollend, müde.

»Hallo, mein Schatz.« Sie stieß die Luft aus. »Wie war's in der Schule?«

»Du hast versprochen, dass du eine Antwort für mich hast, Mama. Darf ich jetzt wieder nach Hause?«

»Bärchen, ich ruf dich gleich zurück, okay? Nein, warte. Ich fahre gleich los und komme zu euch.«

Er fing an zu protestieren.

»Ich hab dich lieb, Oliver. Warte einfach ab.«

Schuldgefühle überfielen sie, als sie auflegte. Eine neue Nachricht kam an, es piepste mehrmals, aber sie stopfte das Handy in ihre Tasche. Sie brauchte nur Anrufe von ihrer Mutter und den Kindern entgegenzunehmen. Alle anderen konnten warten.

»Wie Sie wissen, hat Geneva Markson mutmaßlich ihren Arbeitgeber Erik Tucker erpresst«, sagte Detective Crowe und holte Selena damit in die Gegenwart zurück. »Er hat Geneva einen Neuwagen gekauft, damit sie Stillschweigen über die Affäre bewahrt.«

»Ja.« Das war Selena bereits bekannt, aber verarbeiten konnte sie es immer noch nicht. Die süße, hilfsbereite Geneva. Jetzt die Naughty Nanny.

»Was ist mit Ihnen? Fehlen größere Summen von einem Ihrer Konten? Hat Ihr Mann irgendwelche Einkäufe getätigt, die Ihnen seltsam vorkommen?«

Selena hätte fast gelacht. Sie war immer diejenige gewesen, die sich um die Finanzen kümmerte, sie führte die Haushaltskasse, sie hatte sich mit den Finanzberatern getroffen, die Sparpläne für das College der Jungs und ihre gemeinsame Altersvorsorge festgelegt. Sämtliche Ausgaben tauchten in ihrem Buchhaltungsprogramm auf. Das war eine Lektion, die sie von ihrer Mutter gelernt hatte: Sei nie die Frau, die von Geld wenig Ahnung hat.

Falls Geneva vorgehabt hatte, Graham zu erpressen, hätte sie Pech gehabt. »Nein. Nichts dergleichen.«

»Sie haben Einblick in alle Konten und auch Zugang dazu?«

»Ja«, bestätigte sie. Aber was für Geheimnisse hatte Graham noch vor ihr? Was für Lügen gab es noch? »Aber es kann natürlich sein, dass Graham noch Gelder oder Kreditkarten hat, von denen ich nichts weiß.«

Crowe musterte sie, wachsam, aber nicht unfreundlich.

»Sind wir jetzt fertig?«, fragte sie.

»Ich muss ehrlich sein«, sagte er. »Ich habe das Gefühl, dass Sie mir immer noch nicht alles gesagt haben.«

»Und ich habe das Gefühl, dass Sie mir nicht alles sagen«, konterte sie.

»Ja, das ist der Unterschied zwischen uns. Ich brauche das auch nicht zu tun.«

Sie wünschte, sie könnte in den Polstern des Sofas versinken, im weichen Chenille Vergessen finden.

»Ich habe Geneva nichts angetan, falls Sie darauf hinauswollen. Ich habe noch nie irgendjemandem irgendwas angetan. Ich war noch nicht mal *unhöflich* zu jemandem. Und das da auf dem Foto ist nicht Graham, auch sonst niemand, den ich kenne. Also sollten Sie vielleicht mal anfangen, woanders zu suchen. Offenbar gibt es ja eine ganze Reihe von Leuten, die mit Geneva ein Hühnchen zu rupfen hatten.«

Er sah sie eindringlich an, sie wich seinem Blick nicht aus. Und in diesem Moment wurde ihr wieder etwas über sich selbst bewusst, etwas, das leicht zu vergessen war. Sie war eine Kämpferin. Sie wich nicht zurück – nicht vor gewalttätigen Kindern auf dem Spielplatz, nicht vor gemeinen Kommilitoninnen im College, nicht vor Intriganten im Büro. Marisol war immer in Tränen ausgebrochen, wenn jemand auf ihr herumhackte. Selena wurde wütend – oder wehrte sich. Sie hatte keine Angst vor Detective Crowe.

Er senkte den Blick und erhob sich. »Wir sind noch nicht fertig, Mrs. Murphy«, sagte er. »Aber für heute ist es genug. Bleiben Sie erreichbar.«

Sie nickte, blieb aber sitzen. *Fahren Sie zur Hölle, Detective*, dachte sie, sprach es aber nicht aus. Sie begleitete ihn nicht hinaus, sondern lauschte nur auf seine Schritte, hörte, wie die Haustür geöffnet und wieder zugezogen wurde.

Sie spürte ihr Handy vibrieren, zog es aus der Tasche und starrte auf das Display.

War schön, unser Treffen gestern.

Ich glaube, wir sollten reden.

Hier ist übrigens Martha.

Aus dem Zug.

Jetzt klang es wie eine Herausforderung, wie eine Provokation. Selena spürte kaltes Grauen. Die Wahrheit war jetzt überall in der Presse zu lesen. Und Martha wusste vermutlich Bescheid, sie wusste, dass Selena wegen Graham gelogen hatte. Aber das wussten jetzt alle, sogar die Polizei.

Die Fotos, diese Person mit Geneva auf der Straße. War das Martha? Was hatte sie noch mal bei ihrer ersten Begegnung im Neunzehn-Uhr-fünfundvierzig-Zug gesagt?

Vielleicht verschwindet sie ja einfach. Und Sie können so tun, als wäre nichts gewesen.

Und jetzt war Geneva verschwunden.

Es passieren ständig schlimme Dinge.

Eins war sicher: Die Frau aus dem Zug wollte irgendetwas von ihr. Aber was? Wer war sie? Und wusste sie, was mit Geneva passiert war?

Hatte sie sich nicht gestern Abend als »Lösungsarchitektin« bezeichnet?

Unter Selenas Entsetzen tauchte ein Anflug von Hoffnung auf. Wer war diese Frau? Was wollte sie?

Selena schrieb eine Antwort.

26

Pearl

Sie hatte geschlafen. Wie lange, wusste sie nicht. Diese Autofahrt. Es schien ihr, als wären sie seit Monaten unterwegs. Zweimal hatten sie den Wagen gewechselt, und jetzt fuhren sie einen alten Dodge-Minitransporter, der nach schalem Zigarettenqualm roch und noch nach etwas anderem – irgendwas unangenehm Süßem, wie verschüttete Brause. Seit sie Indianapolis verlassen hatten, kränkelte Pearl, ihr war übel und sie fühlte sich schwach. Sie konnte sich nicht erinnern, wann sie zum letzten Mal etwas zu sich genommen hatte außer Crackern und Ginger Ale.

Pearl öffnete die Augen, aber sie rührte sich nicht, sondern lauschte. Sie merkte immer, in welcher Stimmung Paps war, noch bevor er den Mund aufmachte, allein durch die Art, wie er atmete. Seit ein paar Tagen war er schlecht drauf, schweigsam und launisch, gereizt. Sie waren auf der Flucht. Die Bridget-Sache.

»Habe ich dir je von meinem Vater erzählt?«, fragte er. Offenbar hatte er gemerkt, dass sie wach war.

»Ein wenig.« Pearl richtete sich aus der unbequemen Position auf, in der sie geschlafen hatte, den Kopf gegen die Autotür gelehnt. Sie rieb sich die schmerzhaft verspannten Schultern, dehnte den Nacken. Paps legte ihr die Hand auf den Rücken.

»Es tut mir leid«, sagte er. »Das alles.«

»Schon gut.«

»Das Haus, zu dem wir unterwegs sind, das gehört uns. Es ist unser Zuhause. Dort werden wir sicher sein. Dort werden wir bleiben.«

Sie fuhren immer weiter Richtung Osten, wo dieser gelobte Ort lag. Ein schönes Haus im Wald, nicht irgendeine schäbige Bruchbude in einem Vorort, die sie nach kurzer Zeit wieder verlassen mussten. Es war jetzt zwei Jahre her, dass sie Anne geworden war und angefangen hatte, Charlie Paps zu nennen. Sie hatte die Highschool abgeschlossen. Bald wurde sie achtzehn. Er hatte sie gefragt, was sie jetzt machen wollte, wo sie fast volljährig war. Pearl wollte vielleicht studieren. Das allerdings hielt Paps für den größten Unsinn. Du bist jetzt schon klüger und hast mehr gelesen, du weißt mehr als die meisten Leute mit Hochschulabschluss, pflegte er zu sagen.

Stella hatte immer großen Wert darauf gelegt, dass sie aufs College ging. Die Frage war nicht, ob Pearl studieren würde, sondern wo. Sie hatte alles, was dafür nötig war: die guten Noten, die Intelligenz, das Arbeitsethos, gute Testergebnisse. Sie hatte ein bisschen Geld, da Paps den Gewinn aller Beutezüge mit ihr teilte. Konnte man einfach mit einer Tasche voller Geld beim Schatzmeister einer Uni auftauchen?, überlegte sie.

Sie hatten alle ihre Konten aufgelöst. Paps machte sich Sorgen, weil sie so viel Bargeld bei sich hatten. Alles. Ihr ganzes Geld befand sich in zwei Koffern auf dem Rücksitz.

»Erzähl mir von deinem Vater«, sagte sie. »Er war ein Trinker und Trickbetrüger, hast du gesagt. Und ist im Gefängnis gestorben.«

Pearl hatte ein Foto gesehen. Zu Paps' wenigen Besitztümern gehörte ein Fotoalbum. Sie hatte es schon einige Male durchgeblättert. Ihr Lieblingsfoto war eine Aufnahme von der Hochzeit seiner Eltern: Das Brautpaar lief die Kirchenstufen herunter, Rosenblätter wirbelten durch die Luft, alle lächelten. Und es gab ein Schwarz-Weiß-Foto von Paps in den Armen seines Vaters vor einem Brownstone-Gebäude in Brooklyn. Paps' Gesicht war gut zu erkennen – ernst mit großen blauen Augen. Sein Vater – beginnende Glatze, Augenbrauen wie Schmetterlingsraupen, drahtig, weißes Muscle-Shirt – hatte den Blick abgewandt. Er machte ein finsteres Gesicht, auf dem Arm hatte er ein schwer zu erkennendes Tattoo. Laut Aussage von Paps war es eine Meerjungfrau.

Es gab noch andere Fotos – Frauen, ein paar Mädchen. Die Frauen waren alle von einem bestimmten Typ, große Augen, vollbusig, dichtes, lockiges Haar. Wie ein in Vergessenheit geratenes Starlet, neurotische Angst im Blick. Wie Stella. Und die Mädchen waren alle gertenschlank und blond – wie Pearl es einmal gewesen war, auch wenn sie ihre Haare gerade tiefschwarz und ultrakurz trug, mit langen Ponyfransen, die ihr in die Augen fielen.

»Stimmt alles«, sagte er. »Aber er hat mir eine Menge beigebracht.«

»Und er hat dich geschlagen, oder?«, fragte sie, obwohl sie wusste, dass sie ihn damit reizte; es war grenzwertig. In letzter Zeit, da ihr achtzehnter Geburtstag immer näher rückte, schlug er immer häufiger einen scharfen Ton an, was er vorher nie getan hatte. Dann gab es Streit. Er war kurz angebunden, und sie verspürte den Drang, seine Grenzen auszutesten. »Ich habe die Narben gesehen.«

»Das war vielleicht die beste Lektion überhaupt.« Er starrte auf die Straße. »Die Lektion, dass man niemandem vertrauen kann, nicht einmal den Menschen, die einen eigentlich lieben sollten.«

Sie fuhren auf einer dunklen, kurvigen Landstraße, die durch einen dichten Wald führte. Lange hatte sie kein Auto mehr überholt oder war ihnen entgegengekommen – wie lange genau, wusste Pearl nicht, schließlich hatte sie geschlafen. Doch es kam ihr so vor, als wären sie an irgendeinem Anders-Ort, in einem verzauberten Wald, auf einem anderen Planeten. Als gäbe es nur sie beide, für immer, und den Lichtstrahl der Scheinwerfer, der wie eine Messerklinge die Nacht durchschnitt.

»Nehmen wir zum Beispiel deinen Vater«, fuhr er fort.

»Ich weiß nicht, wer mein Vater ist.«

»Genau«, sagte er. »Dein Vater sollte eigentlich der Mensch sein, der dich vor allen üblen, Furcht einflößenden Dingen auf dieser Welt beschützt. Aber das hat er nicht getan, nicht wahr?«

»Nein.«

Als sie klein gewesen war, hatte sie sich immer Geschichten über ihren Vater ausgedacht. Er war ein Spion auf geheimer Mission in Russland (wo sonst?), und eines Tages würde er heimkommen, als Held gefeiert werden und sich um sie und Stella kümmern, Geld und Spielsachen mitbringen. Er war ein Astronaut auf einem siebenjährigen Flug zum Mars. Wenn sie nach ihrem Vater gefragt wurde, sagte sie gern, er sei bei einem Motorradunfall gestorben. Oder er sei in Afghanistan; darüber hatte sie Leute reden gehört. Danke für das Opfer, das du bringst, hatte eine Frau einmal zu ihr gesagt und ihre Wange berührt. Pearl hatte keine Ahnung, was sie damit meinte. Sie brachte in der Schule so viele verschiedene Geschichten in Umlauf, dass die Lügen aufflogen und Stella in die Schule zitiert wurde.

»Hör auf, dir Fantasiegeschichten über deinen Vater auszudenken«, sagte Stella zu ihr. »Er war nichts Besonderes.«

Als Pearl älter wurde, sagte Stella ihr die Wahrheit. Sie hatte eine Affäre mit einem verheirateten Mann gehabt, der seine Frau nicht verlassen wollte, auch nicht, als sie schwanger wurde. Aber er zahlte Unterhalt und hatte versprochen, finanziell für sie beide zu sorgen, bis Pearl ihren Collegeabschluss hatte – laut Stella mehr, als die meisten Männer tun würden. Er hatte eine Familie, andere Kinder. Kontakt zu Stella und Pearl wollte er nicht. Er konnte eben ... einfach nicht damit umgehen.

»Ich möchte ihn kennenlernen«, hatte Pearl gesagt.

»Warum willst du jemanden kennenlernen, der nichts mit dir zu tun haben will?«, hatte Stellas Antwort gelautet. »Lass es gut sein.«

Aber es war Geld da – für Lebensmittel, Kleidung, Schulausbildung, Zahnspangen. Später rechnete Pearl sich aus, dass ihre Mutter es auf diese Weise geschafft hatte, die Buchhandlung so lange am Leben zu erhalten. Durch Finanzspritzen von ihrem geheimnisvollen Vater. Der nichts Besonderes war. Der seine Tochter nicht kennenlernen wollte.

»Was hat er dir noch beigebracht?«, fragte sie Paps.

»Sei immer wachsam.«

»Nett.«

»Lass nicht zu, dass sie dich lebend schnappen.«

»Hey«, bemerkte Pearl. »Dieses Gespräch hat ja eine wirklich düstere Wendung genommen.«

Er lächelte sie an, dann lachte er; ein wenig von seiner Leichtigkeit kehrte zurück. Seit Phoenix war er nicht mehr der Alte.

»Was wäre, wenn ich dir sagte, dass ich weiß, wer dein Vater ist?«

Pearl zuckte die Achseln, aber sie spürte ein leichtes Kribbeln der Aufregung. »Und, weißt du es?«

»Ich habe Unterlagen in Stellas Schlafzimmer gefunden. Ich weiß, wer er ist. Name und Adresse.«

»Okay.«

»Ich glaube, du solltest dich bei ihm melden.«

Pearl spürte, wie sich ihr die Kehle zusammenschnürte. »Er will mich nicht.«

»Das mag stimmen oder auch nicht. Aber ich glaube, er schuldet dir etwas.«

Pearl war klar, worauf das hinauslief. Ein Trickbetrüger brauchte immer ein Projekt. Selbst wenn ihm die Wölfe auf den Fersen waren. Selbst wenn genug Geld da war, um ein ruhiges, bequemes Leben zu führen, für längere Zeit unterzutauchen. Er war wie ein Hai, der konnte auch nicht aufhören zu schwimmen.

»Und er wird zahlen«, fuhr Paps fort. »Weil du sein kleines Geheimnis bist.«

Sie nickte. Sie würde tun, was er von ihr verlangte. Denn sofern sie überhaupt jemanden lieben konnte, liebte sie ihn.

Er verlangsamte das Tempo, und sie bogen in eine unbefes-

tigte Straße ein, die kein Ende zu nehmen schien. Der Schotter
unter den Reifen knirschte, es war stockfinster. Einmal blitzte
ein Paar gelber Augen auf, als irgendein Tier über die Straße
lief. Endlich tauchte in der Ferne ein Haus auf – ein niedriger, moderner Bau mit Flachdach und großen Fenstern. Das
Haus war dunkel, aber es schien sie willkommen zu heißen,
als hätte es die Arme weit ausgebreitet. Pearl spürte, wie sich
etwas in ihr löste, und Paps stieß einen Seufzer aus.

»Das ist es«, verkündete er. »Wir sind zu Hause.«

27

Hunter

Wenn die Leute wüssten, wie Ermittlungsarbeit wirklich war, gäbe es nicht so viele Bücher und Fernsehsendungen darüber. Die Arbeit konnte hart sein und von einer Sinnlosigkeit, die zunächst nicht offensichtlich war, aber später ihren Tribut forderte. Manchmal war es furchtbar eintönig, wenn man bei einer Observation stundenlang irgendwo hockte, vielleicht zusammen mit einem Kollegen, den man nicht ausstehen konnte, ungesunde Sachen aß. Es gab jede Menge Verwaltungskram. Falsche Spuren, Sackgassen.

Und die Leute, die man jagte und manchmal erwischte, waren oft keine kriminellen Superhirne, keine geborenen Bösewichte. Manchmal waren sie noch fast Kinder. Oder geistig beeinträchtigt, Leute, die einfach nicht intelligent genug waren, um gute Entscheidungen treffen zu können. Oft waren sie selbst Opfer. Er hatte seinen Job nach fünfundzwanzig Jahren hingeschmissen, und er hatte nie jemandem erzählt, dass er sein Leben vergeudet hatte. Nicht einmal seiner Frau Claire, die es, wie er glaubte, ahnte.

Die Leute waren besessen von ihrer Vorstellung von Gerechtigkeit, Unrecht, das bestraft gehörte, sicheren Straßen, Kriminellen, die weggesperrt wurden. Doch das System war kaputt, wie so viele Systeme. Und die Welt war so unglaublich groß – sogar heute noch, wo die moderne Technik das Netz zusammenzog –, dass manche Leute eben einfach verschwunden blieben.

»Nimm's nicht so schwer«, sagte Andrew.

Sie saßen in Hunters Auto, das in Andrews Einfahrt stand. Die Sonne stand bereits tief am Horizont. Die Suche nach der Ausreißerin hatte nichts ergeben außer tiefen Einblicken in den Bodensatz der Gesellschaft, und beide fragten sich, was bloß aus der Welt geworden war. Tattoos, Piercings, junge Leute, die mit leeren Gesichtern auf Displays starrten. Tommy's Cove war früher eine Biker-Kneipe gewesen, in der es hoch herging, mit Schlägereien, Gewalt unter Gangmitgliedern. Doch verglichen mit heute erschien das jetzt harmlos, geradezu altmodisch. Permanente Mitternachtsdunkelheit, die Fenster geschwärzt. Dröhnende Musik, merkwürdige Stroboskope. Und alle waren so ... leer. Zugedröhnt mit Pillen oder dieser neuen Droge Kratom, der legalen Schwester des Opiums. Jede Menge verlorener Kids, die aussahen wie Zombies und die mit starren Blicken durch die Gegend stolperten. Aber keine Spur von Jennie.

Hunter wollte ihrer Mutter nicht noch mehr schlechte Nachrichten überbringen müssen.

»Hast du dir mal überlegt, in Rente zu gehen?«, fragte Andrew. Die Abenddämmerung hatte sich über die gepflegten Rasenflächen seiner Straße gelegt. Irgendwo schnurrte ein Rasenmäher. »Ich meine, so richtig.«

»Und was zu tun? An meiner Rückhand arbeiten?«

Andrew zuckte die Achseln. Er war korpulent gewesen und hatte stark abgenommen. Jetzt war er ein magerer Mann, der aussah, als würde er darauf warten, wieder zuzunehmen. Er hatte sich keine neuen Sachen angeschafft, sodass seine Kleidung lose an ihm herunterhing. »Das machen die Leute so. Du könntest einen Kurs belegen. Holzschnitzen. Das hast du doch früher mal gemacht, oder?«

Auch Claire wollte gern, dass er in Rente ging. Sie wollte reisen. Tanzkurse belegen. »Ja, vielleicht.«

»Ich mein ja nur. Du siehst müde aus.«

Er *war* müde.

Aber. Aber. Wie konnte man aufhören, der Schäferhund zu sein? Auf dieser Welt gab es Schafe. Und es gab Wölfe. Das hatte er irgendwann in einem Film gehört, und es hatte ihm eingeleuchtet. Und dann gab es die Männer und Frauen in den Streifenwagen und Rettungswagen, bei der Feuerwehr, die Menschen, die daheim und in Übersee an der Front kämpften. Sie bewachten die Grenzen zwischen Gut und Böse. Sie waren die Schäferhunde, die Wache hielten, um die Raubtiere fernzuhalten, und die die verlorenen Schafe zur Herde zurückführten.

Andrew stieg aus und rieb sich schüchtern seine beginnende Glatze. »Ruf an, wenn du wieder mal Gesellschaft brauchst.«

Hunter fuhr durch das ruhige Mittelschichtsviertel, in dem Andrew wohnte, und dann über die Landstraße nach Hause. Claire, die Pharmareferentin war, hatte immer gut verdient. Deshalb konnten sie sich ein so großes Haus leisten, umgeben von zwei Hektar Land – idyllisch mit altem Baumbestand und einem Bach am Rande des Grundstücks. Er fuhr den Wagen in die Garage, machte den Motor aus, sah nach der Post – nur Kataloge und Werbung – und ging ins Haus.

Er hatte erwartet, seine Frau in der Küche vorzufinden, wo sie bei laufendem Fernseher irgendwas kochte. Aber er fand nur eine Nachricht, in der sie ihn daran erinnerte, dass sie ihren Literaturkreis hatte und das Essen im Kühlschrank stand. Er war froh über ihre Abwesenheit und hatte deshalb leichte Gewissensbisse. Er plante, die alten Akten des Behr-Falls hervorzukramen, und das wollte er nicht unter den missbilligenden Blicken seiner Frau tun.

All dieses alte Zeug, Hunt. Du musst auch mal loslassen.

Es war sehr viel die Rede von »loslassen« heutzutage. Aber Hunter schien es, dass in dieser Welt viel zu viel einfach losgelassen wurde. Zum Beispiel gab es niemanden, der sich noch für Pearls Fall interessierte. Pearl, ein junges Mädchen aus Fleisch und Blut, mit Herz und Seele, war einfach verschwunden. Hunter war stolz darauf, dass er der Einzige war, der nicht aufgegeben hatte, der sie immer noch suchte.

Vermisste Personen. Vermisste Kinder. Anfangs gab es immer einen großen Wirbel und riesigen Medienhype. Die Gegend wurde von Suchtrupps und freiwilligen Helfern durchkämmt, es gab Pressekonferenzen mit tränenüberströmten Eltern. Wenn dann Tage und Wochen vergingen, ohne dass es irgendwelche Hinweise gab, kehrten die Leute zu ihrem eigenen Leben zurück. Das mussten sie. Denn die hässliche Wahrheit war, dass manche Dinge – sogar Menschen – verschwanden und nie wiedergefunden wurden. Es war eine spezielle Form der Hölle, in der die Angehörigen da landeten. Unaufhörliches Warten, ständige Ungewissheit, ein Ende des Lebens, das sie vorher gekannt hatten.

In der blitzsauberen Küche wärmte er die Lasagne auf, die Claire für ihn übrig gelassen hatte, und verspeiste eine große Portion. Er aß mehr, als er es in Claires Beisein getan hätte. Als er fertig war, nahm er sich noch eine zweite und sogar dritte Portion. Claire hätte ihn dafür gerügt, dass er Stress mit Essen bekämpfte. Nach einem schlechten Tag hatte er immer einen Riesenappetit. Nach der Lasagne vertilgte er noch eine halbe Packung von den Erdnusskeksen, die als Spendenaktion von den Pfadfinderinnen verkauft wurden, dann räumte er als braver Ehemann die Küche auf.

Oben in seinem Arbeitszimmer stieg er auf die wackelige Leiter, um ans oberste Regalfach zu gelangen, wo er die alten Akten aufbewahrte. Als er nach der schweren Box griff, verlor er fast das Gleichgewicht. Das hätte ihm gerade noch gefehlt. Ein Sturz war immer der Anfang vom Ende für alte Leute, oder? Nicht, dass er schon so alt war.

Er stellte die Box auf den Schreibtisch, der seinem Vater gehört hatte, einem Polizisten, der im Polizeidienst Karriere gemacht hatte. Vor seiner Pensionierung war er bis zum Polizeichef aufgestiegen. Karriere hatte Hunter nie interessiert. Er mochte die Polizeiarbeit, er wollte seinen Job machen, nicht in irgendeiner schicken Uniform hinter dem Schreibtisch sitzen und andere Leute auf die Straße hinausschicken. Sein Vater und er waren sich in den meisten Dingen uneins gewesen. Er hatte nicht den Draht zu ihm, den Hunter zu seinen eigenen Kindern hatte. Aber so war es eben manchmal. Er wusste, dass der alte Mann sein Bestes tat.

Der Deckel der beigefarbenen Archivbox hing durch und war mit einer dünnen Staubschicht bedeckt. Staub wirbelte auf, als er den Deckel abhob, und brachte ihn zum Niesen.

Es war schon eine Weile her, seit er sich zuletzt mit Pearl und Stella beschäftigt hatte. Er setzte sich in seinen Ledersessel und begann die Akten durchzusehen.

Ein Foto, körnig und verblassend, zeigte eine rotblonde Frau, die scheu in die Kamera lächelte. Hohe Wangenknochen, volle Lippen, offener Blick.

Stella Behr, alleinerziehende Mutter, Inhaberin einer Buchhandlung, war fünfunddreißig Jahre alt gewesen, als sie in ihrem eigenen Bett erdrosselt wurde. Hunter gefiel die Art nicht, wie Menschen nach ihrem Tod von einigen wenigen Fakten definiert wurden. Aber so war es eben. Jung, eine umwerfende Schönheit, jede Menge Männerbekanntschaften, finanziell kurz vor dem Ruin. Mehrere der Männer waren vernommen und wieder freigelassen worden.

Ein weiteres Foto zeigte ein junges Mädchen mit Stellas Augen, nur dunkler. Ihr Gesicht war verschlossen, man spürte einen Hauch von Traurigkeit. Ihr Lächeln wirkte gezwungen. Sie war auf kühle Art hübsch, hatte etwas Reserviertes an sich.

Stellas Tochter Pearl war damals fünfzehn gewesen. Eine hochintelligente junge Frau laut Aussage der Lehrer, gute Noten, gute Testergebnisse. Aber eine Einzelgängerin. Irgendwie sonderbar, hatte mehr als eine der Lehrkräfte ausgesagt. Gab kaum etwas von sich preis, war wenig emotional. Ein ruhiger Typ. Machte nie Probleme, war aber auch keine Streberin. Es gab keine Informationen darüber, wer ihr Vater sein könnte. Es war nichts aktenkundig, und auch in Stellas Haus waren keine Hinweise auf ihn entdeckt worden.

Die Nachbarin, eine ältere Frau, fast eine Einsiedlerin, hatte gesehen, wie Pearl am Abend des Mordes mit Charles Finch, der in der Buchhandlung arbeitete, das Haus verließ.

Offenbar war sie aus freien Stücken mitgegangen, weder Finch noch das Mädchen hätten gehetzt oder verstört gewirkt.

Charles Finch war ein Phantom. Es war nicht sein richtiger Name, alle Angaben in seinem Lebenslauf waren gefälscht. Sogar das Auto, das er gefahren hatte, ein restaurierter Pontiac GTO, war auf einen Mann zugelassen, der seit zehn Jahren tot war. Stella hat ihm sein Gehalt offenbar bar ausbezahlt. Auf ihren Bankkonten war kein Geld. Sie hatte jede Menge privater Schulden, auch waren die Grundsteuern für Laden und Haus nicht bezahlt. In wenigen Monaten hätte sie alles verloren.

Als Hunter hinzugezogen wurde, im Rahmen einer Initiative der örtlichen Polizei zur Aufklärung von Altfällen, hatten sie nur sehr wenig in der Hand – eigentlich gar nichts. Es gab eine DNA-Probe und ein paar Fingerabdrücke, aber keinen Treffer in der Datenbank. Die Nachbarin, die Charles Finch und Pearl hatte wegfahren sehen, konnte nicht viele Einzelheiten beisteuern, sie wusste nur, dass Finch im Haus ein- und ausgegangen war. Stella habe viele Männerbekanntschaften gehabt. Pearl sei ein nettes Mädchen, sie brachte den Müll raus, trieb sich nicht herum, meistens saß sie abends an ihrem Schreibtisch und machte Hausaufgaben.

In Filmen gab es immer irgendeine Spur, die die Ermittler zur Wahrheit führte. Selbst Dokumentarfilme und Podcasts konzentrierten sich normalerweise auf Verbrechen, die irgendwie, entgegen aller Wahrscheinlichkeit, doch noch aufgeklärt werden konnten. Ein Zeuge meldete sich. Die DNA-Probe konnte endlich zugeordnet werden, weil jemand gefasst worden war.

Doch die wirkliche Welt war unglaublich groß, es gab darin unzählige finstere Gassen und unerforschte Orte. Manche

Verbrechen wurden nie aufgeklärt, und es gab Leute, die spurlos verschwanden.

Fast spurlos.

Hunter fand die Akte, nach der er gesucht hatte, und schlug sie auf.

Etwa zwei Jahre nach dem Mord an Stella und Pearls Verschwinden war eine weitere Frau ermordet worden und ihre Tochter im Teenageralter verschwunden. Ungefähr achtzig Kilometer vom Haus der Behrs entfernt.

Maggie Stevenson, sechsunddreißig, Krankenschwester und alleinerziehende Mutter, wurde in ihrem Haus erwürgt, ihre Tochter verschwand in derselben Nacht. Ein Ex-Freund wurde vernommen und wieder freigelassen. Es gab kaum verwertbare Spuren am Tatort. Eine Kollegin sagte aus, es habe einen neuen Mann in Maggies Leben gegeben, jemanden, wegen dem sie ganz aufgeregt war. Sie hatte sich auf einer Online-Partnerbörse angemeldet, aber es gab keine Hinweise darauf, dass sie sich je mit jemandem getroffen hatte.

Auf ihrem Handy fand sich eine einzige Kurznachricht. Die Nummer konnte zu einer anonymen Prepaid-SIM-Karte zurückverfolgt werden.

Ich kann es kaum erwarten, dich endlich persönlich zu treffen.

Hunter starrte auf die Fotos in der Akte. Auch Maggie war eine Schönheit gewesen – dichtes, welliges Haar, Schlafzimmerblick, genau wie Stella. Ihre Augen waren dunkler, aber es lag dieselbe wilde Verwundbarkeit in ihnen. Ihre Tochter Grace, cool und ultraschlank, hatte langes, goldenes Haar und ein puppenhaft süßes Gesicht. Noch eine hart arbeitende alleinerziehende Mutter, die ermordet worden war, deren Kind verschwand. Maggie hatte keine Familie, nur lose Bekanntschaften. Am Tag des Mordes hatte sie alles abgehoben, was auf ihren Konten war – insgesamt belief sich die Summe auf magere fünftausend Dollar. Ihre Kreditkarte war mit mehreren ungewöhnlich hohen Summen belastet: Einkäufe beim Elektronikmarkt Best Buy, bei Macy's. Das Interesse der Medien flaute sogar noch schneller ab als bei Stella und Pearl.

Es gab ein Muster, Dinge, die zusammenpassten.

Und dann ein Glückstreffer. Im Haus der Stevensons gefundene DNA passte zu den DNA-Spuren im Haus der Behrs. Leider gab es keine Übereinstimmung in der Datei bekannter Krimineller. Wieder eine Sackgasse.

Aber es wurden ständig neue Daten eingespeist, also ließ Hunter etwa alle sechs Monate eine neue Suche laufen, um festzustellen, ob es jetzt einen Treffer gab. Es war überfällig, dass er sich deswegen an seine Kontakte wandte. Er würde einen Gefallen einfordern müssen, denn seine Detektei war längst nicht mehr mit dem Fall beauftragt. Es gab keine Mittel für einen zehn Jahre alten Fall. Aber für ihn war er zu einer persönlichen Sache geworden, etwas, das er nicht loslassen konnte, das ihn nicht losließ.

Hunter klappte den Laptop auf, suchte nach der Meldung, die er vorhin gesehen hatte, und rief das Foto der Vermissten auf.

Abwechselnd blickte er auf das Foto der jungen Grace Stevenson und auf den Bildschirm. Sicher sein konnte er sich nicht. Menschen veränderten sich, besonders Jugendliche. Besonders, wenn sie es darauf anlegten, anders auszusehen. Es waren so viele Jahre vergangen. Die junge Frau auf dem Bildschirm hatte ein schmaleres Gesicht, ihre Haare waren dunkler. Etwas von dem süßen Liebreiz war verschwunden. Aber der Mund und die Augen ... ja, möglich. Das konnte Grace sein.

Die Naughty Nanny.

Er schlug den Aktenordner Charles Finch auf. Er enthielt ein einziges Foto, es war unter Stella Behrs Besitztümern entdeckt worden. Blaue Augen mit vollen, langen Wimpern, ausgeprägte Wangenknochen, glatt rasiert, ein breiter, lächelnder Mund. Nicht einfach attraktiv. Schön, wie manche Männer es waren. Sogar anderen Männern fiel es auf. Ein hübscher Junge, so würde man ihn auf dem Pausenhof oder im Knast genannt haben. Eher klein, hager. Sogar auf dem Foto versprühte er Charme. Die allerwichtigste Eigenschaft, die jeder Trickbetrüger haben musste – die Fähigkeit, andere mit Charme einzuwickeln und zu entwaffnen. Und Finch war ein Trickbetrüger, wie er im Buche steht, da war Hunter sich ganz sicher.

Er hatte eine Theorie. Das war ein Mann, der sich ins Leben verwundbarer Frauen einschlich. Vielleicht wollte er ihr Geld, und vielleicht war das manchmal alles, was er ihnen nahm. Aber manchmal wollte er vielleicht noch mehr. Und dann nahm er sich auch das.

Hunter schlug die Akte auf, in der er Zeitungsartikel aufbewahrte, die er aus dem Internet ausgedruckt hatte. Er durchsuchte das Netz regelmäßig nach ungeklärten Altfällen, die dem Muster entsprachen. Es gab einen Fall in Tuscon; eine Frau hatte beim Online-Dating einen Mann kennengelernt, der versuchte, sie zu erwürgen, aber sie wurde durch einen Nachbarn gerettet, der ihre Schreie hörte. Sie hatte eine Tochter im

Teenager-Alter, die an dem Abend unterwegs war. Der Täter entkam. Sie besaß nur ein einziges Foto von ihm. Es konnte sich um den Mann handeln, den Hunter als Finch kannte, aber das Foto war körnig und unscharf. Der Mann wirkte schwerer, trug eine Brille und Vollbart. Es gab zahlreiche Fälle von Heiratsschwindel, *Romance Scamming*, Täter, die wohlhabende Witwen und Witwer in eine Online-Romanze verstrickten und sie überredeten, ihnen Geld zu überweisen, weil sie angeblich in irgendeine Notlage geraten waren. Das kam häufig vor. Es gab jede Menge Gauner da draußen, jede Menge Opfer. Mehr, als irgendjemandem klar war.

Eins dieser Opfer kam aus Phoenix, eine Frau namens Bridget Pine, die aussagte, fast von einem Mann und seiner Tochter abgezockt worden zu sein. Sie und der Mann, den sie als Bill Jackson kannte, hatten eine Online-Liebesbeziehung geführt, als er plötzlich behauptete, seine Tochter habe einen Unfall gehabt und er brauche dringend Geld. Sie war misstrauisch geworden, hatte seine Angaben überprüft, unter anderem seinen angeblichen Wohnsitz und seine Arbeitsstelle, und schnell erkannt, dass praktisch nichts von dem, was er ihr erzählt hatte, stimmte. Sie zeigte ihn an, bei der Polizei in Phoenix und beim FBI. Sie alarmierte die Medien. Aber wie Charles Finch war auch Bill Jackson ein Phantom und verschwand spurlos. Das Foto, das sie von ihm hatte, sein Profil-Foto aus der Online-Kontaktbörse, wies keine Ähnlichkeit mit Finch auf. Es gab kein Foto von dem Mädchen.

Die meisten Leute, die Opfer eines solchen Betrugs wurden, schwiegen beschämt; es war eine Demütigung, das Ende eines Traums. Aber Bridget Pine machte einen Aufstand, und als Hunter sie anrief, erzählte sie ihm ausführlich, was passiert war. Die leidenschaftlichen E-Mails, die spätabendlichen Telefonate, die köstliche Erwartung des ersten Treffens. Sie war keine schöne Frau, daher gefiel ihr die Möglichkeit, sich vor dem ersten persönlichen Treffen kennenzulernen, echte Nähe herzustellen.

»Die äußere Erscheinung ist nicht wichtig«, erklärte sie Hunter. »Es ist das Innere, was zählt, nicht wahr?«

»Natürlich«, erwiderte er. Aber Nähe bestand nicht nur aus spätabendlichen Gesprächen und Versprechungen. Er dachte an seine eigene Ehe, die unvollkommen war, aber hielt. Man musste jede Facette des Partners annehmen, sogar die Dinge, die man nicht mochte.

»Ich glaube, auf irgendeiner Ebene habe ich es gewusst«, sagte sie. »Ich hatte die Hoffnung auf Liebe und Romantik schon aufgegeben. Aber Online-Dating ... Es kam mir sicherer vor. Ich dachte mir, es tut nicht so weh, wenn's nicht klappt.«

»Es tut mir leid«, sagte er. »So etwas kommt sehr häufig vor. Häufiger, als Sie glauben.«

»Wie kann ich ihn aufspüren?«, fragte sie. »Können Sie mir dabei helfen? Ich kann Sie bezahlen.«

»Ich suche schon seit Jahren nach ihm – jedenfalls könnte es sich hier um den Mann handeln, den ich suche. Sie müssen mir nichts bezahlen. Wenn ich ihn finde, werde ich Sie als Erstes anrufen.«

»Wie haben Sie es bisher angestellt, ihn zu suchen?«

Er berichtete von seinen Techniken, dem Auswerten von Nachrichtenseiten, der Suche nach vergleichbaren Geschichten, Anrufe ins Blaue. Manchmal eine Fahrt irgendwohin.

»Es braucht eigentlich nur ein Detail, das einen auf eine neue Spur bringt«, schloss er. »Aber wenn Sie meinen Rat hören wollen – lassen Sie es auf sich beruhen, schauen Sie nach vorn.«

Sie lachte ein wenig. »Ich habe nichts, das mich erwarten würde. Bill war meine letzte Chance auf Liebe.«

Bill. Charlie. Oder wie er auch heißen mochte. In Wirklichkeit existierte er nicht mal.

»Wenn Sie auf eine Spur stoßen«, sagte er, »gehen Sie ihr nicht auf eigene Faust nach. Rufen Sie mich an. Lassen Sie mich helfen, es kostet Sie nichts.«

Sie versprach ihm, dass sie sich melden würde. Das war einige Monate vor dem Mord an Maggie Stevenson und dem Verschwinden ihrer Tochter Grace gewesen.

Später war Bridget Pine spurlos verschwunden. Sie kaufte sich ein neues Auto, kündigte ihren Job, hob Geld ab, packte eine Reisetasche und ließ ihr altes Leben zurück. Als Hunter sie nicht erreichen konnte – Mails wurden nicht zugestellt, das Telefon war abgemeldet –, telefonierte er herum und stieß endlich auf einen früheren Kollegen von Bridget, der sie ein wenig kannte.

»Sie war schon ein komischer Vogel«, sagte er. »Blieb gern für sich. Und dann hat sie eines Tages einfach gekündigt. Sagte, sie habe genug Geld verdient, um in Rente zu gehen, und wolle reisen. Es war … eigenartig.«

Niemand hatte je wieder etwas von ihr gehört.

Hunter wälzte seine alten Notizen. Dann suchte er auf den Online-Nachrichtenseiten nach Artikeln über die Naughty Nanny, und schließlich durchforstete er die Cold-Cases-Websites, die er gern besuchte. Er suchte nach dieser einen Sache, die alles verband. Nach der Information, die ihn auf eine frische Spur führen würde.

Die Sonne ging unter, draußen leuchteten die Straßenlaternen auf. Hunter wusste, dass ihm noch etwa eine Stunde blieb, bevor seine Frau nach Hause kam. Bis dahin würde er noch ein wenig Zeit für Stella und Pearl Behr, Maggie und Grace Stevenson aufwenden. Er würde weitersuchen. Denn jeder Mensch zählte.

28

Selena

Sie zog die Vorhänge zu und tat so, als wäre niemand auf ihrem Rasen, auf ihrer Einfahrt, auf der Straße. Nachdem Crowe gegangen war, hatten sich eine Handvoll Journalisten, die Übertragungswagen einiger Nachrichtensender und etliche weitere Fahrzeuge vor ihrem Haus versammelt. Die Nachbarn standen am Fenster und auf ihren Veranden. Der Anblick all dieser Schaulustigen erfüllte sie mit Schrecken. Jetzt gehörte sie zu diesen Leuten, die man in den Nachrichten sah, Leuten, deren Leben wegen irgendeines Skandals oder Verbrechens in Trümmern lag.

Sie ließ sich aufs Sofa sinken, unsicher, was sie tun sollte. Packen. Ja, das war's. Sie musste ein paar Sachen zusammenpacken sowie weitere Klamotten und Spielzeug für die Jungs mitnehmen. Sie musste dieses Haus verlassen und nach Hause zu ihrer Mutter gehen. Denn ... wo sollte sie sonst hin?

Als jemand aggressiv an die Tür klopfte, erstarrte sie. War das wieder der Detective? War die Polizei gekommen, um sie abzuholen? Ihr Herz hämmerte. Sie wartete. Vielleicht würden sie ja wieder weggehen.

»Ich bin's«, erklang eine vertraute Stimme durch die Tür. »Selena, ich bin's, Beth. Lass mich rein.«

Erleichterung durchflutete sie, als sie zur Tür ging und ihre Freundin ins Haus ließ. Rufe drangen vom Rasen herauf.

Was ist mit Geneva Markson passiert, Selena?

Wussten Sie, dass Ihr Mann mit der Nanny schlief?

Beths blondes Haar war zerzaust, und sie presste ihre Handtasche eng an sich, als sie schnell ins Haus schlüpfte und sich gegen die geschlossene Tür lehnte.

»Passiert das wirklich?«, fragte sie mit weit aufgerissenen Augen. »Ist das real?«

»Oh ja«, sagte Selena. »So sieht mein Leben momentan aus.«

Sie starrten einander an. Sie hatten schon schlimme Zeiten zusammen erlebt: den Tod einer lieben Freundin, ihre trost-lose, bittere Beerdigung. Das Ende von Beths Ehe, die häss-liche, nicht einvernehmliche Scheidung. Zum Glück, oder Un-glück, gab es keine Kinder. Eine Fehlgeburt, die Selena gehabt hatte, bevor Oliver geboren wurde. Einmal hatte Beth sich auf einer Wandertour das Bein gebrochen, und Selena hatte sie praktisch acht Kilometer tragen müssen, weil sie beschlossen hatten, einmal nicht erreichbar zu sein und die Handys im Auto zu lassen.

»Scheiße«, sagte Beth. »Verdammte Scheiße. Wie spät ist es? Können wir schon was trinken?«

Es war nach drei. »Ich habe eine Flasche Cabernet da.«

Selena wollte eigentlich nichts trinken, aber Beth ging in die Küche und ließ ihre Tasche auf den Tisch fallen. Sie schenkte ihnen beiden ein Glas aus der Flasche ein, die auf der Arbeitsfläche stand, und Selena nahm einen zögerlichen

Schluck, dann noch einen. Sie spürte die vertraute Wärme, ein Aufweichen der Ecken und Kanten. Ihre Schultern entspannten sich ein wenig.

»Erzähl mir alles, Selena«, forderte Beth. Sie setzten sich an den Küchentisch, das Herz jeden Hauses. »Von Anfang an. Die ganze Geschichte.«

Also erzählte sie ihrer Freundin vom Sexting, als Graham ihr zum ersten Mal untreu geworden war, und von dem Vorfall in Vegas. Wie sie die Kamera umgestellt und ihn mit Geneva erwischt hatte. Sie erzählte ihr von der Frau im Zug, von ihrem spätabendlichen Treffen, den Kurznachrichten, die sie erhalten hatte. Wie sie von Detective Crowe den wahren Grund für Grahams Kündigung erfahren hatte, dass Geneva die Tuckers erpresst hatte. Von den Sex-Nachrichten. Von Will, der ihr zur Rettung gekommen war, und dass sie die Nacht in seiner Wohnung verbracht hatte. Es sprudelte nur so aus ihr heraus. Beth nickte, murmelte Zustimmendes, griff nach ihrer Hand, schenkte Selena ihre ungeteilte Aufmerksamkeit.

»Also«, endete Selena. »Das war in letzter Zeit bei mir los.«

»Warum erfahre ich das erst jetzt?«, fragte Beth ungläubig. »Wo hast du das alles gelassen?«

»Tief in mir vergraben. Da, wo wir alles Hässliche lassen, all die Dinge, die wir nicht an die Öffentlichkeit bringen wollen, mit denen wir uns nicht auseinandersetzen möchten.«

Beth leerte ihr Glas, schenkte ihnen beiden nach und nickte wissend. »Kenne ich. Ich weiß, wie viel Energie es erfordert, die Fassade aufrechtzuerhalten. Wie viele Jahre habe ich darauf gewartet, dass es besser wird, anstatt das zu tun, was ich hätte tun sollen? Nämlich einen Mann verlassen, der mich verletzte.«

Selena war nie auf den Gedanken gekommen, dass Beth und Scott nicht glücklich wären, oder zumindest relativ glücklich. Wenige Ehen waren perfekt, das lernte man ziemlich früh im Erwachsenenleben. Fast immer gab es Geheimnisse, Diskussionen zwischen den Ehepartnern, die kein Außenstehender verstehen würde. Ihre Schwester Marisol hatte die Porno-Sucht ihres Mannes ertragen, bis er zudem noch spielsüchtig wurde und die ganze Familie finanziell fast ruiniert hätte. Erst nachdem sie ihn hinausgeworfen hatte, gestand sie Selena und ihrer Mutter Cora die Wahrheit. Und die Tuckers hatten auf Selena immer wie ein perfektes Paar gewirkt, glücklich und verliebt.

»Liegt es an ihnen oder an uns?«

Selena sah ihre Freundin, die sich die Schläfen rieb, fragend an.

»Ich meine ... sind manche Männer von Natur aus Schweine? Oder ermöglichen wir ihr Fehlverhalten erst, verschlimmern es in gewisser Weise sogar, weil wir es vor der Welt verstecken und nicht von ihnen verlangen, dass sie sich bessern?«

»Vielleicht ist es eine Kombination aus beidem.«

»Denn die Frauen, die ich kenne, richten keine Schäden im Leben der Menschen an, die sie eigentlich lieben und beschützen sollten. Sie betrügen nicht, misshandeln niemanden, lügen nicht. Oder Schlimmeres.«

Oder Schlimmeres. War es schlimmer, als sie es sich vorstellen konnte? War ihr Mann ein Monster?

Der Wein stieg ihr zu Kopf. Sie konnte es sich nicht leisten, sich zu betrinken, brauchte einen klaren Kopf. Selena schob das Glas weg.

»Was war zwischen dir und Will?«, fragte Beth.

»Nichts. Er hat auf dem Sofa geschlafen. Der perfekte Gentleman.«

Beth ließ einen manikürten Finger über den Rand ihres Glases gleiten.

»Er liebt dich immer noch.«

»Nein«, widersprach Selena. »Das ist Geschichte, längst vorbei.«

Beth warf ihr einen Blick zu, und Selena nickte bekräftigend. »Nun, zumindest für mich.«

»Und doch bist du gestern Abend zu ihm gegangen«, sagte Beth. »Du hättest auch zu mir kommen können.«

Selena zuckte die Achseln. »Ihm musste ich nichts mehr erklären. Er wusste bereits alles.«

»Er muss es genossen haben. Deinen Retter spielen zu können.«

Beth mochte auch Will nicht besonders.

»Warum hast du ihn noch mal verlassen?«

Das war eine Eigenart von Beth, sie brachte einen dazu, das auszusprechen, was sie selbst dachte. Aber Selena weigerte sich mitzuspielen, obwohl sie sehr gut wusste, worauf die Freundin hinauswollte.

»Weil ich Graham kennengelernt hatte und mir klar wurde, dass ich noch etwas anderes vom Leben wollte.«

»Also warst du vollkommen glücklich, bis du Graham getroffen hast.«

»Niemand ist vollkommen glücklich.«

Beth beugte sich vor und klopfte mit einem Finger auf den Tisch.

»Will war besitzergreifend. Hat dich kontrolliert«, rief sie Selena in Erinnerung. »Er wollte immer wissen, wo du bist, mit wem du dich getroffen hast. Er hat dich überwacht, oder etwa nicht? Darauf geachtet, dass du rechtzeitig ins Bett gehst. Genug Sport treibst.«

»Er hat mir geholfen, disziplinierter zu sein. Er ... hat mich dazu gebracht, mich selbst zu optimieren.«

Beth lächelte und schüttelte den Kopf. »Er wollte eine Vaterrolle einnehmen.«

»Er wollte für mich *sorgen*. Vielleicht hätte ich es zulassen sollen. Es wäre besser gewesen als das hier.«

Sie wies auf ihre Traumküche, die ihr jetzt vorkam wie eine Theaterkulisse, von hinten aufgestützt, falsch. Ein Stoß, und alles würde einstürzen.

»Ich mein ja nur. Geh nicht zu ihm zurück, weil du Angst hast, Süße. Stürz dich nicht in Wills Arme, um von Graham wegzukommen.«

Nur wenige würden sich trauen, einer Freundin eine so harte, ungeschminkte Wahrheit ins Gesicht zu sagen. Denn genau das hätte Selena am liebsten getan, sich in Wills Arme geworfen. Und obwohl sie es gerade abgestritten hatte, wusste sie, dass er da war, auf sie wartete. Und das war ihr ein Trost.

»Wir werden das durchstehen wie alle anderen Schwierigkeiten zuvor«, fuhr Beth fort. »Und du wirst stärker daraus hervorgehen.«

»Falls es je vorbeigeht.«

»Ich bin für dich da.« Beth beugte sich vor und griff nach Selenas Hand, ihre blauen Augen blitzten. »Ich trag dich da durch, wenn es sein muss. So wie du mich aus dem Wald getragen hast.«

Sie sahen einander an und brachen bei der Erinnerung in

Gelächter aus, obwohl es zu der Zeit alles andere als komisch gewesen war: Beths starke Schmerzen, die einbrechende Dunkelheit, die Müdigkeit, die ungeheure Anstrengung.

»Du warst wie Iron Woman. Ganz Mut, Durchhaltevermögen und Entschlossenheit«, sagte Beth. »Das bist du, Iron Woman. Vergiss das nicht.«

Es stimmte nicht. Selena war nicht so stark wie Beth, die allein lebte, seit sie ihren Mann verlassen hatte. Es hatte ein paar langweilige Dates gegeben, aber es war nie etwas daraus geworden. In letzter Zeit war Beths Haltung ziemlich männerfeindlich. Sie leitete ihre eigene Firma, verreiste allein oder mit einer Freundin. Es schien ihr zu gefallen, allein und ungebunden zu sein, nach ihren eigenen Regeln leben zu können. Falls sie einsam war, erwähnte sie es nie. Aber würde sie das tun? Würde sie das gegenüber ihren angeblich so glücklich verheirateten Freundinnen zugeben?

Selena war nie Single gewesen, hatte überhaupt keine klare Vorstellung, wie das sein könnte.

»Und diese Frau?«, fragte Beth und schenkte sich noch ein Glas Wein ein. »Was war das denn? Du erzählst irgendeiner Wildfremden das von Graham, aber mir nicht?«

Selena winkte ab. »Es war eine merkwürdige Situation. Ich bereue es, glaub mir.«

»Brich den Kontakt ab«, meinte Beth. »Rede nicht noch mal mit ihr. Das ist unheimlich, Selena. Ist sie so eine Art Stalkerin?«

»Nein. Ich weiß es nicht.«

»Antworte ihr nicht mehr. Wenn sie dir weitere Nachrichten schickt, lass Will übernehmen. Und du solltest der Polizei von ihr erzählen.«

»Wie würde das denn aussehen? Noch etwas, das ich verschwiegen habe.«

»Lass Will das machen«, riet Beth. Es klang sinnvoll. Das war genau das, was sie tun sollte. Warum zögerte sie dann, warum verspürte sie einen so trotzigen Widerstand dagegen?

»Ist Will dein Anwalt oder der von Graham?«, fragte Beth.

Daran hatte sie noch gar nicht gedacht. Ein Gefühl von Leere breitete sich in ihr aus. »Er ist *unser* Anwalt, nehme ich an.«

Beth schüttelte den Kopf. »Mädchen, du brauchst einen eigenen Anwalt. Jemanden, der ausschließlich deine Interessen vertritt. Es wird hässlich werden, und du willst nicht diejenige sein, die den Kopf hinhalten muss.«

Sie nickte. Was für ein schrecklicher Wirrwarr. Sie spürte, wie ihr die Tränen in die Augen stiegen, aber sie unterdrückte sie.

»Du bist Iron Woman«, wiederholte Beth. »Vergiss das nicht.«

Sie war nicht aus Eisen, weit davon entfernt. In ihrem ganzen Leben hatte sie sich noch nie schwächer und verletzlicher gefühlt. Doch sie lächelte ihre Freundin an und erinnerte sich an diesen Tag in den Wäldern. Wie verängstigt sie gewesen waren; sie war sicher gewesen, dass ihre Kraft nicht ausreichen würde, die Freundin bis zum Auto zu schleppen. Wie Beth die letzten Kilometer gehinkt war, die Zähne zusammengebissen vor Schmerz. Damals hatten sie es geschafft, durch reine Willenskraft. Manchmal war das alles, was man hatte oder was man brauchte – die Durchhaltekraft, den nächsten Schritt zu tun.

»Und was wird jetzt?«, fragte Beth.

»Ich packe meine Sachen zusammen und nehme noch ein paar Sachen für die Jungs mit.«

»Du gehst«, stellte Beth fest.

»Welche Wahl habe ich denn? Hier kann ich nicht bleiben. Egal, was passiert, ich muss von hier weg.«

Beth nickte. »Ich helfe dir.«

Sie gingen von Zimmer zu Zimmer und packten das Nötigste zusammen, Klamotten, Stofftiere und die Papiere, die Selena vielleicht brauchen würde, dann stellten sie die Koffer bei der Tür ab.

»Ich bin für dich da«, versprach Beth erneut und umarmte Selena fest zum Abschied.

Aber sie wussten beide, dass Beth nicht mehr sein konnte als eine liebevolle Zuhörerin bei einem Glas Wein. Auf der dunklen Straße, die vor ihr lag, würde Selena ihren eigenen Weg finden müssen.

Sie sah Beth nach, die geduckt zu ihrem Wagen lief und die Reporter ignorierte, die hinter ihr herrannten. Selena hatte den Eindruck, dass es mittlerweile weniger waren. Die Übertragungswagen der Nachrichtensender waren fort. Selena empfand einen Anflug von Hoffnung. Vielleicht war es doch keine so große Story, schließlich gab es keine Leiche, wie Will gesagt hatte, nichts Handfestes außer ein paar Sex-Nachrichten. Vielleicht war es ja immer noch möglich, dass sich alles in Wohlgefallen auflöste.

Als Beth im Auto saß, winkte sie, und Selena winkte zurück.

Sie waren übereingekommen, dass Selena von der Arbeit freigestellt wurde. Beth hatte angeboten, sie bei halbem Gehalt weiter zu beschäftigen, aber Selena hatte abgelehnt. Ihre Freundin leitete eine erfolgreiche kleine Agentur. Selena wollte keine Belastung für sie sein, nachdem sie als Bereicherung für die Firma an Bord gekommen war. Sie hatten Ersparnisse, und ihre Eltern waren ja auch noch da. Im Moment würde sie sowieso unmöglich arbeiten können, nicht mit den Kindern und allem, was noch kommen mochte. Ihr Leben lag praktisch auf Eis. Vielleicht würde ihre Stelle noch auf sie warten, wenn das alles vorbei war. Vielleicht würde sie dann auch irgendwas anderes machen.

Sie setzte sich wieder hin. Obwohl sie wusste, dass sie eigentlich Oliver anrufen sollte, starrte sie nur in den dunklen Kamin. Ihre Gliedmaßen fühlten sich an wie mit Sand gefüllt. Das Packen hatte ihre ganze Energie aufgebraucht. Sollte sie den Fernseher anmachen und sehen, was über den Fall berichtet wurde? Nein. Das würde sie nicht aushalten. Sie atmete für einen Moment die Stille ein. Gerade als sie nach oben gehen wollte, um zu überprüfen, ob sie auch nichts vergessen hatte, klopfte es erneut an der Tür.

Eine gedämpfte Stimme erklang: »Selena, ich bin's, Will.«

Sie ließ ihn ins Haus und schloss rasch die Tür hinter ihm.

»Wie ist es gelaufen?«, fragte sie.

»Sie haben Graham ziemlich in die Mangel genommen«, sagte Will. »Er ist bei seiner Aussage geblieben. Sie hätten miteinander geschlafen, die Sex-Nachrichten seien nur Spaß. Beide fanden, dass es ein Fehler war, und hatten beschlossen, die Affäre zu beenden. Und er hat keine Ahnung, wo sie ist.«

»Glaubst du ihm?«

Will schien überlegen zu müssen. »Es ist nicht meine Aufgabe, irgendwas zu glauben oder nicht zu glauben. Es ist meine Aufgabe, dafür zu sorgen, dass seine Rechte gewahrt bleiben, und ihn vor Gericht zu vertreten, wenn es so weit kommt.«

»Will. Glaubst du, dass er Geneva etwas angetan hat?«

Er stieß die Luft aus und senkte den Blick. »Ich weiß es nicht, Selena. Die Vegas-Sache, diese Kurznachrichten – es hat meine Wahrnehmung von ihm verändert.«

Das war nicht das, was sie zu hören erwartet hatte, und es senkte sich wie eine zusätzliche Last auf ihre Schultern. Will wusste nicht, zu was Graham alles fähig war. Und wie es schien, wusste sie es auch nicht.

»Soll ich dich zu deiner Mutter fahren?«

»Ich brauche mein Auto.«

»Dann fahren wir mit deinem Wagen, und ich nehme ein Uber-Taxi zurück.«

Sie wäre lieber allein gefahren, aber sie ließ zu, dass er ihr dabei half, die Koffer und die Boxen aus dem Kinderzimmer, die sie mit Büchern und Spielsachen gefüllt hatte, ins Auto zu laden.

Das Kinderzimmer, das sie so liebevoll eingerichtet hatte – Star-Wars-Bettwäsche, Flugzeugmodelle, die von der Decke hingen, Fußballpokale, Action-Figuren, Regale mit Spielsachen und Gesellschaftsspielen –, wirkte verlassen. Sie hatte das Haus so geschmackvoll gestaltet, jeden Vorhang, jedes Kissen, jeden Farbton und jeden Deko-Gegenstand selbst ausgesucht. Ohne die Energie ihres lebendigen Familienlebens wirkte alles billig, leer, wie ein Körper ohne Seele.

»Hast du alles, was du brauchst?«, fragte Will.

Sie nickte und hob einen Karton hoch, den er ihr abnahm. Sie gingen in die Garage.

Die Polizei hatte den SUV beschlagnahmt, den Graham am

Freitagabend gefahren hatte. Jetzt stand also nur der Subaru hier. Sie luden die Sachen ein und stiegen ein.

»Bereit?«

»Kann losgehen.«

Sie drückte auf die Fernbedienung, und das Garagentor ging auf. Die Gruppe von Reportern, die die Einfahrt belagerten, teilte sich, als der Subaru vom Grundstück fuhr. Sie riefen etwas, machten Fotos.

Will hatte ihr geraten, einen neutralen Gesichtsausdruck aufzusetzen und den Blick nach vorn zu richten, nichts von ihrem inneren Aufruhr zu verraten. Das tat sie.

Wo ist Geneva? Was ist mit der Naughty Nanny passiert? Hat Ihr Mann sie umgebracht?

Es klang wie das Geschrei von Möwen, sinnlose Wortfetzen. Selena war dankbar für die dunkel getönten Scheiben des Subaru. Sie war so müde, wie betäubt. Sie hätte hundert Jahre lang schlafen können.

»Sehr viel länger werden sie ihn nicht festhalten können«, sagte Will. »Sie haben keine verwertbaren Spuren. Erik Tucker mussten sie bereits gehen lassen. Es gibt weder eine Leiche noch konkrete Anhaltspunkte für eine Straftat.«

»Meinetwegen können sie ihn für den Rest seines Lebens dortbehalten.«

»Selena.«

Die Fahrt war angenehm. Sie fühlte sich gut versteckt, isoliert von den übrigen Fahrzeugen auf der Straße, als sie den Mob hinter sich ließen. Niemand folgte ihnen. Sie nahmen den Weg über die wenig bekannten, gewundenen Landstraßen.

»Detective Crowe hat mich gefragt, ob ich wütend war, und

ob ich daran gedacht hätte, Geneva etwas anzutun«, informierte sie Will. »Es klang fast, als würde er mich verdächtigen, etwas mit der Sache zu tun zu haben.«

Will schüttelte missbilligend den Kopf. »Du hättest nicht allein mit ihm reden dürfen.«

»Ich weiß.«

»Was hast du ihm erzählt?«

»Gar nichts. Er kennt meinen Tagesablauf. Unser Wochenende ist lückenlos auf den sozialen Netzwerken dokumentiert. Ich bin sicher, er kann anhand meiner Handydaten feststellen, wo ich war und was ich gemacht habe. Es gibt Aufnahmen, die zeigen, dass Geneva am Freitag unversehrt das Haus verlassen hat. Ich glaube, er wollte mich nur provozieren. Mir eine Reaktion entlocken.«

Sie sagte Will nicht, dass sie reinen Tisch machen und der Polizei von der Frau im Zug erzählen wollte. Irgendetwas hielt sie davon ab, die Worte auszusprechen. Warum war das so?

Vielleicht deshalb, weil sie mehr als alles andere wollte, dass sich das Ganze einfach in Wohlgefallen auflöste. War das immer noch möglich?

Den Rest der Fahrt verbrachte sie damit, in Gedanken die Zeit zurückzudrehen. Was wäre, wenn sie Graham nach der Entdeckung des Sexting verlassen hätte? Oder nach dem Vorfall in Vegas. Wäre ihr Leben dann anders verlaufen? Aber das ging nicht, oder? Nicht, wenn Kinder da waren, entstanden aus der Liebe zu einem anderen Menschen. Man konnte nicht das Schlechte ungeschehen machen, ohne auch das Gute zu verlieren. Das war das Fatale an der ganzen Sache. Der Wirrwarr des Lebens. Man konnte nur weitergehen, neu kalkulieren, einen neuen Weg finden.

Das Haus ihrer Mutter war nicht von Journalisten umlagert, und sie fuhren in die offen stehende Garage. Sie wurden erwartet. Nachdem Will den Motor abgestellt hatte, der in der plötzlich entstandenen Stille tickte, blieben sie noch einen Moment sitzen.

Selena wollte nicht hineingehen, sie konnte nicht. Sie sammelte ihre Kräfte für die Begegnung mit den Jungs.

»Ich wünschte ...«, begann Will und legte seine Hand auf ihre.

Sie hatte Beths Warnung noch im Ohr. Es war ein guter Rat einer guten Freundin. Was sie brauchte, war Freiraum, Zeit für sich, um wieder festen Boden unter den Füßen zu finden.

»Nicht«, sagte sie. Er sah sie unverwandt an. Sie spürte die Wärme seines Blicks, obwohl sie ihn nicht erwiderte.

»Ich wünschte, ich wäre mit dir zu dieser Feier gegangen.«

Das war nicht das, was sie zu hören erwartet hatte. Sie sah ihn an. Er fuhr sich mit der Hand durch seine wilden honigblonden Locken.

»Was für eine Feier?«, fragte sie.

»An dem Abend, als du Graham kennengelernt hast. Weißt du noch?«

Sie erinnerte sich. Natürlich erinnerte sie sich.

In der Garage von Cora und Paulo herrschte makellose Ordnung – Werkzeuge hingen an Haken, Fahrräder an Wandparkern, Kindersportgeräte wie Tretroller und Rollschuhe waren in durchsichtigen Aufbewahrungsboxen verstaut. Albern, dass ihr in diesem Moment so etwas auffiel. Vielleicht nur deshalb, weil es einen so krassen Gegensatz zu der Unordnung bildete, die in ihrem Leben herrschte.

Wills Stimme war sanft, als er weitersprach. »Eigentlich

hatte ich mitkommen wollen. Aber ich musste länger arbeiten.«

»Tu das nicht«, flüsterte sie.

Er hob die Hände. »Ich mein ja nur. Vielleicht wäre dann alles anders gekommen.«

»Du hast keine Kinder. Da ist es leicht zu sagen, du wünschtest, alles wäre anders gekommen. Aber ich habe Stephen und Oliver.«

»Ich weiß. Nur ...«

»Nicht.«

Er nickte langsam und senkte den Kopf. In ihrem Kopf blitzte eine jüngere Version von Will auf, braun gebrannt, lachend. Ein Tag am Strand, sie vergruben ihre Zehen im Sand. Das Mädchen, das ihn geliebt hatte, war so frei gewesen. Damals hatte sie nicht einmal gewusst, was Freiheit war. War er so bestimmend gewesen? Er hatte Klamotten für sie gekauft. Sie erinnerte sich, wie gut es ihr gefallen hatte, dass er ihre Größe kannte, wusste, was ihr stand. Und ja, manchmal hatte sie Sachen angezogen, die ihr nicht gefielen, ihm zuliebe.

»Ich bin ... für dich da. Und für Graham.«

Er hatte seine Hand nicht zurückgezogen, und sie spürte seine Wärme, aber auch noch etwas anderes.

Er liebt dich immer noch, hatte Graham sich immer beschwert. Sie hatten alle versucht, Freunde zu sein. Sie waren ja so fortschrittlich, nicht wahr? Aber bei den gemeinsamen Essen hatte immer eine angespannte Atmosphäre geherrscht, die Gespräche waren gestelzt gewesen. Und dann ließen Will und seine Frau sich scheiden. *Es ist, als warte er nur darauf, dass du zu ihm zurückkehrst.*

Selena war anderer Meinung. Wills Frau Bella war schön

und freundlich; die beiden hatten immer glücklich auf sie gewirkt. Zusammen – sie tauschten immer liebevolle Blicke, beiläufige Berührungen. Aber offensichtlich hatte sie sich da geirrt. So viele Ehen waren vor ihren Augen zerbrochen, die ihrer Eltern, die ihrer Schwester, ihre eigene. Mehr als die Hälfte ihrer Freundinnen war geschieden. Vielleicht war es schlicht nicht so gedacht, dass man für immer zusammenblieb. Vielleicht war das zu viel verlangt.

Sie entzog ihm sanft ihre Hand und berührte kurz sein Bein. Er musterte sie einen Moment, dann senkte er den Blick.

Was auch immer da noch zwischen ihnen war, jetzt war der falsche Zeitpunkt. Sie war nicht mehr das Mädchen, das sie mit Will gewesen war, nicht die Frau, die sie mit Graham gewesen war. Sie wusste nicht genau, wer sie gerade war. Vielleicht nur Mutter. Das war alles, für das sie momentan noch genug Energie hatte.

Will presste die Lippen zusammen, nickte angespannt zum Zeichen, dass er verstanden hatte, und half ihr dann, die Sachen auszuladen. Vielleicht, dachte sie, als sie ihr Gepäck aus dem Kofferraum hievte, war dies der Moment, in dem sie sich selbst fand – nicht mehr die Tochter ihrer Eltern war, Wills Freundin, Grahams Frau, Stephens und Olivers Mutter. All das war sie oder war es gewesen, und Mutter würde sie immer bleiben. Aber jetzt, da ihre Welt aus den Fugen geraten war, irreparabel beschädigt, konnte vielleicht die wahre Selena zum Vorschein kommen, würde sie mehr sie selbst sein, als sie es je zuvor gewesen war.

Stephen hängte sich an sie, sobald sie das Haus betraten. Aber Oliver hielt Abstand, die dunklen Augen auf Will gerichtet.

»Wo ist Papa?«, fragte er.

»Jungs«, sagte Paulo. »Kommt und helft mir beim Essenmachen. Echte Männer können kochen.«

Damit führte er die beiden in die Küche.

Selena ließ sich von ihrer Mutter in den Arm nehmen und fest drücken.

»Mama, können wir ein Weilchen hierbleiben?«, fragte sie, obwohl sie die Antwort bereits kannte. Doch konnte man sich selbst finden, wenn man im Gästezimmer seiner Mutter übernachtete? Zumindest war es nicht ihr altes Kinderzimmer. In dem Haus, in dem sie aufgewachsen war, wohnte noch ihr Vater. Sie besuchte ihn selten.

»Dies ist euer Zuhause«, sagte ihre Mutter. »Wo immer ich bin, da gehörst du hin.«

Mutter blieb man vermutlich immer, egal, wie alt die Kinder waren. Cora führte sie ins Wohnzimmer. Selena hörte Paulos Bariton, dann das Lachen der Jungs.

»Hast du Hunger?«, fragte Cora. Das war stets die erste Regel des Bemutterns: Sorg dafür, dass alle genug zu essen haben.

»Ich bin am Verhungern«, gab sie zu.

»Ich habe noch Suppe da.« Cora tätschelte ihren Arm. »Die wärme ich dir gleich auf. Bleib einfach sitzen und versuch, dich ein bisschen auszuruhen.«

Wills Telefon klingelte, und er ging ins Nebenzimmer, um das Gespräch anzunehmen. Sie versuchte, nicht zu lauschen. Aber allein beim Klang seiner Stimme krampfte sich etwas in ihr zusammen, auch wenn sie die Worte nicht verstand. Sie kannte diesen Tonfall, ruhig, aber düster. Als er ins Zimmer zurückkehrte, war seine Miene grimmig.

Sie ließ zu, dass sich der Augenblick mit ihrem Atem ausdehnte. Der letzte Moment, dachte sie, ohne zu wissen, warum. Der letzte Moment, in dem noch alles gut ausgehen konnte.

»Die Polizei hat die Leiche einer jungen Frau gefunden«, sagte Will. »Ungefähr acht Kilometer von eurem Haus entfernt. Jogger haben die Leiche abseits des Wanderwegs gefunden, im Naturschutzgebiet.«

Die Wege, auf denen Graham regelmäßig gelaufen war, als er noch joggte.

Cora keuchte auf, und Selena spürte, wie sich alles um sie drehte, und ließ sich aufs Sofa sinken.

»Ist es ... *Geneva*?«

Will warf einen Blick zur Tür, vermutlich um sicherzugehen, dass die Kinder nicht in Hörweite waren, dann sagte er mit gesenkter Stimme: »Die Leiche ist so entstellt, dass es einige Zeit dauern wird, bis sie identifiziert ist.«

Selenas Mutter stieß einen hilflosen, verängstigten Laut aus. Leise, aber Paulo musste es gehört haben, denn er tauchte aus der Küche auf.

Selena vergrub das Gesicht in den Händen und begann zu weinen. Sie weinte um Geneva, um sich selbst, um ihre Söhne, um den dunklen Weg, der vor ihnen lag und der gerade um einiges dunkler geworden war.

29

Pearl

Paps hatte zu tun. Er war viel unterwegs und hatte es Pearl überlassen, das Haus einzurichten. Vermutlich hatte er wieder eine einsame Frau gefunden. Diesmal hatte auch Pearl ihre Mission, unabhängig von ihm. Doch sie machte keine großen Fortschritte. Denn schließlich, fragte sie sich, wie sollte das funktionieren? Würde ihr Vater, wenn sie ihn aufspürte, nicht wissen wollen, wo sie all die Jahre gewesen war? Würde er nicht wissen wollen, was aus Stella geworden war?

Sie hatte sich im Community College eingeschrieben, obwohl sie das intellektuell unterforderte. Aber sie glaubte fest daran, dass Bildung das war, was man daraus machte. Das, was man lernen musste, konnte man überall lernen. Elitäre Abschlüsse von Elite-Hochschulen waren auch nur Trickbetrug – sie verkauften einem die Illusion von Status. Das war jedenfalls Paps' Ansicht.

In jedem Fall war er sich nicht sicher, ob ihre Identität einer genaueren Überprüfung standhalten würde. Und die Elite-Unis neigten dazu, den Hintergrund der Studienbewerber gründlich zu durchleuchten. Ein Besuch der größeren Universitäten, der besseren, nach denen sie strebte, war also nicht im Rahmen des Möglichen. Sie würde sich mit dem begnügen müssen, was ging.

»Glaubst du etwa, ihn interessiert das?«, fragte Paps, als sie ihm von ihren Bedenken erzählte: Würde ihr Vater, wenn sie Kontakt aufnahm, nicht Fragen stellen? Paps war nicht grausam, nur pragmatisch. Er analysierte die Zielperson – wer war ihr Vater? Was wollte er?

Es kam mittlerweile selten vor, dass sie abends beide zu Hause waren. Zwischen ihnen hatte sich etwas verändert. Sie war kein Pluspunkt mehr für seine Masche. Sie war erwachsen und sah auch so aus, und damit war sie kein Lockmittel mehr für eine verletzliche ältere Frau, die gern ein Kind bemuttern wollte. Sie war eine Bedrohung – jünger, schöner, im Weg. Sie lagen auf dem Sofa, ihr Kopf ruhte auf seinem Oberschenkel, während er eine Strähne ihres Haars zwischen den Fingern drehte.

»Wenn es ihn interessierte, meinst du nicht, er hätte vielleicht jemanden angeheuert, um nach dir zu suchen? Oder bei der Polizei Druck gemacht?«

War er von der Polizei befragt worden, als Stella ermordet wurde? Wenn Paps herausfinden konnte, wer ihr Vater war, konnte die Polizei das doch wohl auch, oder? Aber in der Berichterstattung über ihren Fall war er nie erwähnt worden.

»Vielleicht hat er das ja.« Sie blickte zu ihm hoch. Vor dem flackernden Licht des Feuers war sein Gesicht halb in Dunkelheit getaucht, die Augen schienen hohl, die Wangen gefurcht.

Er hatte eine Art zu schweigen, die sie dazu brachte, ihre

Frage selbst zu beantworten, ohne dass er ein Wort zu sagen brauchte.

»Nein, vermutlich nicht«, sagte sie schließlich und blickte in die Flammen.

»Stellas Tod und dein Verschwinden bedeuteten für ihn ein Problem weniger. Eine Rechnung weniger, die er bezahlen musste. Der Mann ist ganz offensichtlich emotional gestört.«

Wie der Vater, so die Tochter? Vielleicht war das die Ursache für diese Leere in ihr, die Unfähigkeit, etwas zu empfinden.

Sie hatten recherchiert. Ihr Vater war auf LinkedIn, aber weder auf Facebook, Twitter noch Instagram. Doch aus den Posts von seinen Töchtern und Freunden der Familie hatten sie sich ein ziemlich gutes Bild von ihm machen können.

Paps fuhr fort: »Er hat Familie. Eine Frau. Zwei Töchter. Eine wichtige Position bei einer großen Bank. Wenn du auftauchst und anfängst, Lärm zu schlagen, wird er zahlen, damit du verschwindest. Würde ich mal annehmen.«

Auf den wenigen Fotos, die sie im Netz von ihm gefunden hatten, wirkte er steif, lächelte nicht. Es gab ein Familienporträt, auf dem seine schönen dunkelhaarigen Töchter vor ihm saßen und er besitzergreifend den Arm um seine zierliche Frau gelegt hatte. Sie hatte ein falsches Lächeln aufgesetzt und erinnerte ein wenig an Stella. Er war groß und streng mit breiter Stirn, dunklen Augen und dichten, dunklen Augenbrauen, die zu einem permanenten Stirnrunzeln zusammengezogen waren. Er hatte die Ausstrahlung eines Richters oder strengen Schuldirektors, war ein Mann, der einen mit einem einzigen Blick lähmen konnte. Lächeln tat er nur auf einem einzigen Foto, einem Bild von ihm mit seinem Hund. Ein Rottweiler, der eine gewisse Ähnlichkeit mit ihm hatte.

Ganz sicher war er nicht der Vater, den sie sich ausgemalt hatte. Der Spion. Der Soldat. Sie hatte ihn sich immer kultiviert und elegant vorgestellt, mit rotblondem Haar, ein Mann, der gern und oft lächelte. Geistreich, abenteuerlustig, witzig und souverän. Jemand wie Paps.

»Und wenn er Stella umgebracht hat?«, fragte Pearl.

Paps hob die Augenbrauen, als wäre ihm dieser Gedanke noch nie gekommen. Was aber garantiert nicht stimmte, denn er dachte immer an alles. Jedenfalls glaubte sie das damals.

»Unwahrscheinlich«, sagte er nach kurzem Schweigen. »Aber falls er es getan hat, wird ihm sogar noch mehr daran liegen, dich mit Geld abzufinden. Vielleicht würde er dann sogar noch mehr rausrücken.«

»Oder …«

»Oder?«

»Er bringt mich um.«

Paps zog sie hoch und drückte sie an sich. Sie ließ sich mit hängenden Armen von ihm festhalten. Schließlich ließ er sie los und legte die Hände um ihr Gesicht. »Solange ich lebe, wird dir niemand irgendwas antun.«

Sie lächelte, und er drückte einen Kuss auf ihren Scheitel. »Mach keine Versprechungen, die du nicht halten kannst«, sagte sie.

»Ich halte immer, was ich versprochen habe. Das weißt du.«

Sie schwiegen einen Moment, dann fuhr er fort: »Ich glaube, da er es sich zur Gewohnheit gemacht hat, Leute auszuzahlen, wird er dabei bleiben. Der beste Indikator künftigen Verhaltens …«

»... ist früheres Verhalten.«

Aber irgendetwas an dem, was sie gesagt hatte, stand zwischen ihnen im Raum. Das Schweigen breitete sich aus.

»Die sanfte Herangehensweise«, riet er schließlich. »Sei nett und charmant. Verschreck ihn nicht.«

Also schickte sie ihm eine Mail an die Adresse, die sie bei LinkedIn gefunden hatte. Betreffzeile: Ich bin Pearl. Als Text schrieb sie: Weißt du, wer ich bin?

Sie wartete. Einen Tag, zwei Tage. Keine Reaktion. Sie zermarterte sich den Kopf: Hatte sie die falsche Mailadresse erwischt, sah eine Assistentin seine Mails durch, war die Mail im Spamordner gelandet? Drei Tage. Vier. Sie fühlte sich unangenehm bedürftig, hätte aber nicht sagen können, was es eigentlich war, was sie wollte. Sie wollte keinen Vater. Die Ausbeute interessierte sie nicht, jedenfalls nicht so wie Paps. Aber trotzdem war da ein Schmerz in ihr, den sie nicht benennen konnte.

Sie fuhr mit dem Zug in die Stadt und hinterließ ihm eine Nachricht am Empfang seiner Firma.

Ich bin Pearl. Weißt du, wer ich bin?

Sie hinterließ die Nummer einer anonymen Prepaid-SIM-Karte, die sie sich besorgt hatte. Das Ganze war eine ziemlich dumme Aktion, wenn man an das Netz aus Sicherheitskameras dachte, das sich mittlerweile durch die ganze City zog. Aber das hatte sie damals noch nicht gewusst. Sie wusste, dass Paps keine Smartphones mochte, weil er fand, dass man sich damit überall aufspürbar machte. Aber sie wusste nichts über das Netz aus privaten und öffentlichen Sicherheits- sowie Polizeiüberwachungskameras, das damals gerade anfing, die Welt zu überziehen.

Sie wartete. Keine Mail. Kein Anruf. Fünf Tage. Sechs.

»Vielleicht hat er meine Mail nicht bekommen«, sagte sie besorgt zu Paps. »Vielleicht hat die Frau am Empfang meine Nachricht weggeworfen. Sie hat mich angesehen, als wäre ich ein Stück Dreck, das sie am liebsten von ihrem Absatz gekratzt hätte.«

»Vielleicht hofft er auch nur, dass du aufgibst.«

Sie zog in Erwägung, es einfach sein zu lassen. Sie musste für ihr Hauptfach lernen, Psychologie – nützlich für jeden Beruf. Ihr Professor war interessant, jemand, der seine Studenten forderte. Pearl hatte sogar angefangen, mit einem Typen auszugehen, der sie zum Lachen brachte. Wenn sie später auf diesen Moment in ihrem Leben zurückblickte, dachte sie, dass die Tür zur »Normalität« einen Spaltbreit offen gestanden hatte. Sie hätte möglicherweise hindurchgehen können. Aber Paps.

»Zeit, den Druck ein wenig zu erhöhen«, meinte er. »Nur ein wenig.«

Das Haus ihres Vaters. Es war so … schön. Nicht, dass es besonders prächtig gewesen wäre. Es gab prachtvollere Villen. Doch es war einfach schön, das leuchtende Grün der Rasenflächen, die Bougainvilleen, die sich über die Pergola neben der Garage rankten, die Backsteinveranda, die rote Haustür, die schwarzen Fensterläden und weißen Schindeln. Und dann sein BMW, der morgens, wenn er ins Büro fuhr, aus der Einfahrt rollte, manchmal mit seiner jüngeren Tochter (die Ältere war bereits auf dem College) auf dem Beifahrersitz. Glänzendes schwarzes Haar, schlanke Figur, hübsche Klamotten.

Sie war sehr hübsch. Aber es war mehr als das. Dieses Mädchen ahnte nichts von der Dunkelheit im Leben, sie kannte nur das Licht. Das konnte Pearl an der glatten Unschuld ihres Gesichts ablesen, der Art, wie sie achtlos zum Auto schlenderte und ihren Rucksack in den Kofferraum warf, ohne den Blick von ihrem Handy zu heben. Für sie war das Leben einfach. Alles, was zerbrach, konnte gekittet werden. Alles, was verloren ging, konnte ersetzt werden. Ihr Leben war so leicht, dass sie nicht einmal ahnte, dass es noch eine andere Art von Leben gab – beinhart, unvorhersehbar.

Dieser Schmerz. Er war ein schwarzes Loch in Pearls Innerem, schluckte Licht und Zeit.

Eine Woche lang beobachtete sie lediglich, brennend vor Gefühlen, die sie selbst kaum verstand.

Sie parkte morgens ein Stück die Straße hinauf und beobachtete, wie er ins Büro fuhr und seine Tochter zur Schule brachte. Nachdem seine Frau zu ihren vormittäglichen Besorgungen aufgebrochen war, verließ Pearl ihren Posten.

Gegen halb vier kehrte sie zurück, um das Mädchen zu beobachten, das mit dem Schulbus nach Hause kam, normalerweise umringt von Freundinnen. Designer-Klamotten, gestyltes Haar, Lipgloss, aufgeregtes Gekicher – sie neckten sich, schubsten sich, jagten sich. Dann verschwanden sie hinter dieser roten Tür, und Pearl schien es, als hätten sie Zutritt zu einer Welt, von der sie ausgeschlossen war und immer ausgeschlossen bleiben würde. Eine Welt nicht von Privilegien, sondern von Zugehörigkeit.

Eines Abends dann, als es dämmerte, stieg sie aus dem Auto und ging langsam die Straße hinunter. Sie wusste, dass er genau um zehn nach sechs in die Auffahrt einbiegen würde, also stellte sie sich hinter die große Eiche, wo sie vom Haus

aus nicht sichtbar war, aber von der Auffahrt aus sehr wohl. Sie lauschte dem Zwitschern der Vögel und dem Wind, der Laub über die Straße trieb.

Als er in die Einfahrt fuhr, wandte er den Kopf und sah sie.

Sie hob die Hand, und ihre Blicke trafen sich. Wusste er, wer sie war?

Dann wandte er sich ab, und das Garagentor ging auf. Er fuhr in die Garage. Sie wartete mit hämmerndem Herzen, ihre Gedanken rasten. Hatte er sie gesehen? Hatte er sie erkannt? Vielleicht war es schon zu dunkel. Vielleicht war der Schachzug zu kühn.

Das Garagentor schloss sich mit einem Poltern und Quietschen, das den Gesang der Vögel zum Verstummen brachte. Er war nicht einmal aus dem Auto gestiegen.

Sie kehrte zu ihrem Wagen zurück. Ihr Innenleben war normalerweise sehr temperiert, aber an diesem Abend kochte eine Wut in ihr hoch, die sie nicht für möglich gehalten hätte. Das Gefühl war tief in ihr, hatte vielleicht schon immer dort auf der Lauer gelegen, vernachlässigt, stumm. Dann saß sie im Auto und fuhr, umklammerte das Lenkrad, bis sie zu dem leeren Parkplatz eines verlassenen Sportplatzes kam. Sie bog auf den Parkplatz ein und stellte den Wagen weit hinten ab.

Ein Klageschrei wie Sirengeheul entrang sich ihrer Kehle. Sie hatte nicht geahnt, dass sie zu einem solchen Laut fähig war. Sie schrie und schrie, hämmerte auf das Lenkrad ein. Sie schrie wegen sich selbst, wegen Stella, in rasender Wut auf den Mann, der ihr Vater war, auf seine hübsche, ahnungslose Tochter – ihre Schwester? –, und weil sie nie ein normales Leben kennengelernt hatte. Ihre Schreie galten auch Paps – der was war? Ihr Vater? Ihr Entführer? Der Mann, der vermutlich

ihre Mutter ermordet hatte? Und dennoch war sie an ihn gebunden, wie sie sich nie an irgendjemand anders gebunden
gefühlt hatte.

Es folgte eine Tränenflut, als würden sich Gefühle, die ihr
ganzes Leben lang in ihr aufgestaut gewesen waren, jetzt Bahn
brechen.

Als es vorbei war, fühlte sie sich ausgelaugt, erschöpft. Sie
legte den Kopf aufs Lenkrad, atmete stoßweise und unregel-
mäßig. Die Sonne ging unter und tauchte den Sportplatz in
goldenes Licht. Die Straßenlaternen gingen an. Endlich brach
die Dunkelheit herein. Irgendwann begann sie die lange Fahrt
zurück nach Hause. Nach Hause? Zu dem Haus, das sie zusammen mit Paps bewohnte.

Aber als sie dort ankam, war niemand da, wie so oft in
letzter Zeit. Paps hatte zu tun. Er hatte einen neuen Job, der
offenbar viel Zeit und Energie erforderte. Sie war oft allein mit
ihren Büchern, lernte fürs Studium. Sie las viel, wie sie es immer getan hatte – tauchte in andere Welten, andere Leben ab.

Als sie auf ihrem Laptop ihre Mails checkte, war eine Nachricht von ihrem Vater da. Ihrem biologischen Vater. Der nichts
Besonderes war.

Ja, stand da. Ich kenne dich. Sollen wir uns treffen?

30

Anne

Auf der Arbeitsfläche in der Küche lagen drei Telefone, die alle gerade aufgeladen wurden. Zwei Klapphandys mit anonymen Prepaid-SIM-Karten und ein Smartphone. Anne managte derzeit vier E-Mail- und fünf Postfach-Adressen. Und sie besaß zwei Eigentumswohnungen, die offiziell im Besitz einer Strohfirma waren. Dank Merle, Paps' zwielichtiger alter Anwältin, wurden ihre Finanzen verwaltet, und Anne hatte eine legale Identität, die absolut sauber war – Pass, Sozialversicherungsnummer, Führerschein.

Diese Identität war ihre Ausstiegsmöglichkeit. Sie würde noch ihre derzeitigen Projekte abschließen, und danach würde sie ehrlich werden.

»Das ist mein letzter ... Akt«, sagte sie laut.

Das Wort »Betrug« gefiel ihr nicht. Es war ein hässliches Wort, das den feinen Nuancen des Spiels nicht gerecht wurde. Das, was sie machte – was sie machten –, war so viel mehr als bloßer Diebstahl. Es war eine Wissenschaft und eine Kunst, ein Geben und Nehmen. Paps war überzeugt, dass er ebenso viel gab wie nahm, was sie immer für Blödsinn gehalten hatte. Aber später hatte sie erkannt, dass eine gewisse Wahrheit darin lag, auch wenn es nicht die ganze Wahrheit war.

Paps schwieg, was immer bedeutete, dass er etwas missbilligte oder anderer Meinung war. Heute war er lediglich ein Geist in der Ecke, kaum ein Schatten. Das war er: ein Geist. Ein Schatten. Schon lange tot, aber immer noch bei ihr.

»Und dann was?«, sagte er endlich.

Typisch Paps. Er warf ihr immer vor, sich zu tief hineinziehen zu lassen, es zu persönlich werden zu lassen, zu viel zu geben. Dabei wusste er selbst ja nicht mal, wer er überhaupt war, wenn er keine Sache am Laufen hatte. Er wurde dann unruhig, rastlos. Saß stundenlang bloß da, als hätte jemand ihn heruntergefahren. Er war nichts ohne das Spiel.

Aber bei ihr war das anders.

Sie konnte zu jeder beliebigen Person werden, gehen, wohin sie wollte, ein Ich abstreifen und ein anderes überziehen. Sie konnte es jederzeit aufgeben. Und wenn sie das tat, würde sie versuchen, sich endlich selbst besser kennenzulernen – die wahre Person hinter all den Masken, die sie getragen hatte.

»Ich bin müde«, sagte sie. »Ich will eine Weile einfach sein. Reisen. Kochkurse an exotischen Orten belegen. Skifahren lernen. Was auch immer. Was die Leute eben so machen.«

Er lachte ein wenig – sanft, nicht unfreundlich. Niemals unfreundlich. Er liebte sie, soweit er dazu in der Lage war. »Für Leute wie uns ist das Leben nicht so, Kätzchen.«

»Ich bin nicht wie du.« Es klang gereizt, abwehrend. In sanfterem Ton wiederholte sie: »Das bin ich nicht.«

»Ach nein?«

»Ich kann ohne das leben.«

»Bist du dir da sicher?«

Eins der Prepaid-Handys vibrierte und tanzte. Ben.

Seit ihrem letzten Chat hatte sie sich nicht mehr bei ihm gemeldet. Er hatte schon mehrmals angerufen, Kurznachrichten und Mails geschickt. Dann war er für eine Weile verstummt. Sie stellte sich vor, dass er voller süßer Sorge war, aber auch verzweifelt. Sie hatte ihm etwas gegeben: die Hoffnung, dass er wieder lieben und geliebt werden könnte. Sie hatte sein zartes Ego gehegt und aufgebaut, mit dem, was sie ihm sagte, dadurch, dass sie ihn brauchte, durch die Gespräche, in denen sie ihn um Rat gefragt hatte, die Fotos, die sie ausgetauscht hatten. Sie hatte ihm einen freien Flug der Fantasie geschenkt. Die Vorstellung, was sein könnte.

Einen ehrlichen Menschen kann man nicht betrügen, sagte Paps immer, doch das war nicht die ganze Wahrheit. Man konnte niemanden betrügen, der nichts brauchte, der sich nicht irgendetwas so stark wünschte, dass er die Erfüllung dieses Wunsches zumindest für möglich hielt.

»Du magst ihn«, stellte Paps fest. »Ist es das?«

Sie antwortete nicht.

»Großer Fehler.«

Sie griff nach dem Prepaid-Handy und scrollte durch Bens Nachrichten.

»Was denn?«, hänselte Paps. »Glaubst du, du kannst ihn heiraten? Sesshaft werden? Dieses Leben hinter dir lassen?«

Sie könnte Ben jetzt vom Haken lassen. Ihm nicht mehr antworten, ihr Profil schließen, die E-Mail-Adresse kündigen, die sie für den Mailaustausch mit ihm eingerichtet hatte, das Handy wegwerfen. Er würde traurig sein, dass er »Gwyneth«

verloren hatte. Doch er würde darüber hinwegkommen. Irgendwann. Aber sie wollte ihn nicht ziehen lassen.

Es tut mir so leid, schrieb sie. Mir geht's gut.

Ich habe mir solche Sorgen gemacht.

Meine Schwester hat eine Überdosis genommen. Sie ist im Krankenhaus. Es ist alles ziemlich viel im Moment. Ich ruf dich später an.

Das Handy klingelte. Ben. Aber sie ging nicht ran.
»Er ist reif«, sagte Paps. »Du hast ihn am Haken. Jetzt würde er dir alles geben, was du willst. Er ist verzweifelt bestrebt, dich zu halten. Lass diese Verzweiflung nicht in Wut umschlagen. Du weißt ja, wie Männer sein können, wenn ihnen etwas genommen wird.«

Tut mir leid, schrieb sie. Ich kann jetzt nicht reden. Ich wollte es dir nicht auf diese Weise sagen.

?

Aber diese Sache mit meiner Schwester. Das Leben ist so kurz.

Was willst du damit sagen?

Ich liebe dich, Ben.

Es kam ihr fast wahr vor. Obwohl sie sich fragte, ob sie ein echtes Gefühl überhaupt erkennen würde. Sie wartete, ein wenig atemlos.

Ich liebe dich auch. Das wollte ich dir eigentlich persönlich sagen.

Bald. Versprochen.

Beim Anblick der Worte auf dem Display wurde Anne wieder einmal klar, wie absolut losgelöst eine Textnachricht war. Sie schwebte frei im Raum, keine Berührungen, kein Tonfall, kein Gesichtsausdruck. Schriftliche Kommunikation war perfekt für Trickbetrug, wie eine leere Schiefertafel, die das Gegenüber mit Bedeutung füllen konnte. Doch sie war schlecht geeignet, um wirkliche Verbundenheit herzustellen. Und doch empfand sie eine Nähe zu Ben. Oder nicht? Gern hätte sie ihm ihren wahren Namen verraten. Ihre wahre Geschichte erzählt. Aber wie könnte sie das jetzt noch tun?

»Wow«, sagte Paps. »Ich nehme alles zurück. Das war meisterhaft. Du hältst ihn an der Leine, treibst den Haken so tief rein wie möglich.«

Der Signalton ihres anderen Handys. Sie griff danach. Eine SMS von Selena.

Wer sind Sie?, stand da. *Was wollen Sie?*

Gute Fragen, wirklich.

»Zu viele Bälle in der Luft«, sagte Paps. »Habe ich dir nicht beigebracht, nie mehr als eine Sache am Laufen zu haben? Wie viele sind es jetzt, drei?«

Nur noch zwei mittlerweile. Ben und Selena. Die anderen

hatte sie ziehen lassen – die Familie, die sie für eine lange ver-
schollene Cousine hielt, der Mann, der dachte, sie hätte sich in
seine Kamera gehackt und ihn beim Porno-Gucken erwischt.

»Das war's dann, Paps. Nur noch diese eine Sache. Dann
werde ich damit aufhören.«

»Ja doch. Das sagen sie alle.«

Schweigen breitete sich aus. Fast hätte sie Bens SIM-Karte
vernichtet, tat es dann aber doch nicht. Er war ihre Fluchtmöglichkeit für den Notfall. Sie konnte problemlos zu der Frau
werden, für die er sie hielt. In dieses Leben eintauchen und
verschwinden. Vielleicht könnte sie sogar länger bei ihm bleiben. Vielleicht wollte sie das sogar.

»Also, wer bist du, Kätzchen?«, fragte Paps. »Was ist es,
was du willst?«

In der Spiegelung der Scheibe über der Spüle sah sie sich
selbst. Eine dunkle Gestalt, von hinten erleuchtet.

»Vielleicht ist es an der Zeit, dass ich das herausfinde.«

Er lachte leise. »Wenn du die verschiedenen Schichten ab-
trägst, wird dir vielleicht nicht gefallen, was du findest.«

31

Oliver

Stephen war so was von blöd. Er schnarchte mit weit offenem Mund, die Arme über dem Kopf, die Wangen gerötet. Oliver musterte ihn und wünschte sich ebenfalls zu schlafen. Aber er konnte nicht. Weil seine Mutter im Nebenzimmer war. Nachdem die Erwachsenen den ganzen Abend lang mit gedämpften Stimmen hinter geschlossenen Türen geredet hatten, hatte Oliver sie durch die Wand hindurch weinen hören. Sie war zu ihnen ins Zimmer gekommen, um ihnen etwas vorzulesen und einen Gutenachtkuss zu geben. Er merkte es immer, wenn irgendwas mit seiner Mutter nicht stimmte – wenn sie traurig war, müde und gereizt oder wütend auf Papa. Oder auf ihn und Stephen. Er bekam es mit. Stephen merkte nie irgendwas, weil er dumm war.

Oliver wünschte, er wäre auch dumm.

Irgendetwas stimmte nicht, das wusste er, aber niemand wollte ihm sagen, was los war. Vorhin hatte er mit seinem Vater telefoniert. Pass auf deine Mutter auf, hatte er gesagt. Seine Stimme hatte sich seltsam angehört, ganz weit weg.

Wo bist du, Papa?

Mach dir keine Sorgen, es ist alles in Ordnung. Du wirst sehen. Ein paar Tage noch, dann ist alles wieder normal.

Aber seine Stimme hatte noch nie zuvor so geklungen. Oliver hörte unvertraute Geräusche im Hintergrund – ein klingelndes Telefon, Stimmen, die er nicht kannte.

Es ist alles in Ordnung. Halt die Ohren steif.

Mama hatte das auch gesagt. Aber Oliver war alt genug, um zu wissen, dass Grund zur Sorge bestand, wenn die Erwachsenen so etwas ständig wiederholten. Es war nicht alles in Ordnung.

Nachdem seine Mutter ihnen Gute Nacht gesagt hatte, war sie ins Nebenzimmer gegangen, in dem Jasper und Lily schliefen, wenn sie alle zusammen zu Besuch waren. Und dann, nachdem lange alles ruhig gewesen war, hatte er sie weinen gehört. Nicht nur ein wenig, wie es manchmal vorkam, wenn sie gerührt war. Auch keine Tränen der Wut wie dann, wenn sie ihn und Stephen anschrie, weil sie sich wieder wie »kleine Arschlöcher« benommen hatten, wie sein Vater es gern ausdrückte. Sie war in Tränen aufgelöst, schluchzte, heulte. So wie Mädchen weinten, heftig und traurig. Sie weinte eine ganze Weile. Wahrscheinlich dachte sie, niemand könnte es hören. Dann wurde es still.

Er stieg aus dem Bett, ging durch das Bad und öffnete die Tür zu ihrem Zimmer. Er ging zum Bett. Er wollte sie fragen, ob er bei ihr schlafen durfte. Aber das Bett war leer. Es war niemand da.

Vielleicht war sie nach unten gegangen. Oma tat das auch manchmal. Ging nachts in die Küche und machte Milch warm. Einige Male war er ihr gefolgt, und dann hatten sie zusammen am Küchentisch gesessen und über alles Mögliche geredet – über die Schule oder Comichefte, darüber, was seine Mutter und Tante Marisol gemacht hatten, als sie klein waren. Über das Baumhaus im Garten des Hauses, das jetzt Opas Haus war, über die Reisen, die Oma und Paulo planten. Darüber, warum seine Oma und sein Opa nicht mehr miteinander verheiratet waren. *Manchmal ist die Liebe eben weg, und dann ist es besser, sich zu trennen. Das kommt vor. Anfangs ist es schwer, aber nach einer Weile gewöhnen sich alle an die neue Situation.* Noch so eine Lüge, die Erwachsene erzählten. Zander sagte, dass es wirklich scheiße war, trotz der doppelten Geburtstags- und Weihnachtsfeiern. Aber Olivers Mutter war kein Kind mehr gewesen, als ihre Eltern sich scheiden ließen. Und sein richtiger Opa war längst nicht so nett wie Paulo.

Seine Eltern waren vermutlich gerade dabei, sich zu trennen. Und irgendwie hatte das etwas mit Geneva zu tun, die nicht zur Arbeit gekommen war.

Er ging durch das Bad in sein Zimmer zurück und holte sein iPad.

Als er unten Geräusche hörte, ließ er seinen schnarchenden Bruder zurück und schlich nach unten. Er wollte seiner Mutter die Aufnahmen zeigen, die er von Geneva gemacht hatte, als sie ging. Er hatte so viele Fotos – von Geneva, vom Nachbarshund, von Stephens nacktem Po, von seinem eigenen Po. Von seiner Mutter in der Küche. Von seinem Vater im Arbeitszimmer, wie er auf den Computerbildschirm starrte, was seine Hauptbeschäftigung war. Oliver hatte auch ein Foto von der Poritze seines Vaters, als er sich vorgebeugt hatte, um die Steinmauer zu reparieren. *Lösch das sofort, du kleiner Scheißer,* hatte Papa gebrüllt. *Lösch sofort dieses Foto!* Aber Oliver hatte so gelacht, dass sein Vater ebenfalls lachen musste. Mama hob immer abwehrend die Hand, wenn er sie fotografieren wollte. *Ich bin ein Wrack! Lass das, Oliver! Das ist jetzt wirklich nicht meine Schokoladenseite!* Er hatte eine ganze Reihe rückwärts und in Zeitlupe ablaufender Videos von Stephen, wie er vom Bett, vom Sofa oder von der Veranda sprang. Auf einem der Videos fiel er hin und fing an zu heulen. Oliver fand es immer saukomisch, wie schnell Stephens Gesicht sich veränderte – eben konnte er noch strahlen, und in der nächsten Sekunde heulte er in die Kamera.

Oliver schlich die Treppe hinunter, an den Fotos vorbei, die überall an der Wand hingen. Fotos von seiner Mutter und seiner Tante als Kinder, von Oliver, von seinem Bruder, Jasper und Lily, von Oma und Paulo auf Reisen, von damals, als sie alle zusammen in Disney-World gewesen waren. Er schaute sich die Fotos gerne an, auch wenn er sich nicht an allzu viele Momente erinnerte. Aber die Fotos waren praktisch wie eine Erinnerung; er konnte sich *fast* erinnern, dort gewesen zu sein, weil er die Bilder so oft gesehen, die Geschichten so oft gehört hatte. Es gab ein Foto von seiner Mutter mit einem Welpen im Arm – ihrem alten Hund Chewie. Sie war damals zehn gewesen, sagte Oma – was ihm unmöglich schien. Wie konnte seine Mutter je ein Kind gewesen sein wie er?

Als er unten war, sah er, dass in der Küche Licht brannte. Oliver dachte, er würde seine Mutter vorfinden, über ihr Smartphone gebeugt oder in die Luft starrend, wie sie es manchmal machte. Dann konnte er ihre Miene überhaupt nicht deuten. Aber stattdessen war es seine Großmutter. Sie stand am Herd, in dem rosa Morgenmantel, den sie nachts meistens anhatte, und er konnte den Duft der warmen Milch schon an der Tür

riechen. Sie tat immer Honig hinein und ein paar Gewürze –
merkwürdige Sachen wie Pfeffer und noch etwas, das er nicht
aussprechen konnte. Sie nannte es goldene Milch, und es war
sein absolutes Lieblingsgetränk. Er setzte sich an den Küchentisch. Oma wurde nie böse, wenn er nachts aufstand.

»Mama ist nicht in ihrem Bett«, sagte er. Auch hier hingen oder standen überall Fotos. Daheim gab es Fotos nur
auf Bildschirmen, Fernseher oder Computer, auf iPads oder
Smartphones. Es gab kaum gerahmte Bilder auf Papier. Außer
einem Hochzeitsfoto, auf dem seine Mutter aussah wie eine
Prinzessin und sein Vater viel schlanker war.

Oma drehte sich zu ihm um und sah ihn an. Sie lächelte
immer, wenn sie ihre Enkel ansah, ihn und Stephen, Lily und
Jasper. Dann kräuselte sich die Haut an ihren Augen. Aber
heute Nacht wirkte sie ein wenig besorgt.

»Ich habe sie rausgehen hören«, sagte sie mit einem Nicken. »Das hat mich aufgeweckt.«

»Wo ist sie hin?«

»Früher ist sie manchmal nachts joggen gegangen. Wenn
sie gestresst war oder sich wegen irgendwas aufgeregt hatte,
stand sie wieder auf und ging laufen.«

»Und du hast sie gelassen?« Oliver überlegte, wie es wohl
wäre, alleine draußen unterwegs zu sein, ohne Erlaubnis. Es
erschien ihm unmöglich, sogar für seine Mutter, die immer
zu Hause war oder mit ihnen oder Papa zusammen. Sein Vater
konnte alleine unterwegs sein; er konnte tagelang weg sein,
und es spielte keine große Rolle. Wie jetzt. Aber Mama? Das
war etwas anderes. *Pass auf deine Mutter auf*, hatte Papa vorhin
am Telefon gesagt. Aber wie sollte Oliver das anstellen? Er
hatte nicht nachgefragt – das war eins dieser Dinge, von de-

nen erwartet wurde, dass man darüber Bescheid wusste. Wie der »Bro-Kodex«.

Oma zuckte die Achseln, drehte sich wieder zum Herd und rührte mit einem Holzlöffel die Milch um. »Deine Mutter ist erwachsen. Und ich glaube fest daran, Menschen so sein zu lassen, wie sie sind. Ob richtig oder falsch.«

Er blickte aus dem Fenster. Alles, was er sah, war Dunkelheit. »Ist das nicht gefährlich?«

»Selena – deine Mama – ist klug und stark. Sie kann auf sich selbst aufpassen, so gut wie jeder andere. Sie hat sich schon hinten rausgeschlichen, als sie so alt war wie du.«

»Ich war noch nie alleine draußen unterwegs.«

Sie lächelte ihn über die Schulter hinweg an. »Heutzutage ist das anders. Eltern ... machen es heute anders. Besser vielleicht.«

Sie kam mit zwei vollen Bechern an den Tisch und setzte sich ihm gegenüber. »Vorsicht, heiß.«

»Lassen sie sich scheiden?«

Sie streichelte ihm übers Haar. Seine Oma duftete immer nach Blumen, und ihre Haut war ganz weich. Er wartete darauf, dass sie log. *Natürlich nicht!*, würde sie vielleicht antworten. Oder: *Sag doch so was nicht.* »Hör zu«, sagte sie stattdessen. »Es gibt da gerade ein paar Probleme, Erwachsenenkrams. Aber wir werden das alle zusammen durchstehen.«

Keine Lüge. Aber ...

»Das ist keine richtige Antwort, Oma.«

Sie nickte. »Ja, das weiß ich. Aber es ist die einzige Antwort, die ich dir geben kann. Nicht mal Erwachsene wissen alle Antworten. Leider.«

Das war ihm bereits klar.

Er nippte an der Milch. Sie schmeckte süß und nach Gewürzen, aber er verbrannte sich ein wenig die Zunge. Nur ein bisschen. Er sagte nichts – sie hatte ihn ja gewarnt. Stephen würde eifersüchtig sein, wenn er über Olivers besondere Zeit mit Oma Bescheid wüsste. Ihr spezielles Getränk. Oliver fand es wunderbar, etwas zu haben, das Stephen nicht hatte, er würde sich nie in einem solchen Moment beklagen.

»Ist es wegen Geneva?«, fragte er. »Weil sie nicht zur Arbeit gekommen ist?«

Oma seufzte und rieb sich die Schläfen. Sie schwieg eine Weile, und er dachte schon, sie würde nicht antworten, sondern einfach das Thema wechseln. Auch das machten Erwachsene gerne.

Sie nippte an ihrer Milch. Dann sagte sie: »Hör mal, Spatz. Wenn deine Mutter zurückkommt, werden wir uns zusammensetzen und darüber reden. Aber im Augenblick brauchst du nur zu wissen, dass ihr in Sicherheit seid, du und Stephen. Und eure Eltern lieben euch genauso sehr wie immer. Reicht dir das fürs Erste?«

Er nickte, weil er wusste, dass sie das von ihm erwartete, gern wollte, dass er mehr verstand, als er es tat.

Er schob sein iPad über den Tisch.

»Ich habe sie aufgenommen«, sagte er. »An dem Abend. Als sie gegangen ist.«

»Wen?«

»Geneva.«

Seine Großmutter sah ihn an, runzelte die Stirn und blickte dann auf das iPad. »Damit?«

»Ja.« Er drehte es zu ihr um und drückte auf Play.

»Hast du jemandem davon erzählt?«, fragte sie.

Er schüttelte den Kopf, und ihr Stirnrunzeln vertiefte sich. Sie beugte sich vor und sah sich das Video an. Er ebenfalls. Geneva überquerte die Straße, blieb bei ihrem Auto stehen und wühlte in ihrer Handtasche. Dann drehte sie sich um.

An dieser Stelle war Oliver von Stephen, dem Arsch, abgelenkt worden, der einen Aufstand wegen der Fernbedienung machte, und war hinter ihm hergerannt. Aber sein iPad hatte er liegen gelassen, und es hatte weiter aufgenommen.

Geneva trat auf die Straße hinaus. Jemand näherte sich ihr. Er trug eine Jacke mit Kapuze. Es war doch ein »Er«, oder? Ein Jugendlicher vielleicht.

Geneva wirkte verärgert, sie runzelte die Stirn, ihre Körperhaltung war steif. Sie sagte etwas – Oliver wünschte, er könnte von den Lippen ablesen. Dann deutete sie auf ihr Haus, und die andere Gestalt, größer als Geneva, folgte rasch ihrem Blick, um sich dann wieder Geneva zuzuwenden.

Eine Sekunde lang war das Gesicht zu erkennen gewesen.

»Oh«, sagte seine Großmutter.

»Wer ist das?«, fragte Oliver, obwohl sie das natürlich nicht wissen konnte. Doch als er aufblickte, sah er, dass seine Oma die Hand vor den Mund geschlagen hatte. Sie sah aus, als hätte sie Angst. Was wiederum Oliver ein bisschen Angst machte. Ihm wurde flau im Magen.

Geneva und die andere Person gingen weg, waren bald außer Sichtweite, Laub wirbelte um sie herum. Auf der anderen Straßenseite strich eine rote Katze durchs Bild. Oliver hatte sie schon mal gesehen, aber er wusste nicht, wo sie hingehörte. Dann sah man nur noch die leere Straße, gelegentlich fuhr ein Auto vorbei. Schließlich beendete seine Mutter die Aufnahme. Man sah kurz ihr verärgertes Gesicht, bevor sie das iPad abschaltete und einkassierte, als Strafe dafür, dass er sich mit seinem Bruder gestritten hatte.

»O mein Gott.« Seine Großmutter starrte immer noch auf den Bildschirm, obwohl es da nichts mehr zu sehen gab.

»Mama?« Die Stimme ließ beide hochfahren.

Als Oliver aufblickte, sah er seine Mutter in der Küchentür stehen. Sie trug ihre Laufsachen, ihre Wangen waren gerötet, ihr Shirt nass von Schweiß.

»Was seht ihr euch da an?«, fragte sie. Aber Oma schüttelte nur den Kopf. Eine Träne lief ihr übers Gesicht, und Oliver fühlte sich furchtbar, denn er hatte seine Oma zum Weinen gebracht. Jetzt stiegen ihm selbst Tränen in die Augen. Aber er unterdrückte sie, weil er bereits wusste, dass Jungs nicht weinen durften. *Sei ein Mann, Oliver*, sagte sein Vater immer, wenn Mama es nicht hören konnte.

»Also, Leute.« Seine Mutter trat in die Küche. »Was ist hier los?« Auch ihre Stimme hörte sich jetzt ein bisschen ängstlich an.

32

Pearl

Paps hatte ein Mädchen mit nach Hause gebracht, ein blasses, farbloses Ding. Sie hatte etwas seltsam Zerbrechliches an sich, als könnte sie jeden Moment in tausend glitzernde Stücke zerspringen. Als Pearl zögernd näher trat, sah sie, dass das Mädchen zitterte. Oder vielmehr am ganzen Körper bebte. Noch nie war eine andere Person in ihrem Haus gewesen, und Pearl gefiel das nicht. Es gefiel ihr ganz und gar nicht. Es fühlte sich furchtbar an, wie eine Invasion, ein gebrochenes Versprechen.

»Das ist Gracie«, sagte Paps, als Pearl ihre Sachen ablegte. »Es geht ihr nicht gut. Wir werden uns eine Weile um sie kümmern.«

»Oh?«, sagte Pearl.

Das Mädchen sah sie an und wandte dann rasch den Blick ab. Eine einzelne Träne lief ihr über die Wange, aus Augen, die so verhangen waren wie der Morgenhimmel – blassblau, fast farblos. Sie war nicht schön, nicht so, wie Pearl es war. Aber sie war schließlich noch ein junges Mädchen, mit teigiger

Haut und winzigen Brüsten. Vielleicht war Pearl auch so gewesen, bevor Paps sie gelehrt hatte, das zu sein, was sie jetzt war.

»Sie ist ein ungeschliffener Diamant«, raunte Paps ihr zu, als hätte er ihre Gedanken gelesen, und warf einen besorgten Blick auf das Mädchen. Sie hatte eine Tasse dampfenden Tee vor sich stehen.

»Das sehe ich.«

»Sei nicht so unfreundlich«, flüsterte er. »Sie hat gerade ihre Mutter verloren.«

Es hatte noch ein anderes Mädchen gegeben, das Paps interessiert hatte. Wo waren sie damals gewesen? Sie konnte sich nicht erinnern – irgendein langweiliger, schwüler Ort. Aber es war nichts daraus geworden. Pearl fragte sich, ob es vor ihr schon andere Mädchen gegeben hatte. Wenn ja, war keine Spur von ihnen zurückgeblieben.

»Vor langer Zeit«, sagte Paps zu Gracie, »als Pearl von einer Tragödie getroffen wurde, habe ich sie aufgenommen. Ich habe für sie gesorgt und ihr geholfen, darüber hinwegzukommen. Und jetzt werden wir uns beide um dich kümmern, ja, süßes Mädchen?«

Das war eine entzückende kleine Erzählung, wenngleich nicht die ganze Wahrheit. Aber was war schon die Wahrheit? Nur eine Geschichte, auf die sich alle geeinigt haben.

Gracie nickte und schien sich etwas aufzurichten. Sie fuhr sich mit der Hand durch das dünne Haar und räusperte sich. Es machte den Eindruck, als wollte sie etwas sagen. Paps und Pearl sahen sie erwartungsvoll an, aber dann beugte sie sich vor und übergab sich auf den Küchenboden. Darauf folgte ein Hustenanfall, und sie wurde von einem schrecklichen, offenbar unkontrollierbaren Schluchzen geschüttelt.

Pearl schaute entsetzt zu, und ein Gefühl regte sich in ihr. Abscheu.

»Schon gut, schon gut.« Paps redete zärtlich auf Gracie ein. »Alles ist gut. Ruh dich ein wenig aus.«

Er zog sie hoch und schloss sie in die Arme. Das heftige Schluchzen ließ ein wenig nach und wurde zu einem Wimmern. Das Mädchen, sowieso schon klein, wirkte noch kleiner, als er es aus der Küche führte. Er warf einen Blick zurück.

»Pearl? Kümmerst du dich darum, Süße?«

Wenn sie zu Hause waren, nannte er sie immer noch Pearl. Er versprach sich niemals, wenn sie in der Öffentlichkeit waren oder mit einem Job beschäftigt. Und wenn sie zu Hause bei ihm war, dachte sie an sich selbst auch noch als Pearl. Obwohl sie sich damals Elizabeth nannte. Nicht Liz. Nicht Beth. Elizabeth, ein ganz normaler Name, aber trotzdem königlich, elegant. Auf dem College hatte sie jemanden kennengelernt, einen Freund, den sie vor Paps geheim hielt. Er war keine Zielperson. Sie gingen ins Kino, und er führte sie zum Essen aus. Sie lernten zusammen. Sie machten herum, ziemlich heftig, waren aber noch nicht weitergegangen. Er nannte sie Elizabeth, und es klang nett, wenn er das im Dunkeln flüsterte. Vielleicht täuschte sie ihn doch, in gewisser Weise. Sie spielte ihm vor, dass sie ein ganz normales Mädchen sei, Studentin, seine Freundin. Sie jobbte als Kellnerin in einer Pizzeria. Sie wollte nichts anderes sein als das Mädchen, das er sah, wenn er sie anschaute.

»Ich kann dir nie wirklich nahekommen«, hatte er neulich gesagt, als er sie küsste. Sie wusste nicht genau, wie er das meinte – körperlich, gefühlsmäßig, vielleicht beides. Sie mochte ihn – Jason hieß er. Er war intelligent und begabt, konnte Gitarre spielen. Er war das Tor zu einem Leben, wie andere Leute es führten. Und jetzt zog Pearl ernsthaft in Erwägung, ihre Sachen zu packen, ihre wenigen Besitztümer mitzunehmen und Paps mit seinem neuen Projekt allein zu lassen. Sie konnte gehen. Sie hatte mittlerweile ihre eigenen Jobs, ihr eigenes Geld. Sie glaubte nicht, dass er versuchen würde, sie aufzuhalten.

»Klar«, sagte sie laut. »Warum nicht? Ich wische die Kotze weg. Als wäre ich das Dienstmädchen.«

Aber er war bereits weggegangen, um sich um Gracie zu kümmern.

Es war nicht viel Erbrochenes, nur eine kleine Pfütze fast reiner Galle. Das Mädchen hätte ihr vielleicht leidgetan, wenn sie es nicht so gehasst hätte.

Sie merkte, dass Wut in ihr hochkochte, ein Gefühl von Gemeinheit und Niedertracht. Was sollte dieser Mist? Ein fremdes Mädchen in dem Haus, das doch angeblich ihr gemeinsames Zuhause sein sollte, für immer und ewig. Der Ort, an dem sie sicher vor der Welt waren.

Sie hörte ein Wehklagen von oben, gefolgt von Paps' beruhigendem Zureden. Noch ein klagendes Wimmern.

War sie anfangs auch so ein Wrack gewesen? Das fragte sie sich, als sie die Bescherung aufwischte, die Papiertücher wegwarf und den Küchenboden mit einem scharfen Reinigungsmittel scheuerte. Dann wusch sie sich die Hände mit heißem Wasser.

Nein, sie war kein solches Wrack gewesen.

»Es gibt nicht viele Mädchen wie dich, Pearl«, hatte Paps gesagt – mehr als einmal. »Es könnte durchaus sein, dass du einzigartig bist.«

Im Rückblick sah sie Gracies Ankunft als das erste böse Omen. Danach geschahen schlimme Dinge. War es nicht immer so? Ein Fehler führte zum nächsten, unvermeidlich, wie bei einem Sturz eine steile Treppe hinab. Aber vielleicht hatte es auch in Phoenix angefangen. Mit der Bridget-Sache.

»Sei nicht böse«, sagte Paps, als er allein in die Küche zurückkehrte. Pearl war immer noch dabei, sich die Hände mit heißem Wasser zu schrubben, bis sie ganz rot waren. Sie taten weh, als sie endlich den Wasserhahn abstellte.

»Warum sollte ich böse sein?«, fragte sie, schärfer als beabsichtigt.

»Sie ist für dich«, sagte er. Er war bei der Tür stehen geblieben. »Eine Schwester.«

Merkte er überhaupt, was er da redete? Sie hätte fast gelacht, aber dann sah sie ihn an – dunkle Ringe unter den Augen, hängende, schlaffe Augenlider. Sie wusste, dass er in letzter Zeit kaum geschlafen hatte. Seit dem Problem in Phoenix war er gealtert, tiefe Furchen hatten sich in seine Haut gegraben. Er war dünner geworden, hart und drahtig. Irgendetwas an der Sache hatte ihn schwer mitgenommen. Er hatte sein inneres Gleichgewicht noch nicht wiedergefunden.

Er kam zum Küchentisch, und sie setzte sich ihm gegenüber hin. Sie konnte immer noch das Erbrochene riechen, es vermischte sich auf unangenehme Weise mit dem Geruch des Reinigungsmittels.

»Man bringt nicht einfach eine Schwester nach Hause«, sagte sie. »Sie ist ja schließlich kein Hundewelpe.«

Er senkte den Kopf und blickte auf seine Fingernägel, die abgekaut und rissig waren. »Du bist *doch* böse.«

»Nein.«

Doch. Sie war wütend. Und nicht nur, weil er eine Fremde in ihr gemeinsames Zuhause geschleppt hatte. Es gab tausend Gründe. Nichts, was sie benennen konnte – nur kam sie sich in letzter Zeit manchmal vor wie ein Tier im Käfig, das rastlos auf und ab lief. Sie war irgendwie an ihn gebunden, obwohl sie das nicht wollte. Sie könnte ihn verlassen, sie sollte es tun. Aber sie konnte es nicht. Nichts davon sprach sie aus.

»In letzter Zeit warst du nicht mehr du selbst«, sagte er in das Schweigen hinein. »Was ist los?«

»Dasselbe könnte ich von dir sagen.«

Sie stand auf und setzte Teewasser auf, nur um etwas Abstand zwischen sie beide zu bringen. Dieser eindringliche Blick, diese Augen, die alles sahen. Die geheimsten Bedürfnisse, Wünsche und Ängste jedes Menschen nahmen sie wahr, um sie auszunutzen.

»Es ist wegen deines Vaters«, fuhr er fort, ohne sich zu ihr umzudrehen. »Diese ganze Sache.«

Sie zuckte mit den Achseln, froh, dass er ihr Gesicht nicht sehen konnte. Sie wusste nicht, ob es ihr gelungen war, ihren Ansturm der Gefühle zu verbergen.

»Es ist doch gut gelaufen.« Ihre Stimme klang höher, als ihr lieb war. »Eine hohe Abfindung. Genau wie du gesagt hast.«

Ja, eine hohe Abfindung. Sie hatte einen Haufen Bargeld bekommen und dafür versprechen müssen, nie wieder Kontakt zu ihm aufzunehmen. Und dann, obwohl sie es hinter sich hätte lassen können, nie wieder einen Gedanken an ihn verschwenden, es ein für alle Mal vergessen ...

»Du hast ihn vernichtet«, sagte Paps.

Pearl hörte Missbilligung heraus. Es hätte sie nicht kümmern sollen, aber das tat es.

Sie blickte auf die Uhr. Sie war spät dran, sie wollte sich mit Jason treffen. Als Elizabeth, ihrem Normalo-Selbst. Studentin. Kellnerin. Ein ganz gewöhnliches Kleinstadtmädchen. Nichts Besonderes. Der Kessel begann zu zischen, und sie nahm ihn vom Herd und goss heißes Wasser in zwei Becher, die sie aus dem Schrank genommen hatte. »Weltbester Papa« stand auf einem der Becher. Die Welt war voll von kleinen Ironien, nicht wahr?

»Und wenn?« Sie stellte einen Becher mit Tee vor ihm ab, aber er griff nicht danach.

Ja, sie hatte das Leben ihres Vaters zerstört. Er war aus dem schönen Haus ausgezogen. Eine hässliche, sehr öffentliche Scheidung lief. Seine Töchter redeten nicht mehr mit ihm. Stella war nicht die Einzige gewesen, mit der er eine Affäre gehabt hatte, bei Weitem nicht. Offenbar gab es da eine zweite Familie, eine zweite Frau, weitere Kinder. Als die Sache an die Öffentlichkeit kam, meldeten sich Kolleginnen und Mitarbeiterinnen zu Wort und erzählten von seiner Aggressivität im Büro, von sexueller Belästigung. Ein wohlhabender Philanthrop, eine Säule der Gesellschaft, als gewohnheitsmäßiger Ehebrecher entlarvt, der am Arbeitsplatz Frauen sexuell belästigte. Es war keine große Nachricht. Aber es wurde darüber berichtet. Er hatte als Generaldirektor der Bank zurücktreten müssen, hatte Pearl gehört.

»So funktioniert das aber nicht«, sagte Paps leise. »So sollte es nicht laufen.«

»Für mich vielleicht schon.« Sie setzte sich nicht wieder hin, sondern fing an, ihre Sachen zusammenzusuchen. »Vielleicht geht es eben manchmal nicht nur um Geld. Sondern darum, Leute für die Dinge bezahlen zu lassen, die sie getan haben.«

»Nimm nie so viel von jemandem, dass er nichts mehr zu verlieren hat. Habe ich dir das nicht beigebracht?«

»Ich habe meine eigene Herangehensweise. Du hast noch nie eine so große Summe nach Hause gebracht. Oder?«

Er nickte ehrerbietig. »Die Schülerin hat den Lehrer übertroffen.«

»Ist es das, worüber wir hier reden? Du glaubst, dass ich dich übertroffen habe? Hast du sie deshalb hergebracht?« Sie wies nach oben. »Deine neue Schülerin?«

»Natürlich nicht. Sie ist nur ein junges Mädchen, das uns gerade braucht. Wir können ihr ein Zuhause geben, eine Familie.«

»Du brauchst nur jemanden, der dich anbetet.«

Er schüttelte den Kopf, senkte den Blick und studierte die Maserung des Küchentischs. »Ich habe mich um dich gekümmert, Pearl. Oder nicht? Ich habe gut für dich gesorgt. Ich habe dich geliebt wie mein eigenes Kind.«

Diese Wut, sie kochte über, schrillte wie eine Sirene. Aber Pearl stand stocksteif da. Sie verlor so gut wie nie die Beherrschung.

»Kinder werden erwachsen«, sagte sie ruhig.

Paps sah sie an, als hätte sie ihn ins Gesicht geschlagen.

Sie ging nach oben. Sie würde nicht mehr als zwanzig Minuten brauchen, um ihre Sachen zu packen, alles, was ihr etwas bedeutete. Sie warf alles in eine Reisetasche. Durch die Wand konnte sie das fremde Mädchen weinen hören. Leise und verzweifelt, eine toxische Traurigkeit, die ihr durch alle Poren drang.

Scheiß auf das alles.

Als sie wieder herunterkam, wartete Paps vor der Haustür.

»Du musst das nicht tun«, sagte er. »Wir könnten eine Familie sein.«

»Ich brauche ein wenig Freiraum«, sagte sie. »Ich muss herausfinden, wer ich bin.«

Er lächelte, herzlich, verständnisvoll, schloss sie in die Arme und drückte sie an sich. Sie merkte, dass sie sich an ihn schmiegte, und fast hätte sie ihre Meinung geändert. Aber dann versteifte sie sich. Er schien es zu spüren, ließ sie los und drückte ihr einen Kuss auf die Stirn.

»Komm am Sonntag zum Essen«, sagte er. »Kinder werden erwachsen, ja. Aber sie können jederzeit nach Hause kommen.«

Sie ging zur Tür hinaus, öffnete den Kofferraum des Autos, das sie sich von ihrem eigenen Geld gekauft hatte, lud alles hinein, was sie besaß, und fuhr los. Als sie einen Blick in den Rückspiegel warf, sah sie Paps in der Tür stehen und ihr nachwinken, und oben am Fenster war der Schatten eines Mädchens.

Ihre Wut verrauchte. Pearl, Anne, Elizabeth, oder wie auch immer ihr Name gerade lauten mochte, fühlte gar nichts.

33

Cora

»Was ist los, Mama?«, fragte Selena scharf.

Cora hielt immer noch das iPad umklammert und starrte ungläubig darauf. Auf dem Gesicht ihrer Tochter zeichneten sich Verwirrung und Ärger ab. »Diese Frau da auf der Straße mit Geneva ...« Sie konnte immer noch kaum glauben, was sie gerade gesehen hatte.

»Oliver.« Selena sah ihren Sohn an. Eine Träne rann seine Wange hinunter. »Geh ins Bett, Schatz. Wir müssen ein Erwachsenengespräch führen.«

»Aber ...«, setzte der Junge an und blickte zwischen ihnen hin und her. »Es tut mir leid.«

»Jetzt sofort.« Selenas Stimme klang etwas zu scharf. Sie schloss die Augen, um Geduld bemüht, und wiederholte sanfter: »Bitte, Bärchen. Geh.«

Oliver machte den Mund auf, schloss ihn dann wieder und stürmte davon. Cora hörte ihn die Treppe hinaufstapfen. Am liebsten wäre sie ihm gefolgt, um ihn zu trösten. Er war ein sensibles Kind, kein Wunder, dass ihn das alles mitnahm.

Selena nahm Cora das iPad ab und berührte das Display. Der Schein des Geräts beleuchtete ihr Gesicht, während sie sich das Video ansah.

Plötzlich schnappte sie nach Luft und ließ sich auf einen Stuhl fallen. Verwirrt schüttelte sie den Kopf.

»Kennst du sie?«, fragte sie endlich.

»Kennst *du* sie?«, fragte Cora.

»Ich ... habe sie im Zug getroffen.« Es klang wie betäubt, ungläubig. »Sie hat mir ... Kurznachrichten geschickt. Ich habe mich mit ihr auf ein Glas Wein getroffen, in der City.«

Diese Enthüllung schockte Cora. »O mein Gott.«

»Wer ist diese Frau? Mama?«

Die Worte blieben ihr in der Kehle stecken. Es gab viele Dinge, die sie ihren Töchtern nie erzählt hatte. Über ihren Vater und das, was er getan hatte. Sie hatte seine Geheimnisse gewahrt, um ihre Töchter zu schonen.

Cora griff nach Olivers iPad und klickte auf das Bild. Ja, das war sie. Sie hatte die Person auf dem Video sofort wiedererkannt.

»Mama!«, sagte Selena. »*Wer ist das?*«

Als Cora die Frau zum ersten Mal gesehen hatte, war sie noch sehr jung gewesen, etwa achtzehn oder neunzehn. Sie lungerte vor dem Supermarkt herum. Dunkles Haar, Züge, die an Coras Mann erinnerten, ultraschlank wie ihre Töchter – es war etwas Wildes an ihr, etwas Ungezähmtes, das Coras Mutterinstinkte ansprach. Später war ihr das Mädchen in der Obst- und Gemüseabteilung aufgefallen, beim Begutachten von Äpfeln. Was war es nur, fragte Cora sich immer wieder, was an diesem Nachmittag ihre Aufmerksamkeit erregt hatte? Das Mädchen ging weiter zu den Zeitungen.

Fast hätte Cora sie angesprochen. Sie hätte das Mädchen gern gefragt, ob es Hilfe brauche, obwohl es keinen offensichtlichen Hinweis darauf gab, dass irgendetwas nicht stimmte. Es war nur so ein Eindruck. Aber als Cora ihre Einkäufe bezahlt hatte, war das Mädchen verschwunden.

Als Cora die junge Frau zum zweiten Mal sah, ging sie die Straße entlang, in der sie wohnten, und versuchte den Eindruck zu erwecken, sie gehöre hierher. Aber sie würde nie irgendwohin gehören, hatte Cora gedacht. Sie strahlte die Energie einer Außenseiterin aus, mit suchendem Blick und hochgezogenen Schultern. Sie trug billige Klamotten, hatte aber lange Beine und eine weibliche Figur. Eine Schönheit. Die junge Frau war weitergegangen.

Ein paar Tage später dann entdeckte Cora sie bei der Eiche vor ihrem Grundstück. Cora beobachtete sie vom Küchenfenster aus, schlenderte auf die Veranda, um die Blumen zu gießen, und fragte sich, ob das Mädchen an der Tür klingeln würde. Schließlich ging Cora den Gartenweg hinunter. Ich bitte sie rein, mal sehen, was sie will, dachte sie. Aber das Mädchen eilte davon.

Cora war klar, wer sie sein musste. Die Ähnlichkeit war nicht zu übersehen.

Marisol war schon auf dem College. Selena besuchte die Oberstufe, im Herbst würde sie an der New York University anfangen. Es war Frühling, die Zeit von Neubeginn und Wandel.

Das Mädchen. Das junge Mädchen auf der Straße vor Coras Haus. Es war die Frau auf dem Video.

Für Cora war dieses Mädchen der Tropfen gewesen, der das Fass zum Überlaufen brachte.

Was ihren Zorn erregte, war nicht, dass ihr Mann offensichtlich ein uneheliches Kind hatte, obwohl das schlimm genug war. Sie konnte nicht tolerieren, dass er dieses Kind im Stich gelassen hatte und es jetzt so verloren war, so allein, dass es sich hier auf der Straße herumtrieb und wartete – auf was, war Cora nicht klar. Was für ein Mensch tat so etwas? Wie hatte sie je einen Mann lieben können, der so moralisch verkommen und emotional gestört war?

Cora raffte ihren ganzen Mut zusammen. Es war viel leichter, mit ihrer älteren Tochter zu sprechen.

Marisol. Mit Marisol konnte man reden. Sie hatte geweint und herumgeschrien, aber sie hatten ein langes Gespräch geführt, sich ausgesprochen. Doch für Selena war immer alles nur schwarz oder weiß, gut oder böse – in dieser Hinsicht war sie wie ihr Vater. Marisol verstand, dass es im Leben Schattierungen von Grau gab, dass manchmal falsch war, was richtig zu sein schien, oder dass sich etwas, das falsch war, richtig anfühlen konnte. Sie verurteilte ihre Mutter nicht so scharf, wie Selena es getan hatte und immer noch tat. Cora wusste, dass Selena sie für schwach hielt, weil sie so lange bei Doug geblieben war, seine Geheimnisse gewahrt hatte. Aber sie hatte nur getan, was sie zu der Zeit für richtig hielt. Sie hatte ihr eigenes Unglück ertragen, weil sie glaubte, dass ein intaktes Zuhause wichtig für ihre Töchter sei. Vielleicht hatte sie aber auch einfach nur Angst gehabt.

Und jetzt fand Selena sich in der gleichen Situation wieder – in einer schlimmeren sogar. Als Mutter konnte Cora nicht anders, als einen Teil der Verantwortung dafür auf sich zu nehmen. Sie war kein gutes Rollenvorbild gewesen.

Als sie endlich sprach, kamen die Worte im Flüsterton heraus. »Sie ist ... die Tochter deines Vaters von einer anderen Frau. Das Kind einer seiner Geliebten.«

Selena erbleichte, der Mund blieb ihr offen stehen.

»Sie ist deine Halbschwester«, sagte Cora. »Ihr Name ist Pearl.«

34

Pearl

Der Anruf kam spät in der Nacht. Das Klingeln des Telefons drang in ihren Traum, in dem sie die Treppen eines unterirdischen Turms hinunterlief, der sich tief in die Erde bohrte. Ihre Schritte hallten, und hinter ihr war eine schattenhafte Gestalt. Sie spürte den kalten Atem im Nacken. Hinunter, weiter hinunter. Tiefer, immer tiefer, bis vom Sonnenlicht nichts mehr zu sehen war und die Treppe in einem System niedriger Höhlen endete. Pearl tastete sich zum Klingeln des Telefons hin wie zu einer Rettungsleine, einem Ausweg. Als sie endlich aus dem Schlaf auftauchte, sah sie ihr Handy auf dem Nachttisch leuchten. Jason hatte einen Arm und ein Bein über sie geworfen; er schlief immer so fest wie ein Kind, es war fast unmöglich, ihn zu wecken.

Das Klingeln hörte auf. Sie griff nicht nach dem Handy. Das konnte nichts Gutes bedeuten. Es war drei Uhr nachts. Sie war nicht mehr bei Paps gewesen, seit sie sein Haus verlassen hatte. Vermutlich hatte er angerufen. Irgendwas war passiert.

Sie lag im Dunkeln, mit hämmerndem Herzen, und die

Reste des Traums zogen sie zurück in den Schlaf. Sie schmiegte sich enger an Jason. Sein Körper strahlte Hitze aus wie ein Ofen.

Pearl war fast vollständig zu Elizabeth geworden. Sie war zu Jason in seine einfache kleine Wohnung in Campusnähe gezogen. Gemeinsam besuchten sie Vorlesungen und Seminare. Sie jobbte als Teilzeit-Aushilfe in einer Pizzeria, er arbeitete in einer nahe gelegenen Autowerkstatt und lernte, wie man Oldtimer reparierte. Sie gingen ins Kino und schauten sich an, was immer ihn interessierte – Arthaus-Filme und Dokumentationen, die sich an ein Nischenpublikum richteten. Sie trafen sich mit seinen Freunden, feierten Partys und veranstalteten Grillabende. Sie gingen essen, in einfachen, günstigen Restaurants. Danach liebten sie sich. Es war leicht. So leicht. Ein Normalo-Leben, wie Paps es nennen würde. Es spülte über sie hinweg wie ein reinigender Regen. Jeden Tag wurde Pearl ein wenig schwächer und Elizabeth ein wenig stärker.

Sie erinnerte sich an ihr Leben mit Stella – die ständigen Dramen ihrer vielen Männerbekanntschaften, immer Stress mit der Buchhandlung, Stellas Launen, ihre Distanziertheit. Die kleine Pearl hatte sich in diesem chaotischen Leben eingerichtet und sich in Geschichten, in Büchern vergraben. Sie floh in andere Welten, andere Leben. Wenn sie ein Buch aufschlug, wurde sie zu Jane Eyre, die aus einer schlimmen Lage in die nächste geriet. Zur zweiten Mrs. de Winter, die unter den missbilligenden Blicken der Haushälterin Mrs. Danvers dahinwelkte. Zu Laura Fairlie in den Klauen des bösen Sir Percival Glyde. Das hier war im Grunde gar nicht so viel anders. Sie verschwand in der Geschichte von Elizabeth und Jason.

Jason wollte immer etwas über ihr Leben wissen, über ihre Eltern, ihre Kindheit. Pearl-Elizabeth webte eine Geschichte aus Halbwahrheiten. Ihre Mutter war tot, ihren Vater hatte sie nie kennengelernt. Ihr Onkel hatte sie bei sich aufgenommen. Sie war eine Weile mit ihm herumgereist, aber sie hatten sich zerstritten. Jason hatte eine große Familie in Minnesota; sie hatten vor, sie im Sommer zu besuchen. Er liebte sie, das spürte sie. Sie konnte so tun, als würde sie ihn lieben, und es genießen. Vielleicht spürte er es, ihre Distanziertheit.

Manchmal frage ich mich, wo du bist, hatte er eines Abends zu ihr gesagt. *Es ist, als würdest du dich immer wieder von mir entfernen.*

Ich bin genau hier, hatte sie erwidert. Dann glitt sie an ihm hinunter und machte ihn hilflos vor Lust. Und damit schien die Sache erledigt.

Nachts betrachtete sie manchmal die im Raum verteilten Gegenstände, die sich aus der Dunkelheit schälten. Ihre Klamotten, über einen Stuhl geworfen, ihre Bücher, ihr Laptop, Blumen in einer Vase, der Fernseher, den sie sich gekauft hatten, obwohl sie selten fernsahen. Und überlegte, was sie mitnehmen würde, wenn sie fliehen müsste.

Einige Bücher vielleicht. Ein paar Kleidungsstücke. Die Reisetasche im Kleiderschrank, in der sie Geld, Reisepass und die Sozialversicherungskarte aufbewahrte. Sie war noch nie außer Landes gewesen. Aber wenn sie fliehen müsste, würde sie nach London gehen, dachte sie. Sie wusste nicht, warum. Etwas an ihrer Vorstellung davon sprach sie an, der graue Himmel, ständiger Nieselregen. London war ein Ort, wo man im Nebel verschwinden konnte.

Ihr Handy klingelte erneut, und diesmal griff Pearl danach. Eine unbekannte Nummer. Sie sollte einfach die Mailbox übernehmen lassen. Aber sie ging ran. Am anderen Ende hörte sie jemanden weinen, ein Mädchen. Sie erkannte die Stimme.

»Pearl?«

»Was ist los?« Sie konnte ihre Verärgerung kaum in Schach halten.

»Bitte komm her.«

Etwas durchfuhr sie, ein Schock wie ein Stromstoß. Sie löste sich von Jason, der sich zur Seite rollte, ohne aufzuwachen.

»Was ist passiert?«

»Bitte«, sagte die Stimme. »Bitte komm her. Ich ... ich weiß nicht, was ich tun soll.«

Sie beendete den Anruf und blieb noch einen Augenblick liegen, dann stand sie auf und packte ihre wenigen Sachen. Sie holte ihre Reisetasche aus dem Schrank, stopfte ihre Klamotten hinein, ihre Bücher, ihren Laptop.

Sie wusste nicht genau, warum sie das tat. Es hatte mit dem Traum zu tun, mit dem Anruf, dem Tonfall des Mädchens. Eine seltsame Energie lag in der Luft. Sie argwöhnte, dass ihr der Weg zurück, zu Jason, zu Elizabeth, versperrt sein würde, wenn sie jetzt zur Tür hinausging. Wie ein Buch, das zugeklappt wurde, wenn es ausgelesen war.

Als sie alles beisammenhatte, verweilte sie noch einen Moment, die schwere Reisetasche über der Schulter, und schaute den schlafenden Jason an. Sie wartete auf irgendein Gefühl – Traurigkeit, Bedauern, Sehnsucht. Und wie immer empfand sie so gut wie nichts. Vielleicht eine leichte Regung, den schwachen Wunsch, dass alles anders gekommen wäre.

Sie gab sich einen Moment Zeit, sich die Geschichte auszudenken: Er machte ihr einen Antrag, sie heirateten, zogen vielleicht zurück nach Minnesota, um näher bei seiner Familie zu sein. Kauften sich ein nettes Haus, nichts Ausgefallenes, lebten ein ruhiges Leben – hatten vielleicht Kinder, die sicher und bequem aufwuchsen. Elizabeth übernahm. Die Geschichte wurde zur Wahrheit; Pearl verblasste zu nichts, war kaum mehr als ein Geist aus der Vergangenheit, ein Mädchen, das kaum existiert hatte. Fast konnte sie es vor sich sehen. In dieses Leben schlüpfen.

Jason rührte sich nicht, als sie geräuschlos die Wohnung verließ.

Sie war fast eine Stunde unterwegs. Ließ das kleine Collegestädtchen hinter sich und fuhr über die schmalen, kurvenreichen Landstraßen. Seit dem Tag, an dem sie gegangen war, war sie nicht mehr in dem Haus auf dem Land gewesen, obwohl Paps immer wieder anrief und sie zum Essen einlud. Er hinterließ Nachrichten, die eher wie Briefe waren, berichtete ihr das Neueste, kleine Nachrichtenschnipsel über das Haus, notwendige Reparaturen. Er erzählte Anekdoten von seinem neuen kleinen Liebling, den er irritierenderweise als ihre Schwester bezeichnete. *Deine Schwester – versteh mich nicht falsch, sie kommt in keinster Weise an dich heran – lernt schnell. Ich glaube, sie wird sich wunderbar an unser Leben anpassen.* Seine Anrufe ließ sie immer auf die Mailbox gehen.

Komm einfach nach Hause, kleines Mädchen, hatte er in seiner letzten Nachricht gesagt. *Es hat sich nichts geändert. Wir sind eine Familie. Keine Familie ist perfekt, Probleme gibt es immer. Aber wir sind immer da.*

Familie.

Offenkundig war er dabei, den Verstand zu verlieren. Die räumliche Entfernung erlaubte es ihr, klarer zu erkennen, was er war. Bestenfalls ein Trickbetrüger. Vielleicht etwas Schlimmeres. Vielleicht ihr Entführer. Ein Mörder. Der Mord an Stella war nach all diesen Jahren immer noch nicht aufgeklärt worden. Und wo war Gracie hergekommen? Wer war sie? Wo war ihre Mutter?

Als Pearl vor dem Haus hielt, saß das Mädchen auf der Veranda wie eine zusammengesunkene Lumpenpuppe, die Knie angezogen, die Arme darum geschlungen, wie ein Fötus. Pearl bekam einen entsetzlichen Schrecken und blieb einfach sitzen. Lauschte dem Ticken des Motors und dachte: Ich sollte einfach wegfahren. Weit weg von hier. Aber sie tat es nicht. Weil sie wusste, dass es nicht das war, was er von ihr erwartete.

Als sie ausstieg und zu Gracie ging, knirschten ihre Schritte auf der gekiesten Auffahrt.

»Was ist passiert?«, fragte sie scharf. Sie hörte sich an wie Stella, die bei Anzeichen von Schwäche nie viel Geduld gezeigt hatte. *Reiß dich zusammen, Pearl.*

Aber das Mädchen schüttelte nur den Kopf, mit ausdruckslosem Gesicht. Als Pearl näher trat, sah sie das dunkle Blut auf Gracies Shirt, auf ihren Händen, unter ihren Nägeln. Ihre blassblauen Augen starrten auf etwas, das zehntausend Kilometer entfernt schien.

»Bist du verletzt?«, fragte Pearl mit ruhiger Stimme und in weniger scharfem Ton. Die schwere Luft schien ihre Worte zu schlucken.

Wieder ein langsames Kopfschütteln.

Die Eingangstür stand halb offen, ein rechteckiger Streifen gelben Lichts fiel auf den Dielenboden. Die kühle Nacht schien den Atem anzuhalten. Pearl stieg sehr langsam die Stufen zur Veranda hoch. Das Holz knarrte unter ihrem Gewicht.

Oben angelangt, blieb sie stehen und versuchte, ihr hämmerndes Herz zu beruhigen. Dann trat sie ins Haus.

Zwei Leichen lagen in einer Blutlache, Seite an Seite. Ein unangenehmer Geruch stieg ihr in die Nase, metallisch und scharf. Sie trat einen Schritt zurück, die Zeit schien stehen zu bleiben. Paps, das Gesicht nach oben, eine Kugel im Kopf, eine Kugel in der Brust. Er lag auf dem Rücken, die Handflächen nach oben. Die Augen waren ruhig, der Mund in einem überraschten Ausdruck erstarrt, als hätte er noch im Moment des Sterbens nicht glauben können, was passierte.

War das wieder ein Albtraum? Würde sie gleich aufwachen? Tief, tief den Turm hinuntersteigen, der sich in die Erde bohrte, ein Schatten hinter ihr. Nein. Dazu waren die Details zu lebhaft, die Gerüche zu stark.

»Paps«, flüsterte sie. Aber er starrte sie nur wissend an.

Für den Trickbetrüger gab es keine Gerechtigkeit im Justizsystem. Wenn die Rechnung für seine Taten fällig wurde, weil ein Opfer das Spiel durchschaute und den Spieß umdrehte, konnte er niemanden anrufen. Es gab eine Ordnung im Universum, und man konnte seine Betrugsmasche nur eine gewisse Zeit durchziehen.

Neben ihm lag eine Frau, deren Hinterkopf nur noch eine breiige Masse war. Trotzdem erkannte Pearl sie. Bittere Galle stieg in ihr hoch, die sie hinunterschluckte. Die breiten Schultern der Frau, ihr Kleidungsstil – geschmackloses Shirt, zu enge Jeans –, rot gefärbtes Haar. Bridget. Die Frau, die Paps in Phoenix so aus dem Gleichgewicht gebracht hatte.

Nimm nie jemandem so viel, dass er nichts mehr zu verlieren hat. Paps hatte seinen eigenen Rat nicht befolgt. Er hatte Bridget verletzt, und sie hatte ihn gejagt und aufgespürt.

In ihrem Kopf heulte eine Sirene. Dann kamen die Tränen. Sie schienen ohne ihr Zutun aus ihren Augen zu strömen, nicht ausgelöst von irgendeinem Gefühl. Innerlich war sie so ruhig wie eine Tote.

Schritte hinter ihr. Leise, schlurfend.

»Ich habe sie umgebracht«, flüsterte Gracie.

Pearl begutachtete die Szene. Die Waffe, die Bridget offenbar benutzt hatte, um Paps zu erschießen, lag neben ihrer Hand. Vermutlich irgendeine Art Halbautomatik, aber Pearl kannte sich mit Waffen nicht aus. Der Gegenstand daneben, eine schwere Figur aus Jade, war voller Blut. Ein chinesischer Wächterlöwe, eine Buchstütze aus dem Arbeitszimmer. Paps hatte das Set aus dem Buchladen mitgenommen. Stella hatte die Figuren bei einer Haushaltsauflösung erworben; Pearl erinnerte sich, wie aufgeregt sie über den Fund gewesen war. Angeblich sollten sie ihre Besitzer vor Schaden bewahren. Noch eine der kleinen Ironien des Lebens.

»Ich habe ihr von hinten einen Schlag verpasst.« Gracies Stimme klang jetzt etwas fester. »Sie ist einfach ... zusammengesackt. Aber ich kam zu spät. Sie hatte ihn bereits erschossen. Er ist ... so schnell gestorben. Wir waren in der Küche und haben gekocht.«

Pearl nahm Zwiebelgeruch wahr.

Ihre Stimme wollte ihr nicht gehorchen, also drehte sie sich um und sah das Mädchen an. Gracie hatte abgenommen, ihre Züge waren kantiger geworden. Eine Art gewöhnlicher Hübschheit begann sich bei ihr herauszubilden. Ihr Blick war stählern und verriet eine Stärke, die Pearl nicht vermutet hätte, schließlich kannte sie sie nur heulend, kotzend und zu einer fötalen Haltung zusammengekauert.

»Was machen wir jetzt?«, fragte das Mädchen und unterdrückte ein Schluchzen.

Wir?, dachte Pearl.

Ja, wir, hätte Paps gesagt. *Sie ist deine Schwester. Sie ist alles, was du jetzt noch hast.*

Der Schock begann nachzulassen. Es gab ein Problem zu lösen, und im Problemlösen war sie gut. Ihr Kopf begann wieder zu arbeiten, zu berechnen, Strategien zu entwickeln. Sie war eine Lösungsarchitektin.

Das Haus war sehr abgelegen, es war also gut möglich, dass niemand die Schüsse gehört hatte. Paps war ein Phantom. Er existierte kaum. Die einzigen Menschen, die je nach ihm suchen würden, waren bereits hier. Alles sehr vorteilhaft.

Sie kniete sich hin und zögerte kurz. Bemüht, die Blutlache zu meiden, durchsuchte sie die Leiche der Frau und entdeckte ihr Handy in der hinteren Jeanstasche. Ein Smartphone. Sie drückte auf den Home-Button und stellte rasch fest, dass es nicht passwortgeschützt war.

Bridget. Eigentlich das perfekte Opfer für Paps' Masche. Keine Familie, kaum Freunde. Eine isolierte Einzelgängerin, die sich verzweifelt nach Kontakt sehnte.

»Wo ist ihr Auto?«, fragte Pearl. Sie stand auf, ging zur Tür und musterte die lange Zufahrt zum Haus, soweit sie von hier aus einsehbar war. Vielleicht war sie an dem Wagen vorbeigefahren, hatte ihn im Dunkeln nicht gesehen. Aber nein. Das einzige Auto, das vor dem Haus stand, war ihr eigenes. »Wie ist sie hergekommen?«

Gracie hob die zarten Schultern zu einem hilflosen Achselzucken.

Pearl suchte nach einer App für Mitfahrgelegenheiten auf

dem Smartphone, fand aber keine. Das wäre ein kleines Problem, wenn irgendwo dokumentiert wäre, wohin Bridget unterwegs gewesen war. Pearl würde ihr Smartphone durchsuchen, ihren E-Mail-Account, ihre Posts in den sozialen Medien. Danach würde sie eine falsche Spur legen, weit weg von Paps' Haus.

»Ihr Auto«, wiederholte sie. »Es muss hier irgendwo in der Nähe sein. Wir müssen es finden.«

Sie blickte Gracie an, aber die starrte sie bloß mit weit aufgerissenen Augen an.

»Und dann«, fuhr sie fort, »müssen wir die Leichen loswerden.«

»Leichen.« Gracies Blick wurde glasig, sie begann ihr wieder zu entgleiten.

»Gracie«, sagte Pearl scharf. Der Klang ihres Namens schien das Mädchen aufzuwecken. Sie stellte sich ein wenig gerader hin und sah Pearl an, als erwarte sie Anweisungen.

»Du wirst mir dabei helfen müssen, die Sache zu bereinigen. Paps würde nicht wollen, dass wir jetzt einfach aufgeben. Er würde wollen, dass wir zusammenarbeiten«, fuhr Pearl fort.

Irgendeine Verbindung bestand zwischen ihnen, ein Wissen. Pearl hatte keine Ahnung, was Paps dem Mädchen angetan hatte oder wie er sie entführt hatte und warum. Aber er hatte recht, sie waren Schwestern. Schwestern durch die Umstände, von nun an verbunden durch diesen grässlichen Augenblick, durch Paps, was auch immer er für jede von ihnen gewesen war.

Gracie warf einen Blick auf die Leichen und sah dann wieder Pearl an. Das war der entscheidende Moment. Würde sie ohnmächtig werden? Zusammenbrechen? Zu schreien beginnen? Weglaufen? Dies war der Moment, in dem Gracie sich entscheiden musste, wer sie war. Für Pearl war dieser Augenblick in Pecos gekommen, Jahre zuvor, als sie zu Anne geworden war. Sie hatte sich für Paps entschieden und für das Leben, das er führte, auch wenn sie sich damals nicht über alle Konsequenzen im Klaren gewesen war. Denn wer auch immer sie war, sie wollte vor allem eins: überleben. Sie hatte den Weg gewählt, der es ihr ermöglichte, weiterzukämpfen.

Doch was war mit Gracie, diesem unscheinbaren kleinen Ding, das Paps dazu auserwählt hatte, ihre Schwester zu sein? Wer war sie im innersten Kern?

Die Sekunden vergingen, Gracie schaute um sich. Die Verwirrung verschwand aus ihrem Gesicht, ihr Blick wurde klar. In diesem Moment erkannte Pearl, was Paps in Gracie gesehen haben musste. Sie war eine von ihnen.

»Okay«, sagte Gracie. Sie sah Pearl direkt in die Augen. »Was muss getan werden?«

35

Cora

»Warum hast du uns das nie erzählt?«, fragte Selena anklagend. »Findest du nicht, dass wir ein Recht hatten, es zu erfahren?«

Verärgerung stieg in Cora auf. Selena begriff es einfach nicht. Seit sie dreizehn war, hatte sie immer hundert Gründe gefunden, wütend auf ihre Mutter zu sein. Cora war zu streng, verstand die »moderne« Welt nicht, machte sich zu viele Sorgen wegen nichts und wieder nichts. Sie lagen ständig im Clinch, bis Selena auszog und aufs College ging. Ihren Vater hingegen hatte Selena angebetet; es war schrecklich hart für sie gewesen, als seine Missetaten herauskamen. Marisol war immer ein Mama-Kind gewesen, zärtlich und anhänglich. Sogar jetzt noch hatte Cora eine engere Beziehung zu ihr als zu Selena. Nicht, dass sie ihre jüngere Tochter weniger geliebt hätte. Es war einfach eine Frage der Chemie.

»Nein«, antwortete sie schärfer als beabsichtigt. »Ich war *nicht* der Ansicht, dass du ein Recht hattest, das zu erfahren. Es war an deinem Vater, dir zu sagen, was er getan hatte. Wenn du unbedingt jemanden beschuldigen willst, beschuldige ihn.«

Selena holte tief Luft und stieß sie wieder aus. Der Ausdruck auf ihrem Gesicht – Verwirrung, Enttäuschung – schnürte Cora das Herz zusammen.

»Mama«, sagte Selena und presste sich die Hand gegen die Stirn. »Diese Frau ... Pearl. Sie hat mich im Zug angesprochen. Ich habe ihr ... etwas aus meinem Leben erzählt. Keine Ahnung, warum ich das getan habe.«

»Was hast du ihr erzählt?«

»Das mit Graham. Und seitdem ... bekomme ich Kurznachrichten von ihr. Und jetzt wird Geneva vermisst.«

»Oh.« Cora ahnte, wie bedeutsam das war. Wozu war diese junge Frau noch fähig? Sie hatte bereits so viel Schaden angerichtet.

Ein paar Wochen, nachdem sie das Mädchen vor dem Haus gesehen hatte, war Cora aufgefallen, dass eine größere Geldsumme von einem der Konten abgehoben worden war, die Doug glaubte, vor ihr geheim zu halten. Nun mochte Cora zwar viele Fehler haben, aber sie hatte nie zu den Frauen gehört, die sich nicht um die Finanzen kümmerten. Doug wollte immer gern alles bestimmen, aber sie wusste um alle seine Konten und kannte alle Kontostände. Dafür sorgte sie; wenn es sein musste, schnüffelte sie herum, bis sie die Kontonummern und Passwörter gefunden hatte. Sie führte Buch darüber. Sie wartete noch ab, bis sie ihren Mann verließ, denn sie wollte, dass die Mädchen dann ausgeflogen waren, zumindest aber auf dem College.

Eines Abends, als Selena bei einer Freundin übernachtete, stellte Cora ihren Mann zur Rede – brachte das Geld zur Sprache, das seltsame Mädchen, das sich vor ihrem Haus herumgetrieben hatte. Sie hatte erwartet, dass er wie üblich alles abstritt, sie bezichtigte, emotional labil zu sein, und türenknallend das Haus verließ. Nur dass sie diesmal bereits einen Scheidungsanwalt beauftragt hatte. Sie war fertig mit ihm.

Doch er stritt es nicht ab, sondern begann zu weinen. Es kam alles heraus, all seine kleinen Lügen und Heimlichkeiten. Pearl. Eine zweite Familie in Atlanta, eine Frau und zwei Kinder. Eine dritte Geliebte. Es sei eine Sucht, erklärte er. Er sei dabei, sich Hilfe zu suchen.

Ob sie ihm vergeben könne?

Nein. Sie konnte ihm nicht vergeben. Nicht schon wieder. Nicht mehr.

Dominosteine – wenn man einen anstößt, fallen alle um. Und die Dominosteine fielen, als Pearl in ihr Leben trat. Pearl, Dougs Tochter, die Halbschwester von Selena und Marisol. Die Tochter einer der vielen Frauen, mit denen er eine Affäre gehabt hatte. Pearl wollte nicht nur Geld. Sie wollte Vergeltung. Sie hatte Doug ruiniert – alles kam ans Licht.

Jetzt erzählte Cora ihrer jüngeren Tochter das, was sie ihr damals verheimlicht hatte. Sie erzählte ihr alles.

Als sie geendet hatte, herrschte Stille, die nur von dem Ticken der Standuhr in der Diele und Selenas Atemzügen unterbrochen wurde.

»Es tut mir leid«, sagte Cora, als Selena weiter schwieg. Ihre Augen waren glasig, und sie wippte nervös mit dem Fuß. »Es tut mir leid, dass ich so viele Heimlichkeiten vor dir hatte. Ich dachte, es wäre am besten so.«

Es klang wie eine schwache Ausrede.

»Also«, sagte Selena, »dann hat sie uns all die Jahre beobachtet? Mich beobachtet?«

Bei dem Gedanken lief Cora ein kalter Schauer den Rücken hinunter. War es so?

Cora hatte diesen Teil ihres Lebens hinter sich gelassen. In der neuen Welt, die sie sich zusammen mit Paulo aufgebaut hatte, spielte die Vergangenheit keine Rolle mehr. Doug mit seinen Affären, seiner unangenehm dominanten, bestimmenden Art war in ihrer Erinnerung verblasst. Mittlerweile dachte sie nur noch selten an ihn. Oder an das verlorene Mädchen, an Pearl, die ihren Vater verletzen wollte und es getan hatte.

»Was könnte sie wollen?«, fragte Selena.

»Mehr Geld vielleicht. Ich weiß nicht, wie gut dein Vater sein Vermögen verwaltet hat, wie viel ihm noch geblieben ist. Ob er ihr Geld gegeben hat. Ich weiß es schlicht nicht.«

Doch noch während sie das sagte, wusste sie, dass es nicht Geld war, was Pearl wollte. Das war es nie gewesen. Pearl wollte anderen Schmerzen zufügen, sie verletzen. Und der Grund dafür war eine seelische Wunde, die sie mit sich herumtrug. Das hatte Cora in dem jungen Mädchen erkannt, das ihr in den Supermarkt gefolgt war, vor dem Haus herumgelungert hatte. Und nun, Jahre später, sah sie es in der Frau auf der Straße vor Selenas Haus. Ein verwundetes Tier, das Schmerzen litt, verzweifelt und gefährlich.

Hatte sie Selena verfolgt? Hatte Pearl die Begegnung im Zug herbeigeführt? Was wollte sie von Selena?

Selena starrte auf das Videobild auf Olivers iPad.

»Sie sieht ihm ähnlich«, sagte sie. »Ich weiß nicht, warum mir das nicht gleich aufgefallen ist. Oder vielleicht habe ich es wahrgenommen, unbewusst. Und deshalb fühlte ich mich so zu ihr hingezogen. Es gibt da irgendeine Verbundenheit zwischen uns.«

Eine Verbundenheit. Ja, das hatte auch Cora gespürt. Ein Hingezogensein zu dem verlorenen Mädchen. Vielleicht wollte sie Geld. Vielleicht wollte Pearl ihnen Schaden zufügen. Aber darunter, auf einer tieferen Ebene, ging es um mehr. Sie wollte Kontakt zu ihnen aufnehmen und wusste nicht, wie sie es sonst anstellen sollte.

»Wir sollten die Polizei benachrichtigen«, sagte Cora. »Was für ein Spiel sie auch spielt, aus welchen Gründen auch immer, sie muss aufgehalten werden.«

»Nein«, sagte Selena und beugte sich vor. »Wer weiß, was sie tun wird, wenn wir die Polizei rufen?«

»Sie ist eine Zerstörerin. Was, wenn sie Geneva umgebracht hat? Wenn sie dir Schaden zufügen will?«

»Nein«, wiederholte Selena und griff nach Coras Hand. »Wir können nicht die Polizei rufen, noch nicht.«

»Süße«, sagte Cora. »Was glaubst du denn, dagegen unternehmen zu können?«

Ein eigensinniger Ausdruck, den Cora gut kannte, trat in das Gesicht ihrer Tochter.

»Ich werde herausfinden, was sie will«, erwiderte Selena kühl und pragmatisch. »Und dann werde ich es ihr geben und uns unser Leben zurückholen.«

Sie machte sich etwas vor.

Die Uhr schlug eins. Selena würde »ihr Leben« nicht zurückbekommen. Das musste ihr doch klar sein. Zumindest war ihre Ehe am Ende. Man hatte die Leiche einer jungen Frau gefunden. Es würde nie wieder so sein wie vor einer Woche, nicht einmal so wie vor einem Tag. Und in gewisser Weise war Cora dafür verantwortlich. Wenn sie Selena von Pearl erzählt hätte, wäre sie den Ränken dieser Frau nicht so schutzlos ausgeliefert gewesen.

»Und wie willst du das anstellen?«, fragte Cora.

»Das ... weiß ich nicht. Aber wenn ich dieser Frau geben kann, was sie will, könnte es doch sein, dass dieser Albtraum ein Ende hat. Vielleicht war es das, was sie mir mitzuteilen versucht hat. Vielleicht ist das alles nur ... ein Erpressungsversuch.«

Cora schüttelte den Kopf. Albträume lösten sich nicht einfach so in Luft auf. Ihrer Erfahrung nach wurden sie immer nur noch schlimmer.

»Sie spielt mit dir«, sagte sie.

Selena schüttelte den Kopf. »Ich glaube, es ist mehr als das.«

Cora schwieg und sah zu, wie Selena, immer noch in ihren Laufsachen, aufstand und nach ihrer Handtasche griff, die an der Stuhllehne hing. Sie war hochgewachsen wie ihr sportlicher, kräftiger Vater. Cora und Marisol waren klein und zierlich. Vielleicht hatte es etwas mit der Größe zu tun, dass Selena mutiger war.

Selena griff nach ihrem Handy und fing an, eine Nachricht zu schreiben. Cora trat hinter sie, um zu sehen, was sie vorhatte.

Ich weiß, wer du bist, Pearl.

Also sag mir einfach, was du willst.

Sie warteten. Aber es kam keine Antwort.

Coras Herz begann zu hämmern, sie streckte die Hand aus, und Selena nahm sie. Gegenüber dem Willen von stärkeren Menschen in ihrer Umgebung hatte sich Cora immer machtlos gefühlt. Ihre Kehle war trocken vor Angst.

»Tu das nicht«, sagte Cora.

»Ich muss es tun, Mama. Wenn du in zwei Stunden nichts von mir gehört hast, ruf Will an. Ruf die Polizei. Erzähl ihnen alles.«

Cora ließ die Hand ihrer Tochter los und folgte ihr zur Haustür, dann sah sie dem Auto nach, das aus der Einfahrt fuhr und die Straße hinunter verschwand.

36

Selena

Selena bog in die Einfahrt ihres Elternhauses ein, in dem ihr Vater Doug jetzt allein lebte. In ihrer Erinnerung war das Haus mit den weißen Säulen und der breiten Eingangstür immer groß und prächtig gewesen, doch heute Nacht kam es ihr kleiner vor. Der Garten, den ihre Mutter so liebevoll gepflegt hatte, war vernachlässigt, der Rasen war braun, die Sträucher verkümmert, Unkraut wucherte zwischen den Platten des Gartenwegs. Er wirkte dunkel und schäbig verglichen mit den Gärten der übrigen Villen in der Straße, die makellos gepflegt und kunstvoll beleuchtet waren. Ihrem Vater, der langsam älter wurde, fiel es offenbar schwer, alles in Ordnung zu halten. Marisol, die mehr Kontakt zu ihm pflegte, hatte schon so etwas erwähnt, aber Selena hatte kaum zugehört. Ihre Schwester hatte dem Vater seine Verfehlungen vergeben. Aber Selena konnte das nicht – wollte es nicht.

Und jetzt dies. Seine Sünden verfolgten nicht etwa ihn, sondern Selena und ihre Familie.

Sie stieg aus und marschierte den Gartenweg entlang. Vor

der Tür blieb sie kurz stehen, die Wut pumpte Adrenalin durch ihre Adern, dann drückte sie aggressiv auf die Klingel. Einmal, zweimal, dreimal. Einen Moment später ging im Haus Licht an – erst oben, dann auf der Treppe, die sie durch das Seitenfenster erkennen konnte. Endlich sah sie ihren Vater die Treppe herunterkommen, ein gebrechlicher alter Mann in Morgenrock und Pantoffeln.

Wie lange war es her, dass sie ihn zum letzten Mal gesehen hatte?

Mit finsterer Miene spähte er durch das Fenster. Dann ließ Überraschung seine Züge weicher werden. Er öffnete weit die Tür.

»Selena«, sagte er und spähte an ihr vorbei ins Dunkel. »Was ist denn los?«

Gott. Was tat sie hier? Warum hatte sie bloß gedacht, dass es das Richtige wäre, mit ihm zu reden?

»Ich muss mit dir reden, Pa.«

Er rieb sich seinen kahl werdenden Schädel. »Selena, es ist mitten in der Nacht.«

Sie schob sich an ihm vorbei in die Diele. Post häufte sich neben der Tür, und auf dem Tischchen, wo sie früher immer ihre Sachen abgelegt hatten – Schlüssel, Schulrucksäcke, Handtaschen –, stapelten sich alte Zeitungen. Die Luft roch muffig, kitzelte in ihrer Nase. Selena hörte die Stimme ihrer Schwester: *Er vernachlässigt das Haus. Er lässt sich gehen. Ist er dir denn völlig egal? Ich meine, ich versteh schon, er hat ein paar Riesenfehler gemacht. Aber niemand von uns ist vollkommen.*

Sie drehte sich um und sah ihn an. »Es kann nicht warten, Pa.«

Wie das Haus kam auch ihr Vater ihr kleiner vor. Der früher so hochgewachsene, sportliche und kräftige Mann schien geschrumpft zu sein, grau geworden. Sein gestreifter Schlafanzug hing an ihm herunter. Die Tasche seines Morgenrocks war eingerissen.

Ihre Wut verflog. Ein wenig zumindest. Vor ihr stand ein alter Mann, längst keine dynamische Persönlichkeit mehr, sondern gebrechlich und leidend. Selena sagte immer zu ihren Kindern: Eltern sind auch nur Menschen. Wir machen Fehler.

Nur vergaß sie das häufig, wenn es um ihren eigenen Vater oder sogar um ihre Mutter ging.

Etwas nachsichtiger gestimmt, legte sie die Hand auf seinen Arm. »Ich muss mit dir über Pearl sprechen.«

Er holte tief Luft und schloss kurz die Augen. Dann bedeutete er ihr, ihm in die Küche zu folgen. Das Haus starrte vor Dreck. Die Böden mussten dringend gewischt werden, in der Küche stapelte sich das schmutzige Geschirr in der Spüle, die Zimmerpflanzen auf der Fensterbank waren verwelkt. Marisol hatte erzählt, dass seine Lebensgefährtin vor ein paar Monaten ausgezogen war. Ich glaube, er leidet an einer klinischen Depression, hatte Marisol gesagt. Selena war es gleichgültig gewesen, sie hatte ihn nicht einmal angerufen.

»Ist alles in Ordnung hier, Pa?«, fragte sie ihn. Es roch komisch, vermutlich irgendwas im Müll.

Er blickte auf das Chaos. »Die Putzfrau kommt morgen«, erklärte er.

»Der Garten ist auch ziemlich heruntergekommen.«

»Ich habe die Gartenbaufirma gefeuert«, sagte er grantig. »Die haben mich abgezockt.«

»Ich kann für dich rumtelefonieren. Eine neue Firma finden.«

Sein schütteres Haar war zerzaust. Als er sein Spiegelbild in der Fensterscheibe über der Spüle sah, strich er es glatt.

»Bist du mitten in der Nacht hergekommen, um über meine Haushaltsführung zu diskutieren, Selena? Denn das kann eindeutig bis morgen warten.«

»Nein«, entgegnete sie. »Deshalb bin ich nicht hier.«

»Also, erzähl mir von Pearl«, sagte er. »Was hat sie getan?«

Sie zog sich einen Stuhl heran und setzte sich an die Kücheninsel, und während ihr Vater einen Kaffee aufsetzte, erzählte sie ihm, was passiert war. Als sie geendet hatte, schwiegen sie eine Weile. Der Kaffee, den er aufgebrüht und vor sie hingestellt hatte, war stark. Sie trank dankbar und spürte, wie das Koffein durch ihre Adern strömte.

»Ich habe in meinem Leben Fehler gemacht, Selena«, sagte er. »Große Fehler. Das wird dir nichts Neues sein.«

Er hatte sich neben sie gesetzt.

»Pearl ist meine Tochter«, erklärte er. »Ich hatte eine kurze Affäre mit ihrer Mutter, Stella Behr, als ich schon mit deiner Mutter verheiratet war.«

Seine Offenheit überraschte sie. Sie hatten nie über das gesprochen, was er getan hatte oder über seine Gründe dafür. Selena hatte nie seine Sicht der Dinge hören wollen, nie verstehen wollen, warum er als Vater und Ehemann so gewesen war, wie er war. Sie war nur bestrebt gewesen, zu der hässlichen Scheidung ihrer Eltern so viel Abstand zu bekommen wie möglich.

»Ich habe Unterhalt für das Kind bezahlt«, fuhr er fort. »Aber dann wurde Stella ermordet und Pearl verschwand. Es dauerte Jahre, bis ich wieder etwas von ihr hörte.«

Er brachte diese Information so ausdruckslos hervor, dass

Selena sich fragte, ob sie ihn falsch verstanden hatte. Seine Gleichgültigkeit war erschreckend, und sie rückte ein wenig von ihm ab.

»Tut mir leid – hast du eben gesagt, dass ihre Mutter *ermordet* wurde?«, stieß sie hervor.

»Richtig.« Er blickte in seine Kaffeetasse. Wenn er irgendetwas empfand, zeigte er es nicht.

»Wer ... hat sie umgebracht?«, fragte Selena.

Er zuckte die Achseln. »Stella hatte einen flatterhaften Lebenswandel. Du weißt schon, jede Menge Männerbekanntschaften. Es könnte jeder dieser Männer gewesen sein.«

»Hast du je nach Pearl gesucht? Oder versucht herauszufinden, wer ihrer Mutter das angetan hatte?«

»Nein«, sagte er, ohne von seiner Kaffeetasse aufzublicken. »Ich machte mir Sorgen, die Polizei könnte herausfinden, wer ihr Vater war, und dann bei mir vor der Tür stehen. Aber das ist nie passiert. Mein Name stand nicht auf der Geburtsurkunde. Und Stella hatte versprochen, Pearl nie zu sagen, wer ihr Vater ist – dafür habe ich ordentlich bezahlt.«

Selena dachte an Stephen und Oliver, wie sehr sie geliebt wurden, wie gewollt sie waren. Sie versuchte sich vorzustellen, sich von einem ihrer Kinder abzuwenden. Es gelang ihr nicht. Stille machte sich breit. Die Distanz, die sich zwischen ihr und ihrem Vater entwickelt hatte, vergrößerte sich. Was waren das nur für Menschen, ihr Mann und ihr Vater?

»Als Pearl Jahre später wieder auftauchte«, fuhr er endlich fort, »ging ich davon aus, dass sie Geld wollte.«

»Und hast du ihr Geld gegeben?«

»Ja. Ich habe ihr eine große Summe ausgezahlt, unter der Bedingung, dass sie sich nie wieder bei mir meldet.«

Er hatte seiner Tochter Geld gegeben, damit sie für immer aus seinem Leben verschwand. Wie schmerzlich das wohl für Pearl gewesen war? Selena rief sich ihr Gesicht ins Gedächtnis – Marthas Gesicht. Was hatte sie darin lesen können? Sehnsucht? Den Wunsch, dazuzugehören? War es das, was sie zu Selena hingezogen hatte? War das alles nur ein verkorkster Versuch, Kontakt zu ihrer Halbschwester aufzunehmen, Teil der Familie zu werden?

»Aber sie war deine *Tochter*«, sagte sie. »Wolltest du sie denn nicht kennenlernen?«

Er stieß ein bitteres Lachen aus. »Ich hatte zu der Zeit schon genug Probleme.«

Probleme? Meinte er seine *Kinder*? Seine andere Familie? Die Ehefrau, die er betrogen hatte? Selena fühlte sich seltsam leer und traurig. Sie hatte sich immer danach gesehnt, ein enges Verhältnis zu Doug zu haben, und die Frauen beneidet, die eine herzliche, liebevolle Beziehung zu ihren Vätern pflegten. Aber selbst früher, als sie ihn angehimmelt hatte, war er ihr immer irgendwie unerreichbar vorgekommen. Eine steife Umarmung, ein rascher Kuss auf die Wange, Geld aus seiner Geldbörse – aber niemals hatte er Zeit für sie, niemals zeigte er Zuneigung. Vielleicht, dachte sie jetzt, hat er innerlich einfach nichts zu geben.

»Und was passierte dann?«, fragte sie.

»Ich habe sie ausbezahlt. Aber damit war es nicht ausgestanden. Es hat eine Weile gedauert, bis mir klar wurde, was sie eigentlich wollte.«

»Und was wollte sie?«

»Rache. Ich habe ihr Geld gegeben, aber das reichte ihr nicht. Sie hat Beschwerde über mich bei der Bank eingereicht, anonym, aber natürlich war sie es. Sie hat mich der sexuellen Belästigung bezichtigt. Danach haben sich weitere Frauen gemeldet, die das ebenfalls behaupteten, vermutlich von ihr angestachelt. Sie hat einer Klatschkolumnistin gesteckt, dass ich noch eine zweite Familie hatte. Deine Mutter verließ mich.«

Danach war es mit seiner Ehe vorbei, er hatte seine Position verloren, sein Ruf hatte gelitten. Selena hatte damals schon nicht mehr zu Hause gewohnt und das alles nur aus der Ferne verfolgt. Sie hatte es praktisch verdrängt, ausgeblendet. Weder ihre Mutter noch ihr Vater hatten je darüber gesprochen.

»Pearl wollte damals nicht nur Geld. Sie hat mich vernichtet.«

Sie ist eine Zerstörerin, hatte Cora gesagt.

Aber war das die ganze Wahrheit?

»Wann hast du zuletzt mit ihr gesprochen? Hat sie sich je bei dir gemeldet und mehr verlangt?«

»Ich habe seitdem nichts mehr von ihr gehört. Das ist jetzt Jahre her. Ich dachte, sie hätte bekommen, was sie wollte – eine erhebliche Geldsumme und meinen Ruin.«

Selena wusste nicht, was sie sagen sollte. Sie machte Anstalten, aufzustehen, als ihr Vater ihr die Hand auf den Arm legte.

»Was immer sie jetzt will – gib es ihr nicht. Es wird nie genug sein. Sie ist gefährlich. Wenn sie wieder aufgetaucht ist, dann deshalb, weil sie aus irgendeinem Grund beschlossen hat, dir Schaden zuzufügen. Und sie wird erst aufhören, wenn sie dich vernichtet hat.«

37

Pearl

Pearl und Gracie brauchten nicht lange, um den Wagen zu finden, mit dem Bridget gekommen war. Sie waren mit Pearls Toyota losgefahren und hatten ihn auf halber Strecke der abgelegenen Zufahrtsstraße zum Haus entdeckt.

Bridget war offenbar in einen schmalen Seitenweg eingebogen, hatte den Wagen versteckt im Wald abgestellt und den Rest des Weges zu Fuß zurückgelegt. Deshalb hatte Pearl ihr Auto nicht gesehen, als sie gekommen war. Sie hatte auch nicht darauf geachtet, sondern war auf die Frage fixiert gewesen, was im Haus passiert sein mochte.

Pearl hielt an und stieg aus. Die Nacht war still und kühl, die unbefestigte Straße weich unter ihren Stiefeln. Sie war wie betäubt, ihr war schwindelig. Das Mädchen war praktisch wieder katatonisch. Pearl hätte sie am liebsten geohrfeigt; es juckte ihr in den Fingern.

Paps war tot. Sie horchte in sich hinein, aber wie gewöhnlich empfand sie nichts. Da war nur das Sirenengeheul in ihrem Kopf. Eine vage Übelkeit. Diese alles verschlingende Leere. Sie stellte fest, dass sie an Jason dachte, der vermutlich noch schlief. Morgen früh würde er aufwachen und anfangen, nach ihr zu suchen. Nach dem Mädchen, das sie gewesen war. Aber sie würde ihn nie wiedersehen, das wusste sie. Und dieses Ich, Elizabeth, begann bereits zu verblassen. Ärger auf Paps flammte in ihr auf. Er hatte nie gewollt, dass sie ein normales Leben führte, und jetzt hatte er dafür gesorgt, dass es genau so kam.

Pearl näherte sich dem silberfarbenen Mercedes-Benz mit dem Fahrzeugschlüssel in der Hand, den sie aus Bridgets Hosentasche genommen hatte. Die Türen entsperrten sich, die Scheinwerfer und die Innenraumbeleuchtung gingen an. Ein leiser Signalton. Sie glitt auf den Fahrersitz aus weichem Leder und ließ den Motor an; er erwachte summend zum Leben, ebenso die Instrumententafel mit ihren farbigen Lichtern und leuchtenden Displays.

Das GPS zeigte ihren Standort an, nur einen Steinwurf von der Hauptstraße entfernt. Pearl scrollte durch den Suchverlauf des Navigationssystems. Paps' Adresse war der einzige Eintrag. Pearl löschte sie. Der Kilometerstand war unter fünftausend – der Wagen war praktisch neu. Sie strich mit den Händen über das Armaturenbrett, die Mittelkonsole. Es war ein komfortabler Luxuswagen, S-Klasse. Natürlich. Bridget hatte Geld, sehr viel Geld. Verdient, geerbt, gehortet. Eine Gucci-Tasche stand im Fußraum vor dem Beifahrersitz. Pearl schnappte sie sich; den Inhalt würde sie später durchsehen.

Sie hatte tausend Fragen.

Zunächst einmal: Wie hatte Bridget Paps gefunden? Das war die große Frage. Er war immer so vorsichtig gewesen, so sicher, dass er unmöglich aufzuspüren war. Offenbar war seine Planung fehlerhaft gewesen. Das Haus war nicht sicher.

Nächste Frage: Wer wusste, dass Bridget herkommen wollte? Würden andere Besucher folgen, wenn sie nicht mehr nach Hause zurückkehrte? Die Polizei? Vielleicht ein Privatdetektiv?

So war es vermutlich gewesen. Bridget musste jemanden angeheuert haben, der ihr half. Jemand, der in der Lage gewesen war, Paps' Spur von Phoenix aus zu diesem Haus im Wald zu folgen – über Jahre und viele Kilometer hinweg. Paps war so überzeugt gewesen, dass er ein Phantom war und damit geschützt. Dass sie in diesem Haus in Sicherheit sein würden. Wo lag sein Fehler?

Sie blieb noch einen Augenblick sitzen und überlegte, ob es möglich war, den Mercedes zu behalten. Wahrscheinlich nicht. War er geleast? Wenn ja, dann hatte er vermutlich ein LoJack-Ortungssystem, das es der Leasing-Firma und damit der Polizei ermöglichen würde, ihn aufzuspüren, wenn Bridget als vermisst gemeldet wurde.

Wie lange würde das dauern? Tickte die Uhr bereits?

In der Zeit, als sie Bridget gekannt hatte, wie kurz auch immer, hatte die Frau keine Angehörigen gehabt und nur ein paar lockere Bekanntschaften gepflegt, hauptsächlich mit Kollegen. Sie war eine einsame Frau, eine Kratzbürste. Bilanzbuchhalterin, mehr an Zahlen als an Menschen interessiert. Eine Einzelgängerin. Genau Paps' Typ. Sie hatte sich ihm geöffnet wie eine Blume. Er hatte sie mit seinen Aufmerksamkeiten zum Strahlen gebracht.

Sie sagt, ich hätte ihr den Glauben an die Liebe wiedergegeben, hatte er Pearl stolz berichtet.

Wenn Bridget ihren Groll so lange gehegt und gepflegt hatte, wenn sie so viel auf sich genommen hatte, um Paps aufzuspüren, war die Wahrscheinlichkeit hoch, dass sich ihr Sozialleben nicht verbessert hatte. Wahrscheinlich war sie einsamer gewesen denn je. Entscheidungen wie die, die Bridget getroffen hatte – einen Mann, der sie verletzt hatte, zu jagen und zu töten –, entstanden in einem Vakuum, in dem es keine Gegenstimmen gab. Niemanden, dem genug an ihr lag, um sie auf einen anderen Weg zu lenken.

Pearl stieg aus, ließ den Motor laufen und kehrte zu ihrem Toyota zurück, der ihr heute Morgen noch wie ein wunderbares Auto vorgekommen war und jetzt, verglichen mit dem Mercedes, wie eine Schrottkarre wirkte. Sie klopfte ans Fenster, und das Mädchen ließ es hinunter. Ihre Augen waren glasig. Gleich würde sie wieder anfangen zu heulen. Aber vielleicht sah sie immer so aus.

»Wie alt bist du?«, fragte Pearl sie. »Kannst du Auto fahren?«

Das Mädchen nickte. »Ich bin fünfzehn.«

»Fahr hinter mir her.«

Gracie rutschte auf den Fahrersitz, und Pearl stieg wieder in den Mercedes. Sie fuhr auf die Straße, und Gracie folgte ihr im Toyota zurück zum Haus.

Paps war es nie nur um die Beute gegangen, sondern auch darum, wie gut man das Spiel spielte. Er war wie einer dieser Vampire, die versuchten, kein menschliches Blut zu trinken. Er glaubte, dass es möglich war, Leute abzuzocken, ihnen ihr Geld abzunehmen, sie dann aber mit etwas zurückzulassen, das sie vorher nicht gehabt hatten. Er glaubte, dass man die Sache mit Freundlichkeit und Respekt durchziehen konnte. Einer einsamen Frau Liebe, Romantik und Lust geben – für eine Weile. Einer Familie die Freude, ein verloren geglaubtes

Familienmitglied wiedergefunden zu haben. Für eine Weile. Dafür sorgen, dass jemand an einen großen Gewinn nach einem Leben voller Enttäuschungen glaubte.

Paps betrachtete sich nicht nur als Trickbetrüger. Er sah sich als Träumespinner.

Er hatte einen Traum für Bridget gesponnen. Und als er ihn ihr wieder entriss, war sie wahnsinnig geworden. Offenbar wahnsinnig genug, um jahrelang unermüdlich nach Paps zu suchen, ihn aufzuspüren und schließlich zu töten.

»Du hast es vermasselt, Paps«, sagte sie ins Leere hinein.

In der Garage fand sie Plastikplanen und zwei Schaufeln. Zudem einen ungeöffneten Kanister Lauge. Warum bewahrte er so etwas in der Garage auf? Doch ihr war längst klar, dass es vieles gab, das sie nicht über Paps wusste. Dinge, die sie gar nicht wissen wollte.

Die Lauge konnten sie jetzt gut gebrauchen. Wenn man sie mit Wasser mischte, beschleunigte sie die Zersetzung von Gewebe. Auf den Regalen standen Vier-Liter-Kanister mit Wasser; Paps hortete gern Vorräte. Es war ihm wichtig, dass immer genug da war – genug Lebensmittel, Trinkwasser, Bargeld –, um harte Zeiten zu überstehen. Pearl lud fünf Wasserkanister ins Auto.

Als sie zum Toyota zurückkehrte, saß das Mädchen immer noch da, reglos und bleich wie eine Statue, und starrte ins Leere. Gott, sie war so was von nutzlos.

»Ich werde deine Hilfe brauchen«, sagte Pearl. »Allein schaffe ich das nicht.«

Es lag harte körperliche Arbeit vor ihnen. Es würde Stunden dauern und vermutlich mehr Körperkraft erfordern, als sie beide besaßen.

»Sollten wir nicht lieber die Polizei rufen?«, sagte Gracie und sah Pearl an. »Schließlich hat sie ihn umgebracht.«

»Die Polizei?«, gab Pearl ruhig zurück. »Was glaubst du wohl, dass mit dir passieren wird, wenn wir die Polizei rufen?«

Gracie schüttelte den Kopf; ihre weizenblonden Locken schimmerten. Sie sah Pearl mit großen Augen an. »Genau das hat er auch gesagt. Als wir meine Mutter gefunden haben.«

Pearl schwieg.

»Jemand hat sie ermordet«, fuhr Gracie fort. »Paps hat mich hergebracht. Er meinte, sonst hätte man mich weggebracht, in eine Pflegefamilie gegeben oder irgendwohin gesteckt, wo es noch schlimmer ist.«

Urplötzlich durchlebte Pearl wieder diesen Moment, den Abend, an dem sie Stella gefunden hatten. Und sie fühlte etwas, einen scharfen Stich im Herzen, eine Enge.

Sie wusste nicht, was sie dem Mädchen antworten sollte. *Passiert ist passiert*, hätte Stella sicher gesagt. Ihnen blieb jetzt nur, die Situation zu meistern und zu versuchen, nach vorn zu schauen.

»Hilfst du mir jetzt oder nicht?«, fragte sie. Um sie herum war stockfinstere Nacht.

Endlich nickte Gracie.

Vier Stunden später ging die Sonne auf und überzog den Himmel mit einem milchigen Grau.

Bridget und Paps lagen zusammen in einem flachen Grab auf dem viertausend Quadratmeter großen Grundstück, tief im Wald. Das Grab hätte viel tiefer sein müssen, das war Pearl klar. Aber weder sie noch Gracie hatten die Kraft, mehr zu tun.

Durch diesen Wald führten keine Wanderwege, er war Privatbesitz. Hier draußen würden sie sicher sein. Bridget und

Paps, für immer vereint, genau wie Bridget es gewollt hatte. Nun, vielleicht nicht genau so, wie sie es gewollt hatte.

Pearl und Gracie waren dreckverschmiert, ihre Hände wund und voller Blasen. Pearl leerte den Kanister Lauge über den Leichen aus – ein weißer Schneesturm. Sie kippte das Wasser hinterher. Es zischte, als das Wasser mit der Chemikalie reagierte.

Sie sollte ein paar Worte sagen.

»Es tut mir leid, Paps«, sagte sie. »Es tut mir leid, dass es so enden musste.«

Gracie, die sich auf den Boden geworfen hatte, weinte. Jeder konnte sehen, dass sie fertig war, völlig erledigt. Zweimal hatte sie sich übergeben – im Haus, als sie die Leichen bewegt hatten, und dann noch einmal, als sie versucht hatten, Paps vom Auto zur Grabstelle zu tragen, und ihn dabei fallen gelassen hatten. Pearl versuchte nicht einmal, sie aufzufordern, ihr beim Zuschaufeln des Grabes zu helfen.

Sie schuftete mit schmerzendem Rücken, bis Bridget und Paps mit Erde bedeckt waren. Dann schob sie mit der Schaufel Laub, Zweige und Waldboden über die Stelle. Paps wäre zufrieden mit der Arbeit, die sie geleistet hatte, dachte Pearl. Sie hatte klar gedacht und rasch gehandelt. Jetzt musste sie sich nur noch um Bridgets digitalen Fußabdruck und den Mercedes kümmern.

»Hat er deine Mutter auch umgebracht?«, fragte Gracie, die immer noch auf dem Boden lag.

Die Frage traf Pearl unerwartet. Fast hätte sie nicht geantwortet. »Ich weiß es nicht«, sagte sie endlich. »Vielleicht.«

»Sie hat mich geliebt«, sagte Gracie. »Sie war eine gute Mutter.«

Ihre Stimme klang schwach und wie von fern, als rede sie mit jemandem, den Pearl nicht sehen konnte. »Sie hat ihr Bestes gegeben, weißt du? Sie hat mir immer Geschichten erzählt. Über Eulen.«

»Das ist schön«, sagte Pearl, um einen sanften Tonfall bemüht.

Gracie war wackelig auf den Beinen, labil. Pearl war klar, dass sie ihr nicht trauen konnte. Sie würde irgendeine Art Zusammenbruch erleiden, wenn sie den nicht schon hatte. Es wäre das Klügste, sie zu beseitigen und in das Grab zu werfen, das sie zusammen ausgehoben hatten. Wie hieß dieser Spruch noch mal, den Paps immer zitiert hatte? Drei Menschen können ein Geheimnis bewahren, wenn zwei von ihnen tot sind. Ein Mitwisser war einer zu viel.

Aber so war Pearl nicht. Sie war vieles. In ihren Adern floss Eiswasser. Sie wusste nicht, ob sie je das empfunden hatte, was andere Leute zu empfinden schienen. Aber sie war keine Mörderin.

Sie half Gracie hoch.

Es gab einen Grund dafür, dass sie sich ausgerechnet diese Stelle ausgesucht hatte. Es gab hier einen alten Erdkeller. Für Paps hatte das zu den Hauptattraktionen des Grundstücks gehört. Er bezeichnete den Erdkeller als ihren »Schutzraum«. Nach ihrem Einzug hatte er ein paar Wochen damit zugebracht, den Keller mit Vorräten auszustatten: Mineralwasserflaschen, Dosen und andere haltbare Lebensmittel, Schlafsäcke, batteriebetriebene Lampen, regalweise Bücher und Spiele. Ein Paradies für einen Hamsterer.

Wenn die Kacke mal wirklich am Dampfen ist, ziehen wir uns hierhin zurück, okay? Hier können wir jeden Sturm aussitzen. Hier kann uns niemand finden, in der Akte beim Liegenschaftsamt ist der Keller nicht eingezeichnet.

Er hatte die Holztür im Boden mit einem Stück Holz markiert, an dessen Spitze eine rote Flagge hing.

Pearl suchte und fand sie. Sie öffnete das Vorhängeschloss, während Gracie dasaß und sich hin und her wiegte, und zerrte an der Tür, bis sie sich mit einem Geisterhaus-Quietschen öffnete.

»Ich werde mich um dich kümmern, Gracie, okay?«, sagte sie leise und half dem Mädchen auf die Füße. »Ich weiß nicht, was mit deiner Mutter passiert ist. Und Paps ist nicht mehr da. Aber es wird alles gut, versprochen.«

Gracie lehnte sich schwer gegen sie und ließ sich die Stufen hinunterführen. Sie gab kaum einen Mucks von sich, als Pearl sie auf den Boden legte und mit einem Schlafsack zudeckte.

»Ruh dich einfach aus, ja?«, sagte sie. »Ich komme bald zurück, Gracie.«

»Okay.« Ihr Stimmchen klang wie das Flüstern eines Kindes. Und das war sie ja auch, noch ein Kind. Genau wie Pearl es einmal gewesen war.

Das Mädchen regte sich nicht, als Pearl die Stufen hochstieg und die Holztür hinter sich absperrte. Sie würde Gracie holen, nachdem sie die Sache mit Bridgets digitalem Fußabdruck und dem Mercedes geregelt hatte.

Der Teil mit den sozialen Medien war einfach. Ein Facebook-Post unter Verwendung eines Selfies, das sie auf Bridgets Smartphone gefunden hatte: »Mein ganzes Leben war ich vorsichtig und habe das Richtige getan. Jetzt breche ich zu einem großen Abenteuer auf, kappe alle digitalen Fesseln, um die reale Welt und mich selbst zu entdecken. Wünscht mir Glück!«

Bridget hatte fünfzehn Facebook-Freunde, lockere Bekannte, Kollegen, eine entfernte Cousine. Sie hatte selten etwas gepostet – den Eintopf, den sie an einem Sonntag zubereitet hatte, ein Foto ihres neuen Wagens, ein Selfie mit einer neuen Frisur. Das hatte ihr ein paar Likes und ein paar nichtssagende Kommentare eingebracht. Die Arme, sie existierte ja kaum. Für Pearl war das eine gute Nachricht. Niemand wusste, wo Bridget war. Niemand würde sich auf die Suche nach ihr begeben, es interessierte keinen.

Jetzt der Mercedes. Pearl kannte da jemanden. Ein Freund von Paps, Les hieß er, mit dem sie schon zusammengearbeitet hatten. Sie rief ihn von Paps' Handy aus an, und er sagte ihr, wo sie das Fahrzeug abstellen sollte. Sie fuhr mit dem Mercedes dorthin und lief die acht Kilometer zu Fuß zurück. Der Mercedes, dieser glänzende schöne Neuwagen, würde auseinandergenommen werden, bis nichts mehr davon übrig war. Wie genau das ablief, wohin die Teile gingen, an wen sie verkauft wurden – Pearl wusste es nicht. Das war eine Aufgabe, die man am besten Spezialisten übertrug.

Als sie wieder beim Haus anlangte, war es Vormittag. Kurz dachte sie an die Uni – jetzt hätte sie Vorlesung, Internationale Wirtschaft. Jason hatte sicher schon ungefähr fünf Mal angerufen. Aber Elizabeth, die Studentin, seine Normalo-Freundin, gab es nicht mehr.

Glaubst du, du kannst einfach ein normales Leben führen?, hatte Paps gefragt. *So funktioniert das aber nicht. Nicht für Leute wie uns.*

Damit hatte er natürlich recht gehabt.

Sie hatte es die ganze Zeit gewusst.

Endlich befreite sie eine fast katatonische Gracie aus dem Erdkeller und brachte sie ins Haus zurück. Sie befahl ihr, sich ganz auszuziehen, und tat all ihre Sachen in die Waschmaschine. Dann blieb sie vor der Badezimmertür stehen, während Gracie heiß duschte. Durch die Tür konnte sie ihr Schluchzen hören.

Was hatte Paps nur in ihr gesehen? Als sie die Leichen wegschafften und die Gräber aushoben, hatte Pearl eine Ahnung davon bekommen. Gracie hatte Mumm, den Willen, trotz widriger Umstände zu überleben.

»Gut abschrubben«, rief sie. »Vergiss nicht, unter den Fingernägeln zu scheuern.«

Pearl hatte ihr frische Klamotten gebracht, die sie in ihrem Zimmer gefunden hatte. Unterhosen mit Herzchen darauf, ausgeblichene Leggins, ein übergroßes NYU-Sweatshirt.

Danach duschte sie selbst, tat all ihre Sachen in die Waschmaschine, stellte den Kochwaschgang ein und gab mehr Waschpulver als nötig dazu. Dann stand die Reinigung der Diele an. Das Blut würde ins Holz gesickert sein; es war praktisch unmöglich, alle Spuren zu beseitigen. Das hatte sie von Paps gelernt. Niemals Blut vergießen, wenn es sich vermeiden lässt. Nicht, dass heute noch jemand kommen und nach Spuren suchen würde. Aber so lautete Paps' Hauptregel: Wenn irgendwas schiefgeht, mach sauber und verschwinde. Ein Reinigungsritual, man wusch dabei das Ich ab, das man zurücklassen musste. Es half einem dabei, nach vorne zu schauen.

Unten in der Küche machte Pearl Tee, während Gracie sich leise an den Tisch setzte. Sie hatte wieder diesen glasigen Blick, hängende Schultern, die Arme um ihre eigene Taille geschlungen. Aber zumindest hatte sie aufgehört zu heulen.

Pearl stellte den mit Honig gesüßten Tee auf den Tisch

und setzte sich dem Mädchen gegenüber hin. Sie musterte ihr weizenblondes Haar, die allzu blauen Augen, den zarten Hals, die rosa Lippen. Ja, da war eine ätherische Art von Hübschheit, die ungeformte Schönheit eines jungen Mädchens, das fast noch ein Kind war. Vielleicht gefiel Paps das. Ein Klumpen Lehm, den er formen konnte. Pearl wusste, dass sie selbst nie so formbar gewesen war wie Gracie, aber geformt hatte er sie trotzdem. Wie viel von dem, was sie jetzt war, kam von dem, was er getan hatte, was er ihr beigebracht und gezeigt hatte?

»Und was jetzt?«, fragte Gracie.

»Wie alt bist du?« Sie hatte das schon einmal gefragt, aber sie hatte es vergessen.

»Fünfzehn.«

Die Antwort versetzte Pearl einen kleinen Stich. Fast noch ein Kind. Warum hatte sie angenommen, Gracie wäre älter? Achtzehn vielleicht. Immerhin eine erwachsene Frau, selbst verantwortlich für ihre Handlungen. Kein Kind, wie Pearl es gewesen war, als Stella starb und sie mit Charlie ging.

»Ich glaube«, sagte Gracie, als Pearl keine Antwort gab, »er hat vielleicht meine Mutter umgebracht.« Offenbar hatte sie nicht vor, das Thema ruhen zu lassen.

Meine hat er auch umgebracht, glaube ich, hätte Pearl am liebsten gesagt, aber sie schwieg. Vielleicht hatte er es getan. Vielleicht auch nicht. Vielleicht wäre sie in jedem Fall mit ihm mitgegangen, wenn er sie gefragt hätte. Vielleicht hätte Stella sie ziehen lassen. Es war unmöglich, irgendeine dieser Fragen jetzt noch zu beantworten. Paps war tot. Und die Vergangenheit gab es nicht mehr.

»Warum glaubst du das?«, fragte Pearl.

»Wir haben sie gefunden.« Ihre Stimme zitterte. »Sie wurde erwürgt. Ich weiß nicht … wer es sonst gewesen sein könnte.«

Wieder durchlebte Pearl den Moment, als sie Stella tot aufgefunden hatten, als alles unwirklich wurde, ins Wanken geriet. Der Boden unter ihr wie Luft, als würden ihre Füße ihn gar nicht berühren. Und Paps, den sie damals als Charlie kannte, führte sie fort.

»Er meinte, man würde mich wegbringen«, sagte Gracie. »Die Mutter tot, keine Angehörigen, da würde ich in die Obhut des Jugendamts kommen.«

Wusste er das, bevor er seine Wahl traf? Suchte er sich Frauen und Mädchen ohne Sicherheitsnetz aus, für die sich niemand interessierte? Die niemanden hatten, der Fragen stellte? Aber natürlich hatte er das getan. Er war der König der Recherche. Ein Raubtier, geduldig und vorsichtig. Er suchte sich die aus, die ihm nicht entkommen würden, die es irgendwie nicht einmal wollten.

»Er hat gesagt, er würde sich um mich kümmern«, sagte Gracie traurig.

Und das hätte er auch getan, auf seine Weise. So wie er sich um Pearl gekümmert hatte.

»Hat er deine Mutter auch umgebracht?«, fragte Gracie. Sie sah Pearl mit ihren wasserblauen Augen an, ein Blick von überraschender Eindringlichkeit.

»Ich weiß es nicht. Vielleicht. Es gab noch andere Männer.«

Gracie verdaute diese Information und senkte langsam die Augenlider. »Warum bist du mit ihm mitgegangen?«

»Weil ich sonst nirgends hinkonnte. Es gab niemanden sonst.« Das war die Wahrheit, aber es war nicht die ganze Wahrheit.

Gracie nickte langsam, verständnisvoll.

»Hast du ihn geliebt?«

»Ja«, sagte Pearl. Und das stimmte. Wer auch immer er gewesen war, sie hatte ihn so sehr geliebt, wie es ihr eben möglich war. Er war ein Vater für sie gewesen, ihr Freund, ihr Komplize.

»Ich habe ihn auch geliebt«, sagte Gracie. »Ich weiß nicht, warum. Er war der erste Mensch außer meiner Mutter, der je etwas Besonderes in mir gesehen hat. Er hat sich um sie gekümmert, um uns. Für eine Weile.«

Das traf auch auf Pearl zu. Sie ließ zu, dass ein Gefühl von Traurigkeit sich in ihr ausbreitete. Wer warst du wirklich, Paps? Aber auf diese Frage gab es keine Antwort, denn er war ein Formwandler, der ständig die Identität wechselte, an jedem Ort, an den sie reisten. Er war für jeden Menschen, dem er begegnete, ein anderer. Was war er im Kern? Vielleicht gar nichts, vielleicht war da nur klaffende schwarze Leere.

Im Haus herrschte absolute Stille, nur unterbrochen vom Summen des Kühlschranks und dem Zischen der Belüftungsanlage.

»Also, was passiert jetzt?«, wollte Gracie wissen.

Und – was das anging – wer war sie selbst überhaupt? War in ihrem Kern dieselbe Leere?

»Was willst du denn tun?«, fragte sie zurück.

Sie könnten jetzt die Polizei rufen, das Verbrechen melden. Ihre Geschichten erzählen, sagen, was passiert war, was Paps getan hatte. Die Möglichkeit stand im Raum, es war etwas, das beide in Erwägung zogen.

Die ganze hässliche Wahrheit zu offenbaren.

Aber was dann? Sie wären definiert durch das, was ihnen

zugestoßen war, anstatt sich selbst erschaffen zu können. Gracie würde in eine Pflegefamilie kommen. Und Pearl würde zu einer Kuriosität im Medienzirkus werden, wenn ihre wahre Identität ans Licht kam. Sie würde der Welt gehören, nicht mehr sich selbst.

Einen langen Moment sahen sie einander an.

Nein. Das ging nicht. Im Schatten war es sicherer.

»Ich will hier bei dir bleiben«, sagte Gracie.

Sie wusste ja nicht, was sie sagte. Das Mädchen war eine Maus. Und die Maus hatte solche Angst, dass sie bei der Katze nach Liebe suchte.

Paps würde wollen, dass sie von hier weggingen. Es war sicherer so. Denn wenn Bridget in der Lage gewesen war, sie aufzuspüren, konnte das jeder. Pearl hatte mit ihren Zaubertricks in den sozialen Medien Bridgets Spuren verwischt, sie war ihr Auto losgeworden. Aber es gab keine Garantie mehr, dass sie hier in Sicherheit waren. Zu viele lose Enden, würde Paps sagen.

»Er meinte, wir würden Schwestern sein«, fuhr Gracie fort. »Du warst wütend auf ihn, klar, aber er war sich sicher, dass du wieder nach Hause kommst. Und dann würden wir eine Familie sein.«

Vielleicht war es das, was er wirklich gewollt hatte, im Grunde seines Herzens. Eine Familie. Also hatte er sich auf seine eigene verkorkste Weise aus den gebrochenen Mädchen, die er auf seinem Weg fand, eine Familie zusammengebastelt.

Gracie streckte Pearl die Hand entgegen, und zu ihrer eigenen Überraschung ergriff Pearl sie. Die Welt gab einem nicht immer das, was man wollte. Man konnte sich seine Familie nicht aussuchen, seine Lebensumstände, sein Schicksal. Oft wurde einem etwas, das man liebte, grausam entrissen. Aber Paps war ein Meister darin, sich eine eigene Realität zu schaffen, für sich selbst und für andere. Und diese Gabe hatte er auch Pearl gegeben.

Pearl und Gracie.

Sie würden in diesem Haus wohnen bleiben, ihrem versprochenen Zuhause. Und sie würden Schwestern sein, ganz wie Paps es gewollt hatte. Pearl würde Gracie alles beibringen, was sie über Trickbetrug wusste. Und sie würden das Spiel zusammen spielen. Und das Beste war: Gracie war formbar. Sie würde tun, was Pearl ihr sagte. Das gefiel ihr an ihrer neuen Schwester. Diese Eigenschaft würde in vieler Hinsicht nützlich sein.

»Abgemacht, Gracie. Wenn es das ist, was du willst«, sagte Pearl.

Das Mädchen nickte. Ihre starre Haltung lockerte sich ein wenig, ihre Schultern entspannten sich, sie löste die Arme, die sie um sich geschlungen hatte.

»Aber Paps will nicht, dass ich mich weiter so nenne.«

Gegenwartsform. Vielleicht würde er für sie beide immer lebendig bleiben. Eine Stimme in ihren Köpfen. Ein Schatten, eine optische Täuschung.

»Wie nennt er dich denn?«

»Er will, dass ich mich Gennie nenne. Als Abkürzung für Geneva.«

38

Selena

Selena fuhr zu schnell über die schmale, kurvige Landstraße. Sie warf einen Blick auf ihr Handy. Keine Antwort von Pearl. Das Display zeigte immer noch ihre eigene Nachricht.

Die Fremde im Zug. Eine Frau, die Selena wer weiß wie lange beschattet hatte. Die ihr eine Freundin hätte sein können, eine Verbündete, sich aber als Zerstörerin entpuppt hatte, die ihr schaden wollte. Aber das war nicht alles, oder? Selena versuchte, etwas festzuhalten, das ihr immer wieder entglitt – ein Gefühl, ein Gedanke.

»Was willst du, Pearl?«, fragte sie in das leere Auto hinein.

Ihre Schultern fühlten sich an, als wären sie aus Beton gegossen, so angespannt war sie. Sie saß über das Lenkrad gebeugt, als würde sie auf diese Weise schneller nach Hause kommen.

Die Stimme ihres Vaters hallte in ihrem Kopf wider, die Dinge, die er ihr erzählt hatte. Traurigkeit überkam sie, Mitleid mit Pearl, die so viel hatte durchmachen müssen. Von ihrem Vater verlassen, die Mutter ermordet. Kein Wunder, dass sie Freude daran fand, anderen Menschen Schmerz zuzufügen.

Selena trat aufs Gaspedal. Die Nacht war dunkel und mondlos, es gab keine Straßenbeleuchtung. Sie wusste, dass jeden Augenblick ein Reh aus der Dunkelheit springen konnte. Aber sie beschleunigte das Tempo noch mehr. Irgendwie war es ein gutes Gefühl, die Geschwindigkeit, das Motorengeräusch, das Quietschen der Reifen in den Kurven. Ein Gedanke ging ihr durch den Kopf: *Was wäre, wenn ich heute Nacht auf dieser Straße sterbe?* Ein spektakulärer Autounfall, ein Untergang in einem Feuerball. Wie würden die Schlagzeilen lauten? *Verschmähte Ehefrau stirbt bei Autounfall?* Irgendwie hatte das seinen Reiz, es war eine Fluchtmöglichkeit aus dem hässlichen Durcheinander ihres Lebens. Jedenfalls war es besser als: *Verschmähte Ehefrau bemüht sich um Neuanfang als alleinerziehende Mutter, nachdem ihr Mann wegen Mordes an seiner Geliebten in den Knast wandert.*

Sterben war einfacher als Leben.

Aber nein. Ihre Söhne. Sie konnte den Gedanken nicht ertragen, dass sie ganz allein auf der Welt wären, beschädigt durch die unbesonnenen, schrecklichen Taten ihrer Eltern. Sie drosselte das Tempo und holte tief Luft.

Jetzt reiß dich zusammen, Selena, wies sie sich selbst zurecht. *Bring es in Ordnung. Beende es. Schreib eine bessere Schlagzeile.*

Die Scheinwerfer teilten die Nacht, die Welt außerhalb des schmalen Bandes der Straße war pechschwarz. Mit dem Drosseln des Tempos verlangsamte sich auch ihr Herzschlag, die Adrenalin-Zufuhr ließ nach. In der Stille der Nacht fragte sie sich, ob nicht ihre Ehe – jede Ehe – zu einem Großteil auf einem Fundament hübscher Geschichten aufgebaut war, einer Erzählung, die man aus Selbsttäuschung, Hoffnung und Wunschdenken zusammenstoppelte.

Kleine Lügen wie ihre sorgfältig ausgewählten, gefilterten

Posts in den sozialen Medien, die ihr Familienglück priesen, auch wenn es kurz zuvor einen Riesenkrach gegeben hatte. Die monatelange Eheberatung, die nicht sonderlich viel gebracht hatte. Vorgetäuschte Orgasmen – schuldig. Manchmal wollte sie es einfach nur hinter sich bringen. Seit der Geburt der Kinder war Schlaf der neue Sex.

Kleinigkeiten, wie zu behaupten, dass sie das Essen mochte, das er zubereitet hatte. Obwohl es ihr überhaupt nicht schmeckte.

Es ist doch schön, dass er überhaupt kocht, hatte Beth gesagt, als Selena einmal gewagt hatte, sich zu beklagen.

Gott, die Ansprüche von Frauen waren ja so verdammt niedrig. Und Selena machte mit, sie hatte Grahams Bemühungen in der Küche immer in den höchsten Tönen gelobt. Weil, ja, es war besser als nichts. Ihren Vater hatte sie nie auch nur eine einzige Mahlzeit zubereiten sehen, er hatte nie die Spülmaschine eingeräumt oder mal den Boden gewischt.

Also lobte sie Graham, weil er sich an der Familienarbeit beteiligte – gut mit den Jungs umgehen konnte, mehr von der Hausarbeit übernahm als die meisten Männer, den Abwasch erledigte, nachdem sie gekocht hatte. Aber der Anteil an Familienarbeit, den er leistete, war immer noch minimal im Vergleich zu ihrem. Ihr Lob war vergleichbar mit den ermutigenden Worten, mit denen man wenig gelungene Kunstwerke von Kindern bedachte, ihr hölzernes Klavierspiel oder mittelmäßige Leistungen auf dem Fußballfeld. Es waren nicht direkt Lügen.

Dann gab es noch die großen Lügen wie die von Graham oder ihrem Vater.

Untreue. Geheimnisse. Unterlassungssünden.

Doch am schlimmsten waren die Lügen, die sie sich selbst erzählt hatte.

Sie hatte doch gewusst, wie ihr Mann war, und zwar schon, bevor sie heirateten, oder? Er schaute anderen Frauen nach. Einmal, sie waren erst ganz kurz zusammen, hatte sie ihn bei einem Clubbesuch vor den Toiletten mit einem Mädchen reden sehen. Er stand zu dicht bei ihr, auf eine Weise, die unangemessen war, wenn man nicht allein gekommen war.

Wenn sie ehrlich zu sich selbst sein wollte: Am Anfang hatte sie die Herausforderung erregend gefunden, die Graham darstellte. Sie intensivierte ihr Fitness-Training, trug die verführerischsten Dessous, die sie auftreiben konnte. Sorgte dafür, dass er ihr nachlief. Manchmal blockierte sie seine Anrufe, einmal hatte sie sogar eine Verabredung kurz vorher abgesagt. Früher mal war *sie* die Frau gewesen, die ihm erotische Nachrichten schickte.

Seine Erregung hatte sie erregt.

Deshalb hatte sie Will wegen Graham verlassen, so hatte sie damals jedenfalls gedacht. Weil Graham aufregend war. Weil er ihr ein anderes Leben versprach, das ihr vorkam wie ein Abenteuer.

Aber vielleicht, dachte sie jetzt, als sie in ihre Auffahrt einbog, vielleicht lag es an den Lügen.

Ihr Vater war ein Lügner, der seine Frau betrog und für seine Kinder unerreichbar war. Ein Mann-Baby, dem es immer nur um die Befriedigung seiner eigenen Bedürfnisse ging. Und offensichtlich war Graham genauso.

Also hatte sie ihn vielleicht auf irgendeiner unbewussten, verkorksten Ebene eben deshalb ausgesucht. Weil es das war, was sie kannte. So kannte sie die Liebe eines Mannes, und danach sehnte sie sich. Es war krank. Aber vielleicht waren ja alle krank, handelten aus Impulsen heraus, die ihnen nur unzureichend bewusst waren.

Sie stellte den Motor ab und holte noch einmal tief Luft.

Das Haus lag dunkel und verlassen da. Es war seltsam, wie sehr ein leeres Haus eine Art Einsamkeit ausstrahlen konnte. Die Energie ihres Familienlebens, ihrer Liebe, war fort. Das Haus war wie ein Körper ohne Seele. Sie war kurz davor, in Tränen auszubrechen, spürte einen Zusammenbruch nahen. Aber sie riss sich zusammen.

Nicht hier. Nicht jetzt.

Sie brauchte Wäsche zum Wechseln, ihren Mantel. Sie brauchte Geld; sie bewahrte eine größere Summe Bargeld in einer verschließbaren Kassette im Kleiderschrank auf. In der Kassette lag auch eine Pistole, ein kleiner fünfschüssiger Revolver, eine Kurzwaffe. Sie konnte damit umgehen. Als Detective Crowe sie gefragt hatte, ob irgendwas fehlte, war ihr sofort die Kassette eingefallen. Aber als sie nachsah, stand sie immer noch ganz hinten im Kleiderschrank, unter Kleidungsstücken versteckt. Niemand hatte sie angerührt, seit Selena zuletzt Geld hineingelegt hatte, was mehr als ein Jahr her sein musste.

Graham hatte ihr die Pistole geschenkt, nachdem sie das Haus gekauft hatten. Dazu Unterricht auf dem Schießstand. Erst hatte sie sich unwohl damit gefühlt, dann aber festgestellt, dass ihr das Schießtraining gefiel, bei dem ihr beigebracht wurde, wie man zielte, richtig atmete, feuerte. Es war ein gutes Gefühl zu wissen, dass sie sich selbst verteidigen konnte, wenn es nötig war. Sie hätte allerdings nie gedacht, dass sie die Waffe einmal benutzen müsste. Es war eher der Reiz des Neuen gewesen, ein typisches Graham-Geschenk.

Sobald sie ihre Sachen geholt hatte, würde sie sich mit Martha treffen – oder Pearl, oder wie auch immer sie heißen mochte –, um zu erfahren, was sie wollte. Sie hatte immer noch nicht geantwortet, und Selena hatte keine Ahnung, wie sie sie finden sollte, aber eins wusste sie: Die Frau wartete. Sie wollte irgendwas, und sie würde kommen, um es sich zu holen. Es war nur eine Frage der Zeit.

Sie schrieb eine weitere Nachricht: *Ich warte, Pearl. Sag mir einfach, was du willst.*

Keine Antwort.

Schließlich stieg Selena aus dem Auto, spürte die kalte Nachtluft auf der Haut. Sie würde die Lage in den Griff bekommen und tun, was nötig war, um zu retten, was noch vom gewohnten Leben ihrer Kinder übrig war. Vielleicht würde es ganz einfach werden, vielleicht wollte Pearl nur Geld. Selena würde es ihr geben. Sie würde alles tun, was in ihrer Macht stand. Nach diesem Entschluss fühlte sie sich besser, weniger machtlos.

Als sie zur Haustür ging, flüsterten die Bäume sich ihre kleinen Geheimnisse zu, Dinge, die sie wussten und gesehen hatten. Das Licht der anderen Häuser strahlte warm und einladend ins Dunkel. Deren Bewohner führten ein sicheres, normales Leben in relativem Frieden, zumindest sah es so aus. So erschien es Leuten, die von außen in die erleuchteten Gärten und Fenster blickten.

Im Haus war alles ruhig, und sie machte sich nicht die Mühe, das Licht einzuschalten, bevor sie die Treppe hinauflief. Im großen Badezimmer wusch sie sich rasch und zog sich dann um. Jeans, schwarzes T-Shirt, ihr Caban-Wollmantel, schwarze Laufschuhe. Sie musste die Bank heranschieben, die am Fußende des Betts stand, und daraufsteigen, um das oberste Fach des Kleiderschranks zu erreichen.

Sie zog die Kassette hervor, die sich leicht anfühlte, als sie damit von der Bank herunterstieg. Sie gab den Code ein, und der Deckel schnappte auf. Sie erschrak. Die Pistole war nicht mehr da. Und etwa die Hälfte des Geldes fehlte.

»Verdammt«, flüsterte sie und zählte das Geld.

Es waren fünftausend Dollar gewesen. Jetzt waren es weniger als zweitausend. Ihr eigenes Geld, das sie im Lauf der Jahre zusammengespart hatte: Geburtstagsgeschenke ihrer Eltern, Bonuszahlungen, das, was am Monatsende noch vom Haushaltsgeld übrig war. Es war ihr Sicherheits-Fonds. Graham wusste nichts davon, hatte sie jedenfalls angenommen. Die Pistole hatten sie nie angerührt. Hatte sie jedenfalls gedacht.

Konnte Geneva sie genommen haben? Nein. Nur Selena und Graham kannten den Code. Vielleicht hatte er Geneva davon erzählt oder ihr selbst das Geld gegeben, so wie Erik Tucker ihr einen Neuwagen gekauft hatte. Als Detective Crowe sie nach den Familienfinanzen gefragt hatte, war sie sicher gewesen, zumindest das unter Kontrolle zu haben.

Sie steckte ein, was von dem Geld noch übrig war.

Noch mehr Geheimnisse, noch mehr Verborgenes. Ihr Mann war also nicht nur ein Lügner, Ehebrecher und Frauenschläger, sondern auch ein Dieb. Wo war die Pistole? Sie gehörte ihr, war auf ihren Namen zugelassen, ihre Fingerabdrücke waren darauf. Ihr Herz begann zu rasen, als sie an Detective Crowes Fragen dachte, seinen forschenden Blick. Ob sie je überlegt habe, Geneva etwas anzutun? Nein, hatte sie nie. Aber würde ihr das jetzt noch jemand glauben?

Das Zimmer schien sich um sie zu drehen. Angst und

Selbstzweifel schlichen sich an und flüsterten ihr ins Ohr. *Was tust du hier? Mit der Sache bist du eindeutig überfordert.* Es dauerte einen Moment, bis sie das Klingeln ihres Handys registrierte, das sie aufs Bett gelegt hatte.

Sie ging hinüber und warf einen Blick auf das Display. Will.

Wahrscheinlich hatte ihre Mutter ihn angerufen. Sie zögerte, bevor sie ranging.

»Selena.« Seine Stimme klang angespannt. »Wo bist du? Deine Mutter dreht fast durch. Sie hat gesagt, du bist einfach weggefahren.«

Sie wollte antworten, aber er unterbrach sie. »Ist jetzt auch nicht wichtig. Die Leiche – die Polizei konnte sie identifizieren. Es ist nicht Geneva Markson.«

Erleichterung überflutete sie wie eine Woge. Dem Himmel sei Dank. Sie war so froh für Geneva, für ihre Familie. Vor Dankbarkeit hätte sie fast geweint. Was immer Graham sein mochte, das war er nicht.

»Wie denn?«, fragte sie. »Hast du nicht gesagt, das würde Wochen dauern?«

»Es gab noch eine vermisste Frau. Ihre Familie konnte die Leiche durch ein Tattoo auf der Schulter identifizieren.«

Eine weitere vermisste Frau.

»Sie hieß Jacqueline Carson. Kennst du sie?«

Der Name kam ihr irgendwie bekannt vor, aber sie konnte ihn nicht einordnen. »Nein.«

»Sie war eine Kollegin von Graham. Sie war die Frau, die ihn der sexuellen Belästigung bezichtigt hat. Ihretwegen wurde er gefeuert.«

Die Neuigkeit traf sie wie ein Schlag. Eine schreckliche Mü-

digkeit folgte, als würde jemand alle Energie aus ihr heraus-
saugen. Sie ließ sich aufs Bett sinken.

»Hast du Graham gesehen?«, fragte Will.

Sie rang nach Luft, nach Worten. »Ist er nicht ... immer
noch bei der Polizei?«

Will stieß einen Seufzer aus. Der leichte Hall verriet ihr,
dass er am Steuer seines Wagens saß. »Sie mussten ihn gehen
lassen. Das war etwa eine Stunde vor der Identifizierung der
Leiche. Jetzt wird nach ihm gesucht. Wo bist du?«

»Zu Hause«, sagte sie. »In unserem Haus.«

»Verschwinde von da, Selena. Fahr nach Hause zu deiner
Mutter. Wir treffen uns dort.«

Ja, das stimmte. Sie musste nach Hause zu ihrer Mutter.
Ihr Vater und ihr Mann waren Monster. Sie wurde von einer
Frau verfolgt, die sie für eine Fremde im Zug gehalten hatte,
die aber in Wahrheit ihre Schwester war. Sie musste mit Will
zu Detective Crowe gehen und ihm alles sagen. Das war der
einzige Ausweg. Die Wahrheit zu sagen. Egal, was für Konsequenzen es haben würde. Probleme verschwanden nicht einfach von selbst. Man musste sich ihnen stellen und sie lösen.
Jeder Erwachsene wusste das.

Von unten kamen Geräusche, das vertraute Knarren der
Dielenbretter im Flur. Es traf sie wie ein Stromschlag.

»Will«, flüsterte sie ins Telefon.

Aber das Handy war tot. Sie hatte es nicht mehr aufgela-
den seit ... Sie wusste nicht einmal mehr, wie lange es her war.
In ihrem Nachtschränkchen suchte sie nach dem Ladekabel.
Fand es. Steckte es in die Steckdose. Das rote Licht auf dem
Display leuchtete auf – das Handy wurde geladen. Es würde
eine Weile dauern, bis das Gerät wieder einsatzbereit war.

Von unten kamen weitere Geräusche, man hörte Schritte, etwas fiel hin, die Küchentür quietschte. Graham. Es musste Graham sein.

Sie sollte fliehen. Das war ihr klar. Sie sollte das tun, was Will ihr geraten hatte – zu ihrer Mutter nach Hause gehen. Solange Graham in der Küche war, konnte sie die Chance nutzen, die Treppe hinunterlaufen, ins Auto steigen und wegfahren. Er würde sie nicht aufhalten können, selbst wenn er es versuchte.

Ein Klirren aus der Küche, Küchenschränke wurden geöffnet und geschlossen. Er durchstöberte die Schränke nach Essbarem wie ein hungriger Bär. Oder nach Hochprozentigem.

Sie sollte sofort von hier verschwinden. Zu Will gehen, zur Polizei gehen, reinen Tisch machen. Aber sie tat es nicht. Sie konnte nicht.

Denn trotz aller Lügen war da etwas zwischen ihnen. Er war ihr Mann – er hatte sie geliebt und sie hatte ihn geliebt. Graham war ein besserer Vater, als ihr eigener Vater es je gewesen war. Er war nicht perfekt, aber er liebte seine Söhne und sie liebten ihn.

Und vielleicht, nur vielleicht, war er gar kein Ungeheuer. Es war doch möglich, dass die ganze Sache von Pearl eingefädelt worden war – dass sie Geneva entführt und Jacqueline Carson umgebracht hatte. Sie war eine Zerstörerin. Sie tat das, was sie am besten konnte, zerstörte Selenas Leben wie mit einer Abrissbirne. Und warum? Weil sie sie hasste. Weil Selena ein ganz normaler, glücklicher Mensch war, während Pearl das Leben übel mitgespielt hatte.

Selena nahm Handy und Ladekabel mit hinunter und steckte es in die Steckdose bei dem Konsolentisch im Flur. Dann schob sie die Küchentür auf, um ihren Mann zur Rede zu stellen.

39

Selena

Graham saß am Küchentisch, eine geöffnete Flasche Bourbon vor sich, ein geleertes Glas in der Hand. Auf dem Tisch stand ein zweites Glas, als wüsste er, dass sie da war, als hätte er auf sie gewartet. Im schwachen Licht war er nur ein Schatten.

Sie trat näher und sah das Finstere in seinen Augen.

»Was hast du getan?«, fragte sie ihn.

»Nichts.« Er blickte zu ihr auf. »Das schwöre ich bei Gott. Ich habe ihr nichts angetan. Ich habe noch nie jemandem etwas getan.«

Der Eiswürfelspender im Kühlschrank ließ Eiswürfel in die Schale fallen, und sie schrak zusammen.

»Das ist eine Lüge«, zischte sie. »Die Frau in Vegas.«

»Ach, die Stripperin.« Er schenkte sich mehr Bourbon ein und goss auch etwas in das zweite Glas. Dann nahm er einen tiefen Schluck.

Sie versuchte, sich an den Mann zu erinnern, in den sie sich verliebt hatte. Er hatte sie mit seinem Charme zum Lachen gebracht, sie ihre wilde, abenteuerlustige Seite kennenlernen lassen. Aber dieser Graham, der, den sie geheiratet hatte, war ein Schwindler. Der Mann, der jetzt vor ihr saß, ausdruckslos und gefährlich, war immer in ihm gewesen, hatte darauf gewartet, zum Vorschein zu kommen. Lockvogeltaktik.

»Ich war betrunken.« Er blickte in das leere Glas und schaute dann Selena an. »Ich hab die Beherrschung verloren.«

»Sie ist ein Mensch ... die Tochter von jemandem«, sagte sie. »Und Trunkenheit ist kein Freibrief.«

»Ich habe ein ...«

»Ja, ich weiß.« Sie hob die Hand und unterbrach ihn. Sie spürte, wie Wut in ihr hochstieg. »Du hast ein Problem. Du wirst dir Hilfe suchen. Weißt du was, Graham? Ganz offensichtlich klappt das nicht besonders gut.«

Er vergrub das Gesicht in den Händen. Seine Stimme klang gedämpft, als er versicherte: »Ich habe Geneva nie etwas angetan.«

Sie wollte ihm so gern glauben, so verzweifelt gern.

»Und was ist mit Jacqueline?«

Sie sah, wie er sich versteifte, aber er schwieg.

»Detective Crowe hat mir erzählt, warum du wirklich gefeuert wurdest, Graham.«

Er schwieg immer noch, aber seine Schultern zuckten. Ja, er würde anfangen zu weinen. Das tat er immer, wenn ihm die Ausreden ausgingen.

Sie sollte aufhören zu reden und gehen, so weit weg von ihm wie möglich. Aber sie konnte einfach nicht. Da war dieser brodelnde Zorn in ihr, wie ein Vulkan, den sie immer wieder zurückgedrängt hatte. Nachdem die Lügen ihres Vaters ans Licht kamen, hatte sie ihre Wut unterdrückt und ihrer Mutter die Schuld gegeben, weil das irgendwie leichter war. Auch nach Grahams Sexting hatte sie ihre Wut unterdrückt. Nach Vegas. Als sie zugesehen hatte, wie er es im Spielzimmer der Jungs mit Geneva trieb.

All diese Frauen – ihre Mutter, sie selbst, das Mädchen in Vegas, Geneva, Jacqueline, sogar Pearl – wurden von furchtbaren Männern mies behandelt. Sie wurden belogen, betrogen, geschlagen, *umgebracht*. Alles wegen der Launen von Männern, ihren Problemen, ihrem Mangel an Selbstbeherrschung. Ihr Vater, ihr Ehemann.

Warum waren sie so gestört?

»Die Leiche, die man gefunden hat«, sagte sie mit zitternder Stimme. »Es war nicht Geneva. Es war Jacqueline Carson.«

Er hob rasch den Kopf, sein Gesicht eine Maske puren Schocks. Fast hätte sie ihm seine Überraschung abgekauft.

»W-w-was?«, stammelte er. »Nein.«

Fast hätte sie ihm geglaubt.

Etwas fiel ihr ins Auge. Auf der Arbeitsfläche lag die Pistole aus der Kassette. Es überlief sie kalt.

»Wer bist du?«, fragte sie ihn.

Ganz kurz war sein Gesicht verzerrt von Traurigkeit und wilder Wut. Kannte sie diesen Mann überhaupt?

Sie waren zusammen von Vegas nach Hause geflogen. Sie hatte das Punkte-Upgrade in die erste Klasse genommen und ihn auf einem Mittelplatz hinten in der Economy-Klasse schmachten lassen. Wochenlang konnte sie es kaum ertragen, ihn anzusehen, das Bild der jungen Frau, die er zusammengeschlagen hatte, blitzte immer wieder in ihrem Kopf auf. Das war eher das Problem als der Umstand, dass er in einen Strip-Club gegangen war. Damit konnte sie leben, vor unreifen Eskapaden konnte sie die Augen verschließen. Aber die Gewalttätigkeit, die machte ihn zu jemand anderem. Die Niedertracht machte ihr Angst.

Aber sie hatte sich von ihm und dem Therapeuten überzeugen lassen, dass es noch eine Chance für sie beide gab.

In jeder Ehe sind Verhandlungen nötig, hatte der Therapeut gesagt. *Sie müssen beide entscheiden, mit was Sie leben können, was Sie vergeben können, wie Sie mit bestimmten Verhaltensweisen umgehen.* Es hatte alles so vernünftig geklungen. Sie konnte ihm vergeben – wegen der Jungs. Wenn die Kinder nicht gewesen wären, hätte sie schon vor Jahren einen Schlussstrich gezogen. Zumindest hatte sie sich das eingeredet. Aber es gab kein anderes Ich, keine Selena ohne Oliver und Stephen. Woher sollte sie wissen, was diese andere, imaginierte Frau getan hätte? Die ungebundene Selena – die gab es längst nicht mehr.

»Wer bist du?«, fragte sie erneut den Fremden, der einmal ihr Mann gewesen war. »Wir hatten doch alles. Was hast du getan?«

»Selena.« Jetzt kamen die Bitten. »Bitte glaub mir. Ich habe Fehler gemacht, ich habe dich verletzt. Ich habe diesem Mädchen in Vegas wehgetan. Aber mit dem, was hier vorgeht, habe ich nichts zu tun. Ich schwöre, ich habe keiner dieser Frauen etwas angetan.«

Mit tiefem Ernst vorgebracht. Wie die Jungs, mit großen Augen und eindringlichem Blick, das Abbild eines zu Unrecht Beschuldigten. Der Bourbongeruch stieg ihr in die Nase, verursachte ihr Übelkeit.

Er stand auf, und sie wich zur Tür zurück.

»Du hast Angst vor mir?«

Hatte sie Angst vor ihm?

Als Detective Crowe sie gefragt hatte, ob Graham sie je

geschlagen habe, war sie empört gewesen. Natürlich hatte er das nicht getan. Im Gegenteil, ihr Mann hatte gerade eine tiefe Wunde auf der Stirn, die er ihrem letzten Wutausbruch zu verdanken hatte. Und es war nicht das erste Mal gewesen. Während eines Streits über die Vegas-Sache hatte sie ihn ins Gesicht geschlagen. Es war nach einer besonders aufreibenden Therapiesitzung gewesen, in der es um seinen Vater ging, der Frauen nicht respektierte, Grahams Mutter beleidigte und beschimpfte. Es habe ihn wütend gemacht, wenn sein Vater seine Mutter schlecht behandelte, sagte er, aber er habe immer noch die Stimme seines Vaters im Kopf: Frauen seien verlogen, man könne ihnen nicht trauen, sie reizten die Männer auf und manipulierten sie. Das war die Stimme, die Graham hörte, wenn er die Beherrschung verlor.

Nach der Sitzung hatten sie einen schrecklichen Krach gehabt. Er hatte sie eine kastrierende Zicke genannt. Sie hatte ihn so hart ins Gesicht geschlagen, dass noch am nächsten Tag ein rotes Mal auf seiner Wange zu sehen war.

Er kam immer näher. Sein Gesicht war finster vor Wut. Sie bekam Angst, ihr Mund wurde trocken. Sie wich zurück, ihre Hände zitterten.

»Was wirst du jetzt tun, Selena?« Sein Tonfall war voller Spott, höhnisch.

»Lass mich raten«, fuhr er fort, als sie nicht antwortete.

Nein, er hatte sie noch nie geschlagen. Aber würde er es tun? Könnte er?

Selena drückte sich gegen die Küchentür und spürte, wie sie hinter ihr nachgab. Sie bewegte sich weiter rückwärts, während er näher kam, ein angespannter Tanz.

»Du wirst mich verlassen. Die Kinder mitnehmen. Unser Leben zerstören.«

Er atmete schwer, seine Augen blitzten.

Im Flur angelangt, wich sie langsam weiter zurück. Er hatte die zitternden Hände zu Fäusten geballt. Graham war ein hochgewachsener Mann, über einen Meter achtzig groß. Sie hatte das immer an ihm geliebt. Grahams Größe machte, dass sie sich kleiner fühlte. Seine Kraft hatte ihr ein Gefühl von Sicherheit vermittelt. Aber jetzt nicht mehr.

»Wetten, dass es kein halbes Jahr dauert, bis du wieder mit Will zusammen bist?«

»Hör auf«, sagte sie.

Sie kam am Konsolentisch vorbei. Ein Blick auf ihr Handy zeigte, dass es wieder online war. Es vibrierte und piepste, Nachrichten und Anrufe kamen herein. Alle Nerven in ihrem Körper waren zum Zerreißen gespannt. *Schnapp es dir. Lauf.*

Er folgte ihrem Blick. »Fass es nicht an«, sagte er. »Wir müssen reden. Es gibt Dinge, die ich dir begreiflich machen muss.«

Sie dachte an die Jungs, die zu Hause bei ihrer Mutter schliefen. Sie musste zu ihnen zurück, sie musste weg von ihm.

Aber sie war sich noch eines anderen Gefühls bewusst, etwas, das in ihr aufgestiegen war, als sie Graham und Geneva mit der Nanny-Kamera beobachtete. Vielleicht hatte sie es zum ersten Mal nach dem Sexting empfunden. Nach der Sache mit der Frau in Vegas war es angewachsen. Und als sie ihn mit Geneva sah, hatte es ein neues Niveau erreicht. Aber vielleicht war das Gefühl schon vorher da gewesen ... ihr Vater, der ihre Mutter betrogen hatte, der noch eine andere Familie hatte, andere Kinder. Frauen durften keine Wut empfinden, nicht wahr?

Es war hässlich. Aber es war, was es war: pure, schiere Weißglut. Sie hatte es kleingeredet, es zurückgedrängt, es heruntergeschluckt. Und jetzt bebte sie am ganzen Körper vor Zorn.

»Ich war dir ein guter Ehemann«, sagte Graham. »Meistens. Habe ich nicht für unsere Familie gesorgt? Du musst mir glauben, Selena. Du musst schon ein wenig Vertrauen in mich haben.«

Sie lachte, sie konnte nicht anders. Das Lachen stieg in ihr auf wie eine Woge, ein hysterischer Ausbruch, während ihr gleichzeitig die Tränen kamen.

»Vertrauen?«, sagte sie. Das Wort brannte wie Feuer in ihrer Kehle. Dann wurde es ein Schrei. »Vertrauen?«

Etwas explodierte in ihr, feuerte sie an, Adrenalin schoss durch ihre Adern, heiß und schnell, gab ihr Kraft und trieb sie vorwärts.

Sie stürzte sich auf ihren Mann, warf ihn mit ihrem ganzen Körpergewicht zu Boden und landete auf ihm, sodass ihm die Luft wegblieb und er um Atem rang. Dann hob sie die Faust und schlug ihn hart ins Gesicht. Er hob die Arme, um sie abzuwehren.

»Selena«, stieß er hervor. »Hör auf.«

Aber sie schlug weiter zu, mit aller Kraft, schluchzend vor Wut und Bedauern – nicht nur für sich selbst. Auch für ihre Mutter, Geneva, Jacqueline, sogar Pearl. Ja, auch Pearl, die sie alle irgendwie an diesen Punkt gebracht hatte, aber nur deshalb, weil sie von Schmerz geprägt war. Nur weil schon Risse da gewesen waren, die sich fortgesetzt hatten.

Erschöpfung verlangsamte ihre Schläge, und Graham lag einfach da, die Arme schützend vor den Kopf gelegt. Ihre Fäuste, ihre Arme schmerzten vor Anstrengung, sie keuchte.

Es war ihm ein Leichtes, sie auf den Rücken zu werfen, mit einer mühelosen Bewegung. Plötzlich saß er rittlings auf ihr und blickte auf sie herab. Blut tropfte von seiner Nase auf ihr Gesicht, sie spürte, wie es ihr den Hals hinunterrann. Er hielt ihre Arme über dem Kopf fest, drückte sie mit seinem vollen Gewicht zu Boden. Sie war bewegungsunfähig, machtlos gegen seine weit überlegene Körperkraft. Es war eine Überraschung, sich so schwach zu fühlen. Sie war atemlos, Arme und Hände schmerzten.

»Wenn du mich geschlagen hast, Selena ...«, sagte er und atmete schwer, »... dann nur deshalb, weil ich es zugelassen habe. Ich hatte es verdient. Hey, wer weiß, vielleicht hat es mir sogar ein wenig gefallen. Du bist wirklich sexy, wenn du wütend bist. Aber jetzt reicht's.«

Sie versuchte, sich unter ihm hervorzuwinden, von ihm wegzukommen. Sie war eine Puppe, ein Kind, ihre Körperkraft minimal im Vergleich zu seiner.

»Lass mich los.« Ihre Stimme klang schrill und abgehackt, fremd in ihren Ohren.

Ein finsterer Ausdruck glitt über sein Gesicht, und im nächsten Moment schlug er mit der flachen Hand zu. Ihr Kiefer knackte, sie sah Sterne, und dann strahlte der Schmerz aus, in den Hinterkopf, den Nacken. Die Welt schien stillzustehen. Sein Gesicht war zu einem Ausdruck verzerrt, den sie nie zuvor an ihm gesehen hatte. War das der Mann, den die Stripperin in Vegas gesehen hatte? Geneva? Jacqueline?

Da ist irgendwas in mir, hatte er einmal zu ihr gesagt. *Wenn es zum Vorschein kommt, bin ich nicht mehr derselbe Mensch.* Sie hatte es für eine Ausrede für sein schlechtes Betragen gehalten. Aber jetzt sah sie es mit eigenen Augen. Sie schmeckte Blut im Mund.

»Die Jungs«, sagte sie.

Ein Bild von Stephen, der sich an sie klammerte, blitzte in ihrem Kopf auf. Oliver, der schmollend mit ihrer Mutter am Küchentisch saß. O Gott. Würde sie die beiden je wiedersehen? Wer würde sich um ihre Kinder kümmern, wenn sie nicht mehr war? Sie begann zu schreien, es war ein wütendes Heulen voller Traurigkeit, voller Wut auf ihre eigene Machtlosigkeit.

»Halt verdammt noch mal die Fresse«, zischte der Fremde, der einmal ihr Mann gewesen war. »Bring mich nicht dazu, dich noch mal zu schlagen.«

Er verlagerte sein Gewicht. Und mit einer schnellen Bewegung rammte sie ihm das Knie in die Weichteile. Sie sah sein Gesicht erstarren, weiß werden. Ein erstickter Laut entfuhr ihm, und dann rollte er sich stöhnend zu einer fötalen Haltung zusammen.

»Du Arschloch«, stieß sie hervor. »Ich hasse dich.«

Alles, was er tun konnte, war stöhnen.

Sie kämpfte sich hoch, griff nach Handy und Ladekabel und wollte zur Haustür rennen. Aber dann schloss sich seine Hand um ihren Knöchel, die starken Finger gruben sich in ihre Haut, brachten sie zu Fall. Sie stürzte zu Boden, das Handy krachte auf die harten Dielenbretter und schlitterte außer Reichweite.

Ihr war die Luft weggeblieben, sie rang um Atem, kroch auf die Tür zu. Aber dann war er über ihr. Warf sie erneut auf den Rücken, ihr Kopf knallte auf den Dielenboden. Er legte seine starken Hände um ihren Hals und drückte zu.

Sie konnte nicht atmen, nicht schreien. Sie zerrte an seinen Händen, strampelte mit den Beinen.

Ihr Mann. Sie versuchte, seinen Namen zu sagen, aber es gelang ihr nicht. Keine Luft, kein Laut.

»Ich habe dir alles gegeben«, zischte er mit zusammenge-
bissenen Zähnen. »Du verwöhnte, undankbare Zicke.«

Ihr Mann, die Augen schwarz vor Wut, versuchte sie umzubringen.

Er erwürgte sie.

40

Selena

Alles um sie herum begann zu verblassen, ihr Sichtfeld verengte sich. Ihre Gedanken rasten, sie suchte nach irgendeiner Waffe, einem Ausweg, einer Lösung.

Schließlich, ihre Energie ließ rasch nach, fiel ihr Blick auf das Familienporträt, das über dem Konsolentisch an der Wand hing. *Es lohnt sich*, hatte die Fotografin gesagt. *Versprochen.* Ihre Kleinen. Vor ihrem inneren Auge blitzten Bilder auf, ein Kaleidoskop von Erinnerungen. Die lachenden Gesichter der Jungs, der Tag, an dem Stephen ihr eine kleine Schüssel Erbsenpüree über den Kopf geleert hatte, Olivers erste Schritte, Stephen, der sie anschaute, kurz bevor er einschlief, wie seine Augen langsam zufielen, das Gefühl, wenn sich ihre Kinderkörper an sie drückten. Sie entglitten ihr. Sie hatte sich so sehr bemüht, und doch hatte sie ihre Söhne ganz furchtbar im Stich gelassen. Zu was für Menschen würden sie werden, ohne ihre Mutter, nach dieser Sache?

Sie spürte, wie sie erschlaffte, die Dunkelheit breitete sich aus, ihre Gliedmaßen wurden schwer und nutzlos. Sie hielt den Blick auf das Foto der Jungs gerichtet. Die Gesichter ihrer Kinder sollten das Letzte sein, was sie sah.

Dann ein Zustrom von Luft, Grahams Griff lockerte sich, und gesegneter Sauerstoff strömte in ihre Lungen.

Selena schnappte keuchend nach Luft, ihre Hände flogen an ihren brutal misshandelten Hals. Sie hustete und würgte, die Galle kam ihr hoch. Graham saß immer noch auf ihr, erstarrt, verblüfft, mit leerem Gesicht und hängenden Armen.

»Lass mich gehen.« Ihre Stimme war nur ein Hauch.

Er sah sie an, die Augen rot und tränend – vor Anstrengung, aus Traurigkeit, sie wusste es nicht. Während eines kurzen Moments erhaschte sie einen Blick auf ihn, den Mann, für den sie ihn gehalten hatte. Dann fiel er zur Seite, krachte schwer zu Boden und schlug mit dem Kopf auf.

Sie kroch von ihm weg, zur Tür, hustend. Dann sah sie das Blut, das ihm übers Gesicht rann, Blut aus einer Kopfwunde.

Hinter ihm stand eine Frau, die sie kannte.

Sie hielt Selenas Pistole in ihrer zarten, manikürten Hand. Offenbar hatte sie damit Graham eins über den Schädel gezogen. Sie musste hart zugeschlagen haben, denn Blut war auf ihre Bluse gespritzt. Auch sie sah schockiert aus, sie atmete stoßweise, ihr Haar war wild zerzaust.

Martha. Pearl. Ihre Halbschwester. Die Fremde aus dem Zug.

41

Selena

Pearl sagte etwas, das Selena nicht verstand, ihr Kopf dröhnte. Die Unwirklichkeit der Situation setzte ihr zu. Träumte sie? Sie rang darum, bei Bewusstsein zu bleiben, der Sauerstoffmangel machte sie benommen, sie fühlte sich seltsam schwer und matt.

Pearl beugte sich zu ihr herab und strich ihr eine Haarsträhne aus der Stirn. Dieses Gesicht – die bleiche Haut, der Abgrund ihrer Augen. Es war ihr so vertraut, als hätten sie einander immer gekannt. Selena hätte fast die Hände nach ihr ausgestreckt, und Pearl half ihr auf die Beine. Sie war viel stärker, als sie aussah. Zusammen taumelten sie ins Wohnzimmer, und Selena ließ sich aufs Sofa fallen, versank in den weichen Polstern. Sie konnte immer noch Grahams Hände an ihrer Kehle spüren, einen schrecklichen, brennenden Schmerz.

Pearl legte ihr eine Wolldecke über die Knie, blieb in ihrer Nähe.

»Ist er tot?«, krächzte Selena mit einem Seitenblick auf Graham, der im Flur auf dem Boden lag.

»Nein«, sagte Pearl, aber sicher schien sie sich da nicht zu sein.

Selena ließ Graham nicht aus den Augen. Pearl hatte immer noch die Pistole in der Hand.

»Warum hast du mir das angetan?«, fragte Selena. Ihre Stimme war schwach, atemlos. »Warum hast du uns das angetan?«

Pearl schwieg.

»Wir hätten dich in unserer Familie willkommen geheißen«, sagte Selena. Sie wusste nicht, ob das stimmte, ob Marisol und sie ihre Halbschwester akzeptiert hätten. Ob Cora sie akzeptiert hätte. Aber sie wollte gern glauben, dass sie selbst Pearl herzlich aufgenommen hätte. Dass sie einen Platz in ihrem Herzen und in ihrer Familie gefunden hätte für eine Frau, die so viel durchgemacht hatte.

»Nein«, sagte Pearl. Vollkommen ruhig. Emotionslos, ohne Leidenschaft. Mit einer Kühle, die Selena schon bei ihren ersten beiden Begegnungen gespürt hatte. »Das hättet ihr nicht getan.«

»Woher willst du das wissen? Du kennst uns doch gar nicht.«

»Ich kenne die Menschen«, sagte sie leichthin. »Ich wäre immer nur eine Erinnerung an die Fehler eures Vaters gewesen, seine Unvollkommenheiten, sein Fremdgehen. Unseres Vaters.«

Selena sah sie an und achtete dabei gleichzeitig auf Graham, spürte den Schmerz, der in ihren ganzen Körper auszustrahlen begann.

»Also hast du beschlossen, uns Schaden zuzufügen. Du hast nicht geglaubt, dass du je Teil der Familie sein könntest, also hast du versucht, unsere Familie zu zerstören. Oder wolltest du noch etwas anderes? Mehr Geld?«

Sie nahm die wenigen Scheine aus ihrer Tasche und hielt ihr das Bündel hin. Pearl musterte es, ein leises Lächeln im Gesicht.

»Ich weiß, es ist nicht genug«, sagte Selena. »Aber ich habe mehr. Wie hoch ist dein Preis? Was muss ich tun, damit all meine Probleme von selbst verschwinden?«

Sie ließ die Scheine los, und sie flatterten zu Boden wie Herbstlaub. Aber dafür war es zu spät, Selenas Probleme würden nicht mehr einfach verschwinden. Tatsächlich fingen sie gerade erst an. Graham stieß ein Stöhnen aus. Sie kämpfte gegen den Drang, aufzustehen und ihn hart in den Bauch zu treten. Aber dafür fehlte ihr sowieso die Kraft.

In der Ferne hörte sie Sirenengeheul. Hörte Pearl es auch?

»Anfangs ging es vielleicht ums Geld, ja.« Pearl nahm auf dem Sessel ihr gegenüber Platz. »Vielleicht ging es mir auch um Vergeltung. Oder um beides. Ich habe nach einer Möglichkeit gesucht, in dein Leben einzudringen. Und ich habe sie gefunden.«

Selena richtete sich mühsam auf. Der Schmerz fuhr ihr in den Hals, in die Arme, in den Rücken.

»Ich dachte, dein Leben wäre perfekt«, fuhr Pearl fort. »Aber das ist es nicht.«

»Weit davon entfernt«, sagte Selena.

»Dein Mann ist böse, Selena. Mir war nicht klar, wie böse, als ich anfing, ihm zu folgen. Er ist ein Monster.«

Selena konnte allmählich wieder klarer denken, war besser in der Lage, die Situation zu erfassen. Sie hatte so viele Fragen. Wie war es Pearl gelungen, in ihr Leben einzudringen? Hatte

Pearl ihm diese Textnachrichten geschickt? Was wusste sie über Graham, das selbst Selena nicht wusste? All diese Fragen sprudelten aus ihr heraus.

Doch das Sirenengeheul wurde lauter, und Pearl antwortete nicht. Sie stand auf und bewegte sich rückwärts auf die Tür zu.

Selena wollte die Hand nach ihr ausstrecken, sie bitten, doch zu bleiben. Aber das konnte sie nicht. Sie waren keine Freundinnen, und nun konnten sie es auch nicht mehr werden. Vielleicht hatte Pearl recht, vielleicht hätten sie nie etwas anderes füreinander sein können als eine Erinnerung daran, wie voller Schönheitsfehler das Leben war, wie unvollkommen, wie schmerzlich.

»Hat er Jacqueline Carson umgebracht? Oder warst du es?«, brachte sie heraus.

»Ich habe noch nie jemandem etwas angetan«, sagte Pearl. »Nicht auf diese Weise.«

Es war wie ein Echo von dem, was Graham vorhin gesagt hatte; beide schränkten ein, wie viel Schmerz sie anderen zuzufügen gewillt waren.

»Ich habe ihn gesehen«, fuhr Pearl fort. Selena wusste nicht, wem sie glauben sollte, was sie glauben sollte. Wer hatte wem was angetan? Wer hatte wen umgebracht? Das waren keine Fragen, die sie über Menschen aus ihrem nahen Umfeld stellen wollte. »Ich weiß, was er getan hat.«

»Nein.« Das Wort klang schwach und schrill. Eine einzige Silbe des Protests, gegen alles.

So viele Fragen. Sie wollte wissen, was Pearl gesehen hatte und wie es dazu gekommen war. Sie wollte alles wissen, was die andere Frau wusste. Doch ihre Stimme versagte. Und vielleicht wollte sie es auch im Grunde gar nicht wissen.

Das Sirenengeheul wurde lauter. Selenas Handy klingelte ununterbrochen. Graham lag still und regungslos auf dem Boden. Vielleicht war er doch tot.

Pearl wirkte klein, traurig und weit entfernt von Selena, von der Welt. Ein Schmetterling. Schön, aber nicht fassbar, flüchtig. Ein Flügelschlag, und die Welt erbebte. Ein schwarzer Schmetterling.

»Meine Mutter«, sagte Selena. Die Welt um sie herum wurde unscharf und verblasste. Und Pearl entfernte sich. »Und mein Vater. Von ihnen weiß ich, was dir zugestoßen ist. Und was du getan hast. Ich kenne dich. Ich sehe dich. Alles an dir.«

Pearl sah sie an, ein leises Lächeln auf den Lippen, so etwas wie Freundlichkeit in den Augen, oder war es Mitleid? Da war eine Verbindung zwischen ihnen. Selena hatte es gleich gespürt, bei ihrer ersten Begegnung im Zug. Und es stimmte, es war eine tiefe Verbundenheit. Aber auch dunkel, mit einem Makel behaftet, nicht tragfähig in der wirklichen Welt.

Pearl blickte über die Schulter in die Richtung, aus der das Sirenengeheul kam, dann sah sie wieder Selena an.

»Was auch immer passieren wird«, sagte sie leise, »das Schlimmste deiner Probleme wird bald verschwinden. Für immer.«

Selena schloss die Augen. Nur ganz kurz, wie sie dachte.

»Was ist mit Geneva?«

Aber als sie die Augen wieder öffnete, war der Raum voller Lichter und lauter Stimmen.

Und Pearl war fort.

42

Selena

Sie lag im Rettungswagen, ihr Haus war in zuckendes Licht getaucht. Sie zählte zwei weitere Rettungswagen, vier Polizeiautos, zwei Zivilfahrzeuge. Mindestens zwanzig Männer und Frauen von Polizei und Rettung waren auf ihrem Rasen und im Haus beschäftigt, taten ruhig ihre Arbeit. Vor dem abgesperrten Bereich hatten sich Nachbarn im Schlafanzug versammelt, die Arme verschränkt, die Mienen besorgt. Eine Menschenmenge, die sich mitten in der Nacht vor ihrem Haus versammelt hatte wie ein Publikum für die Zerstörung all dessen, was sie sich aufgebaut und für ihr Leben gehalten hatte. Aber sie fühlte sich seltsam entrückt, als ginge sie das alles gar nichts an. Vielleicht lag es an den Medikamenten, die man ihr gegeben hatte.

Ihr gegenüber saß Detective Grady Crowe, gelassen und mit intensivem Blick.

Ihr ganzer Körper tat weh. Der Kiefer, wo Graham so gnadenlos zugeschlagen hatte. Ihr Hals, nachdem er versucht hatte, sie zu erwürgen, fast mit Erfolg. Ihre Schultern schmerzten, der Rücken, die Hüften. Ihr Herz. Sie zog sich die Decke, die man ihr gegeben hatte, enger um die Schultern.

Sie sah, wie Graham auf einer Trage aus dem Haus gerollt wurde, flankiert von zwei Polizisten. Sein Gesicht konnte sie nicht erkennen, und sie lehnte sich zurück, damit ihr sein Anblick erspart blieb. Will war vermutlich noch im Haus und regelte alles. Sofern man in einer Situation wie dieser überhaupt etwas regeln konnte. Es war wie ein außer Kontrolle geratener Zug, der alles in seinem Weg zermalmte.

Sie hatte Detective Crowe alles erzählt – vom ersten Zusammentreffen mit Pearl bis hin zu dem Augenblick, in dem ihre Schwester ihr das Leben gerettet hatte. Sie hatte weitergegeben, was sie von Cora erfahren hatte. Dass Pearl die Familie wohl seit Jahren beschattete, obwohl Selena nichts von ihrer Existenz geahnt hatte. Sie hatte nichts zurückgehalten, jedes Geheimnis und jede Lüge preisgegeben. Er hatte alles in sein kleines Notizbuch gekritzelt.

»Ich hatte heute Besuch«, sagte Crowe. »Von einem Privatdetektiv namens Hunter Ross.«

Die Welt war unscharf und unwirklich, seine Stimme schien aus weiter Ferne zu kommen. Aber sie hörte zu.

»Er ist der Cold-Case-Ermittler, der hinzugezogen wurde, als eine Frau namens Stella Behr ermordet wurde und ihre fünfzehnjährige Tochter Pearl verschwand. Das ist jetzt zehn Jahre her. Ein Bekannter der Mutter wurde verdächtigt, sie ermordet und Pearl entführt zu haben. Der Fall konnte nicht aufgeklärt werden, und die zuständige Polizeidienststelle beauftragte Ross, weiter den Spuren nachzugehen.«

Selena verdaute diese Information. Sie dachte an das junge Mädchen, das ihre Mutter beschrieben hatte, mager und wild, das ihr durch den Supermarkt folgte. Ein Mädchen, das außerhalb stand und versuchte, einen Zugang zu ihnen zu finden. Aber vielleicht lag Cora ja auch richtig mit Pearl. Vielleicht war sie nichts weiter als eine Zerstörerin. Eine, die litt und bestrebt war, auch andere leiden zu lassen. Beides war möglich.

»Unser Vater hat sie im Stich gelassen«, sagte Selena. »Und dann wurde ihre Mutter ermordet und sie wurde entführt?«

Cora hatte weder Stella noch Pearls mutmaßliche Entführung erwähnt. Vielleicht wusste sie nichts davon. Oder sie hatte es Selena verheimlicht. So viele Schichten, so viele tief verborgene Geheimnisse. Pearl war damals noch fast ein Kind gewesen. Wer hatte sie entführt? Wo war sie all die Jahre gewesen, bevor sie im Leben von Selenas Familie aufgetaucht war?

»Ross konnte sie nie aufspüren«, sagte Crowe. »Ein Mann, der sich Charles Finch nannte, ein Trickbetrüger, hatte sich offenbar in den Monaten vor ihrer Ermordung in Stella Behrs Leben eingeschlichen. Aber er war ein Phantom. Hunter Ross glaubt, dass Finch die Frau ermordet und Pearl entführt hat, um sie als sein eigenes Kind großzuziehen.«

Selena dachte an Pearl, die Dunkelheit in ihr. Kein Wunder.

»Aber ob Sie es glauben oder nicht, er hat mich nicht deshalb heute aufgesucht.« Detective Crowe nahm ein Foto aus einer Aktenmappe und reichte es ihr. Es zeigte ein junges Mädchen mit goldenen Locken und traurigen Augen. Sie war viele Jahre jünger, aber Selena erkannte sie sofort. Das Foto bebte leicht in ihrer Hand.

»Das ist Grace Stevenson«, sagte Crowe. »Auch ihre Mutter wurde ermordet, und auch von ihr fehlt seit der Tatnacht jede Spur.«

»Das ist Geneva«, stellte Selena fest.

Crowe nickte.

»Dasselbe Szenario. Ein Mann schlich sich in das Leben von Gracies Mutter Maggie ein. Maggie wurde in ihrem Bett erwürgt, genau wie Stella. Und Grace verschwand. Als Hunter Ross die Vermisstenmeldung in den Nachrichten sah, erkannte er sie wieder. Die ganze Zeit über hat er in beiden Fällen weiter ermittelt, ist Parallelen nachgegangen, von denen in den Medien berichtet wurde, hat in den Datenbanken Abfragen zum Abgleich mit neuen DNA-Spuren laufen lassen. Bis jetzt ohne Erfolg.«

Selena versuchte zu begreifen, wie die Puzzleteile zusammenpassten.

»Also gab es eine Verbindung. Sie glauben, dass derselbe Mann beide Mädchen entführt hat?«

»Das hier«, erklärte Detective Crowe und hielt ein Foto der jungen Pearl hoch, »ist die *Schwester*, die Geneva als vermisst gemeldet hat.«

»Sie haben zusammengearbeitet«, sagte Selena. Wie war das möglich? Sie hatte Geneva auf dem Spielplatz kennengelernt. Sie hatte Geneva selbst in ihr Haus eingeladen. Aber vielleicht war das ja die ganze Zeit Teil des Plans gewesen? Vielleicht war das alles Teil eines Trickbetrugs, der vor Jahren in Gang gesetzt worden war.

Crowe fuhr fort: »Der Mord an Maggie Stevenson wurde nie aufgeklärt. Gracie wurde nie gefunden. Und der Mann, der Freund der Mutter, den sie als James Parker kannten, war ebenfalls ein Phantom. Es existiert nicht mal ein Foto von ihm. Alle verschwanden spurlos.«

»Ich verstehe das nicht.«

Von draußen hörte man Lärm, erhobene Stimmen. Die Presseleute trafen ein.

»Charles Finch, Pearl, Grace – sie sind Trickbetrüger«, erklärte Crowe. »Schleichen sich in das Leben anderer Menschen ein und nehmen sich, was sie kriegen können.«

Trickbetrüger. Das klang altmodisch, fast amüsant, harmlos, nach einem kleinen Schwindel, nach Hütchenspiel oder Kümmelblättchen. Nach der E-Mail von einem nigerianischen Prinzen. Aber nicht wie so etwas: zerstörte Leben, verletzte und ermordete Frauen.

»Also schleicht Geneva sich in unser Leben ein, wird unsere Nanny und verführt Graham mit der Absicht, ihn zu erpressen. Und Pearl? Was ist ihre Rolle dabei? Und was sollte das Ganze?«

»Die Frage kann ich nicht beantworten. Nur sie selbst weiß, was ihre Absicht war, was sie bezweckte. Vielleicht ging es nur darum, Sie leiden zu lassen.«

Aber es war mehr als das, dachte Selena, oder nicht? Es steckte mehr dahinter als ein Spiel mit meinem Leben.

»Meine Vermutung ist, dass die beiden nicht wussten, wozu Ihr Mann fähig war. Sie haben ihn falsch eingeschätzt. Geneva hat versucht, ihn zu erpressen, so wie sie Erik Tucker erpresst hat. Und Graham hat sie umgebracht.«

Traurigkeit überkam sie, Tränen stürzten ihr aus den Augen. Sie wischte sie weg.

»Sie glauben, dass sie tot ist«, sagte Selena.

Crowe rieb sich die Stirn.

»Wir haben Videoaufnahmen, die Graham dabei zeigen, wie er in der Nacht von Genevas Verschwinden irgendetwas in einer Mülldeponie entsorgt, ein paar Kilometer von der

Wohnung seines Bruders entfernt. Wir haben die Leiche einer anderen jungen Frau, die mit ihm in Verbindung stand. Er war bereits früher gewalttätig gegen Frauen. Und heute Nacht sind Sie nur mit knapper Not mit dem Leben davongekommen.«

Ihr Mann war ein Monster. Sie hörte Pearls Flüstern: *Das Schlimmste deiner Probleme wird bald verschwinden.* Hatten nicht Mitgefühl und Zärtlichkeit in ihrer Stimme gelegen, als sie das sagte? War es auf irgendeine Weise Pearls Absicht gewesen, Selena zu helfen?

Der Rettungswagen, in dem Graham lag, fuhr unter Sirenengeheul aus der Einfahrt, die Schaulustigen und andere Fahrzeuge machten Platz. Als er um die Ecke bog, verstummten die Sirenen. Ein Streifenwagen und ein Zivilfahrzeug folgten ihm. Crowe sah den Fahrzeugen nach.

»Gibt es noch irgendwas, das Sie mir sagen sollten, Selena? Über Graham, über Pearl Behr, über Geneva?«

»Nein«, antwortete sie. Allerdings gab es Dinge, die sie gern gesagt hätte. Dinge, die er vermutlich nicht verstehen würde.

Geneva war eine Erpresserin, die Familien zerstörte, aber sie war eine gute Nanny, die wunderbar auf Oliver und Stephen aufgepasst hatte. Sie hatte sich um die Jungs gekümmert, mit ihnen gespielt und sie ebenso gut betreut, wie Selena es getan hätte. Die Jungs liebten sie, und sie würde ihnen fehlen. Und Pearl hätte Selena unter anderen Umständen eine gute Freundin sein können, eine Schwester. Sie hatte ihr das Leben gerettet, auch wenn sie ihre Ehe und ihre Familie zerstört hatte. Graham war meistens ein guter Ehemann gewesen, ein guter Vater. Sie hatte ihn geliebt, ihm verziehen, an ihn geglaubt. Und dann hatte er versucht, sie umzubringen, ihren Kindern die Mutter zu nehmen.

Alle drei waren schlechte Menschen, die böse Dinge getan hatten. Doch das war nicht alles, was sie ausmachte. Detective Crowe würde niemals all die Schichten verstehen, all die Facetten, das Gute, das mit dem Bösen vermengt war. Wie kompliziert wir Menschen doch alle sind, und selbst die Schlimmsten unter uns sind es vielleicht wert, geliebt zu werden.

»Nein«, wiederholte sie. »Ich habe Ihnen alles gesagt, was ich weiß.«

43

Geneva

Die Schritte kamen näher, und Geneva hielt den Atem an. Sie hatte viel Zeit zum Nachdenken gehabt – über die Murphys, über die Tuckers, über das, was sie getan hatte. Sie hatte ein paar Entscheidungen getroffen.

Näher, lauter. Dann hörte sie, wie der Riegel aufgeschoben wurde. Die Tür öffnete sich quietschend, und jemand kam die Treppe herunter in den Keller. Geneva, die auf der Pritsche gelegen hatte, setzte sich auf.

Das Licht ging an, und Pearls schlanke Gestalt stand vor ihr.

»Du kannst mich nicht immer einfach hier einschließen, wenn du nicht weißt, wie du mit mir fertigwerden sollst«, sagte Geneva.

Um die Wahrheit zu sagen, war sie gar nicht so ungern hier unten im Erdkeller. Zumindest war es ruhig. Sie hatte genug Zeit gehabt, um über ihre Fehler nachzudenken, über die Veränderungen, die sie anstrebte. Darüber, was sie tun würde, wenn sie je hier rauskam. Sie hatte einen Entschluss gefasst.

»Du hast angefangen, dich töricht zu verhalten«, sagte Pearl. »Ich musste dich davon abhalten, Schaden anzurichten. Sei froh, dass du hier drin warst. Die Sache wurde ziemlich hässlich.«

Ihr Herzschlag setzte kurz aus. »Sind die Jungs okay?«, fragte sie. »Und Selena?«

Ein Achselzucken, ein Stirnrunzeln. »Sie werden wieder.«

Pearl trat näher, die Tritte ihrer Stiefel hallten von den Betonwänden wider. Sie hatte sich eine schwere schwarze Reisetasche über die Schulter geworfen.

»Ich habe genug davon«, sagte Geneva. »Ich höre auf. Endgültig.«

Vermutlich hätte sie das lieber für sich behalten sollen. In einem Zweikampf war sie Pearl nicht gewachsen, das hatte sich immer wieder gezeigt. Was sollte sie daran hindern, Geneva hier für immer einzusperren?

»Weißt du was?«, sagte Pearl. »Ich auch.«

Geneva rieb sich die Augen. Sie war erschöpft. Wie lange war sie im Erdkeller gewesen? Vielleicht nicht länger als ein, zwei Tage. Es kam ihr vor wie ein Monat.

»Ja, klar doch«, sagte sie. »Du bist schlimmer als er. Er hat mich jedenfalls nie eingesperrt.«

Beide konnten sie alle möglichen Dinge aufzählen, die Paps ihnen angetan hatte. Dennoch war er ihnen der Vater gewesen, den sie nie gehabt hatten. Ein furchtbarer, manipulativer Vater, ein Mörder und Betrüger, der sie beide auf seine Art geliebt hatte.

»So schlimm ist es hier unten gar nicht.« Dieses rätselhafte Lächeln, das so typisch für Pearl war, spielte um ihre Lippen, als lache sie über einen Witz, den sonst niemand kapierte.

»Es ist ein Kerker, du Hexe«, sagte Geneva. »Du hast mich hier in den Kerker gesperrt, damit du in aller Ruhe dein Ding durchziehen kannst. Das ist mies, und das weißt du.«

»Du hattest schon immer einen Hang zum Drama.« Pearl setzte die große Reisetasche ab.

»Was ist das?«, fragte Geneva und beäugte die Tasche misstrauisch. Wer konnte schon wissen, was da drin war?

»Die Hälfte«, sagte Pearl. »Die Hälfte von allem, was ich mit Paps und seit seinem Tod verdient habe. Und eine saubere Identität für dich von Merle – Führerschein, Reisepass, Sozialversicherungskarte.«

Geneva hockte sich neben die Reisetasche und zog den Reißverschluss auf. Sie war vollgestopft mit Geldscheinen. Wie viel war es? Viel. Genug. Sie öffnete den Umschlag, der obenauf lag.

Alice Grace Miller. Nett und schlicht, genau wie Paps es gewollt hätte, zudem ein Anklang an ihr früheres Ich. Ein Mädchen, das es schon so lange nicht mehr gab, dass Geneva sich kaum noch an es erinnerte.

»Du kannst gehen, wohin du willst«, sagte Pearl. »Sein, wer immer du sein willst. Du bist frei.«

Geneva blickte zu Pearl auf – was waren sie füreinander? Schwestern durch die Umstände, hatte Pearl einmal gesagt. Das stimmte wohl. Sie horchte in sich hinein und fand so etwas wie widerstrebende Zuneigung. Sie hatten eine Art wortlosen Pakt miteinander geschlossen, hatten zusammen gelitten, kannten einander. Das verband sie, irgendwie. Sie würden die Geheimnisse der anderen bewahren, sie mit ins Grab nehmen.

»Was ist mit dir?«, fragte sie.

»Mach dir keine Gedanken um mich«, sagte Pearl. »Ich werde schon meinen Weg machen.«

»Daran zweifle ich nicht.«

»Komm jetzt«, sagte Pearl. »Ich nehme dich mit. Wir sind weitab vom Schuss.«

Der Erdkeller hatte etwas. Er war kalt und dunkel, aber es war sicher hier, man wusste, was einen erwartete. Licht fiel durch die Tür, die Pearl geöffnet hatte, helles Licht, das an den dunklen Schatten leckte. Draußen lag die große weite Welt. Geneva konnte gehen, wohin sie wollte. Es gab so viele Möglichkeiten, die sich ihr boten. Und verdammt noch mal, trotzdem gab es einen Teil von ihr, der sich am liebsten weiter in diesem sicheren Versteck verkrochen hätte.

Aber sie richtete sich auf, zog ihre Schuhe an, streifte die Jacke über und warf sich die Reisetasche über die Schulter. Sie folgte Pearl nach draußen, schirmte die Augen vor dem grellen Licht ab. Pearl versperrte die Tür. Im Gestrüpp war sie fast unsichtbar.

»Wenn die Kacke mal wirklich am Dampfen ist«, sagte Pearl, »komm einfach hierher zurück, in den Keller. Schick mir eine Nachricht.«

Geneva nickte. Aber sie würde niemals hierher zurückkommen. Und Pearl niemals eine Nachricht schicken.

Nur ein paar Schritte entfernt hatten sie Paps zusammen mit der Frau begraben, die ihn umgebracht hatte. Vor Jahren. Vor fünf Minuten. Das Grab war mit bloßen Augen nicht mehr zu erkennen, verloren, vom Wald überwuchert. Geneva wusste nicht einmal mehr, wo die Stelle genau war. Aber dann blieb Pearl kurz stehen und schaute zu Boden.

»Ich bin hier fertig, Paps«, sagte sie.

Ihre Stimme klang weich, als sie seinen Namen sagte, und für einen Moment hörte sie sich sehr jung an. Doch ihre Miene war entschlossen. Nach einer kurzen Weile setzte sie ihren Weg fort.

Geneva – Alice – stieg ins Auto. Als sie vom Grundstück fuhren, blickte sie in den Rückspiegel und sah dicke schwarze Rauchwolken aufsteigen, dort, wo das Haus war. Das Haus, in das Paps sie an jenem Abend vor so langer Zeit gebracht hatte. In dem sie mit ihm gelebt hatte, nachdem Pearl ausgezogen war. Es war ihrer beider Zuhause, so bizarr das auch sein mochte.

Sie wollte etwas sagen, Pearl fragen, was sie getan hatte.

Aber natürlich würde sie alles abfackeln.

Wie es ihre Art war.

44

Pearl

Das göttliche Nirgendwo von Flughäfen. Der wahre Zwischenzustand, weder hier noch dort. Man war nicht wirklich Teil des Ortes, den man verließ, noch des Ortes, zu dem man unterwegs war. Wie das buddhistische Bardo. Es war eine Atempause zwischen verschiedenen Ichs, verschiedenen Welten.

Ihre letzte anonyme Prepaid-SIM-Karte. Sie suchte sich einen Platz bei einem leeren Gate und wählte. Es klingelte und klingelte. Es war früh am Morgen. Sie nahm immer den ersten Flug, wenn der Himmel noch dunkel war. Die Mitreisenden waren dann schläfrig, ihre Smartphones und die Kaffeebecher, die sie umklammerten, nahmen ihre ganze Aufmerksamkeit in Anspruch. Nicht so Pearl. Sie war hellwach.

In dem großen Fenster mit Ausblick auf das Rollfeld sah sie ihr Spiegelbild, eine schlanke Frau mit honigblonden, halblangen Haaren, Rollkragenpullover, Bomberjacke, schwarzen Leggings und Laufschuhen. Zurückhaltendes, natürliches Make-up, das Gepäck wie ihre Kleidung ganz in Schwarz. Basics. Für diese letzte Reise hatte sie ihre Schönheit heruntergedimmt – kein Lippenstift, kein Parfüm, nur hellbrauner Lidschatten. Nicht viel Haut sichtbar, eine Brille, die sie nicht wirklich brauchte.

Emily Pearl Miller. Ihre letzte Identität.

Sie würde Ben erklären müssen, dass sie nicht wirklich Gwyneth hieß. Er würde verstehen, warum sie es für notwendig gehalten hatte, sich zu schützen. Bei Männern, die man im Netz kennenlernte, konnte man nicht vorsichtig genug sein. Überall lauerten Trickbetrüger und Kriminelle, böse Menschen.

Sie wollte gerade auflegen, als jemand ranging.

»Hunter Ross.«

Falls er noch geschlafen hatte, merkte man es ihm nicht an.

»Hier ist Pearl«, sagte sie. »Pearl Behr.«

Der Name klang falsch, fühlte sich an wie eine Lüge. Dabei war er das Wahrste, das sie seit einer ganzen Weile gesagt hatte.

Ein tiefer Atemzug, kurzes überraschtes Schweigen. Dann sagte er: »Hallo, Pearl. Ich suche schon sehr lange nach Ihnen.«

»Ich weiß«, sagte sie. »Danke. Glaube ich.«

Er räusperte sich. »Was kann ich für Sie tun?«

Es gab Dinge, die sie gern wissen wollte, und Dinge, die sie mitteilen wollte. Hunter Ross war der einzige Mensch, dem sie vertraute.

»Haben Sie je herausgefunden, wer er wirklich war? Charles Finch?«

»Nein, nie«, sagte er. »Wissen Sie es denn nicht?«

»Nein«, antwortete sie wahrheitsgemäß. »Er hatte bereits unzählige Identitäten, bevor ich ihn kennenlernte. Ich weiß nicht mal, ob er selbst noch wusste, wie er eigentlich hieß. Nach seinem Tod habe ich seine Sachen durchgesehen und kein einziges echtes Dokument gefunden.«

»Wann ist er gestorben?«

»Vor etwa fünf Jahren. Es gab da eine Frau, die er um ihr Geld betrogen hatte oder betrügen wollte. Sie hat ihn aufgespürt und umgebracht. Dann hat sie sich selbst getötet.« Das war natürlich nicht die ganze Wahrheit. Aber sie musste ihre kleine Schwester beschützen.

»Wer war die Frau?«

Sie fragte sich, ob er den Anruf aufzeichnete. »Sie hieß Bridget.« An den Nachnamen konnte sie sich nicht mehr erinnern, was ihr seltsamerweise peinlich war. Sie erinnerte sich selten an die Namen der Leute, die sie betrogen hatte. Das waren keine Menschen. Es waren Zielpersonen.

»Gut«, sagte er. »Wo liegen die Leichen?«

Sie dachte an diese Nacht zurück. Das Ausheben der Gräber, Gracies Weinen.

»Wenn ich es Ihnen sage, was werden Sie unternehmen?«

Es gab einen kurzen Moment der Stille, und sie hielt es für möglich, dass er überlegte, ob er lügen sollte. Aber Hunter Ross war ein ehrlicher Mann.

»Es melden«, erwiderte er schließlich. »Jemand wird hinfahren und die Leichen ausgraben.«

Wollte sie das? Wollte sie, dass sie ausgegraben wurden? Was würde mit Paps' Überresten geschehen, würde er in irgendeinem namenlosen, vom Staat bezahlten Grab enden?

»Hat er meine Mutter umgebracht?«, fragte sie. »Hatten Sie je jemand anderen in Verdacht?«

Er holte tief Luft. »Was glauben Sie, Pearl?«

»Sie hatte viele Männerbekanntschaften.« Stella war eine Frau gewesen, die niemals ihre Versprechen hielt, die andere Menschen benutzte. Sie verletzte sie, nur so zum Spaß. Jeder dieser Männer hätte aus Wut gewalttätig werden können. So reagierten Männer, nicht wahr, wenn sie von einer Frau nicht bekamen, was sie wollten. Manche Männer.

»Männer, die kamen und gingen«, sagte er. »Niemand, der geblieben wäre. Es war niemand dabei, der unbedingt und um jeden Preis *Sie* haben wollte.«

Sie ließ seine Worte wirken. Das war vermutlich die Wahrheit.

»Er hat sich um mich gekümmert«, sagte sie schließlich. Sie wollte nicht glauben, dass Paps Stella ermordet hatte. Aber vermutlich war es so gewesen. »Er hat mir nie irgendwas getan. Mich nie ... angefasst.«

»Es klingt, als hätten Sie ihn geliebt.«

»Vielleicht habe ich das. In gewisser Weise.«

»Und Grace Stevenson?«

»Die hat er auch geliebt.«

Sie hörte, wie er sich wieder räusperte, eine Eigenart alter Männer. Im Hintergrund fragte eine Frauenstimme: *Wer ist das denn, Hunt? Um diese Zeit?*

»Graces Mutter wurde ebenfalls ermordet.« Es klang, als wolle Ross sie behutsam zu einer Schlussfolgerung führen.

»Ja.«

»Ich erkenne da ein Muster. Sie nicht?«

Sie antwortete nicht. Nur noch wenige Minuten, dann würde sie den Anruf beenden und das Handy vernichten.

»Wo ist sie? Wo ist Grace – oder sollte ich sie Geneva nennen?«

»Sie ist in Sicherheit.« Pearl hoffte, dass das stimmte. Sie war sich ziemlich sicher, dass sie einander nie wiedersehen würden. »Sie fängt ganz neu an. Wir haben beide aufgehört.«

»Mit der Betrügerei.«

»Richtig.«

»Ich habe versucht, aus Ihnen beiden schlau zu werden. Wie Ihre Zusammenarbeit aussah.«

»Ich würde nicht sagen, dass wir *zusammengearbeitet* haben.«

»Nicht?«

»Sie hatte ihre Masche«, erklärte Pearl. »Und ich meine. Wir hatten einen unterschiedlichen Stil.«

Das war nicht die ganze Wahrheit. Pearl war immer die Marionettenspielerin gewesen, die an Gracies Strippen gezogen hatte, ob diese das nun wusste oder nicht.

»Die Sache mit den Tuckers, das war also Graces Masche? Sie besorgte sich eine Stelle als Nanny, schlief mit dem Ehemann und erpresste ihn dann mit der Drohung, alles auffliegen zu lassen.«

»So in der Richtung. Aber ich glaube, auf irgendeine verkorkste Weise hat sie nur versucht, zu irgendeiner Familie zu gehören.« Ebenfalls nicht wirklich wahr. Gracie hasste es, Familien zu zerstören. Aber sie war außerordentlich gut darin. Die Einkünfte, die sie damit erzielte, waren vielleicht nicht besonders hoch, aber regelmäßig.

Doch es war Pearl gewesen, die Gracie darauf hingewiesen hatte, dass das Ehepaar Tucker eine Nanny suchte; sie gehörten zu Selenas Netzwerk von Facebook-Freunden. Und es war Pearl gewesen, die Gracie ermutigt hatte, sich mit Selena im Park zu treffen, da sie aus Selenas Posts in den sozialen Medien wusste, dass sie wieder in den Beruf zurückkehren würde.

Der Rest hatte sich dann einfach ergeben, wie das eben so lief, wenn man im »Flow« war.

»Aber das mit Selena, das war Ihr Ding, sie war Ihre Halbschwester. Sie haben sie lange Zeit beobachtet, nicht wahr? So muss es gewesen sein.«

Ja, das stimmte.

Pearl hatte Selena jahrelang ausgespäht, sie und ihre Freunde im Netz gestalkt, ebenso wie Marisol, Pearls andere Halbschwester, für die sie sich aus irgendeinem Grund weniger interessierte. Sie hatte aus der Ferne verfolgt, wie Selena heiratete, Kinder bekam, sich ein neues Haus kaufte, sich Stein um Stein ihr Instagram-perfektes Leben aufbaute.

Sie hatte auch Graham in den sozialen Medien verfolgt, obwohl er da weit weniger aktiv war als Selena und ein kleineres Netzwerk hatte. Gelegentlich hatte sie sich an seine Fersen geheftet. Als ihr ein paar Jahre nach der Hochzeit klar wurde, dass er Selena betrog, intensivierte sie ihre Beobachtung.

Etwas Seltsames war geschehen. Selena begann ihr leidzutun.

»Also worum ging es Ihnen? Um Rache? Wollten Sie noch einmal den Vater treffen, der Sie im Stich gelassen hatte?«, fragte Hunter. »Was war der Plan mit den Murphys? Wollten Sie sie abzocken? Oder die Familie zerstören?«

Die Frage überraschte sie und gab ihr Anlass zu einem seltenen Moment der Selbstreflexion.

Was war der Grund für ihr Handeln gewesen? Gab es nur einen?

Anfangs vielleicht ja: Rache. Sie war darauf aus gewesen, größtmöglichen Schmerz zu verursachen.

Sehr wahrscheinlich hätte es eine gute Ausbeute gegeben –

wenn Selena nicht die Kamera umgestellt und Gracie und Graham in flagranti erwischt hätte. Wenn Gracie nicht Gewissensbisse bekommen und ständig gedroht hätte, vorzeitig abzubrechen.

Doch das war längst nicht alles. Als Pearl erkannte, was Graham war – nicht nur ein untreuer Ehemann, sondern ein Ungeheuer –, wollte sie, dass er bestraft wurde. Sie wollte Selena befreien, genau wie sie vor vielen Jahren Cora befreit hatte. Die Operation war wirklich von langer Hand geplant und durchgeführt: Begonnen hatte es vor über zehn Jahren. Pearl hatte auf der Lauer gelegen, den richtigen Zeitpunkt abgewartet. Die Ausbeute? Es ging nicht ums Geld. Auch nicht wirklich um Rache. Sie war nicht wie Paps.

Es ging um die Wahrheit. Die Wahrheit war wie ein Waldbrand, der alles in seinem Weg niederbrannte. Ein Feuer, das zerstörte, aber auch reinigte. Damit aus der Asche neues Leben entstehen konnte.

Aber sie hatte nicht die Geduld, das alles Hunter Ross zu erklären. Sie vermutete, dass er zu den Menschen gehörte, für die alles immer nur schwarz oder weiß war. Was sie getan hatte, war falsch. Er würde niemals begreifen, dass es gleichzeitig auch richtig war.

»Ja«, bestätigte sie also der Einfachheit halber. Der Anruf dauerte schon zu lange. »Genau. Es ging um Rache.«

Und vielleicht war es im Grunde tatsächlich so einfach. Vielleicht ging es ihr gar nicht um Gerechtigkeit für Jacqueline Carson. Oder darum, Graham zu bestrafen, weil er Jacqueline benutzt und ermordet hatte. Oder darum, ihre Halbschwester von ihren Illusionen über ihr Leben und ihre Ehe zu befreien. Vielleicht interessierte sie sich in Wahrheit für niemanden außer sich selbst, für nichts außer die Spielchen, die sie mit den Leben anderer Leute veranstaltete.

»Ich würde sagen, Sie haben erreicht, was Sie sich vorgenommen hatten«, sagte er. Seine Stimme klang müde.

»Vermutlich schon.« Sie hatte ein hohles Gefühl im Magen, empfand eine vertraute Leere und Traurigkeit. Sie atmete das Gefühl weg.

»Und was haben Sie jetzt vor?«

»Ich verschwinde. Wie gesagt, ich höre auf.«

»Bis Sie es sich wieder anders überlegen?«

»Tja.«

Wieder bleiernes Schweigen. Sie erwog, das Gespräch zu beenden.

»Also – dürfte ich nach dem Grund für Ihren Anruf fragen?«, sagte er schließlich.

Gute Frage, flüsterte Paps. Wie immer stand er direkt hinter ihr. *Was für ein Spiel spielst du hier?*

»Ich will die Sache zum Abschluss bringen«, erklärte sie. »Für Sie, für mich selbst. Menschen wie Sie sind selten. Sie geben nicht auf, bis Sie die Wahrheit herausgefunden haben. Ihnen ist nicht alles egal, Ihnen sind andere Menschen wichtig. Das gefällt mir.«

Ein leises Lachen. »Vielen Dank.«

Sie sagte ihm, wo Paps und Bridget begraben lagen. Sie hatte die Flagge, die den Erdkeller kennzeichnete, umgestellt, sodass sie jetzt das Grab markierte. Es würde relativ leicht zu finden sein. Paps, Charles, Bill, Jim, Chris, ein misshandeltes Kind, Trickbetrüger, Gauner, Mörder – er war ein viel gesuchter Mann. Pearl wollte, dass Hunter Ross ihn zum Schluss doch noch erwischte.

Damit dann vielleicht beide ihren Frieden fanden. Sie wusste nicht, ob noch irgendjemand nach Bridget suchte, aber vielleicht konnte auch sie dann endlich in Frieden ruhen.

Es blieb nichts mehr zu sagen. Er hatte alle Antworten, die sie ihm geben konnte.

»Adieu, Mr. Ross. Danke, dass Sie uns nie aufgegeben haben.«

»Adieu, Pearl.«

Wenn es nach ihr ging, war es das letzte Mal, dass jemand sie so nannte.

Sie beendete das Gespräch und nahm die SIM-Karte heraus. Auf der Toilette spülte sie sie herunter und warf die Einzelteile des zerstörten Handys in den Abfalleimer.

Ihr Flug wurde aufgerufen. Sie stellte sich in die Schlange und gehörte zu den Ersten, die in die Maschine steigen durften. Schließlich setzte sie sich auf ihren Platz in der ersten Klasse.

Wenn sie den Flieger verließ, würde sie jemand anders sein. Ben würde auf sie warten. Ein guter Mann, treu und liebevoll. Vielleicht würde sie ihn nie wirklich lieben können, ihn oder irgendjemanden sonst. Aber sie konnte es versuchen.

Sie hatte Ben erklärt, dass sie nun, da ihre Schwester tot war (eine Überdosis, natürlich – so traurig), gern reisen und die Welt erkunden wollte, was ihr vorher nie möglich gewesen sei. Er war einverstanden. Er war bereit, sich ebenfalls eine Auszeit zu nehmen und die Praxis für eine Weile seinem Partner zu übergeben. Später würden sie entscheiden, was sie tun wollten, wo sie sich niederlassen wollten.

Was für eine perfekte Art, unser gemeinsames Leben zu beginnen, hatte er gesagt. *Ein Neuanfang für uns beide.*

Genau Emilys Ansicht.

45

Selena

Ich habe Ihnen einen Gefallen getan. Eines Tages werden Sie das erkennen.

Einen Monat, nachdem Pearl das Leben ihres Vaters ruiniert hatte, sah Cora sie wieder vor dem Grundstück unter der Eiche stehen. Diesmal zögerte sie nicht, sondern öffnete die Tür und ging zu ihr.

Ein Umzugswagen stand in der Einfahrt, der Großteil von Coras Besitz und dem ihrer Töchter war in Umzugskartons gepackt. Sie verließen die Villa und zogen in ein kleineres Haus am anderen Ende der Stadt. Cora hatte Doug die Villa überlassen. Sie konnte nicht in einem Haus leben, das so voller Erinnerungen steckte, wo die Geister ihrer zerbrochenen Träume in jeder Ecke lauerten. Selena und Marisol waren auf der Uni, und zum ersten Mal in ihrem Erwachsenenleben war Cora allein.

Was wollen Sie, Pearl?, fragte Cora, als das Mädchen auf sie zukam. Pearl wirkte jetzt älter, selbstbewusster und sicherer, war besser gekleidet.

Ich wollte Ihnen sagen, dass es mir leidtut.

Das überraschte Cora. *Es tut Ihnen leid.*

Es tut mir leid, dass Sie verletzt wurden.

Cora wusste nicht, was sie sagen sollte. Sie hatte das Gefühl, sich ebenfalls entschuldigen zu müssen. Denn auch Pearl war verletzt worden, das merkte Cora ihr an. Doch im Gegensatz zu Cora, die so viele Jahre alle Schläge weggesteckt und stillgehalten hatte, hatte Pearl zum Gegenschlag ausgeholt und einen Volltreffer gelandet.

Sie haben bekommen, was Sie wollten, sagte Cora. *Was auch immer Ihr Preis war, er hat ihn bezahlt. Jetzt lassen Sie uns in Ruhe.*

Cora blieb in Erinnerung, dass Pearl enttäuscht wirkte. *Es ging mir nicht nur darum.*

Nicht?

Ich habe Ihnen einen Gefallen getan. Das Mädchen war kühl und hübsch, reserviert. Eines Tages werden Sie das erkennen.

In ihrem Arbeitszimmer unterm Dach versuchte Selena, diese letzte Begegnung zwischen Cora und Pearl einzufangen. Wie sollte sie die Straße in diesem Frühherbst beschreiben, die Verzweiflung ihrer Mutter, die schöne, geheimnisvolle Pearl? Sie erinnerte sich an den Geruch nach frisch gemähtem Gras, an das Krächzen der Blauhäher in den Bäumen. Sie wusste, wie es war, sich Auge in Auge mit Pearl Behr wiederzufinden, die irgendwie immer mehr über einen zu wissen schien als man selbst.

Und weißt du was?, hatte Cora gesagt, als sie über dieses letzte Zusammentreffen sprachen. *Pearl hatte recht. Die Trennung von deinem Vater war das Beste, was mir je passiert ist, obwohl es mir damals vorkam wie die schlimmste Zeit meines Lebens. Ich habe alles verloren, aber mich selbst gefunden. Ich fing an, im Frauenhaus zu arbeiten, und lernte Paulo kennen.*

Schwarzer Schmetterling. Es war Beth gewesen, die sie ermutigt hatte, die Geschichte von Pearl Behr und Grace Stevenson aufzuschreiben, deren Lebenswege sich mit Selenas gekreuzt hatten. Sie hatte zwei Jahre lang recherchiert, mithilfe von Hunter Ross, und war jetzt fast mit der endgültigen Fassung fertig. Beth hatte ihr einen Vertrag mit einem großen Verlag vermittelt, und das Buch sollte im nächsten Jahr erscheinen. Denn was war Selena gewesen, bevor sie Will und Graham kennengelernt, Kinder bekommen hatte? Sie war Autorin gewesen, aber sie hatte diesen Traum sterben lassen. Und nun stieg sie aus der Asche ihres alten Lebens wieder empor.

Schreib es auf, hatte Beth gesagt. *Wenn wir unsere Erfahrungen erzählen, fangen wir an, selbst darüber zu bestimmen. Und wenn wir die Kontrolle über unsere Vergangenheit gewinnen, können wir eine bessere Zukunft schaffen.*

Graham war vor Gericht gestellt und wegen Mordes an Jacqueline Carson zu einer Gefängnisstrafe verurteilt worden. Die Jungs litten sehr darunter, mussten in Therapie, auch Selena litt sehr. Es war eine lange, dunkle Nacht der Seele gewesen, ohne ein Licht am Ende des Tunnels. Und während der ganzen Zeit hindurch hatte sie geschrieben.

Sie schrieb weiter, als die Wahrheit über ihren Mann – die ganze Wahrheit – herauskam.

Jahrelang hatte er flüchtige Affären mit Kolleginnen gehabt, Sex mit Frauen, die er in Bars aufriss, mit Stripperinnen. Es gab ein Muster eskalierender Gewalt gegen Frauen – das Mädchen in Vegas war nur der Anfang gewesen –, und als Selena ihn wegen Geneva rauswarf, hatte er in der Nacht Jacqueline Carson umgebracht.

Er hatte sie mit Textnachrichten belästigt, seit sie dafür gesorgt hatte, dass er seine Stelle verlor. Nachdem Selena ihm den Spielzeugroboter an den Kopf geworfen hatte, fuhr er zu Jacquelines Wohnung, kochend vor Wut und verzweifelt, passte sie ab, als sie nach Hause kam, zerrte sie in ihre Wohnung, vergewaltigte und ermordete sie.

Er behauptete immer noch, sich nicht an die Tat erinnern zu können. Ebenso wenig wie an seinen Versuch, Selena zu erwürgen, seine Frau und die Mutter seiner Kinder. Er weinte im Zeugenstand. Und tatsächlich hatte Selena ja selbst gesehen, dass seine Wut ihn in ein Ungeheuer verwandelte, in einen Mann, den sie vor diesem letzten Abend nie zu Gesicht bekommen hatte. Sie glaubte ihm, dass er sich nicht erinnern konnte.

Aber es gab das Bildmaterial einer Sicherheitskamera, auf dem zu sehen war, wie Graham sich damit abmühte, einen zusammengerollten Teppich in seinen SUV zu bugsieren, der vor Jacquelines Wohnung parkte. Es gab ein Foto von ihm, wie er auf dem Weg zum Ablegen der Leiche eine Mautstation passierte. Und es gab ein Foto, wie er etwas in einen Müllbehälter warf, das sich als seine blutige Kleidung erwies. Dieses Foto war offenbar von Pearl aufgenommen worden, die ihn beschattet hatte.

Selena war immer noch nicht klar, wie viel Pearl gesehen hatte – in jener Nacht oder in anderen Nächten. Warum sie nichts unternommen hatte, um ihn aufzuhalten, wenn sie ihm gefolgt war und wusste, dass er Jacqueline vor deren Wohnung aufgelauert hatte.

Die Frage war in der Therapie zur Sprache gekommen. Ihre Therapeutin hatte gesagt: »Man kann die Taten geistig gestörter Menschen nicht erklären oder verstehen. Man kann nur akzeptieren, was geschehen ist, versuchen, nach vorn zu schauen, und dankbar dafür sein, dass man überlebt hat.«

Ohne Cora und Paulo, ohne Marisol, Beth und Will, ohne die belastbare Stärke ihrer Söhne hätte sie es nie überstanden. Und Pearl mochte viele Fehler haben, aber ohne sie hätte Selena Grahams Angriff vermutlich nicht überlebt.

Doch sie schrieb immer noch, versuchte zu verstehen, zusammenzufügen, was sie in der Gerichtsverhandlung aus den Zeugenaussagen der Frauen erfahren hatte, die gegen Graham aussagten. Und sie würde weiterschreiben, bis sie die ganze Geschichte erzählt hatte, die ganze Wahrheit mit all ihren vielen Facetten.

Es war fast vierzehn Uhr, und ihr blieb nur noch eine Stunde, bevor sie die Jungs von ihrer neuen Schule abholen musste, einer kleinen Privatschule, in der sie gehätschelt und von der Hässlichkeit der Welt abgeschirmt wurden. Sie beantwortete die Fragen ihrer Söhne, so gut sie konnte, und brachte in die Therapie ein, was sie nicht beantworten konnte. Sie hatte sich fest vorgenommen, immer ehrlich zu ihnen zu sein, egal, wie schmerzlich es sein mochte.

Oliver und Stephen telefonierten jeden Sonntag mit Graham. So seltsam es war, aber es hatte eine gewisse Normalität angenommen: Sie redeten mit ihm über die Schule, ihre Freunde, über Fußball. Er wirkte mäßigend auf sie ein, wenn sie sich stritten, lobte sie, beschwichtigte sie, wenn sie ihn anflehten, doch nach Hause zu kommen. Besucht hatten sie ihn noch nicht im Gefängnis, obwohl sie darum gebeten hatten. Aber weder Selena noch Graham wollten das, noch nicht. Vielleicht, wenn die Kinder älter waren. Möglicherweise. Selena dachte nicht an Graham. Sprach nicht mit ihm. Er war für sie gestorben, mehr noch, als wenn er tatsächlich tot wäre.

Manchmal tauchte er in ihren Träumen auf, beugte sich über sie, drückte ihr die Kehle zu, bis sie keine Luft mehr bekam.

Das Haus, das sie für sich und die Kinder gefunden hatte, lag abseits auf einem zwei Hektar großen Grundstück, nicht weit entfernt von Cora und Paulo, die ihr auf jede erdenkliche Weise behilflich waren. Es lag auch näher am Haus ihrer Schwester. Sie hatten jetzt ein viel engeres Verhältnis zueinander und halfen sich gegenseitig bei der Kinderbetreuung. Als Folge davon verstanden Oliver und Stephen sich viel besser mit ihrem Cousin und ihrer Cousine. Bei Familientreffen ging es viel friedlicher zu. Keine Geheimnisse mehr. Keine Lügen.

Sie hatte den Kontakt zu ihrem Vater abgebrochen. In ihrem Leben gab es keinen Platz für jemanden, der so viel Dunkelheit in seine Familie gebracht hatte.

Es hatte einige Zeit gedauert, bis sie ihr altes Haus verkaufen konnte – niemand wollte ein Haus, in dem ein Mörder gewohnt hatte. Aber die Menschen hatten ein kurzes Gedächtnis, und ein paar Monate nach Grahams Verurteilung schien die Geschichte im Bewusstsein der Öffentlichkeit zu verblassen. Die Verkaufssumme lag leicht unter dem Marktwert, doch das war ein geringer Preis dafür, aus einem Haus ausziehen zu können, in dem die Geister ihrer zerbrochenen Träume in jeder Ecke lauerten, wie ihre Mutter es formuliert hatte.

Das Haus, in dem sie jetzt lebten, ein 1880 erbautes Bauernhaus in The Hollows, einem kleinen Ort im Norden des Staates New York, war ein Projekt. Es war viel daran zu tun, und die Renovierungsarbeiten nahmen viel von Selenas Zeit und

Aufmerksamkeit in Anspruch, wenn sie nicht gerade schrieb oder sich um die Jungs kümmerte. Genau deshalb hatte sie es gekauft. Das Letzte, was sie brauchte, war zu viel freie Zeit.

Als sie das Knirschen von Reifen auf der Kieseinfahrt hörte, speicherte sie ihre Arbeit ab und lief nach unten, gerade noch rechtzeitig, um Will durch die Haustür kommen zu sehen, einen großen Strauß Tigerlilien im Arm, ihre Lieblingsblumen.

Nach Grahams Mordversuch an ihr hatte Will das Mandat wegen Befangenheit niedergelegt. Ein anderer Strafverteidiger hatte Grahams Verteidigung im Prozess übernommen.

Selena und Will waren ... Freunde. Sie wusste, dass er mehr wollte. Ihm war klar, dass sie dazu noch nicht bereit war. Sie brauchte Freiraum, um sich selbst zu finden. Endlich.

»Wofür sind die denn?«, fragte sie und nahm die Blumen entgegen. Sie umarmte ihn und gab ihm einen Kuss auf die Wange.

»Ach, du weißt schon. Nur eine Kleinigkeit, um dir den Tag zu verschönern.«

»Vielen Dank«, sagte sie. »Du bist so lieb zu mir, Will.«

Es war Freitag, da kam Will meistens am Nachmittag vorbei, um mit den Jungs im Garten zu spielen, danach gab es Pizza und sie sahen sich einen Film an. Manchmal stießen auch Marisol und ihre Kinder dazu. Sie hatten diesen festen Termin eingerichtet, um eine Art Normalität für Oliver und Stephen zu schaffen – und es schien zu funktionieren. Der Therapeut der Jungs sagte, dass sie alles richtig machte, dass die beiden die Erfahrung auf gesunde, normale Weise verarbeiteten. Aber letztendlich würde das erst die Zukunft zeigen. War Oliver nicht manchmal mürrischer und finsterer als früher? Waren Stephens Wutanfälle nicht extremer geworden? Würden die beiden je wieder heil und ganz sein? Hatten sie die finstere Seite ihres Vaters und Großvaters geerbt? Lag es in ihren Genen?

Das waren die Dinge, über die Selena nachgrübelte, wenn sie nachts wach lag – über Lügen und Geheimnisse, finstere Regungen, Tendenzen von Gewalttätigkeit.

Sie und Will setzten sich an den Küchentisch und plauderten eine Weile: über ihr Buch, über einen Fall, den er übernommen hatte, darüber, welchen Film sie nachher ansehen wollten. Als er ihr anbot, die Jungs von der Schule abzuholen, damit sie ihr Lauftraining absolvieren konnte, stimmte sie zu. Oliver und Stephen waren immer froh darüber, Will zu sehen; er füllte einen Platz aus, der bei den beiden jetzt leer war. Und sie war dankbar für seine Freundschaft – ihr gegenüber, ihren Jungs gegenüber. Er war ein guter Mann, ehrlich und respektvoll, auch wenn er seine Fehler haben mochte und vielleicht nicht der perfekte Partner für Selena war. Auch Paulo übte einen starken positiven Einfluss auf die Jungs aus. Ihre Söhne hatten Männer, an denen sie sich orientieren konnten, Rollenvorbilder für die Art ruhiger Stärke, die auf Integrität und der Fähigkeit beruhte, Frauen wertzuschätzen und zu lieben.

Als Will losfuhr, ging sie nach oben und zog ihre Laufsachen an. Dann lief sie auf die Landstraße. Es war warm, der Himmel klar. Es dauerte eine Weile, bis sie ihren Rhythmus fand, schließlich hatte sie den ganzen Tag am Computer gesessen. Aber die Musik, die aus den Ohrhörern dröhnte, verlieh ihr Energie. Heute war es Nirvana, Kurt Cobains geisterhafte Stimme, rau und wild. Selena war etwa anderthalb Kilometer gelaufen, als sie den Signalton ihres Smartphones hörte. Sie lief langsamer und sah nach, für den Fall, dass Will in der Schule auf irgendwelche Probleme gestoßen war.

Doch es war eine Nachricht von einer unbekannten Nummer. Das war nicht das erste Mal. Selena hatte es nie irgendjemandem erzählt, aber Pearl meldete sich alle paar Monate bei ihr – meistens, wenn in den Medien wieder über Graham berichtet wurde. Es gab da eine Verbindung zwischen ihnen, seltsam vielleicht, aber wahrhaftig.

Hab an dich gedacht. Ich bin einigermaßen glücklich. Ich hoffe, du auch.

Selena antwortete ihr nie. Das wurde auch nicht von ihr erwartet. Ihre Beziehung würde nie mehr sein, als sie es jetzt war. Pearl war von der Bildfläche verschwunden, es gab keine Spur von ihr. Sie wurde wegen Betrugs und Erpressung gesucht. Offenbar war die Liste der Geschädigten ziemlich lang – die meisten waren Männer, und die meisten hatten sich selbst etwas zuschulden kommen lassen. Eigentlich sollte Selena alle Kontaktversuche von Pearl der Polizei melden, aber das tat sie nicht. In ihrem Herzen empfand sie eine schmerzliche Dankbarkeit. Ihre Halbschwester hatte Selenas Leben zerstört. Und ihr das Leben gerettet. Sie hatte etwas genommen und etwas gegeben. Es war kompliziert.

Ich habe ein Foto von Graham im Knast gesehen. Er sieht wirklich scheiße aus. Was hast du nur an ihm gefunden?

Selena lachte auf. Manchmal war Pearl witzig. Manchmal klangen ihre Nachrichten traurig und einsam. Manchmal schickte sie nur irgendeinen albernen Kommentar zu den Benzinpreisen oder zur Neuigkeit des Tages. Manchmal klangen ihre

Nachrichten zornig, beispielsweise an dem Tag, als Graham verurteilt wurde: *Er hat bekommen, was er verdient hat. Ich bin froh darüber. Jetzt bist du frei.* Falls Pearl über das Buch Bescheid wusste, das Selena schrieb, erwähnte sie es nie. Selena konnte sich vorstellen, dass ihre Halbschwester ein paar Kommentare dazu abzugeben hätte. Aber was auch immer Pearl ihr schrieb, sie endete immer auf dieselbe Weise, eine Art Insider-Witz.

Selena wartete, sah die kleinen grauen Punkte pulsieren.

Hier ist übrigens Martha.

Aus dem Zug.

Danksagung

Jeder Roman ist eine Reise. Sie beginnt mit einem Gedanken, einem Moment, einem Keim. Und obwohl das Schreiben eine einsame Beschäftigung ist, eine ruhige, tagtägliche Entwicklung von der Idee zum fertigen Buch, gibt es ein ganzes Universum von Menschen, die dazu beitragen, einen Roman in die Welt zu bringen.

Mein Alpha und mein Omega sind mein Mann Jeffrey und unsere Tochter Ocean. Sie erfüllen mein Leben mit Liebe und Lachen, sie erden mich, indem sie mich daran erinnern, was wichtig ist, von ihnen erfahre ich Unterstützung und Ermutigung. Ohne meine Familie wäre ich ein weniger guter Mensch und längst keine so gute Autorin.

Meine Agentin Amy Berkower, ihre Assistentin Meridith Viguet und das großartige Team von Writers House stehen mir mit Rat und Tat zur Seite und helfen mir dabei, durch die Gewässer des Literaturbetriebs zu navigieren. Ich kann ihnen gar nicht genug danken für ihre Klugheit, ihre gute Organisation, ihre Leidenschaft und ihren Einsatz.

Mein tief empfundener Dank gilt meiner Lektorin Erika Imranyi. Ihre Geduld, Klugheit, Intelligenz und liebevolle Anleitung haben aus diesem Buch das Bestmögliche herausgeholt. Ich kann ihr gar nicht genug danken für ihre Fähigkeiten als Lektorin und ihre wunderbare Freundschaft. Auch der Rest des Teams bei Park Row Books – von der Cheflektorin, Powerfrau Margaret Marbury, bis hin zu der außerordentlichen Pressefrau Roxanne Jones und der adleräugigen Jennifer Stinson, die die Textredaktion erledigt hat – könnte nicht aufmerksamer und engagierter sein. Ich bin dankbar für die visionäre Kraft der Grafikabteilung, die unermüdliche und oft übersehene Arbeit des Herstellerteams und den unerschrockenen Geist der Vertriebsmitarbeiter.

Ich bin mit einem riesigen Netzwerk von Angehörigen und Freunden gesegnet, die unablässig mit mir angeben und Werbung für meine Bücher machen. Meine Eltern, Joseph und Virginia Miscione, und mein Bruder Joe machen unermüdlich auf meine Bücher aufmerksam und bringen Buchhandlungen dazu, sie in ihre Regale zu stellen. Erin Mitchell, eine Stimme der Vernunft, meine Fürsprecherin und eine wunderbare Freundin, bekommt jedes Manuskript ganz früh zu lesen. Und Heather Mikesell hat fast alles, was ich geschrieben habe, als eine der Ersten gelesen. Kein Roman kommt mir fertig vor, bevor sie ihn gelesen hat.

Eine Autorin ist nichts ohne ihre Leserinnen und Leser. Und ich kann mich wirklich glücklich preisen, dass ich die Unterstützung einer so herzlichen, liebevollen Gruppe von Familienmitgliedern, Freundinnen, Freunden und langjährigen treuen Fans habe, die meine Bücher lesen, Werbung für sie machen und Lesungen in der Umgebung und im ganzen

Land besuchen. Dank allen dafür! Es bedeutet mir mehr, als ihr ahnt.

Dies ist ein Roman, aber alle Fiktion ist in der Wirklichkeit verwurzelt, und Recherchen sind ein wichtiger Bestandteil meines Schreibens. Das Buch *Täuschend echt und glatt gelogen: Die Kunst des Betrugs* von Maria Konnikova hat mich mit dem Denken von Trickbetrügern vertraut gemacht. Das Buch *Wie man jede Lüge erkennt. Zeichen verstehen, Täuschung durchschauen, Wahrheit ermitteln* von Pamela Meyer sowie der faszinierende TED-Talk der Autorin haben mein Verständnis davon, warum und wie Menschen lügen, stark erweitert. Fehler oder Freiheiten, die ich mir zugunsten der Fiktion herausgenommen habe, gehen auf mein Konto.